앨리스의 생활방식

305

앨리스의 생활 방식

민음사

앨리스의 생활 방식 11

Mint를 위해

305

인간의 모든 불행은 조용한 방에 홀로 앉아 있을 수 없는 데서 온다.

—파스칼

1

서른이란 나이에 내 집을 갖는다는 건 어떤 기분일까. 내 노트북도 아니고, 내 자동차도 아니고, 그렇다고 내 여자도 아닌, '내 집' 말이다.

누구나 그렇듯, 지금껏 살아오면서 나는 수없이 많은 걸 소유해 봤다. 살기 위해 소유하는 건지 소유하기 위해 사는 건지 알 수 없을 만큼 부지런히. 특히 무녀독남으로 태어난 나는 형제자매를 둔 다른 친구들처럼 무언가를 나눠 갖는다거나 물려받은 적도 없었다. 그것이 행복인지 불행인지 속단할 수는 없지만 이기적이고 독립적인 성격의 나에게는 행복이었을 것이다. 내가 무엇을 가졌느냐에 따라 나는 그 무엇이 되니까.

부모님이 사 주는 물건은 온전히 나를 위한 것이었고, 또 누군가와 공유하지 않아도 되는 여유로운 처지였음에도 내 물건에 항상 네임태그를 붙였다. 그것은 강박에 가까웠다. 혹 누가 훔쳐 갈까 두려웠던 것인지, 아니면 내 물건임을 한 번 더 확인함으로써 존재를 확인받고 싶었던 것인지, 작은 볼펜에서부터 매달 구독하는 성인 잡지 귀퉁이에까지 라벨지에 프린트한 네임태그를 붙였다. 심지어 나는 사귀었던 여자들의 엉덩이에까지 사랑의 징표로 타투를 새겼다. 다행히 화끈하고 멋진 그녀들은 매력적인 사랑법이라며 내 요구를 흔쾌히 수용했다. 이름을 붙인다는 건, 안도감을 주는 것과 더불어 완전한 내 소유가 된다는 걸 의미하기 때문에 이젠 하나의 의식을 넘어 습관이 되어 버렸다. 촌스럽지만, 그 습관은 아파트 현관문 호수 밑에 명패를 달게 할 수도 있을 것이다.

별 어려움 없이 많은 걸 소유해 봤지만 나는 집은 소유해 본 적이 없다. 재벌이 아니고야 그 나이에 자기 명의로 된 집을 갖기는 어려울 것이다. 그것도 물가와 집세 높기로는 국제적으로 악명이 난, 이 서울 땅덩어리에서 말이다. 나는 태어나 말이란 걸 처음 해 보는 아이처럼 '내 집'이라고 소리 내어 말해 봤다. 그러나 아직은 그 말 뜻이 생생하게 가슴에 전달되지 않았다. '내 집'은 연약한 울림 한 가닥을 허허로운 공중에 남기고 가뭇없이 흩어져 버렸다.

내 집으로 모셔다 줄 엘리베이터는 중간에 사람을 태우느라 거북이보다 더 느리게 움직였다. 계단을 이용할까 싶었지만 다리에 힘이 없었다. 나는 목이 빠져라 엘리베이터를 기다리며 벽에 붙어 있는, 대각선으로 금이 간 거울을 들여다봤다. 이런, 내 집을 맞으러 가는 상큼한 첫날, 나의 몰골은 전혀 상큼하지 않았다. 3일 동안 깎지 못한 수염은 고슴도치의 바늘처럼 따끔따끔 자라 있었고, 잠을 이루지 못한 눈동자는 썩은 동태 그 자체였으며, 당장 비듬

치료용 샴푸 광고를 찍어도 무방할 만큼 검은색 양복 어깨 위로는 비듬이 하얗게 내려앉아 있었다.

비듬이 유난히 하얘 보여서였을까. 온통 집 생각에만 빠져 있던 나는 그제야 장례식에 다녀오는 길임을 깨달았다. 그러니까 난, 아까까지만 해도 아주 슬픈 표정을 지으며 삶이란 결국, 다 부질없다고 생각하고 있었던 것이다. 삶의 새 보금자리와 죽음의 냄새가 채 가시지 않은 꾸깃꾸깃한 검은색 상복의 조우라. 삶이란 이래서 살아가는 것이 아니라 그냥 살아지기도 하는 걸까. 방금 만지고 온 차가운 죽음이 물질의 욕망 앞에 깡그리 잊히고 말다니. 나는 휴대폰 폴더를 열고 단축 번호 1번을 누르려다 말았다.

수연은 지금 뭘 하고 있을까?

생각을 잠시 접어 두라는 듯 땡, 하고 엘리베이터 도착 음이 울렸다. 장바구니처럼 엘리베이터 안은 사람들로 꽉 차 있었다. 따지고 보면 그들은 나와 같은 건물에서 살아갈 이웃이지만 별 느낌은 없었다. 별 느낌 없거나 관심 없기는 저들도 마찬가지일 것이다. 나는 엘리베이터에 몸을 싣고 숫자 버튼 3을 꾹 눌렀다. 버튼을 푸르게 물들인 형광 불빛이 눈에 채 익기도 전에 문은 다시 열렸고, 계단참에 첫발을 들여놓자 센서 등이 무대조명처럼 나를 비췄다. 이 순간만큼은 내가 주인공이고 앞으로도 쭉, 이 집에 사는 동안은 저 요술 같은 센서 등이 날 주인공으로 비춰 주리란 뜻이리라. 나는 뮤지컬의 클라이맥스를 향해, 현관으로 바짝 다가가 무심코 손잡이를 잡아 비틀었다.

금속 손잡이의 차가운 질감이 손에 닿는 순간, 그제야 나는 아주 중요한 걸 깜빡 잊고 있었음을 깨달았다. 열쇠가 없는 건 물론이고, 새로 교체한 디지털 도어록의 비밀번호조차 모르고 있다는 사실! 갑자기 3일 동안의 수면 부족 현상이 피곤과 함께 몰려왔다. 머릿속이 핑, 돌면서 현기증이 일었다. 목을 조르고 있는 넥타이를 잡아 늘이며 납덩이 같은 손으로 휴대폰 단축 번호 2번을 눌렀다. 그러고는 베개처럼 귀에 대고 잠시 눈을 붙였다. 전화기 저편에서 늘 들려오던 컬러링 대신, 고객님의 전화기가 꺼져 있다는 맥없는 멘트가 흘러나왔다.

이렇게 '내 집'과의 첫 대면은 무산되고 마는가. 지금 나는 누구보다 내 집이 필요하다. 따뜻한 물로 샤워도 해야 하고, 허기진 배를 무엇으로든 채워야 하고, 그보다 더 간절하게 깨끗하고 조용한 잠이 그립다. 정 힘들면 가까운 모텔이나 찜질방으로 달려갈 수도 있지만 오늘은 장례식에 다녀온 날이었다. 얼굴도 모르는 사람들이 무수히 다녀간 그곳에서, 어떤 용도로 사용됐을지 모르는 침대에서 휴식을 취할 수는 없었다. 사람들이 바글대는 찜질방은 더더욱 내키지 않았다.

다시 통화 버튼을 눌러 봤지만 역시나 '고객님'의 전화기는 꺼져 있었다. 할 수 없이 스핑크스 앞에서 수수께끼를 푸는 오이디푸스처럼 번호 네 자리를 닥치는 대로 눌렀다. 내 휴대폰 번호, 내 생일, 각종 기념일들, 그리고 이삿날까지. 어느 것 하나 들어맞지 않았다. 그렇다면 내 비밀번호가 될 수 있는 번호는 대체 뭘까. 비밀번호는 말 그대로 비밀, 번호다. 이건 내가 지정한 번호가 아니니 애초에 풀 수 없는 수수께끼란 얘기다. 번호를 지정한 사람의 내밀한 비밀을 내가 어찌 알겠는가. 아무도 모르는 자신만의 은밀하고도 비밀스러운 사건, 혹은 사연에 닿아 있는 번호. 그렇다면 역으로, 비밀번호를 알면 번호 지정자의 비밀을 알게 되는 걸까. 비밀번호가 진짜 '비밀'이 되어 버리는 순간이었다.

더 이상 버티고 서 있을 기운이 없어, 계단에 옹송그리고 앉아 무릎에 이마를 댔다. 이러고 잠시 앉아 있다 다시 전화를 걸어 봐야 할 것 같았다. 센서 등은 위치를 벗어났다고 냉정하게 꺼져 버렸고, 바닥에서는 3월의 찬 냉기가 스멀스멀 올라왔다. 주변은 삽시간에 암흑으로 빠져들었다.

눈이 막 감기려는 그때, 어둠을 잔잔하게 울리며 어디선가 전설처럼 기타 소리가 들려왔다. 누가 연주하는 걸까. 아르페지오 주법으로 연주되는 맑은 음색이 나를 일거에 빨아들였다. 그것은 자장가처럼 지친 육신을 조금 보듬어 주는 듯했다. 그래서인지 연주가 끝나 가자 아쉬운 마음이 들었다. 한 곡만 더 들었으면 하던 차에 곧바로 다른 곡이 연주되었다. 그러나 그 연주도 곧 끝나 버렸다. 나는 한 곡만 더, 라고 간곡히 외쳤고 때마침 그때 연주 대신 누군가의 목소리가 들려왔다.

헛소리까지 들리다니. 허기진 데다 혼몽한 상태니 환청이 들릴 수밖에. 잠이라도 자 두려고 힘주어 눈을 꾹 감았다. 어둠 때문에 청각이 예민해져서일까. 환청이 또다시 들려왔다. 소리는 아까보다 더 컸고, 여자 목소리였다. 그것도 아주 고운 시폰 블라우스 결을 연상시키는, 누군가를 유혹하는 듯한 은은한 목소리. 고개를 들어 주변을 둘러봤다. 아무도 없었다. 머리와는 상관없이 내 몸이 여자를 갈망하고 있었던 걸까. 그러고 보니 섹스를 안 한 지도 일주일이 넘었다. 가랑이 사이를 더듬거렸다. 3일 내내 힘들었던지 그것도 시든 배춧잎처럼 안쓰럽게 처져 있었다. 나는 칭얼대는 아이를 달래듯 그래 그래, 하며 그것을 몇 번 토닥여 주고는 다시 무릎 사이로 얼굴을 박고 눈을 감았다.

"안녕하세요?"

분명 오른쪽 귀를 관통하는 소리였다. 이번에는 환청이 아니었다. 기계장치를 한 번 통과한 듯한 소리였지만, 분명 사람이 내는 목소리였다. 센서 등이 있는 계단참으로 올라서서 의뭉스럽게 눈동자를 굴리며 제자리에서 두 바퀴를 회전했다. 내가 마주 보고 있는 것은 내 집 306호 현관문이었다. 내 집에서? 그렇다면 이게 무슨 조화란 말인가. 생판 모르는 여자가 제 집이라고 우기며 살고 있다는 걸까. 아니면 재수 없게 부동산 이중 계약에 말려들기라도 한 걸까. 내 집에 발 한 짝도 들이지 못하는 가련한 신세가 되다니. 별별 희한하고 불길한 생각들로 머릿속은 뒤죽박죽이었다. 춥고 음음한 날씨인데도 식은땀까지 났다. 생각을 채 마치기도 전에 다시 그 목소리가 들려왔다.

"당신 뒤에 있어요."

나는 반사적으로 몸을 획, 돌렸다. 그러나 눈에 보이는 건 아무것도 없었다. 기가 허해서 귀신에 홀렸거나 장례식 귀신이 여기까지 쫓아오기라도 한 걸까.

"여기라고요, 여기, 여기……."

목소리는 친절하게 자신의 정체를 알아내도록 '여기'를 반복했고, 난 더듬더듬 소리의 진원지를 찾아 서서히 움직였다. 목소리는 어이없게도, 앞집 305호 현관문 옆에 부착된 인터폰 스피커에서 흘러나오고 있었다. 긴장이 풀리자 짜증이 밀려왔다.

"뭡니까?"

"오시면 비밀번호 전해 달라고, 예쁜 친구 분이 부탁하고 가셨어요."

부탁? 아니, 지나는 왜 남한테 비밀을 함부로 발설한 것인가. 비밀번호의 진정한 의미를 모를 리 없을 테고, 왜 굳이 저 여자한테 부탁해야만 했을까. 찾아보면 방법은 얼마든지 있었을 거란 생각이 들자 불똥이 괜히 지나에게 튀었다.

아니다. 번호 따위는 나중에 바꾸면 그만이지 않은가. 지금이야 절박하지만, 그 번호는 지나한테나 비밀이지 나한테는 아무것도 아닌 것이다. 어찌됐든 빨리 그 번호로 철통같은 문을 따고 들어가 두 다리 쭉 뻗고 쉬고 싶었다. 나도 모르게 안도의 한숨이 나오면서 쓰러질 듯 잠이 쏟아졌다. 잠시 휘청거렸고, 그 순간 모든 게 '꿈처럼' 느껴졌다. 그러나 여자는 비밀번호를 선뜻 알려 줄 기세가 아니었다. 마치 나를 진짜 오이디푸스로 만들 작정인지 스핑크스 같은 묘한 질문을 던졌다.

"우리가 무슨 사이죠?"

목소리가 벽을 타고 메아리치듯 왕왕 울려 퍼졌다. 참으로 웃긴 여자였다. 우리가 언제 봤다고. 아니, 여자의 얼굴을 본 것도 아니니 무슨 사이냐는 질문 자체가 나한테는 성립되지 않았다. 여자의 목소리가 꾸물꾸물 흘러나오는 잿빛 인터폰이 꺼림칙하게 느껴졌다. 여자는 저 너머 액정으로 날 보고 있겠지. 나는 보란 듯 험악하게 인상을 찌푸리며 입을 다물었다. 대답할 의무 같은 건 없었다.

"이웃이잖아요."

여자는 결국 웃으며 스스로 대답했다. 나 또한 웃음이 나오려는 걸 억지로 참았다. 이웃이라니. 대한민국 서울에서 이웃이란 개념이 사라진 지가 언젠데. 여자가 이웃이라고 말했을 때 내가 떠올린 건 엉뚱하게도 블로그 이웃이었다. 현재 내 블로그 이웃은 243명이다. 그들은 신청-동의를 거친 '서로 이웃'이 아닌, 일방적으로 나를 이웃으로 삼은 '그냥 이웃'이었다. 얼굴도 알 수 없고 자신의 진짜 이름을 닉네임으로 감추고 활동하는 익명의 그들은 내게 뭔가를 요구한다거나 귀찮게 굴지 않았다. 그래서 특별히 신경 쓰거나 관리할 필요가 없었다. 내 방식이 싫다면 그들은 떠날 것이고, 이웃이 되어 달라고 구걸한 적이 없으니 나 또한 아쉬울 게 없었다. 비록 인터넷 매뉴얼 용어로 전락한 이웃이지만, 구시대 이웃의 의미를 되살리고 싶다면 적어도 이 문을 박차고 나와 인사를 건네야 하는 게 아닐까. 게다가 이웃이라고 자처한 경우라면 말할 것도 없이. 전화 통화하듯 인터폰으로 대화하고 있는 지금의 상황이 나는 꽤나 지리멸렬했다. 하필 왜 저런 몰상식하고 예의 없는 여자가 앞집에 살고 있는 건지. 첫날부터 정말 재수 없다.

"얼른 번호나 알려 주시죠?"

여자는 마치 내 머리가 투명 유리알이나 되는 것처럼, 그래서 그곳을 훤히 꿰뚫어 보고 있었다는 듯 곧 이렇게 말했다.

"그럼 서로 이웃 말고, 그냥 이웃 할까요?"

정말 블로그 이웃이라도 맺자는 건가. 블로그 주소를 물어 오면 어쩌나 불길했다.

"블로그는 닉네임을 사용하죠?"

뭐하자는 건지 알 수 없었지만 여자는 블로그 주소를 요구하는 대신 내게 적당한 닉네임 하나만 지어 달라고 했다. 지어 주지 않으면 비밀번호를 알려 주지 않겠다는 의도와 고집이 다분히 숨어 있었다. 일종의 거래를 하자는 것이었다. 피곤이 극에 달해 쓰러지기 일보 직전인 나는, 한 손으로는 벽을 짚고 고개를 숙인 채로 긴 한숨을 내쉬었다. 입안에서 단내가 났다.

"이봐요, 지금 장난할 기분 아니거든요."

"장난이라뇨. 그럼 문학작품이나 영화 속 좋아하는 주인공이라도 있어요?"

선심 쓰듯 범위를 제한해 줌으로써 짐을 덜어 주겠다는 건가. 인내심이 바닥난 나는 몽롱한 상태에서 아무거나 머릿속에 떠오르는 대로 툭, 뱉어 냈다. 그것은 마치 취중 잠꼬대 같았다.

"앨리스."

"앨리스라, 맘에 들어요. 받았으니 저도 줘야죠?"

비밀번호를 주겠다는 뜻인 줄 알고 희뿌옇게 끼어 있던 머릿속 안개가 순간 걷히는 기분이었다. 나는 숙였던 고개를 들어 인터폰 렌즈를 뚫어져라 쳐다봤다.

"『이상한 나라의 앨리스』를 쓴 루이스 캐럴의 첫사랑 이름도 앨리스였다죠. 당신 닉네임 루이스, 어때요?"

온몸의 감각이 후텁지근한 공기에 휘발된 터라 여자가 무슨 말을 하는지 잘 들리지 않았지만, 한시라도 빨리 집으로 들어가고 싶어 고개를 주억거렸다. 그제야 여자가 비밀번호를 넘겨줬다. 여자의 목소리가 바늘처럼 귓속을 콕콕 쑤셨다.

0815. 지나의 비밀번호였다.

2

새해 첫날, 스물아홉이 되는 오늘은 그녀의 생일이다. 그녀는 매해 누구보다 빨리 제 나이를 먹는다. 그녀는 가끔 생각하고 말한다. 어떻게 1월 1일에 딱 맞춰 사람이 태어날 수 있지. 참으로 신비로워. 조금 빨랐다면 12월 31일, 조금 늦었다면 1월 2일. 너무 어중간해. 어중간한 건 딱 질색이야. 그녀는 종업원이 놓고 간 카푸치노를 바라보다, 휘핑크림 위에 계핏가루로 그려진 하트를 스푼으로 가른 뒤 휘저어 버린다. 우유를 마시며 그녀의 우윳빛 손가락을 말갛게 바라보던 P가 말한다.

— 1월 1일에 태어났으니까 어중간하지 않아. 넌 행운아고, 나에겐 운명이야.

에스프레소를 마시던 K가 잔에서 입술을 떼고 정정하듯 말한다.

— 네가 아니고 나지!

잠시 K와 P의 눈동자가 공중에서 칼싸움하듯 부딪친다. 그녀는 하얀 거품이 묻은 입술을 혀로 훑을 새도 없이 카메라를 잽싸게 집어 들어 그들을 향해 플래시를 터뜨린다. 그 순간을 잡아 낸 그녀는 어중간한 상태에서 한 걸음 벗어난 것 같아 행복하다. 그들은 그녀의 웃는 입술을 바라보며 동시에 생각한다. 저 입술의 거품을 핥고 싶어. 그러나 그들이 핥을 수 있는 건 추운 날씨 때문에 장작처럼 메말라 있는 자신의 입술뿐이다.

그녀가 카푸치노를 절반쯤 마셨을 때 P가 가방에서 상자를 꺼내 내민다. 여자들은 대개 포장된 상자 앞에서 기쁨을 감춘 채 무한한 상상을 하기 마련이다. 상자의 종류와 크기, 포장지 디자인 등으로 안에 든 물건의 종류와 값어치에 대해 어림해 보기 마련이다. 닫힌 상자에는 마법 같은 힘이 곁들여 있어 누구든 프시케에게 동조하게 만든다. 그녀에게 상자는 궁금증이어야 한다.

그러나 P가 준 상자에는 그 마법이 결여되어 있다. 아무리 상자가 크고 포장지가 고급스러워도 그녀를 어리석고 참을성 없는 프시케로 만들지 않는다. 프시케가 아닌 그녀는 상자를 받아 들며 집에 가서 풀어 볼게, 라고 말한다. K가 보는 앞에서 자신의 상자가 발가벗겨지는 걸 원치 않던 P는 그녀가 그렇게 말해 주어 다행이라고 생각한다. P에게 상자는 비밀이어야 한다. P는 이번에도 굳게 믿고 있다. 자신의 선물이 그녀에게 판도라의 상자가 될 거라고.

—내 선물은 내일쯤 갈 거야.

그때 K가 조급하게 끼어든다. K는 한 번도 선물을 직접 전해 준 적이 없다. P가 보지 못하게 꼭 택배로 보낸다. K에게 상자는 배달이어야 한다. K 또한 이번에도 굳게 믿고 있다. 자신의 선물이 그녀에게 깊은 감동이 될 거라고.

— 다들 고마워.

그녀의 한마디에 그들이 쌍둥이 형제처럼 똑같은 얼굴을 하고 흔연하게 웃는다. 그러나 그녀는 맹물처럼 싱겁고 뻔한 그들의 선물을 이미 알고 있다. P의 선물은 새해와 맞물린 생일에 맞게 명품 로고가 박힌 가죽 다이어리고, K의 선물은 그녀를 조각한 조각상이다. 물론 이번 선물은 지난번과 분명 다른 부분이 있다. P가 준 다이어리에는 1년 동안 있을 그와 그녀의 각종 기념일이 그의 필체로 기록되어 있다. 그리고 P가 희망하는 희망 사항이 희망하는 날짜에 미리 적혀 있다. 그렇게 적어 두면 그 날짜에 그 일이 이루어질 거라 믿는 개인적 미신이다. K의 조각상은 웃는 모습이나 옆모습을 조각한 그녀의 얼굴이다. 조금도 닮은 구석이 없는 그 조각상을 바라보며 그녀는 이번에도 자신을 희뿌연 도시의 이방인처럼 느끼게 될 것이다.

깨끗하게 비운 커피 잔 바닥을 내려다보며 그녀는 문득 생각한다. 올해는 어떤 해보다 혹독한 한 해가 될 것 같다고. 그녀는 K와 P를 바라본다. 그들은 많이 지쳐 보이고, 많이 나이 들어 보인다. 지쳐서 나이가 들어 보이는 건지 나이가 들어서 지쳐 보이는 건지는 알 수 없다.

여종업원이 촛불 밝힌 치즈 케이크를 조심스럽게 테이블에 놓는다. 새해 첫날은 모두들 가족과 함께 보내는지 카페에는 그들 셋뿐이다. 지나가는 사람들이 통유리를 통해 카페를 들여다본다면 아마 이렇게 생각할 것이다. 신비롭게도 오늘이 생일인가 봐. 생일을 축하해 주려고 두 남자가 카페를 통째로 빌린 모양이야. 꼭 드라마 같네. 드라마 주인공처럼 저 여자도 흠잡을 데 없이 행복해 보여. 마지막 말은 질투 섞인 어조로 아무도 들리지 않게 입속말로 마무리할지 모른다. 같은 여자로서 참 부러워.

카페 천장에 붙박여 있는 스피커에서 생일 축하곡이 흘러나온다. 그녀는 눈물처럼 뚝뚝 떨어지는 촛농을 바라보다 소원을 빈다. 그러고는 실패하지 않고 단번에 촛불을 끈다. 잠시 머리가 어지럽고 아무도 눈치 채지 못할 만큼 조금 슬프다. 다행히 열한 개의 촛불이 눈물을 대신 흘려 준 덕에 그녀는 울지 않는다. K와 P는 그녀가 무슨 소원을 빌었는지 궁금해하며 진심을 다해 박수를 쳐 주었고, 할 일 없이 카운터 앞에 서 있던 종업원도 할 일이 그것밖에 없다는 듯 열심히 박수를 쳐 주었다. 종업원은 그녀가 몹시 부러운 눈치다. 그녀를 부러워하는 사람은 유리 밖에도 있듯, 유리 안에도 있다. 언제나 그렇듯이.

그녀는 케이크 위에 점점이 박혀 있는 색색의 촛농을 바라본다. 눈물도 증발하지 않고 촛농처럼 굳어 버리는 성질을 갖고 있다면 아마도 세상은, 슬픔과 실의에 빠진 사람들이 흘린 눈물로 몸살을 앓게 될 것이다. 바다보다 넓고 산보다 높은 눈물 화석이 삶의 터전마저 위협하게 될지도 모른다. 그러나 다행이다. 눈물은 증거를 남기지 않으니, 아무리 울어도 시간이 지나면 아무도 그 눈물의 존재를 알아채지 못하니. 그래서 어떤 이에게는 실컷 울 수 있어 좋고, 어떤 이에게는 실컷 울어도 보람이 없어 좋지 않다. 그녀는 전자에 가깝지만 그녀에게는 울 수 있는 또 하나의 방법이 있다. 그것은 속으로 흘리는 눈물이다.

K가 커피 스푼으로 케이크 위 촛농 눈물을 걷어 내자 P가 그녀의 손에 플라스틱 나이프를 쥐어 준다. 그녀는 케이크를 세 등분하려다 네 등분한다. 한 조각은 종업원 몫이다. 종업원은 케이크를 음미하며 그녀의 행복이 자신에게도 전염되기를 새해 첫 소망으로 빌고, 그녀는 촛불을 끄기 전에 빌었던 소원이 이루어지기를 바란다.

P가 모는 자동차 조수석에 K가, 뒷좌석에 그녀가 앉아 있다. 서로 못마땅해하는 표정이 룸미러에 비친다. 그녀가 들고 있던 카메라를 다시 들이댄다. 그때 P가 말한다.

— 이건 무효야. 배가 아파서 그랬어. 케이크만 먹으면 배탈 나는 거 너도 잘 알잖아?

케이크만 먹으면, 결국 그녀 때문이란 얘기다. 틀린 말은 아니다. K도 덩달아 기회를 잡는다.

— 올해 내 여동생이 수험생 되는 거 알지? 그 생각하니까 갑자기 심란해졌어. P 때문에 그런 거 아니야!

안타깝지만 그녀는 그들의 의견에 따라 일단 보류하기로 한다. 그녀를 대문 앞에 내려 준 그들은 그녀가 문을 열고 들어가는 것까지 확인한 뒤 떠난다. 그녀는 현관문까지 친절하게, 차곡차곡 놓여 있는 디딤돌을 본다. 그녀는 그것을 따라 걸을 때면 누군가가 손을 잡아 이끌어 주는 것 같았다. 누군가가 이끌어 준다면 가만히 힘을 빼기만 하면 된다. 힘을 뺀다는 건 쉬운 일이지만 한눈판 사이에 엉뚱한 방향으로 끌고 가기라도 할 때는 아무런 대처도 할 수 없게 된다. 이끌어 주는 것과 이끌리는 것. 그녀가 지금 바라는 건 이끌리는 것이다. 마음이 이끌리는 것에는 후회도 원망도 남지 않는다. 그녀는 지금 무엇에, 그리고 어디로 이끌리는가. 그녀는 디딤돌을 건너 현관문을 연다.

그녀의 방으로 따라 들어온 남동생이 가족을 대표해 선물을 내민다. 그녀는 무엇이 들어 있을지 상상한다. 그러자 몹시 궁금해진다. 가족이 주는 상자 앞에서 그녀는 늘 프시케가 된다. 그녀는 얼른 포장지를 뜯고 상자를 연다. 값비싼 일제 카메라다. 그녀에게는 이미 충분할 만큼의 카메라가 있기에, 그래서 상상조차 못 했던 선물이기에 아주 행복하다.

— 형들 선물은 뭐야?

— 맞혀 봐.

동생도 어렵지 않게 선물을 맞힌다. 그러다 걱정스러운 눈빛으로 그녀를 쳐다본다.

— 네가 무슨 생각하는지 알아.

— 형들을 이해해. 동생이 아니었으면 나도 누나를 사랑했을 테니까.

— 뭐?

— 누나는 예쁘고 매력적이야. 물론 지금의 나도 누나를 사랑하지만.

3

눈을 뜬 건 저녁 8시가 지나서였다. 시간을 확인하고 조금 놀랐다. 옷도 갈아입지 않은 채 소파에 엎어져 24시간을 내리 자고 있었던 것이다. 아직도 머릿속은 안갯속을 거니는 듯 몽롱했다. 일단 생각과 시선을 정지시키고 샤워부터 해야 할 것 같았다.

샤워를 마치고 욕실을 나오자 시원한 맥주 한잔이 간절했다. 텅비어 있을 거라 생각하고 무심코 냉장고 문을 열었는데 카프리 세병과 포테이토칩 한 봉지가 반갑게 놓여 있었다. 과자 봉지에 형광색 포스트잇이 붙어 있었다.

지금은 나보다 이게 더 필요하겠지? —지나

촉촉이 젖은 카프리를 집어 든 순간 시원한 기운이 피뢰침처럼 짜릿하게 온몸을 관통했다. 지나는 멋지다. 매 순간 내가 원하는 게 무엇인지를 앞서 생각하고 행동할 줄 아는 여자. 그런 감각은 타고나는 걸까.

카프리를 손에 든 채 일시 정지했던 생각과 시선을 플레이하고 천천히 '내 집'을 음미하기 시작했다. 이게 진짜 내 집일까, 라는 의심이 잠깐 들었지만 벽에 난 횡한 못 자국과 닳아 버린 문턱과 벗어진 페인트 사이로 드러난 나뭇결을 보자 안쓰러운 마음이 솟았다. 그런 안쓰러움이 '내 집'에 내재된 진정한 의미를 생생하게 전달해 주었다. 그러자 이번에는 '내 집'이란 울림이 가슴속에서 동심원을 그리며 넓게 퍼져 나갔다. 집을 가졌으니, 이제 나는 대한민국의 성공한 남자 중 하나가 되었다.

지나의 인테리어 감각은 지나만큼이나 멋지고 훌륭하다. 예기치 못하게 장례식이 이삿날과 겹치는 바람에 지나에게 모든 걸 부탁한 채 옷을 챙겨 입고 집을 나서야만 했다. 물론 포장 이사 전문 업체가 가구와 그릇들을 안전하게 옮겨 주기는 하겠지만 그들에게 인테리어 감각까지 발휘해 달라고 할 수는 없는 노릇이었다. 지나의 총지휘 아래 이루어졌을 안정감 있고 실용적인 가구 배치가 무척이나 맘에 들었다. 아마 내가 지휘했다면 침대나 식탁이 지금쯤 엉뚱한 자리를 차지하고 있을 것이다.

한국으로 돌아오길 잘했다는 생각이 든다. 서울은 내게 행운의 도시고 나는 진정 행운아라는 생각까지 드는 순간이다. 독일에서 돌아온 후 모든 일들이 술술 잘 풀리고 있었다. 이 집을 사게 된 것은 그 행운의 결정판이었다. 가지고 있는 돈에 맞는 집을, 원하는 곳(서울 변두리지만)에, 원하던 시기에 얻은 건 행운이 아니고는 설명하기 힘들었다. 내게는 좀 과하다 싶은 행운이라 가끔 어리둥절할 때도 있지만, 독일을 떠나 이곳에 정착하기까지의 고생스러웠던 과정을 떠올리니 그다지 큰 행운도 아닌 듯했다. 결과는 노력의 대가고 행운이라 여겨지는 부분은 인생의 소소한 보너스라 여기며 부담 없이 누리면 되는 것이다.

지나에게 고맙다고 전화라도 해야 할 것 같았다. 소파 틈새에서 휴대폰을 꺼내 폴더를 열었다. 세상모르고 잠든 사이에 부재중 전화가 열세 통이나 와 있었다. 한 통은 수연이었고 나머지는 모두 지나였다. 지나한테 먼저 걸까 하다 수연과 일단 통화를 해야 할 것 같아 단축 번호 1번을 눌렀다. 그런데 이번에는 수연의 전화기에서 고객님의 전화기가 꺼져 있다는 멘트가 흘러나왔다. 전화를 막 끊자마자 목말랐다는 듯 지나에게 전화가 걸려 왔다.

"집이야?"

"응. 방금 일어났어."

"용케 집에 들어갔네. 걱정했는데."

"정돈이 잘돼 있어서 이사 온 느낌이 들어. 여러 가지로 신경 써 줘서, 고마워."

"우리 사이에 뭘."

'우리 사이에'라는 말에 갑자기 0815에 어떤 비밀이 담겨 있느냐고 묻고 싶어졌다. 우리는 그저 그런 어정쩡한 사이도 아니고, 그렇다고 친구 사이도 아닌, 아주 가깝고도 민감한 사이였다. 우리가 어떤 사이인지 명백하게 따지고 나니 그깟 비밀은 공유해도 되는 것처럼 여겨졌다. 생각이 정립되자 곧바로 말이 용수철처럼 튀어나와 버렸다.

"0815가 날짜야?"

순간 아차 싶었지만 음흉하게도 지나가 무슨 말을 해 올지 휴대폰에 바짝 귀를 기울였다. 지나가 당황하고 있다는 걸 전화상으로도 충분히 감지할 수 있었다.

"실망. 그날이 무슨 날인지 정말 몰라?"

그럼 나와도 관련 있다는 뜻인가. 나는 눈을 커다랗게 뜨고 작년과 재작년 여름 어귀를 재빨리 회상했다. 우리 사이에 기념할 만한 일이라. 도무지 생각나지 않았다.

"우리가 첫 섹스한 날."

첫 만남도 아니고, 첫 섹스? 그날이 서로에게 첫 경험이었다면 충분히 비밀번호화할 만한, 그래서 두고두고 기억할 만한 일생일대의 사건이긴 하다. 그러나 우리는 나이를 먹을 만큼 먹은 성인인 데다, 그전부터 수많은 경험을 축적해 온 청춘이지 않은가. 기분이 어리벙벙하고 묘해졌다. 내 상식에 그런 날은 비밀번호로 삼을 만한 건 아니었다. 아니, 지나 상식에서 먼저 용납되지 않았다. 지나는 순진한 여자들처럼 그런 것에 의미를 부여하는 시시한 여자가 결코 아니었고, 지나의 평소 이미지와도 어울리지 않았다.

"농담이야. 광복절이잖아."

8월 15일. 지나 말대로 그날은 누구나 알고 있는 빨간 날, 공휴일이다. 광복절이 내포하고 있는 역사적 의미는 몰라도, 초등학생도 '노는 날'이라고 알고 있는. 아마 지나의 말은 농담이 아닐지도 모른다. 날짜 개념이 병적으로 희박해 일일이 기억할 수는 없지만 우리는 휴일이면 어김없이 만나 섹스를 하는 사이니까 그날도 데이트를 즐긴 후 여름밤을 뜨겁게 보냈을 가능성이 크다. 포인트라면 그날이 우리에게 첫 번째라는 것인데, 그렇다면 0815는 우리 사이에서 발생한 우리 사이의 비밀번호가 되는 것인가. 왠지 이 집을 '내 집'이 아니라 '우리 집'으로 명명해야 할 것 같은 기분에 휩싸였다. 이 집을 살 때 모자랐던 돈 500만 원을 지나한테 융통했다는 사실을 상기하니 더욱 그랬다. 혹 지나도 그래 주길 내심 바라고 있는 건 아닐까. 그래서 내가 비밀번호를 바꾸기라도 하면 섭섭해할까.

"번호를 뭐로 할까 고민하다 생각난 대로 누른 거야. 광복절이라 기억하기도 쉽고, 또 알아? 의미대로 정말 근심이나 삶의 고통에서 해방될 수 있을지. 자기한테 알려 주려고 전화했는데 꺼져 있더라. 앞집 여자 참 친절하지?"

"앞집, 여자라니?"

"비밀번호 앞집 여자가 알려 준 거 아니었어? 급한 일이 생겨서 어딜 좀 가야 했거든."

"어딜?"

지나가 아까처럼 조금 머뭇거리는 기색이다.

"어, 일본. 음성으로 남길까 하다 배터리가 없으면 무용지물일 것 같아서 앞집에 부탁했어."

식은땀이 났다. 그러니까 지금 내 머릿속을 떠돌고 있는 희미한 기억의 정체가 꿈이 아니란 말이었다. 지나와 통화를 끝내고 어젯밤에 있었던 일들을 차근차근 떠올렸다. 기타 소리와 여자의 목소리가 이명처럼 꾸물거렸다. 정신과 육체가 극도로 피로했던 터라,

그래서 가수면 상태나 다름없던 터라 충분히 꿈으로 착각할 수도 있는 상황이었다. 그렇지만 누군가 번호를 알려 주지 않았다면 내가 여기에 어떻게 들어왔겠는가.

맥주와 포테이토칩으로 끝내기에는 속이 너무 허전하고 출출했다. 새집으로 이사도 왔으니 냉장고도 산뜻하게 채울 겸 야구 모자를 눌러쓰고 현관을 나섰다. 아직도 의문이 풀리지 않은 비밀번호를 누르면서 번호를 바꿔야 할지 말아야 할지 잠시 고민했다. 내 비밀이 될 만한 번호는 어떤 게 있을지도 생각했다.

"0329, 우리가 이웃 맺은 날짜는 어때요?"

꿈이 아니었음을 확인시켜 주려는 듯 뒤통수에서 들려온 소리는 분명 어제 그 목소리였다. 하마터면 비명을 지를 뻔했지만 다행히 혀가 순발력을 발휘해 소리를 짓눌렀다. 대신 등골이 오싹해졌다. 저 여자 독심술까지 하나. 나는 뒤돌아섰다. 여자는 오늘도 눈에 보이지 않았고 목소리만 들려주고 있었다.

"함부로 우리라는 말 쓰지 마시죠. 그리고 내가 언제 이웃을 맺었습니까?"

나는 인터폰으로 바짝 다가서며 격렬하게 말했다. 여자가 화면으로 이쪽을 보지 못하도록 손바닥으로 렌즈 부분을 가렸다. 왠지 감시당하고 있다는 느낌이 들어 불편했다.

"화내지 마세요. 수많은 아파트에서 마주 보며 살고 있다는 것만으로도 이웃이 될 근거가 있지 않겠어요? 게다가 닉네임까지 주고받았으니 자격은 충분하죠. 손 좀 치워 봐요. 가려 버리면 잘생긴 얼굴을 볼 수 없잖아요, 루이스 씨?"

처음에는 날 왜 루이스라고 부르나 어리둥절했다. 나는 눈을 몇 번 깜빡였다. 그사이에 닉네임 어쩌고 했던 간밤의 일이 어렴풋이 생각났다. 정말로 그렇게 부를 줄이야. 안하무인에 대책 없이 제멋 대로인 여자다.

"서로 폐 끼치지 않는 이웃이 됐으면 좋겠군요."

나의 라이프 스타일 중 하나는 타인의 삶을 방해하지 않고 또 방해받지 않으며 고요하게 사는 것이다. 좀 더 싼 가격에 정원 딸린 주택을 구할 수 있었음에도 굳이 아파트를 고집한 건 그런 내 생활 방식이 한몫했기 때문이다. 더 이상 승강이를 벌이기 싫어 엘리베 이터 버튼을 눌렀다. 그때 여자가 또 말을 걸어 왔다.

"루이스 씨, 부탁 하나만 하죠."

여자의 말투에서는 그 부탁을 내가 당연히 들어줘야 한다는 뉘 앙스가 풍겼다. 비밀번호를 알려 줬으니 그에 대한 대가를 지불하 라는 뜻인가? 말이 끝나자 곧바로 어디선가 달그락거리는 소리가 들려왔다. 그것은 신문 투입구가 열리는 소리였고 구멍으로 1000원 짜리 지폐 한 장이 불쑥 튀어나왔다. 지폐가 나올 때 언뜻 붉은 장 갑 낀 손을 본 것도 같았다.

"알람 시계 건전지가 다 돼서요. 사다 줘요."

그러고는 곧바로 딸깍, 인터폰 수화기가 내려졌다. 타협의 여지 조차 주지 않겠다는 의도였다. 누가 들어도 '사다 줘요.'는 강제성이 담긴 시건방진 말이었다. 누군가에게 진정 부탁을 하고 싶다면 그 앞에 '좀'을 붙이든가, '주시겠어요?'라는 완곡한 표현을 써 의견을 묻는 듯한 제스처라도 취하는 게 도리다. 나는 허리를 수그려 지폐를 주워 들었다. 그래, 까짓것 사다 주지.

닥치는 대로, 눈에 보이는 족족, 쇼핑 카트에 물건을 담았다. 필요와 불필요 사이를 왔다 갔다 하는, 경계가 모호한 것도 종종 집어 담았다. 내 집이 생기고 나니 분명 필요하다고 생각되는 물건도 많아졌다. 원룸을 전전할 때는 굳이 필요하지 않았던, 예를 들면 골치 아픈 욕실 물때와 가스레인지 기름때를 한 번에 제거해 준다는 마술 같은 고농축 세척제와 금속빛 단단함으로 남성성을 물씬 풍기는 공구 상자 같은 것들 말이다. 이젠 눈치 안 보고 맘에 안 드는 곳을 맘에 들 때까지 손볼 수 있게 되었고, 곰팡이가 슬지 않도록 청소도 자주 해 줘야 하는 입장에 선 것이다. 마음 내키는 대로, 마음 가는 대로 살아갈 수 있다는 매력 때문에 집은 이 나라 거주자들이 구매 희망 첫 번째 리스트에 올려 놓는 품목이었다. 만약 내가 아직도 독일에 머물고 있었다면 그 첫 번째는 무엇이 됐을까. 생각해 내려고 무진장 애써 봤지만 알 수 없는 일이란 생각이 들었다. 어떤 문화와 경제 여건 속에서 사느냐에 따라 '필요' 순위도 달라지니 말이다. 확신할 수 있는 건 그 첫 번째가 집은 아닐 거란 것이다.

이마트의 모든 코너를 들쑤시고 돌아다니다 마지막으로 묵직한 공구 상자를 카트에 집어넣었다. 신나게 카트를 밀며 돌아 나오다 건전지가 진열된 코너와 마주쳤다. 죽어 있던 기억이 스멀스멀 되살아나면서, 즐거움으로 충만했던 쇼핑이 돌연 불쾌해지기 시작했다. 그 불쾌감이 건전지 진열대를 통쾌하게 지나치게 만들었다. 나는 묵직한 카트를 이끌고 계산대 앞에 섰다. 구매 물품이 많다 보니 바코드 판독기를 거치는 데도 꽤 많은 시간이 걸렸다. 다행히 내 뒤에 계산을 기다리는 손님이 없어서 조바심 내지 않고 금액이 쌓여 가는 걸 유유히 지켜볼 수 있었다. 평소 카드 결제를 싫어하던 나는 지갑에서 현금을 꺼내 들고 계산을 기다렸다.

"12만 800원입니다."

끝에 붙은 800원이 영 거추장스러웠다. 혼자 사는 사람들은 한 번쯤 이런 경험을 해 봤을 것이다. 800원 때문에 만 원 한 장을 깨면, 거스름돈으로 9200원이 돌아온다는 수학적 계산에도 불구하고 왠지 만 원이 지갑에서 통째로 사라져 버리는 듯한 느낌 말이다. 만 원을 사수하고 싶은 생각에 내가 좋아하는 요구르트 세 묶음을 뺄까 하다 관뒀다. 대신 12만 원을 지불하고 주머니에서 1000원을 꺼내 끄트머리 돈을 간단히 해결했다. 내가 알게 뭐야. 왠지 800원만큼 부자가 된 느낌이었다.

엘리베이터가 열리자 친절하고 기분 좋게 센서 등이 켜졌다. 양손에 든 봉투를 바닥에 내려놓고, 속으로 열려라 참깨를 외치며 비밀번호를 눌렀다. 삐리릭, 소리가 남과 동시에 갑자기 여자의 목소리가 뒤에서 들려왔다. 나도 모르게 가슴을 부여잡고 비명을 질렀고, 예상 밖으로 크게 울린 내 메아리 소리에 한 번 더 놀랐다. 왠지 여자한테 말려든 것 같아 아차, 싶었지만 때는 이미 늦었다. 포커페이스를 유지하자는 각오가 어이없게 무너지는 순간이었다. 저 여자는 하는 일도 없이 주야장천 인터폰 액정만 쳐다보고 있는 모양이었다.

"놀랄 일이라도 하셨나요, 루이스 씨? 쇼핑을 많이 했네요. 그 안에 건전지도 있죠?"

"물론."

나는 여유를 한껏 과시하기 위해 주머니에 손을 찔러 넣고 돌아섰다.

"얼른 줘요."

역시나 여자의 말에서는 예의란 게 느껴지지 않았다. 얼른 줘요, 라고 재촉하면서도 여자가 현관문을 열고 '얼른' 나올 기미는 보이지 않았다. 물론 줄 건전지도 없지만 있다면 도대체 어떻게 주란 말인지. 설혹 손에 쥐고 있다 해도 순순히 건네주고 싶은 생각은 추호도 없었다. 약을 실컷 올려 진을 뺀 뒤 주거나, 내 노력의 대가로 다른 무언가를 요구할 것이다. 저 여자가 나한테 그랬던 것처럼.

"신문 투입구로 넣어 줘요."

나는 신문 투입구로 시선을 떨어뜨렸다. 그러고 보니 현관문이 내 집과 사뭇 달랐다. 문을 바꿔 달았는지 색상과 문양이 달랐고 투입구는 둥그런 모양으로 된 것과 우편 투입구처럼 길쭉한 것 두 개가 나란히 달려 있었다. 둥그런 신문 투입구는 내 것의 두 배 크기였고, 길쭉한 것은 입구 높이가 족히 10센티미터는 되어 보였다. 갑자기 오기가 발동한 나는 목을 빳빳하게 세우고 말했다.

"나와서 직접 받아 가시죠. 그게 예의 아닙니까?"

그렇게 해서라도 저 뻔뻔하고 오만 방자한 여자의 낯짝을 구경하고 싶었다. 도대체 어떤 몰골과 인상으로 인생을 살아왔는지, 나이는 얼마나 처먹은 건지도 심히 궁금했다.

"됐습니다. 당신으로 인해 내 아침은 엉망이 될 겁니다."

여자는 의외로 시르죽은 목소리로 순순히 물러나더니 인터폰을 끊었다. 너무나 싱거운 플레이였다. 건전지를 받으러 나오면 어쩌나 내심 걱정했는데 다행이었다. 아침을 엉망으로 만들기 싫으면 직접 사러 가면 될 것을, 누구한테 책임을 전가하려는 건지, 원. 혹시 다리가 두 짝 다 부러지기라도 했다면 동정심에 뭐든 해 줄 수는 있을 것이다. 어쩔 수 없게도 물리적으로는 이웃이니.

나는 봉투를 들고 집 안으로 들어갔다. 엉덩이가 휴대폰 진동으로 드르륵, 떨려 왔다. 수연이었다.

4

그녀는 유리처럼 불안한 몸을 가지고 있다. 투명한 유리는 신비
롭게 빛나지만 늘 위태롭고, 위태로움은 곧 파쇄로 이어지고, 파쇄
의 결과는 곧 상처가 될 것이기에 그러하다. 그 상처의 대상은 자신
이기 전에 타인이 될 것이기에 그러하다. 유리의 아름다움은 오래
가지 못한다. 투명함도 한때뿐이다. 그러나 사람들은 산산조각 날
때까지는 유리도 깨질 수 있다는 사실을 눈치 채지 못한다. 파쇄된
조각이 피를 불러오기 전까지는 느끼지도 못한다.

유리 안과 밖에는 엄청난 의식의 괴리가 자리하고 있음을 그녀
는 어릴 때부터 알고 있었다. 과거에 무수히 많은 남자들이 그녀에
게 말했다. 당신이 좋아요. 그들은 모두 아르마니 수트와 롤렉스 시
계가 잘 어울리는 깔끔한 외모를 지녔고, 빈곤의 슬픔을 모르는 돈
과 고급스러운 두뇌를 가진 자들이었다. 관심 없어요. 늘 당당함과
자신감으로 무장한 채 살아온 그들은 그녀가 내뱉은 말에 일생일

대 치욕을 당한 듯한 표정을 지었다. 촉각을 곤두세우고 구경꾼처럼 그녀를 흘겨보던 사람들은 이렇게 수군거렸다. 뻔뻔하게 거짓말은. 비싸게도 구네. 만약 그녀가 좋아요, 라고 대답했다면 구경꾼들은 또 이렇게 말했을 것이다. 반반한 것들은 돈이라면 사족을 못쓰지. 이렇듯 외부 남자들의 고백에 몸을 기울이면 그녀는 속물이되었고, 내부 자신의 생각에 몸을 기울이면 비싼 거짓말쟁이가 되었다. 할 수 없이 그녀는 아름다운 유리의 몸이 되어야 했다. 외부에도 내부에도 귀 기울이지 않고 대답하지 않는, 한가운데 위치한무채색 유리. 너무 투명해서 외부와 내부를 동시에 관통할 수 있는유리. 그건 불안하고 어정쩡하다는 뜻이다. 언제 깨져 버릴지 몰라불안하고, 어디에도 속할 수 없어 어정쩡하다. 어중간함, 그것은 그녀가 세상에서 가장 혐오하는 것 중 하나다.

그러나 이 순간만큼은 그녀, 어중간하지 않다. 카메라 파인더의유리는 그녀를 내부라는 확실한 공간에 속하게 한다. 카메라 유리를 통해 보는 바깥세상은 적어도 거짓이 아니고, 그녀 또한 속물이나 비싼 년으로 취급되지 않는다. 유리를 보호해 주는 건 또 다른유리라는 걸 깨달은 후 그녀는 일에 집중할 수 있게 되었다. 커다란카메라에 의해 아름다운 얼굴이 가려질 때 그녀는 위태로운 유리가 아닌 자유로운 인간이 되었다.

카메라가 마로니에 공원 벤치에 앉아 책을 읽고 있는 여자에게로 향한다. 겨울바람은 매섭고 하늘은 우중충하며 시간은 더디게흐르는 순간이다. 여자는 누군가를 기다린다. 아마 애인일 것이다.여자는 더딘 시간의 흐름을 독서로 무마하려고 한다. 심술 맞은 바람은 자꾸 책장을 넘기고 칼바람은 여자의 손을 얼음처럼 꽁꽁 얼린다. 계속되는 온갖 방해에도 여자는 특유의 집중력을 발휘해 책에서 시선을 떼지 않는다. 그녀는 집중하고 있는 여자가 맘에 든다. 저 정도의 집중력을 가진 여자라면 자신의 모델이 될 만한 훌륭한 자격을 갖췄다고 판단해 열심히 셔터를 누른다.

그녀에게 책 읽는 사람은 적어도 어중간하지 않다. 그들은 고요하게 내부로 침잠함으로써 스스로를 치졸한 외부 세계로부터 고립한다. 고립은 확실하게 공간을 선점하는 것이고 그 속에는 집중력을 갖고 자신과 만날 수 있는 시간이 있다. 그렇기 때문에 우리는 독서 중인 사람에게 쉽게 다가갈 수 없고, 독서 중인 사람은 우리에게 관심이 없다. 그 '관심 없는 시간'을 이용해 그녀는 사진을 찍는다. 그들은 지금 '관심 없는 시간' 속에 있기 때문에 그녀가 자신을 찍었다는 사실조차 모른다. 내적 독백 중인 그들이 관심 있으며 알고 있는 건 책 속에 나 있는 길뿐이다.

올해 몇 달 동안 그녀는 이렇게 거리로 나가 책 읽는 사람만 찍을 계획이다. 책 읽는 사람은 어디서든 만날 수 있다. 책은 어디든 가져갈 수 있기에 어디서든 읽기가 가능한 물건이고, 어중간한 시간과 상황을 모면하고자 할 때 적절하게 이용할 수 있다. 그녀 또한 그런 상황을 맞이할 때 곧잘 책을 이용하곤 한다. 그러나 책이 지닌 진정한 위력은 단편적인 시간과 상황을 초월해 한 인간이 인생을 살면서 겪게 되는 수없이 많은 어중간한 위치에서 벗어나게 해 준다는 데 있다. 그녀에게 사진은 그 책과 같은 위력을 가지고 있다.

애인이 나타나자 여자는 책을 덮고 자리에서 일어난다. 고립의 시간이 끝나고 여자는 공유하는 시간 속으로 걸어 들어간다. 그녀는 멀어지는 여자의 뒷모습에 대고 작은 소리로 묻는다. 당신은 어떤 시간을 좋아하세요? 대답이 돌아올 리 없다는 걸 알면서도 그녀는 좀체 자리를 뜨지 못한다. 카메라를 들이댈 데가 없어진 그녀는 위태로운 유리의 시간 속으로 저벅저벅 걸어간다.

언제 그렇게 나이를 먹은 거니. 세월 참, 빠르다. 엄마가 그녀의 얼굴을 고요히 들여다본다. 눈가의 여릿한 주름과 광대뼈 부근의 거뭇한 기미가 거슬리는 모양이다. 그녀에게 그 말은 마치 공평치 못한 음모가 서려 있다는 듯이 들린다. 그러나 세월은 너무나 정직하고 공평하다. 그래서 엄마처럼 억울함도 속상함도 없다. 너 낳았을 때 네 아빠가 널 뭐라고 부른 줄 아니? 옥떨메! 엄마는 자주 그 말을 한다. 아빠는 엄마가 아기를 가졌을 때 아내를 꼭 닮은 딸이 태어나게 해 달라고 기도했다. 신비롭게도 1월 1일에 태어났지만 아기는 옥상에서 떨어진 메주보다 더 못했다. 아빠는 못생긴 자신을 닮아 실패작이 나왔다며 아기가 숨넘어갈 듯 자지러지게 울어도 들여다보지 않았다. 오해 마라. 날 원망한 거니까. 여자애가 나처럼 생겨 먹으면 세상 다 산 거다. 엄마가 자주 하는 말에 아빠 또한 자주 그렇게 말했다. 천만다행으로 아기는 자랄수록 아빠로부터 놀랍도록 빠르게 멀어져 갔고, 아빠는 아기에게서 아내의 20대 모습을 찾아내는 재미로 살았다. 네 엄마의 20대를 차지한 놈들은 복 터진 거야. 엄마의 나머지 인생 전부를 차지한 건 아빠면서 뭘. 그 말에 아빠가 누런 이를 드러내며 허허, 웃는다. 그나저나 넌 어떤 놈 인생을 재미나게 해 줄 거냐? 그녀는 누군가를 떠올리려고 애써 보지만 아직은 뚜렷하게 그려지는 얼굴이 없다. 만나는 사람은 있니, 없니? 그녀는 고개를 젓는다. 그러다 그놈도 20대의 널 모르게 생겼다. 엄마는 청춘이 곧 사라지기라도 할 것처럼 빨리 짝을 만나야 한다고 옆에서 호들갑을 떤다. 넌 젊음과 아름다움을 낭비하고 살았어. 너란 애 가치를 좀 알아. 엄마에게는 누군가를 사랑하고 주름 없는 나이에 결혼하는 것만이 젊음과 아름다움을 낭비하지 않으면서 가치 있게 살아가는 유일한 방법이다. 30대는 20대랑 달라. 여자는 그저 평범하게 사는 게 최고야. 그녀는 '낭비와 평범'이란 단어가 맘에 들지 않는다. 그녀는 젊음을 낭비했다고 생각한 적이 없다. 그녀가 지금 생각해 낼 수 있는, 여성이 청춘의 아름다움을 유용하게 써먹으며 살 수 있는 방법이란 두 가지뿐이다. 배경 좋은 남자 만나 결혼하는 것과 창녀나 다름없이 사는 것. 둘 다 행복할 수도, 둘 다 불행할 수도 있는 삶이다. 그녀에게는 젊음과 아름다움을 무기로 많은 사람들과 실타래처럼 복잡하게 얽혀 상처를 주고받으며 살아가는 게 오히려 낭비다. 그렇다면 그녀의 아름다운 젊음은 낭비되지 않았다. 그건 스스로를 특별하지 않은, 평범한 한 인간으로 여기며 살아왔다는 뜻이다. 그녀를 평범하게 보지 않는 사람이 있다면 그건 그들의 시선이 삐딱하거나, 너무 앞서 있거나, 고질적인 편견에 사로잡혀 있기 때문이다. 어긋한 편견을 가진 사람들은 그녀가 창녀처럼 재미나게 젊음을 즐기다 철들어서는 배경 좋은 남자 만나 결혼할 거라고 떠들었다. 결국 그들은 틀렸다. 그녀는 순결하고 적어도 아직은 결혼도 하지 않았기 때문이다.

그녀는 방 옆에 자리한 1.5평짜리 암실로 들어간다. 어두운 그곳을 그녀는 세상에서 제일 좋아한다. 어둠은 모든 걸 가리고 고립시키기 때문이다. 어쩌면 진실은 누구나 다 볼 수 있는 밝은 곳이 아니라 어두컴컴한 곳에 있는지도 모른다. 찾기가 쉽지 않기 때문에 그것에 가치를 부여해 왔는지도. 그림자마저 없애 버리는, 목소리와 몸의 감각에만 의지해야 하는 이곳에 있으면 모든 게 고요하고 공평하게 느껴진다. 어둠 속에서 볼 수 있고 느낄 수 있다면 적어도 그것은 가짜는 아닐 것이다. 무수히 많은 어둠에서 생명은 잉태되었고 천지는 창조되었다. 그래서 어둠은 위대하고, 어둠 속에서 탄생하는 사진은 그래서 더 진실되다.

다양한 장소에서 다양한 자세와 표정으로 책을 읽는 사람들이 어둠 속에서 서서히 모습을 드러낸다. 그녀는 이 순간이 가장 짜릿하다. 프랑스의 대표 지성 장 보드리야르는, 사진은 왜곡을 밥 먹듯 하는 매체이므로 너무 신뢰해서는 안 된다고 했지만 그녀는 그 말을 신뢰하지 않는다. 그녀는 사진 속 수많은 사람들을 믿고 의지해 왔다. 그래서 가끔은 평소 도저히 믿음이 가지 않던 사람들도 사진으로 찍어 놓고 보면 어딘가 믿음직스러운 구석이 발견되기도 한다는 걸 알게 되었다.

그녀는 자동차 뒷좌석에서 찍은 그들의 사진을 본다. 급하게 카메라를 들이댄 탓에 초점이 흔들렸지만 판독하기에는 무리가 없다. 그들은 그날 치즈 케이크와 수험생이 된 여동생 때문에 인상을 찌푸렸다고 억울한 표정까지 지으며 항변했다. 그들의 눈동자를 자세히 들여다본다. 부딪친 눈동자는 각자의 고민에서 발화된 게 아니다. 오히려 서로에 대한 불쾌한 존재감이 애먼 치즈 케이크와 수험생 여동생에게 미친 것이다. 사진 속 눈동자는 거짓말이 들통 났음을 여실히 보여 준다. 그녀는 보류하기로 했던 사진을 그들에게 보여 주기로 한다.

그들은 이런 유의 사진이 열 장이 되면 그녀의 결정에 순순히 따르거나 모든 걸 그 자리에서 끝내기로 했다. 먼저 말을 꺼낸 건 그들이었다. 그들은 아주 자신에 차 있었고 페어플레이를 하자는 의미에서 악수를 나눈 후 포옹까지 했다. 일반 스포츠에서는 페어플레이가 가능해 보이지만, 그래서 깔끔하고 신사적으로 경기를 마친 선수에게 찬사를 보내지만 여자 하나를 사이에 두고 열정에 휩싸인 두 남자가 벌이는 경기에서 공정성을 바란다는 건 우스운 코미디일지도 모른다. 누군가는 이렇게도 말한다. 스포츠의 진짜 매력은 반칙에 있고, 반칙 없는 경기는 재미없다고. 경기가 뜻대로 풀리지 않을 때 고의적으로 저지르는 반칙은 선수를 비롯해 관중의 야유와 흥분을 불러오지만 스포츠에 열광케 하는 요소가 되기도 한다. 그러나 사전에 계획되거나 의도된 게 아니라면 그것을 누가 먼저 저지르게 될지는, 아무도 모른다.

내일은 또 토요일이다. 세상이 미친다 해도 미치지 않고 돌아가는 건 시곗바늘일 거라고 그녀는 P가 준 다이어리를 덮으며 생각한다. 토요일은 일주일에 한 번 갖기로 약속한, 그들과의 정기 더블데이트가 있는 날이다.

5

　욕심 많은 지나는 의심 또한 많은 여자다. 매사에 화끈한 면모를 유감없이 보여 주면서도 가끔은 사소한 것에 예민하게 반응하곤 했다. 예를 들면 휴대폰 단축 번호 1번 자리를 놓고 벌인 신경전이 대표적이다. 지나는 나와 민감한 사이가 되기로 한 날 목이 빠져라 기다리던 키스보다 단축 번호 1번이 누구냐고 묻는 것부터 시작했다. 내가 무턱대고 집이라고 대답하자, 요즘 혼자 사는 사람들은 집에 유선전화를 놓지 않는다며 의심하기 시작했다. 나는 부모님이라고 정정했다. 이럴 때 집과 부모님은 통용되는 개념이기도 하기 때문이었다. 그러자 지나는 부모님은 독일에 계신다며? 라고 물었고, 나는 다시 가족이라고 그 범위를 넓혔다. 내가 무녀독남이라는 걸 알고 있던 지나는 구체적으로 그 가족이 이모인지, 고모인지, 사촌인지 물었다. 사촌뻘쯤 된다고 하자 이번에는 이름이 뭐냐고 물었다.

　"수연, 박수연."

"여자잖아?"

지나는 수연과의 관계가 어떻게 되든 상관없다는 듯, 내 단축 번호 1번을 차지하고 있는 사람의 성별을 여자라고 단정 짓더니 못마땅한 표정을 지었다. 내게 단축 번호는 별 의미가 없었다. 난 지나처럼 관계의 중요도가 아닌 한국에서 관계를 맺은 순서대로 번호를 지정했다. 보통 사람처럼 중요도로 순서를 따지고, 시시각각 변하기 마련인 그 중요도를 좇다 보면 순서는 늘 뒤바뀌기 마련이다. 그러다 나중에는 모든 게 뒤죽박죽되어 단축 번호가 갖는, 시간을 단축해 주는 본 효과를 거두지 못하게 된다. 지나가 2번이 된 것도 아는 선배가 이민을 가는 바람에 자리가 비어 운 좋게 차지한 것뿐이었다. 난 다시 정정했다.

"여자 아니야."

지나는 내가 담배에 불붙이는 틈을 타 테이블에 놓인 휴대폰을 낚아챘다. 저지할 새도 없이 지나는 바로 확인에 들어갔다.

"사귄 지 한 시간도 안 지났는데, 벌써 거짓말이야? 여자 목소리 내는 남자 새끼도 있어?"

지나는 핸드백을 챙겨 들고 칵테일 바를 화끈하게 나가 버렸다. 그러고는 너끈하게 보름 동안 연락이 없었다.

수연이 캔 맥주와 오징어 안주를 사 들고 밤늦게 찾아왔다. 다른 손에는 집들이 선물로 보이는 두루마리 화장지가 들려 있었다. 힘든 시기를 견뎌 내고 있는 수연의 얼굴은 모래사막의 나무처럼 푸석하고 핼쑥했다.

"거추장스럽게 뭐 그런 걸……. 휴대폰이 꺼져 있어서 내내 걱정했어."

"왜, 죽기라도 했을까 봐?"

수연은 자리에 앉자마자 캔 맥주를 물 마시듯 들이켰고, 나는 얌전히 앉아 말없이 오징어 몸통만 발기발기 찢었다. 무슨 말인가를 해야 하는 상황이었지만, 타고난 언어 감각은 어디로 증발해 버린 건지 아무 말도 생각나지 않았다. 나는 왜 멋지고 좀 그럴듯한 말로 위로라는 걸 할 줄 모르는 걸까. 위로라는 것도 많이 받아 보거나 해 봐야 잘할 수 있는 걸까. 이럴 때 나란 인간은 한없이 무능력하게 느껴진다. 인생을 살면서 큰 시련을 겪어 보지 않은 것도 무능력의 하나로 볼 수 있다면 말이다.

그날 장례식은 너무나 초라했다. 사람이 죽었는데도 사람이 찾아오지 않는 장례식은 처음이었다. 슬퍼하는 표정은 물론이고 울음소리조차 들리지 않아 문득문득 장례식이라는 걸 잊고 있었다. 그래서 나 또한 한 방울의 눈물도 흘리지 않았다. 어쩌면 이를 악물고 눈물을 참고 있었던 건지도 모른다. 울면 안 될 것 같은 장례식, 훌쩍이는 소리가 혹여 장례식의 엄숙함을 훼손할까 걱정이 되는 장례식. 장례식에서 울어야 한다고 누가 정해 놨을까. 세상 어딘가에 결혼식처럼 즐겁게 웃어야 하는 장례 풍습을 가진 나라가 있었으면 싶었다.

장례 절차를 옆에서 지켜본 건 수연과 나, 그리고 고인의 오랜 친구라는 초로의 여인이 전부였다. 여인은 눈을 감은 채 묵주 알을 돌리며 기도만 했고, 수연은 어떤 느낌이나 감정에 전혀 물들지 않

은 눈동자로 영정 사진만 바라봤다. 초라하고 조용한 장례식이 수
연에게도 눈물을 보이지 말 것을 명령한 듯했다. 여린 성격의 수연
은 의외로 잘 견디고 있는 것처럼 보였다.

"이제 진짜 혼자야."

수연의 어머니는 오랫동안 우울증을 앓아 왔고, 그 때문에 여러
번 자살을 시도했으며, 그럴 때마다 수연이 가까스로 그걸 막아 냈
다. 결국 수연의 어머니는 자살이 아닌 새벽에 급작스럽게 찾아온
심장마비로 숨을 거뒀다. 수연은 어머니가 자살을 시도할 때마다
내게 찾아와 힘들다고 하소연하며, 차라리 혼자 살아가는 게 낫겠
다고 말해 왔다. 수연으로부터 부고를 받았을 때 속으로 나는, 참
잘됐다, 그리고 참 다행이다, 라고 생각했다. 이젠 수연이 자살로부
터 어머니를 지켜 내지 않아도 되니 잘됐고, 어머니의 죽음이 자살
이 아닌 돌연사여서 다행이었다. 그런데 막상 혼자가 되고 나니 수
연은 두려운 걸까. 붉게 충혈된 수연의 눈동자에서 근원을 알 수 없
는 불안감과 두려움이 희뜩 스쳐 지나갔다.

"내가 있잖아."

그 말이 위로가 될 수 있을지 알 수 없었지만, 내가 할 수 있는
말은 고작 그것뿐이었고, 다행히 수연도 만족한 듯했다.

"오늘, 자고 가도 되지?"

나는 고개를 끄덕였다. 수연과 나는 가족과 다름없는 사이였다.
부모님이 독일에 계시다고는 하지만 한국 땅에 연고라고는 씨앗도
없으니 나 또한 수연과 같은 처지였다. 지나가 단축 번호 1번이 누
구냐고 물었을 때 무심코 집이라고 했던 것도 그런 의미에서였을 것

이다. 수연은 내게 집이자, 부모이자, 고모이자, 이모이자, 사촌뻘쯤 되는 존재였다.

그날 지나가 쌩, 하고 찬바람을 일으키며 칵테일 바를 나간 후 바로 수연에게 전화를 걸었을 때, 지나 말대로 여자 목소리가 흘러나왔다. 목소리의 주인공은 당시 수연이 사귀고 있던 연극배우였다. 그러고 나서 보름 후 지나가 우울한 목소리로 전화를 해 와 우리 셋은 함께 만났다. 오해가 풀린 우린, 첫 번째처럼 느껴지지 않는 첫 섹스를 했고, 덕분에 지나가 기억하고 있는 그날을 지나의 기념일로 만들어 주게 되었다. 관계가 끝난 후 내가 단축 번호 얘기를 꺼내자 지나는 예전의 화끈한 여자로 돌아가 수연의 성별이 남자라는 이유만으로 1번을 그에게 양보하겠다고 선언했다. 그 선언에 기분이 좋아져 나는 다시 한 번 달아올랐다. 지나는 사내라면 누구도 놓치고 싶지 않은 그런 여자였다.

수연은 그새 바닥에 엎어져 잠이 들었다. 깎지 않은 수염이 시꺼멓게 얼굴을 뒤덮고 있었다. 나는 수연이 먹다 남긴 맥주와 오징어를 모조리 해치웠다.

아침을 깨운 건 정체를 짐작할 수 없는 소리였다.

어디선가 쿵쿵쿵, 난타 공연을 하는 듯한 소리가 들려왔다. 지끈거리는 머리를 부여잡고 방을 나왔다. 수연은 소리에 아랑곳하지 않고 거실에서 코까지 골며 자고 있었다. 소리의 진원지를 알아내기까지 그리 오랜 시간이 걸리지 않았다. 누군가 탕탕탕, 문을 두드리는 중이었다. 용건이 있으면 초인종을 누를 것이지! 나는 렌즈를 통해 밖을 내다봤다. 아무도 없었다. 현관문을 **빼꼼히** 열고 밖을 내다보니 기가 찰 광경이 눈앞에서 벌어지고 있었다. 나는 바람처럼 밖으로 나갔다. 305호 신문 투입구에서 빠져나온 제법 두꺼운 원통형 쇠 파이프가 내 현관문을 사정없이 찍어 대고 있었다. 내가 파이프를 잡으려 하자 그것은 순발력 있게 후다닥, 안으로 들어가 버렸다. 화가 나 여자의 현관문을 발부리로 걷어찼다. 그때 여자가 했던 말이 문득 떠올랐다.

'당신으로 인해 내 아침은 엉망이 될 겁니다.'

그 말에서 '내 아침'은 저 여자의 아침이 아니라 나의 아침, 즉 '네 아침'이 될 거라는 전언이었다. 건전지를 사다 주지 않은 보복을 이딴 식으로 하겠다는 건가. 그렇다면 건전지를 사다 줄 때까지 저 웃기지도 않은 작대기 행태를 멈추지 않을 거란 뜻인가. 현관문을 자세히 들여다봤다. 긁히고 찍히고 찌그러진 곳이 한두 군데가 아니었다. 울퉁불퉁, 얼금숨숨 곰보가 된 내 현관문. 한두 번으로 끝날 일이 아님을 시사하고 있었다. 나는 집으로 들어갔다. 그사이에 예의 작대기 행태는 다시 시작되었고 잠자고 있던 수연마저 놀라서 깼다.

"이게 무슨 소리냐?"

"앞집에 미친 여자 하나가 살고 있거든."

지갑에서 1000원을 꺼내 들고 나가는 나를 수연이 어리둥절한 표정으로 쳐다보다 따라 나왔다. 저 여자는 건전지 때문이 아니라 내가 1000원을 꿀꺽했다는 것에 천인공노하고 있는 것이다. 건전지를 사지 않았으면 돈을 내놓으라는 무언의 시위. 여자는 내가 건전지를 사지 않았다는 것조차 이미 알고 있었다. 그렇다면 진작 달라고 할 것이지 왜 이제 와서 저 지랄을 떠는 걸까. 나는 편지를 부치듯 우편 투입구로 1000원을 집어넣었다. 왠지 1000원만큼 구질구질해진 것 같았다. 그런데 잠시 있다 신문 투입구로 돈이 도로 튕겨 나왔다. 저 여자가 지금 원하는 건 오로지, 건전지다. 자초지종을 쭉 듣던 수연이 작위적이다 싶게 깔깔대며 웃었다.

"네가 잘못했네. 왜 남의 돈을 떼먹냐?"

"떼먹긴 누가 떼먹어. 너도 방금 봤잖아, 돈 다시 나오는 거. 저 여자가 원하는 건 돈이 아니라니까!"

"얼른 사다 드려라. 피치 못할 사정이 있나 보지. 재밌는 이웃을 둬서 심심하진 않겠다. 어차피 우리도 해장해야 하니까, 가기 싫으면 내가 갔다 오든가."

악몽 같은 이 상황이 수연은 정말 재밌는 걸까. 내 앞에서 힘든 내색을 하지 않으려고 재밌는 척 연기하고 있는 것 같기도 했다. 어쩌다 한 번이라면 재밌기는 하겠지.

마트에서 물건 값을 계산하고 있을 때 메시지 수신 음이 울렸다. 극단 단장의 갑작스러운 호출로 가 봐야 할 것 같다는 수연의 메시지였다. 메시지 말미에 수연은 친절한 이웃 때문에 문은 잘 잠그고 간다고 했다. 0815는 이제 모든 이의 비밀번호, 아니 그냥 번호가 되어 버렸다.

엘리베이터에서 내리자마자 305호 현관문을 마구 두드렸다. 스피커로 여자의 목소리가 흘러나왔다.

"친구 분이……."

"아 그건 됐고, 현관문 어쩌실 겁니까? 두고 보지만은 않을 겁니다!"

"차차요."

"차차 언제요?"

"바꿔 드릴게요. 네 달쯤 후에."

마음 같아서는 내일 당장 변상해 달라고 하고 싶었다. 하루라도 빨리 새것으로 교체해야 그 작대기 행태를 멈출 테니까. 썩 만족스럽지는 않았지만 확답을 받은 나는 주머니에서 건전지를 꺼내 확실한 물건을 가지고 있다는 걸 보여 주기 위해 인터폰 렌즈에 갖다 대고 약 올리듯 흔들었다.

"건전지네요?"

여자의 말은 생소하거나 뜻밖의 물건을 지칭할 때처럼 시큰둥하게 들렸다. 그러나 나한테는 속이 빤히 들여다보이는 멘트였다. 그때처럼 직접 받아 가시죠? 라는 말이 튀어나오려는 걸 간신히 참았다. 그 말끝에 여자가 '내 아침'을 엉망으로 만들겠다고 했던 게 다시금 떠올라 끔찍해졌다. 대신 이 건전지를 미끼로 저 여자에 대한 사소한 정보라도 캐내야겠다는 생각이 들었다. 그건 나와 소중한 내 집을 보호하기 위한 사전 탐색이었다.

"몸이 어디 불편한가요?"

"아니요."

"직업은 뭐예요?"

"루이스 씨는요?"

"제가 먼저 물었잖아요."

"말하기 싫어요."

뻔하군. 말하기 싫다는 건 없다는 거다. 대충 그림이 그려졌다. 팔자 좋게 우아한 백조 생활을 즐기는 중이거나 살림이나 하면서 뼈 빠지게 돈 벌어다 바치는 남편 등골 쏙쏙 빼 먹으며 뒹굴뒹굴 사는 흔한 부류. 굳이 근사한 상상력까지 동원하지 않아도 고개만 돌리면 어디서나 만날 수 있는 대한민국 대표 아줌마들. 젊고 잘생긴 앞집 총각이랑 회회낙락거리며 어떻게든 그 질기고 무료한 시간을 때워 보려는 수작 혹은 발악이 아니면 뭐겠는가. 그러다 죽이 짝짝 맞는 멍청한 놈이라도 하나 걸려들면 칙칙하고 별 볼일 없는 인생을 드라마 같은 로맨스로 급전환할 수 있을 거라고 착각하고 있겠지. 어쩌면 저 여자 내가 그 스릴 만점 불륜 상대남이 되겠다고 오케이 사인만 보내면 문을 박차고 나올지도 모른다. 나한테 원하는 게 뭐냐고 단도직입적으로 물어볼까. 좀 더 노골적으로, 매일 피곤해하는 남편이 많이 딸리죠? 라고 해 볼까.

"결혼은 하셨죠?"

"건전지 하나와 교환하기엔 너무 비싼 질문 아닌가요?"

처음부터 호락호락한 여자가 아닐 거라는 건 진작에 알고 있었다. 어쩌면 이 여자 꼴에 고급스러운 불륜남을 원하는지도 모른다. 솔메이트 같은.

"이봐요!"

"앨리스요. 닉네임 잊었어요? 난 그 이름 좋아요."

"좋습니다, 앨리스 씨. 도대체 나한테 원하는 게 뭡니까?"

"건전지요."

더 이상 대화가 이어지는 건 불가능해 보였다. 나는 건전지를 신문 투입구로 집어넣었다. 여자는 고맙다는 말도 없이 인터폰을 끊었다. 그때였다. 4층에서 몸체가 코끼리만 한 여자가 계단 난간에 위태롭게 몸을 기댄 채 나를 째려보고 있었다. 무게의 압박에 난간이 곧 무너져 내릴 것만 같아 나는 살짝 옆으로 비켜섰다.

"어떻게 해 볼 생각이라면 관둬."

"네?"

"보이지 않는 손을 가졌어!"

나는 코끼리를 향해 계단을 한 발 한 발 밟고 올라갔다.

6

K와 P는 자주 싸운다. 설전이다. 그것은 그들에게 허용된 유일한 싸움이기에 다소 거칠게 진행된다. 만약 말에, 언어라는 것에 살과 피가 있다면 주변은 낭자한 피로 가득할 것이다. 그들은 설전을 통해 누가 더 지적으로 우월한지 보여 주려고 애쓴다. 자고로 여자란 아는 게 많은 남자에게 매력을 느낀다고 그들은 생각한다. 이 대목에서는 그들이 서로를 잡아 죽일 듯한 시선으로 쳐다봐도 카메라를 들이댈 수 없다. 이렇게 공인된 싸움에서 이기려고 발버둥치는 그들을 볼 때면 그녀는 마치 시사 토론을 방청하고 있는 듯한 기분이 든다.

그녀는 토론 프로를 시청할 때마다 궁금했다. 장식품처럼 수긋하게 앉아 있는 방청객 중 그날의 토론 주제에 대해 진지하게 생각하며 자신의 주장을 관철하고 있는 사람은 몇이나 될까. 아마도 한 번씩은 전날 먹은 비빔국수에 대해, 내일 있을 소개팅에 대해, 그리고 오늘 받게 될 방청료로 무얼 살 것인지에 대해 생각할 것이다. 쏟아지는 하품을 억지로 참아 가며 말이다. 그러다 패널들이 가끔 내뱉는 재치 있는 유머와 자주 내뱉는 초등학생도 이해 못 할 어이없는 발언에 웃어야 할 때와 웅성거려야 할 때를 놓쳐 더욱 장식품 같은 방청객이 되고 말 것이다. 그녀 또한 그렇다. 억지로 하품을 참으며, 전날 엄마가 해 줬던 얼큰한 해물탕에 대해, 내일 있을 갤러리 관장과의 미팅에 대해, 그리고 오늘 이 만남이 끝나면 어디로 갈 것인지에 대해 생각하다 그들이 던진 갑작스러운 질문을 놓쳐, 뭐? 라고 묻고 만다.

—너 또 딴생각했지?

그들이 동시에 말한다. 자신들의 열띤 설전이 그녀에게 영향을 끼치지 못한 같아 안타깝고 속상한 표정이다.

—음악 소리가 커서 못 들었어. 뭐?

—앤디 워홀이 예술가라고 생각해 장사꾼이라고 생각해?

그 한마디에 그녀는 딴생각에 빠져 있을 동안 그들 사이에 오간 토론 주제가 무엇인지 단번에 알아챈다. 앤디 워홀을 예술가로 생각하는 건 조각가인 K고 장사꾼이라 생각하는 건 치과 의사인 P다. 그들의 의견은 늘 평행선을 유지한다. 평행선은 결코 만날 수 없다. 그러나 비유클리드 기하학에서는 완전한 평행선이란 존재하지 않기 때문에 언젠가는 만난다고 정의한다. 그렇다면 저들의 평행선도 언젠가는 만날까. 만나긴 할 것이다. 문제는 그 평행선은 시작부터 반대 방향을 향하고 있어서 그곳에서 그들은 또 다른 시각과 생각 차이로 설전을 벌여야 한다는 것이다.

그녀에게 앤디 워홀은 혁명적인 예술 장사꾼이다. 예술을 장사한 사람, 장사를 예술화한 사람, 그리고 당대의 혁명가. 그들은 긴장된 눈빛으로 그녀의 입술만 쳐다본다. 둘 중 누구의 손을 들어 줄 것인지 기다리는 것이다. 그러나 그녀는 누구의 손도 들어 줄 생각이 없다. 누군가의 손을 들어 주면 그녀와 생각이 같다는 이유로 그는 이 게임에서 한 발짝 앞서 있다고 착각할 것이다. 그렇다고 자신의 생각을 그대로 말하지도 않는다.

— 예술가든 장사꾼이든 무슨 상관이야. 그는 이미 죽었어. 중요한 건 혁명적이었다는 거야. 난 그런 게 좋아. 혁명.

그들의 뇌와 심장은 다른 체온을 가졌고, 지갑의 부피도 다르며, 식사 후 즐겨 마시는 차의 종류도 옷 입는 스타일도 가치관도 말투도 다르다. 그들이 처음부터 그랬던 건 아니다. 그녀와 만났을 때 그들은 성격이나 취향이 쌍둥이처럼 닮아 있었다. 그녀의 선택을 돕기 위해 무조건 달라져야 한다고 판단했는지 그들은 어느 날부터 빠르게 변하기 시작했다. 상대방과 다르다는 걸 부각시키기 위해 일부러 평소 관심 없던 것에 관심을 가졌고, 관심 있던 것에 무심한 척했다. 가능한 한 모든 것에 변화를 꾀하다 보니 그 변화는 성격과 가치관에까지 이르렀다. 그 결과 끝과 끝을 향해 멀어진 그들은 선과 굴곡과 면적이 다른 사람이 되어 버렸다. 욕망이 그들을 탈바꿈시킨 것이다.

변해 버린 두 남자를 마주 보고 앉아 그녀는 삼각관계와 삼각연애의 차이에 대해 생각한다. 삼각관계란 관계를 1대1로 만들기 위해

질투, 비난, 감시, 반목, 폭력도 마다하지 않는 관계다. 그야말로 물어뜯고 밀고 당기고 치고받기로 관계를 유지해야 한다. 삼각연애란 갈등이나 질투 없이 세 사람이 동시에 서로를 사랑하는, 다소 믿기도 어렵고 유지하기도 어려운 관계다. 서양의 많은 예술가들이 삼각연애를 즐겼다. 갈라와 폴 엘뤼아르와 살바도르 달리, 루 살로메와 니체와 폴레, 실비아 플러스와 테드 휴즈와 재닛 말콤. 그 외에도 프로이트, 피카소, 에즈라 파운드, 마르그리트 뒤라스, 사르트르, 보부아르 등이 삼각연애에 빠졌다. 이때 서로의 관계가 조화와 합의를 거친다면 그로부터 발산된 사랑의 에너지는 예술로 승화되어 꽃을 피운다. 아마 그들이 이룬 위대한 예술 업적 중에는 삼각연애의 힘을 빌린 것도 상당할 것이다.

그녀와 그들의 관계는 어디에 해당할까. 둘 다면서, 둘 다가 아니기도 하다. 그녀는 비슷한 시기에 만난 그들과 1년간 계약 데이트를 하기로 했다. 둘 다 물러설 기미가 보이지 않자 그들이 자신 있게 제안한 방법이었다. 그녀에게도 생각하고 고민할 시간을 주려는 것이었고, 탐색 시간이 필요했던 그녀에게 그 제안은 나쁘지 않았다.

그 기간 동안 그들은 서로 시기하지 않으면서 조화롭게 데이트를 이뤄 나가야 한다. 그건 인내와 통제, 균형을 필요로 하는 아주 어려운 일이다. 계약이 만료되는 7월과 함께 두 사람에 대한 파악이 끝나면 그녀는 한 사람을 선택해야 한다. 실은 말만 연애일 뿐, 그들은 친구도 애인도 아닌 어정쩡한 관계다. 다만 분명한 건 그들의 시간이 지금 이 순간에도 부지런히 흘러가고 있다는 것이다.

그들은 토요일에 의무적으로 더블데이트를 할 것, 단 둘이 만나는 일은 절대 없을 것, 개인적으로 전화 통화를 해서도 안 될 것, 상대를 모함하는 말을 하지 말 것, 일체의 스킨십을 허용하지 않을 것, 한 사람이라도 위 사항을 어겼을 시 위자료를 지불할 것, 그녀의 결정에 깨끗하게 승복할 것 등등을 계약 조건으로 내세웠다. 물론 피 끓는 청춘들인지라 조화롭지 않은 행동을 보일 때도 가끔 있다. 그때를 대비해 그들의 행동을 감시하고 기록하는 일은 그녀의 카메라가 맡았다. 또한 그 횟수가 10회를 넘기면 그녀가 내리는 결정에 무조건 따르기로 맹세도 했다. 그러나 그녀는 알지 못한다. 그녀가 없는 곳에서 그들은 조금도 조화나 합의를 이루지 않는다는 것을. 그들은 단지 억누르고 있을 뿐이라는 것을. 그런 관계에서 조화란 불가능하다는 것을. 그녀 뒤에서 그들은 늘 전쟁 중이라는 것을.

그녀의 마음은 어디로 기울고 있을까. 확실한 건 누구보다 그녀가 어중간한 이 상황에서 벗어나고 싶어 한다는 것이다. 그리고 선택은 아주 어려운 문제가 되리라는 것도. 누군가는 이렇게도 말할 것이다. 끝과 끝으로 멀어져 버린 두 남자라면, 선택은 오히려 간단한 문제가 아니냐고. 그런데 문제는 거기에 있다. 어중간한 그녀에게 끝에 닿아 있는 두 사람은 너무 멀리 있는 것처럼 느껴진다.

그녀는 자신이 찍은 사진 한 장을 내민다. 나란히 사진을 맞잡고 그들이 사진을 들여다본다.

— 이건 무효로 하기로 한 거였잖아?

— 보류였지.

오랜 합의를 거쳐 그들은 사진을 인정한다. 이로써 사진은 다섯

장이 되었다. 그러나 그녀는 알고 있다. 그 사진이 열 장을 넘을 리 없고, 그 열 장을 기회로 삼아 어떤 결단을 내릴 수 있는 기회 또한 그녀에게 주어지지 않으리란걸.

그들은 레스토랑을 나와 영화관으로 향한다. 그들은 수없이 많은 식사를 했음에도 한 번도 식사 메뉴를 통일해 본 적이 없다. 영화 취향을 통일하는 것은 그보다 어려운 일이다. P는 스케일이 큰 블록버스터를, K는 인내를 요하는 지루한 예술영화를, 그녀는 로맨틱 코미디를 좋아하기 때문이다. 아니 그들은 다른 음식을 좋아하는 것처럼 다른 영화를 좋아하는 척하고 있을 뿐이다. 식사는 그나마 메뉴가 제각각이어도 한 식탁에서 먹을 수 있지만 영화는 그렇지 못하기 때문에 이쯤에서는 어쩔 수 없게도 통일이 필요하고 그 조율 과정은 늘 힘겹다. 가장 쉬우면서 능률적인 방법은 서로 양보하는 것이다. 그래도 다행히 오늘은 제법 쉽게 합일점을 찾았다. 가까운 영화관에 전화해 본 결과, P 취향의 영화가 상영되는 곳은 전회 매진됐고 K와 그녀 취향의 영화가 상영되는 곳은 한 군데도 없기 때문이다. 영화관이 아니면 지금 이 시간에 딱히 갈 데도 없다. 그들은 할 수 없이 가장 가까운 영화관으로 가기로 한다.

영화관에 도착하자 P가 영화 표를 사러 간다. P는 그녀와 K를 단둘이 두고 가는 게 마음에 걸리는 듯 자꾸 뒤돌아본다.
─사진은 잘돼 가?
─그럭저럭. 조각은 잘돼 가?

─그럭저럭.

어색한 듯 그녀와 K가 동시에 웃는다. 셋이 있다 둘만 남겨지면 왠지 어색해진다.

─이제 3개월밖에 안 남았네. 네가 어떤 결정을 내리든 난 상관없어.

그는 마치 모든 걸 포기해 버린 얼굴이다.

─어떤 결정을 내릴지 알고 있다는 표정이네?

─가끔 후회될 때가 있어. 어쩌다 여기까지 온 건지. 넌 안 그래?

그녀는 K가 무슨 생각을 하고 있는지 안다. 그는 자신의 조건이 P에게 못 미친다는 걸 약점으로 여긴다. 그리고 그 약점이 그녀의 선택에 결정적인 영향을 끼칠 거라 단정한다.

─나도 그래. 그렇지만 신은 공평해.

그녀의 대답에 K는 고개만 살짝 끄덕인다. P가 표를 팔랑이며 헐레벌떡 달려와 그녀 옆에 앉는다.

─표는 내가 샀으니까, 넌 콜라랑 팝콘 사 와.

영민한 P는 그들이 단둘이 가진 시간을 자신 또한 공평하게 가져야 한다고 생각한다. 순순히 매점으로 향하는 K는 P처럼 뒤돌아보지 않는다.

─스케일링할 때 되지 않았어? 시간 되면 병원 들러. K랑 같이 와도 좋아.

그녀는 대답 대신 깨끗한 치아를 드러내며 싱끗 웃는다.

─이제 3개월밖에 안 남았네.

—그러게, 시간 참 빠르다. 난 네가 날 선택할 거라 믿어.

P의 의치가 인위적이다 싶게 반짝 빛난다. P는 늘 그렇게 자신감에 차 있고, 생각을 거침없이 말로 담아낸다. 그 자신감은 빈곤의 슬픔을 모르는 돈과 안정된 직업에서 나온다. 자신감이 없다는 것과 자신감이 과하다는 것도 욕망이 변화시킨 K와 P의 다른 점이다.

—가끔 후회돼. 어쩌다 여기까지 온 건지. 안 그래?

—아니, 난 그런 적 없어. 다시 말하는데, 난 널 믿어. 그리고 나도.

K가 콜라와 팝콘을 들고 그녀 옆에 앉는다. 다른 곳에서 태어나 다른 환경에서 자란 K와 P. 그들은 그녀로 인해 만났다. 나이는 P가 한 살 많지만 K는 반말을 하고 P는 그 반말을 개의치 않는다. 둘 사이의 아슬아슬한 긴장감이 제거된다면 좋은 친구가 될 수 있을까. 그들은 자신의 취향이 아닌 영화를 보기 위해 앞이 보이지 않는 깜깜한 극장 안으로 들어간다.

7

프랑크푸르트. 독일행 비행기에서 내리면 가장 먼저 만나게 되는 도시. 뢰머 광장과 로렐라이 언덕과 독일의 대문호 괴테의 생가가 있는 도시. 나를 키운 도시. 그리고 오래전 내가 떠나온 도시. 독일 어로 쓰인 책을 펼칠 때마다 그곳의 향기가 몸서리치게 느껴진다.

지리학 교수인 아버지를 따라 다섯 살 때 이민을 갔으니 독일은 고향이나 다름없는 나라였다. 이상하게 한국에서 지낸 5년의 기억 은 어디에도 없었다. 내 기억은 공항에서 처음 본 그 거대한 도시와 노란 머리 사람들이 뱉어 내는 거친 느낌의 언어에서부터 시작되었 다. 나는 엄마 뱃속이 아니라 비행기에서 잉태되었고 비행기에서 내 리자마자 다섯 살짜리 사내아이가 되었다. 그 아이는 자연스럽게 독일어로 말을 하고 생각을 했다. 독일은 의심할 것도 없는 완전한 나의 조국이었다.

그러나 모두가 그러하듯, 사춘기에 접어들면서 그들과 다르다는 걸 깨닫기 시작했다. 식탁에 앉아서는 된장찌개 더 줘 엄마, 라고 하다가 밖에만 나가면 뼛속까지 독일인인 것처럼 말하고 행동하는 내가, 이중인격자처럼 느껴졌다. 내가 아무리 독일인보다 더 독일어를 잘하고 맥주 맛을 잘 알아도 독일 민족의 몸속에는 히틀러의 피가 흐르고 있었고 내 몸속에는 단군의 피가 흐르고 있었다. 독일은 민족주의였고, 내가 간절히 원하는 건 시선의 자유였다.

　더 이상 참아 낼 수 있는 나이가 아님을 깨달은 나는 부모님 몰래 교환학생 자격으로 한국으로 들어왔다. 그러자 기적처럼 끊어져 있던 다섯 살 이전의 기억이 되살아나기 시작했다. 성북동 기와집에서 코흘리개들과 딱지치기를 하며 놀던 기억과 엄마 손에 이끌려 병아리색 유치원 버스에 오르던 기억. 기억이 없었던 게 아니라 단지 기억하지 못했던 것뿐이었다. 한국행 비행기에서 내리자마자 나는 다시 다섯 살짜리 사내아이가 되었고, 그 아이는 당연하게 한국어로 말을 하고 생각을 했다. 한국은 의심할 것도 없는 완전한 나의 조국이었고, 그 조국은 의심할 것도 없이 나를 한국인으로 받아들여 줬다.

　대학 생활은 만족스러웠다. 완벽한 독일어 구사 덕에 남들이 학과 공부에 허우적대고 있을 때 번역 아르바이트를 했다. 아르바이트로 시작한 일은 자연스럽게 직업이 되었고, 그 직업은 이렇게 번듯한 집까지 장만해 주었다. 그러나 독일어 텍스트를 대할 때마다 내가 떠나온 나라에 빚지고 있다는 기분은 지울 수 없었다. 소시지 안주와 맥주가 없으면 작업이 잘 풀리지 않는 것도 어쩔 수 없는 그곳에 대한 향수 때문일 것이다.

번역은 두 나라의 언어와 문화를 완벽하게 이해하고 습득하고 있
어야만 가능하다. 나는 하나의 언어가 다른 언어로 바뀌는 순간 맛
보게 되는 오묘함에 놀라곤 한다. 나를 영매로 언어가 번역되는 그
순간이 바로 거대한 나라와 나라가, 역사와 역사가 소통되는 순간
이기 때문이다. 갈등과 혼돈과 오해가 풀리고 이해되는 시점. 그 시
점에 나는 아무리 다른 언어와 문화, 그리고 생활 방식을 가졌더라
도 살아간다는 건 어디서나 처절하다는 걸 깨닫는다. 그러므로 번
역은 늘 신중 정확해야 한다. 벤야민의 말처럼 원문을 의미에 맞게
재현하는 자유와 원문에 충실하려는 성실성이 번역가에게 요구되
는 것이다. 결국 번역이란 바벨탑에 분노한 신에 의해 생겨난 직업
이란 생각이 든다. 신은 자신이 저지른 일을 다른 방식으로 해결하
고 있는 것이다. 인간은 어리석지만 신은 현명하다. 혼잡한 언어 때
문에 인간은 적어도 이해하려고 노력은 하고 있지 않은가.

  텍스트에 빠져 있는 사이에 맥주가 바닥났다. 냉장고에서 맥주
두 캔을 꺼내 들고 나오다 현관문 앞에서 저절로 발걸음이 멈췄다.
자석처럼 이끌리듯 인터폰으로 다가가 괜스레 액정 화면 버튼을 눌
렀다. 305호 현관문이 흑백으로 보였다. 인간은 적어도 이해하려고
노력은 하고 있지 않은가? 방금 한 말을 이쯤에서 번복하고 싶어졌
다. 세상 모든 사람을 다 이해해도 앞집 여자만은 도저히 이해할 수
없을 것 같아서다.

  그날 코끼리에게 들은 이야기는 마치 번역 불가능한 외계의 이야
기 같았다.

코끼리는 계단을 한 발 한 발 오를 때마다 내가 즉흥적으로 붙여 준 그 별명이 너무도 잘 어울린다는 생각이 들게 하는 여자였다. 너무 뚱뚱하고 못생긴 데다 너무 나이도 많이 먹은 여자. 더 놀라운 건 코끼리가 노처녀라는 사실이었다. 코끼리는 자신이 아직 결혼하지 않은 숫처녀라는 사실을 위대한 자랑거리로 여기는 눈치였다. 코끼리는 결혼을 못 한 게 아니라 나름의 인생철학과 굳은 의지로 하지 않았다는 투로 말했다. 그러나 코끼리와 한 번이라도 마주친다면 누구도 그 말을 믿으려 하지 않을 것이다.

불행하게도 코끼리는 전혀 남자가 붙지 않을 몸뚱이와 얼굴을 가졌다. 결혼을 한 몸이었다면 그게 더 위대한 자랑거리가 될 뻔했다. 그러니까 이쯤에서 정정하자면 코끼리가 노처녀라는 건 전혀 놀랄 만한 사실이 아니다. 나는 속으로 잔뜩 인상을 찌푸렸다. 상쾌하지 않은 여자와 얼굴을 맞대고 얘기한다는 게 곤혹스러운 일이란 걸 그때 처음 느꼈다. 과연 저 여자에게도 20대라는 청초한 나이가 있었을까. 상상이 가지 않았다. 처음부터 코끼리는 코끼리의 몸을 갖고 태어나 40대의 나이로 줄기차게 살아왔을 것만 같았다. 한편으로는 다행이라는 생각도 들었다. 나이라도 많이 먹어서. 나이많은 사람한테 아름답기까지 바라지는 않으니까. 저 얼굴로 젊기까지 하다면 얼마나 더 절망적일까. 20대에도 저 얼굴과 몸이었다면 코끼리는 외모가 아니라, 말도 안 되게 안타까운 그 나이를 더 저주하며 살았을 것이다.

방금 한 말이 무슨 뜻이냐고 내가 묻자 코끼리는 만사가 귀찮다는 듯 새끼손가락으로 귓속을 후벼 팠다.

"보이지 않는 손을 가졌다니 무슨 말이에요, 아줌마?"

내내 귀차니스트의 전형을 보여 주던 코끼리는 그 대목에서 버럭 화를 냈다. 제법 민첩하게 눈을 커다랗게 치켜뜨더니 누가 뒤에서 쫓아오기라도 한 듯 입술을 놀렸다.

"나 아줌마 아니야, 결혼도 안 한 아가씨한테 무슨!"

아가씨란 아름다운 단어를 그런 데 갖다 붙이니 왠지 민망해졌다. 그러나 원하는 정보를 얻기 위해서는 참아야 했다. 이럴 때는 애교 넘치는 이 말과 함께 살살 녹는 눈웃음 한 방이면 끝장이다.

"누님, 제발요."

끝에 코맹맹이 소리로 마무리하는 것도 잊지 않았다. 코끼리는 누님이란 말이 흡족한 듯 나긋나긋 입을 벌렸다.

"내가 이 아파트에 산 지가 10년이 넘어. 그러니까 305호를 10년 동안 봐 오고 있단 말이지."

그렇다면 코끼리만큼 305호에 대해 잘 아는 사람도 없을 듯했다.

"누님 말씀은 305호가 이 아파트에 산 지 올해로 10년째 된다는 겁니까?"

코끼리는 다시 귀차니스트로 돌아가 팔 하나를 난간에 기댄 채 졸린 듯 눈을 끔뻑이며 고개만 까딱였다. 우지직, 소리를 내며 난간이 밖으로 약간 휘었다.

"그보다 더 중요한 건."

이 대목에서 코끼리는 누가 듣기라도 할까 봐 목소리 볼륨을 확 줄였다. 그러더니 내 귀에 입술을 바짝 대고 간지럽게 속삭였다. 너무 바짝 댄다 싶었지만, 그래서 에로틱한 분위기를 내려고 나름 애

쓰는 코끼리의 입김이 몹시도 느물거렸지만 어쩔 수 없었다. 숨을
참으면 입김을 느낄 수 없을 것 같아 숨을 삼켰다.

"그 10년 동안, 그 10년 동안……."

코끼리는 드라마틱한 상황을 연출하려는 듯 한 템포씩 끊어 가
며 얘기했고 난 더 이상 숨을 멈추고 있을 수가 없었다. 참다못해
숨을 한꺼번에 토해 냈을 때 코끼리가 무슨 말인가를 했지만 결국
듣지 못하고 말았다.

"뭐라고요? 다시 한 번만……."

나는 집게손가락을 꼽아 애원하듯 가슴 가까이 대고 한 번만,
하고 외쳤다.

"나 참, 나온 적이 없다고! 10, 년, 동, 안!"

나는 기겁했다.

"한 번도요? 에이, 말도 안 돼. 말이 돼야 믿든가 하죠."

코끼리는 믿든 말든 맘대로 하라는 듯, 외국인처럼 어깨를 으쓱
추어올리고는 돌아서서 계단을 올라갔다. 나는 뒤통수에 대고 다
시 물었다.

"나이는 몇 살이에요? 결혼은 했어요? 누구랑 살아요? 몸에 무
슨 문제라도 있나요?"

"결혼 안 했다고 아까 말했잖아!"

"누님 말고……."

"멍청하긴. 나온 적이 없는데 내가 어떻게 알아!"

코끼리는 화를 내며 현관문을 닫고 들어갔다. 잠시 후 다시 문을
열어 얼굴만 빼꼼히 내민 채, 계단참에 멍하게 서 있는 내게 이렇게

말했다.

"혼자 사는 것만은 확실해. 두 사람이면 비극은 아니지."

세상에는 이해할 수 없다고 해도 이해해야만 하는 이야기가 있기 마련이다. 10년 동안의 이야기가 내 집 앞에서 벌어졌고, 지금도 벌어지고 있다고 하니 믿기는 해야 할 것이다. 그런데 이상하게도 코끼리를 만난 후 왠지 305호가 꼭 코끼리처럼 생겼을 것 같은 생각이 들었다. 혹 코끼리가 305호와 동일 인물은 아닐까. 코끼리가 10년째 은둔 생활 중이라면 충분히 믿을 수 있을 것 같았다. 그런 불쾌한 외모를 가진 여자는 강제로라도 사회에서 은둔시켜야 한다는 불온한 생각마저 들었다. 어쩌면 305호와 405호가 천장 구멍으로 연결되어 있을지도 모른다. 그래서 지킬 박사와 하이드처럼 두 얼굴로 살아가는 것이다. 낮에는 앞집 사는 사람을 괴롭히는 재미로, 저녁에는 그 흉악한 얼굴을 어둠 속에 감추고 세상을 경악시키는 재미로. 동일 인물이 아니더라도 낮의 305호는 밤의 405호가 구호품처럼 구멍으로 날라 주는 식료품과 생필품으로 연명하는 중인지도 모른다. 그런 시나리오라면 305호가 10년 동안 단 한 번도 바깥출입을 않고 살아왔다는 사실을 납득할 수 있으리라. 어딘가에 밖으로 통하는 지하 통로가 있을지도…….

상상에 빠져 있는 사이 초인종이 울렸다. 인터폰 액정에 아름다운 지나 얼굴이 나타났다. 얼마나 보고 싶고 애무하고 싶던 얼굴인가. 쩍쩍 엉그름진 논바닥이 해갈되는 기분이 꼭 이럴까. 나는 문을 열자마자 지나를 확 끌어안고 거칠게 키스를 퍼부었다. 이사 후 한 번도 못 봐서인지 지나는 나보다 더 열정적으로 혀를 놀렸다.

이 세상에 여자가 존재하는 이유는 오로지 아름다움 때문이다. 그것은 내가 오랫동안 견지해 온 여자에 대한 가장 단순하고도 명쾌한 명제다. 아름답지 않다면 여자는 쓸모없는 먼지에 불과하다. 날 좋아하는 이유가 뭐야? 라고 여자들이 물었을 때 너저분하게 지적이라거나 착해서, 라는 이유를 남발한다면 그 남자는 솔직하지 못한 사람이다. 그런 남자는 연애 내내 거짓말만 해 댈 게 분명하니 만나지 마라. 코끼리가 똑똑하고, 착하고, 게다가 돈까지 많은 여자라 해도 그렇게 생긴 여자를 좋아할 남자는 세상에 없다. 물론 지구 어딘가에 한 명 정도는, 돈 때문에 눈 딱 감고 데리고 살 남자가 있기는 할 것이다. 그렇다면 그 남자는 정말 돈이 궁한 것이니 불쌍하게 생각해라. 못생긴 여자들이 연애를 못 하는 건 슬프지만 당연한 현실이다. 그러므로 우리는 못난이들이 목숨 내놓고 수술대에 오르는 걸 질타해서는 안 된다.

어둠 속에서도 지나의 벗은 몸은 수정처럼 빛이 났다. 이토록 아름답고 관능적인 몸이 또 있을까. 지나는 늘 어둠 속에서 섹스하기를 원한다. 부끄러워서 그러냐는 내 말에 지나는 느끼기 위해서, 라고 말했다. 지나와 부끄러움, 어딘지 어울리지 않는 결합이긴 했다.

눈에 보이는 것만 믿는 나지만 어둠 속에서 이루어지는 섹스는 더욱 자극적이고 황홀하다. 어둠 속의 지나는 상상하게 만들기 때문에 나의 감각은 늘 최고조에 달한다. 지나의 말대로 감각에 충실하게 하는 그 어둠만큼은, 나는 신뢰한다. 나는 머리끝에서 발끝까지 구석구석 키스하는 것으로 섹스를 끝마쳤다.

지나는 결코 남자에게 나를 좋아하는 이유가 뭐야? 같은 따분한 질문은 하지 않았다. 지나에게 그건 가장 유치하고 멍청한 질문이다. 지나에게는 나를 좋아하지 않는 이유가 뭐야? 가 더 신선하고 자극적인 질문이다. 물론 지나는 그런 질문을 해 본 적도 없을 것이다. 지나를 좋아하지 않는 사람은 다른 성적 취향을 가진 남자거나 질투로 똘똘 뭉친 여자들일 테니까.

지나는 도도하고 당당하고 가끔은 제멋대로인 여자다. 그 점이 나로 하여금 긴장을 늦출 수 없게 한다. 아름다운 여자가 도도하지 않다면 그 아름다움은 왠지 시시해 보일 것도 같다. 무릇 사내란 도도한 아름다움에 끌리게 되어 있다. 아름다운 여자가 고분고분하기까지 하다면 과연 재미있을까.

불을 켜자 지나는 홑이불을 끌어다 가슴을 가렸다. 나는 벽에 기대고 앉아 김빠진 콜라를 들이켰다. 지나의 가느다란 팔이 움직일 때마다 날개처럼 활짝 펼쳐진 쇄골이 매혹적으로 펄럭였다. 금방이라도 눈앞에서 날아가 버릴 것만 같은 위태로움이 느껴졌다. 그러자 왠지 불안해졌다.

"결혼할까?"

깜짝 프러포즈에 지나가 깜짝 놀란 눈으로 나를 쳐다봤다. 한국에서 첫 번째 리스트였던 집을 장만했으니 다음 리스트인 결혼을 향해 달려갈 차례였다. 결혼을 한다면 지나와 하겠다고 늘 생각하고 있었다. 지나를 가지면 세상을 갖는 것이고 지나를 놓치면 세상을 놓치는 것이다.

"갑자기 결혼은? 나 바쁜 거 알면서. 당분간은 어려워."

빵빵한 집안과 훌륭한 부모님, 그리고 남들의 부러움을 사기에 충분한 재력에 미모까지. 부족한 게 없는데도 지나는 늘 열정적으로 살아가는 여자다. 삶의 에너지로 충만한 지나는 강남에서 패션 부티크를 운영하면서도 승마나 스킨스쿠버 등 갖가지 취미 생활을 즐기는 데도 열성이었다. 스물아홉이란 나이에도 젊음과 아름다움을 유지하고 있다는 건 나태한 삶을 거부하기 때문이다. 그러니 바쁜 시간을 쪼개 틈틈이 만나러 와 주는 것만으로도 나는 감사해야 할 처지였다.

"일본도 부티크 일로 간 거구나?"

"응, 당분간 자주 갈 것 같아."

어찌 됐든 결론은 거절당한 것이어서, 뻘쭘해진 나는 책상 위에 다리 벌린 채 엎어져 있는 책을 집어 들었다.

"왜 책을 읽어?"

지나가 난데없이 이해할 수 없다는 표정으로 날 쳐다봤다. 나 또한 이해할 수 없다는 듯 지나를 쳐다봤다.

"왜라니? 이건 내 일의 연장이야. 무엇보다 책은 부족한 현실을 채워 줘."

"책이 아무리 훌륭하고 완벽해도 끔찍한 현실을 따라오진 못해. 진짜 완벽한 게 옆에 있는데 왜 가짜에 열광해야 되는데? 책을 읽는 건 자기 삶이 그럴듯하지 않다거나 격정적이지 않다거나 열심히 살고 있지 않다는 방증으로 느껴져. 책은 해결책이 못 돼."

지나는 마치 책에 결벽증이 있는 사람처럼 보였다.

"강지나의 현실은 부족한 게 없단 뜻이로군."

"책을 읽는 건 삶이 따분하기 때문이야. 얼마나 따분하면 그 따분한 걸 읽겠어."

"그럼 지금 나도 따분해?"

"꼭 나랑 있는 게 따분한 것처럼 보여. 그러니까 내 앞에서는 그딴 거 읽지 마. 난 남한테 따분한 사람이 되긴 싫어."

나는 얌전히 책을 덮었다.

"언제부터 책이 따분해졌는데?"

"스무 살."

"인생이 슬슬 재밌어질 나이지."

"아주 재밌지. 그동안 읽었던 게 모두 시시해질 만큼. 그때 알았어. 세상 모든 작가들은 아무것도 모르면서 다 아는 것처럼 함부로 지껄이고 있다는 걸. 과연 자신이 쓴 문장 한 줄을 가슴 뼈저리게 느껴 보기나 했을까."

만만한 책으로 여겨지다가도 이럴 때 지나는 아주 어려운 책처럼 느껴진다. 이해하기 어려워 당장 집어 던지고 싶어지는 책. 그러나 어떻게든 끝까지 읽게 만드는 그런 책. 나 또한 지나의 마지막 페이지가 궁금해 끝까지 읽게 될 것이다. 인생에 이런 책 한 권은 누구나 갖게 마련이고, 또 갖고 싶기 마련이다.

"주로 어떤 책이 따분한데?"

"소설."

"마지막으로 읽은 게 소설이었겠네?"

"가장 완벽한 소설이라고 생각했어. 그 한 권이면 다른 건 안 읽어도 충분하다고."

"궁금해. 어떤 소설이야?"

"알아 봤자 소용없어 이젠. 완벽하지 않다는 걸 알아 버렸으니까. 아무튼 지루한 소설을 쓰는 작가는 죄악이야."

"쉽게 읽히는 글은 있을지 몰라도, 쉽게 쓰이는 글은 결코 없어."

"같은 글쟁이라고 편드는 거면, 항복."

지나가 항복의 의미로 두 팔을 번쩍 허공으로 들어 올렸다. 그때 가슴을 가리고 있던 홑이불이 살짝 내려왔다. 지나가 평소 같지 않게 황급히 이불을 끌어올렸다.

"정말 나랑, 결혼하고 싶어?"

나는 지나를 빤히 쳐다봤다.

"그러니까 내 말은, 날 자기 걸로 만들고 싶으냐고?"

"물론."

넌 어떤 남자라도 자기 걸로 만들고 싶게 만드는 여자야, 라고 속으로 말했다.

"저번에 자기가 제안했던 거……."

"타투?"

"생각해 볼게. 근데 히프는 싫고, 어깨는 어때?"

"왜 갑자기 생각이 바뀐 건데?"

"자기라면 날 맡겨도 될 것 같아서. 그거면 내가 자기 거라는 보증이 되는 건가?"

생각만으로도 온몸이 가려워질 만큼 신이 났다.

"그럼 자기도 해. 자기도 내 거라는 보증이 있어야 하잖아. 공평하게."

"좋아, 공평하게."

지나 때문에 난생 처음 타투를 새기게 생겼다. 돌이켜보면 지금
껏 사귀었던 여자들에게 불공평했던 건 사실이다. 그녀들에게만 타
투를 강요하고 내 몸에 지워지지 않을 무언가를 남기는 건 꺼림칙
하게 여겼으니, 역시 난 이기적인 놈이다. 어쩌면 나를 확실하게 마
지막으로 줄 수 있는 지나 같은 여자를 기다리느라 이기적으로 행
동해 왔는지도 모르겠다. 지나는 역시 당당하고 자기 몫을 챙길 줄
아는 멋진 여자다.

8

오늘 그녀는 일찍 들어갔고 바에는 그들만 남아 있다. 그녀가 자리를 뜨자 공기는 급격히 차가워지고 긴장감이 감돈다. 둘이 됐을 때 그들은 지적인 설전을 벌이지 않는다. 술을 마시고 욕까지 해 가며 말싸움을 벌인다. 말싸움의 시작은 늘 이렇게 시작된다. 내가 훨씬 먼저 알았어. 우리 사이에 끼어든 건 너니까 네가 포기해! 말싸움이 격해지면 가끔 몸싸움으로까지 번지기도 한다. 그들은 이미 정기적인 데이트를 통해 서로의 가치관이나 성격, 취향에 대해 많은 걸 알고 있다. 그들은 그녀보다 서로에 대해 아는 게 오히려 더 많다고 생각한다. 더 이상 알 것도 알고 싶은 것도 없는 데다, 그녀까지 없으니 고고한 대화 따위는 개나 물어 갈 일이다.

그러나 그런 그들도 의견 일치를 보는 경우가 딱 한 가지 있다. 유일하게 이 주제 앞에서 그들의 대화는 활기를 띠고 피를 튀기지 않으며 만면은 웃음과 행복으로 가득하다. 이럴 때는, 방금 전까지 주먹다짐을 하다가 서로의 메뉴를 알아서 주문해 주는 웃지 못할 일을 벌이기도 한다. 한바탕 말싸움을 끝낸 그들은 지친 듯 숨을 고르며, 몇 번씩 나눴던 이야기를 처음 하는 것처럼 다시 한다. 그녀에 관한 거라면 말하는 것도 듣는 것도 그들에겐 늘 새롭기만 하다.

— 걔는 웃을 때가 제일 예뻐.

— 아니야! 공상에 빠져서 눈을 이렇게 치켜뜨고 입술을 살짝 벌릴 때가 예뻐. 미치게 섹시해.

그들은 공감한다는 듯 서로의 말에 크게 고개를 끄덕여 준다. 설사 구더기들이 그녀의 몸을 물어뜯기 위해 우글거린대도 그녀에 대한 관심에는 변함이 없을 것이다. 그들은 세상의 가장 큰 슬픔도 그녀의 아름다움 앞에서만큼은 웃음 지을 거라고 착각한다.

— 넌 어쩌다 걔한테 걸려든 거야?

달콤한 질문이란 듯 K가 달콤한 표정을 지으며 신나게 말한다.

— 처음 봤을 때 이 세상 사람이 아닌 줄 알았어. 마치 내 조각상이 사람으로 변해 돌아온 것 같았어. 신화에 나오는 피그말리온이란 남자 알지? 무의식중에 내 여성상을 조각으로 표현하고 있었던 거야. 내가 창조한 조각상과 꼭 닮은 여자를 만난다는 건 전생의 인연 없이는 불가능해. 그러니까 우린 태어나기 전부터 맺어진 인연인 거야. 나중에는 대화까지 통하는데 이 여자다 싶더군. 변태 같지만 조각상에 입 맞춘 적도 있어. 걔가 되길 바라면서. 가끔은 그보다 더한 짓도 상상해.

— 쓰레기, 저질, 삼류 소설!

—저질? 그러는 넌 얼마나 고상한데?

P가 고상한 목소리로 자기 얘기를 다시 들려준다.

—여자들은 모두 내 앞에서 아, 하고 크게 입을 벌리지. 근데 아무리 예뻐도 입을 한껏 벌리면 다들 밉상이야. 엉뚱한 생각을 갖다가도 냄새나는 아가리를 보면 환자로 생각하기 마련이지. 근데 어느 날 걔가 사랑니 발치를 하러 왔는데 처음 봤어, 밉상이지 않은 여자는. 걔 보내고 붙잡지 않은 걸 후회했지만, 남은 사랑니 하나에 내 운명을 걸기로 했어. 마지막 사랑니를 빼러 다시 찾아오면 반드시 붙잡기로 말이야. 아직도 사랑니 간직하고 있어. 예쁘게 세공해서 목걸이로 만들어 줄 거야. 세상에 하나밖에 없는 의미 있는 선물이 되겠지.

—쓰레기, 저질, 삼류 영화!

그들은 서로를 쏘아보다 맛과 향이 다른 칵테일을 쭉 들이켠다. 먼저 잔을 내려놓은 K가 호기롭게 말한다.

—난 걔 전신 누드를 조각할 거야.

—난 걔 치아 하나하나를 혀로 세 볼 거야.

—너나 나나 참, 딱하다. 우린 애초에 계약 조건을 잘못 정했어. 스킨십이 만남의 질을 얼마나 좌우하는데. 나랑 키스 한 번만 하면 걘 바로, 날 선택할 텐데.

—그렇게 자신 있어?

—자신 없나 보지? 하긴 나보다 한 살 많아 좆나 딸리잖아, 넌.

—한 살 차이가 그렇게 크다고 생각되면 형이라고 불러.

—형 같지도 않은 게 형은 무슨!

—기운 빼지 말고 이쯤에서 그냥 이 형한테 양보하는 건 어때?

—양보? 웃기지 마. 그랬다면 애초에 시작도 안 했어.

—정말 웃긴 건 너야. 스킨십? 그걸 허용했으면 진작에 누구 하나 죽어 나갔어.

P의 말에 수긍하는 표정을 짓다 K가 체념 섞인 목소리로 말한다.

—그냥 속 편하게, 우리 둘이 사귈까?

P가 벌레 보듯 반사적으로 몸을 옆으로 피한다.

—구역질 나게 뭐? 너 혹시 그런 피가 약간이라도 섞여 있는 거 아니야?

—섞여 있길 바라는 것 같군.

—에이즈처럼 전염되는 거라면 피 좀 얻어다 네 몸에 쑤셔 넣고 싶은 심정이야.

K가 피식, 웃다가 허공에 대고 묻는다.

—그나저나 과연 누굴까?

—너 아니면 나겠지.

그들은 칵테일 잔을 바텐더에게 내밀며 이 토론의 마지막 결론을 내린다. 그녀는 아름답고, 그 아름다움은 너무도 이기적이라고. 아름답지 않다면 사랑할 가치도, 사랑받을 가치도 없다고. 그리고 이 시간이 지나면 서로에게 또 험한 말과 함께 주먹을 날리게 될 거라고.

그랬다면 애초에 시작도 안 했어? K는 P에게 던졌던 호기로운 말을 돌아오는 지하철 안에서 다시 한 번 소리 내어 말해 본다. 소리가 너무 컸던지 옆에 서 있던 여고생들이 키득거리며 그를 쳐다본다. 지금은 그 천진난만한 웃음소리조차 비웃음으로 들린다. 그나저나 과연 누굴까? 답이 뻔한 질문 같다. 그녀가 속물인지 아닌지를 떠나 K는 내세울 게 별로 없다. 10년째 18평짜리 전세 아파트를 못 면하고 있는 데다 재산을 물려줄 부모도 없다. 돈 잘 버는 직업을 가진 것도 아니고 자신의 예술성을 인정해 주는 사람도 아직없다. 그가 가진 거라고는 공부 잘하는 여동생과 한 사람을 향한민들레 같은 사랑과 가까운 미래는 이보다 낫겠지, 라는 얄팍한 희망뿐이다.

그는 국어사전에서 가장 고루하다고 생각되는, 그래서 되도록 입에 올리지 말자고 다짐했던 '희망'이란 단어까지 꺼내고 만다. 가장싫은 말. 가진 게 없는 자들을 위해 만들어 낸, 껍질은 그럴듯하지만 정작 속에는 아무것도 든 게 없을 것만 같은 공허한 말. 그녀에게 고루한 단어를 내세워 자신을 믿어 달라고 하기엔 그 단어가 갖고 있는 힘이 너무도 나약해 보인다. 자신감이란 가진 것에 비례해딸려 오는 것일까. 그도 처음에는 P에게 뒤지지 않을 만큼 자신감에 차 있었다. P의 계약 데이트 제안에 당당히 동의하고 나선 것도그 자신감이 있어서였다. 차라리 몸속에 다른 피가 조금이라도 섞여 있으면 좋겠다. 그렇다면 이렇게 막강한 경쟁자와 맞서지 않아도될 테니까. 그녀를 차지할 수 있는 방법은 놈에게 불의의 사고가 나길 바라는 것뿐인가. 죽도록 더 패 주고 올 걸 그랬다.

집으로 들어서자 여동생이 저녁상을 차려 놓고 기다리고 있다.제법 푸짐하고 맛있어 보이는 저녁이지만 무심하게도 식욕은 당기지 않는다. 그는 개수대 앞에서 행주를 야무지게 비벼 빨고 있는 여동생을 쳐다본다. 저 녀석 대학까지 무사히 보낼 수 있을까. 갑자기 그녀의 존재가 사치스러워지고 P는 넘을 수 없는 거대한 옹벽으로 다가온다. 처음부터 게임 오버였다. 손에 쥔 답안지를 보지 않으려고 버둥대며 문제를 풀고 있는 꼴이다. 그는 처음으로 자신이 어리석고 무모하게 느껴진다. 그는 정성껏 차려진 밥상을 외면하고 작업실로 들어간다. 그녀가 그를 쳐다보며 웃고 있다. 그 웃음이 지하철 여고생의 그것처럼 비웃음으로 들리는 것 같아 그는 그녀의 조각상 하나를 들어 구석으로 던져 버린다. 둔탁한 소리와 함께 톱밥이 부웅, 천장으로 뭉게뭉게 피어오른다. 놀란 동생이 다급하게 문을 열고 들어온다. 유리라면 시원하게 깨지기라도 하겠지만, 나무로 된 조각상은 흠집도 생기지 않는다. 동생은 구석에 처박힌 그녀의 조각상을 흘겨보다 문을 닫고 돌아선다.

이쯤에서 그만두자는 마음이 충동처럼 솟구친다. 수화기를 집어 들어 그녀의 전화번호를 꾹꾹 누른다. 막상 전화번호 한 자리를 남겨 두고 나니 꼭 그럴 필요도 없겠다는 생각이 찾아든다. 가만히만 있어도 2개월 후면 모든 게 끝난다. 스스로 패배자로 자처하는 것보다 그녀가 패배자로 만들어 주는 게 더 홀가분할 것 같다. 깨끗하고 쿨하게 승복하는 모습이라도 보여 주자. 계약 데이트는 무모했지만 그녀와 함께한 시간은 무모하지 않았다. 오히려 행복했다. 앞으로도 누릴 수 있는 행복이 2개월분이나 남아 있다. 그는 조각상을 다시 제자리에 올려놓고 톱밥을 털어 낸다. 왠지 조각상 얼굴이 낯설다. 그녀가 이렇게 생겼던가.

너 아니면 나겠지? P는 솔직히 그 자리에서 넌 아니야 새끼야, 라고 말하려다 관뒀다. 그렇게까지 말할 필요가 없다고 명석한 두뇌가 재빨리 판단했기 때문이다. 2개월 후면 윤곽이 드러난다. 괜히 불쌍한 놈 자존심 건드려 봤자 득될 게 없다. K는 지금 누구보다 초조할 것이고, 그 초조감에 먼저 백기를 들지도 모를 일이다. 재수 없게 놈은 상대를 잘못 만났다. 놈에게 계약 데이트를 선뜻 제안할 수 있었던 것도 승리할 수 있다는 확신이 있어서였다. 계약 데이트는 주제도 모르고 덤벼든 K를 스스로 나가떨어지게 하기 위한 시간 벌기용에 불과했다. 그렇게 끈질긴 놈은 자기 바닥이 어딘지 확인시켜 줘야 다시는 기어오르지 않는다. 놈이 백기 들기를 바라지도 않는다. 경쟁자가 스스로 포기함으로써 얻는 승자의 자리보다 끝까지 정정당당하게 겨뤄 쟁취한 승자의 자리가 더 값지고 떳떳한 법이니까. 개운치 않은 뒷맛은 그도 싫다.

그는 여러 개의 카탈로그를 들여다보며 새로 구입할 차를 고른다. 새 식구를 맞기엔 지금 몰고 있는 차는 너무 구식이다. 그는 그녀와 나란히 앉았을 때 어울릴 만한 차가 무엇인지 고민한다. 마음 같아서는 그녀에게 당장 전화해 어떤 색상의 차를 좋아하느냐고 묻고 싶다. 그는 잠시 눈 감고 새 차에 그녀를 싣고 한강변을 달리는 상상을 한다. 올 여름이면 그녀의 다이어리에 기록했던 모든 바람들이 곧바로 이루어지게 될 것이다. 아마 그때가 되면 다이어리 따위는 필요도 없게 될 것이다. 머릿속에 생각나는 대로, 마음먹은 건 다음 날 바로 실현 가능하기 때문이다. 기억하고 기록하고 기다리는 날짜는 이제 사라지게 된다. 1년은 너무 길고도 지루했다.

그는 와인 잔을 내려놓고 책상 서랍에서 보석함을 꺼낸다. 뚜껑을 열어 사랑니 두 개를 손바닥에 놓는다. 형광 불빛을 받은 사랑니가 깨끗한 빛을 내며 반짝인다. 사실 이건 그녀의 사랑니가 아니다. 사랑니를 발치할 당시 그녀의 이는 썩어서 냄새가 심하게 나는 상태였다. 한 달 만해도 사랑니 발치를 위해 치과로 몰려드는 환자들은 수십 명이다. 그들이 속 시원하게 버리고 간 사랑니 중 상태가 깨끗한 걸 고르기란 어려운 일도 아니다. 골치만 썩일 뿐 아무짝에도 쓸모없다고 많은 사람들이 버리고 간 그것의 가치를 그는 수많은 여자들을 만나면서 알게 되었다.

사랑니 목걸이를 걸어 주면 그녀는 어떤 표정과 색깔을 풀어 내며 웃을까. 그녀는 지금까지 그가 만나 왔던 여자들처럼 감정을 드러내는 방식이 촌스럽다거나 품위 없지는 않을 것이다. 어떤 여자는 사랑니 목걸이를 보고 엽기적이라 했고, 목에 걸기에는 낭만적이지 않다며 쓰레기통에 버리고는 잊어버렸다고 공갈 치는 여자도 있었다. 그들은 모두 그 앞에서 입을 벌릴 때 밉상이었다는 공통점을 가지고 있었다. 밉상이지 않은 그녀는 다른 표현법을 보여 주리라 그는 잔뜩 기대하고 있다.

그는 K한테 얻어터진 입술을 실룩이며 창밖으로 길게 뻗은 한강변을 내려다본다. 그녀와 함께 새 차를 타고 질주할 도로다.

9

타투이스트가 추천해 준 커플 타투 도안 몇 개를 신중하게 들여다보는 중이었다. 정말 신중해야 한다고 속으로 내내 생각했던 것 같다. 그러다 잠시 또 신중하게 생각했다. 지금 신중하게 생각하고 있는 게 무엇인가. 평생 내 몸에 남아 있을 문양의 종류에 대한 신중함인가, 강지나란 이름 석 자에 담긴 그녀의 존재인가. 물론 문신의 매력이란 지워지지 않기에 할까, 말까 신중한 망설임에 빠져들게 한다는 데 있기도 하다. 남자답지 않게 꽤 심각하게 고민하는 것 같자 타투이스트는 커플 타투는 개인적으로 추천하고 싶지 않다고 말했다. 정 원한다면 문양은 괜찮지만 이름까지 새기는 건 심사숙고할 필요가 있다고 했다. 막말로 남녀 사이란 어떻게 될지 귀신도 모르는 일이란 것이었다. 그는 새기고 나서 바로 헤어진 커플도 여럿 봤다고 했다. 그러고는 '쌍으로' 와서 제발 좀 없애 달라고 '쌍으로' 귀찮게 군다고 했다.

"그러니까 아예 이름을 새겨 버리면 그것 때문에라도 헤어질 수 없지 않을까요?"

"사람이 싫다는데 몸에 박힌 이름이 뭐 대수겠어요."

타투이스트는 시니컬하게 웃었다. 다른 여자 혹은 남자의 이름이 새겨진 몸은 더 이상 다른 데로 갈 수 없게 된다. 영원한 종속. 지나와 나는 서로에 대해 얼마만큼 확신하고 있을까. 상대의 이름에 책임지고 영원히 종속될 준비가 되어 있는가. 어쩌면 타투가 평생 우리를 지켜 줄 부적이 될지도 모른다. 훼손되거나 잃어버릴 리없는 부적을 갖게 되는 것이다. 자기라면 날 맡겨도 될 것 같아서. 그날 밤 지나의 태도는 진지하고 자못 완강하기까지 했다. 술도 마시지 않았고, 둘 다 맑은 정신의 밤이었다. 한편으로는 시니컬한 당신, 자신 없고 확신 없고 비겁한 사랑만 할 것 같은 타투이스트 당신을 귀찮게 하지 않는 첫 커플이 되기 위해서라도 이름을 새겨야겠다는 오기가 생겼다.

맘에 드는 문양과 글씨체를 막 골랐을 때 메시지 수신 음이 울렸다. 갑작스럽게 잡힌 일본 출장 때문에 약속을 못 지킬 것 같다는 지나의 다소 장황한 문자였다. 혹 지나도 나와 동질의 고민을 하다 마음을 바꾼 걸까. 그러나 석, 미안해 옆에 덧붙인 눈물 표시 이모티콘을 보고서야, 피치 못할 사정으로 인한 약속 파기라는 확신이 들었다. 그 눈물에 부여된 의미가 지나를 믿게 하고 날 안심시켰다.

그러나 타투 숍을 나와 집으로 돌아오는 자동차 안에서의 내 기분은 딱 부러지게 표현하기가 어려웠다. 생각할 시간이 좀 더 주어진 것 같아 안심되다가도 그 이면에 뭔지 모를 불안감이 도사리고 있는 것 같았다.

나는 엘리베이터 대신 계단을 타고 뚜벅뚜벅 3층으로 올라갔다. 그때 나는 희한한 광경 하나를 목격했다. 나는 무르춤하게 서서 그것을 숨죽이고 지켜봤다. 그건 내내 궁금했던 305호의 생활 방식 중 하나로 보였다.

이마트 유니폼을 입은 사내가 불편한 자세로 305호 현관문 앞에 쭈그리고 앉아 봉투에서 물건을 일일이 꺼내고 있었다. 사내는 여자와 대화를 주고받으며, 가끔 웃기도 하면서 커피 믹스 박스를 뜯어 안에 든 내용물을 신문 투입구로 집어넣었다. 납작한 칫솔 세트는 우편 투입구로 들어갔고, 제철 과일과 야채, 변기 솔도 문제없이 구멍으로 쏙쏙 들어갔다. 바나나는 껍질이 벗겨지지 않도록 세심한 손놀림으로 한 개씩 뜯어 넣었다. 한두 번 해 본 솜씨가 아닌 듯했다. 여자가 구매한 품목 대부분은 먹을거리였다. 저 많은 걸 혼자 먹는다니. 물량 공급이 끝나자 사내는 바닥에 흩어진 포장지를 쓰레기봉투에 담아 뒷마무리까지 깔끔하게 마쳤다. 냄새나는 쓰레기봉투가 밖에 나뒹굴고 있는 이유를 이제야 알 것 같았다. 잠시 후 스피커로 여자의 목소리가 흘러나왔다.

"잠깐."

사내는 그새를 못 참고 뒷주머니에서 휴대폰을 꺼내 어딘가로 열심히 문자를 날렸다. 이로써 코끼리가 구호품 공급자일 거란 내 시나리오는 빗나가고 말았다. 사내가 휴대폰 폴더를 닫았을 때 구멍으로 만 원 한 장이 나왔다. 팁이었다. 그들은 거래를 하고 있었다.

"누님, 오늘 하루도 즐겁게!"

팁을 받아 기분이 좋아진 사내는 다소 느끼한 멘트를 남기고 팔팔한 몸으로 계단을 세 개씩 건너 바람처럼 사라졌다. 사내의 발소리 울림이 멀어지자 나는 시치미를 떼고 충충거리며 계단참으로 올라섰다.

"루이스 씨 덕분에 엉망이던 아침이 상쾌해졌어요."

인사를 빨리도 한다. 새로 끼워 넣은 건전지 약발이 다 했을 시간이었다.

"번역가라면서요? 저도 한때는 번역가가 꿈이었는데."

그건 또 어떻게 안 걸까.

"어떻게 알았냐고요? 수연 씨가 알려 주던 걸요?"

이 여자 내 친구를 돌아가며 잘도 이용해 먹고 산다. 그새 통성명까지 마치다니. 알려 줬겠는가. 자기가 꼬여 내 알아낸 거겠지. 스토킹을 당한 기분이었다.

"번역서 제목이 뭐예요? 읽고 싶어요."

"왜요, 책 사러 또 심부름 보내시게요?"

난 왜 저 여자 목소리만 들으면 울화가 치밀고 목청이 높아지는 걸까.

"책을 읽는 건 이웃된 도리죠."

"그런 도리 필요 없어요. 당신 손에 내 책이 들어간다고 생각하면 아주 끔찍해요!"

그때 4층에서 코끼리가 큼지막한 고무 다라이를 들고 계단을 내려왔다. 다라이 안은 음식물 쓰레기로 가득 차 있었다. 저렇게 먹어 대니 코끼리가 되지. 내 옆을 스쳐 지나가자 썩은 내가 진동했다. 살짝 들여다보니 자잘한 구더기가 안에서 반짝반짝 빛까지 내며 바글대고 있었다. 숨이 막히고 구역질이 나왔다. 폭폭 찌는 여름에 음식물을 저 지경이 되도록 방치해 두니 구더기가 안 생기고 배기겠는가. 귀차니스트의 끝이 어딘지 적나라하게 보여 주고 있었다.

"유정 아가씨, 잠시만요."

유정 씨면 유정 씨지, 이름과 호칭의 부적절한 저 조합은 또 뭔가. 그나저나 어울리지 않게 이름이 유정? 그래 이름이라도 예뻐야 덜 억울하지. 여자의 부름에 코끼리가 비둔한 몸을 돌렸다. 구더기 몇 마리가 바닥으로 툭툭 떨어졌다. 난 숨을 참으며 멀찌감치 떨어졌다. 그사이에 305호는 신문 투입구로 묵직한 검은 봉지를 꾸역꾸역 밀어내고 있었다. 봉지가 바닥으로 철퍼덕, 떨어졌을 때 시큼한 음식물 쓰레기가 밖으로 비어져 나왔다. 버리는 김에 같이 버려 달라는 뜻이었다. 곧바로 1000원 한 장도 나왔다. 기가 딱딱, 막혔다. 저렇게까지 해서 살 필요가 있나. 도대체 무슨 사정인지 오장육부가 호기심과 궁금증으로 마구 뒤틀렸다. 코끼리는 음식물을 맨손으로 깨끗하게 쓸어 담고는 군말 없이 계단을 내려갔다. 물론 1000원도 꼼꼼하게 챙겨 들고서. 305호가 수고비를 지급하지 않았다면 천하의 귀차니스트가 미끄덩한 음식 찌꺼기를 맨손으로 조물조물 담아 가지는 않았을 것이다. 그게 바로 돈의 위력이었고 305호는 그 점을 교묘히 이용하고 있었다.

"코끼리를 부를 땐 아가씨란 말을 꼭 붙여야 돼요. 안 그러면 히스테리 발작을 일으켜요."

코끼리? 이 여자 나랑 통하는 것도 있네. 뚱땡이한테 똑같은 별명을 붙여 주다니. 하긴 아무리 창조성 부재에 시달리는 사람이라도 코끼리에게 어울릴 만한 닉네임을 지어 보라면 짜기라도 한 듯모두 코끼리를 떠올릴 것이다. 이쯤에서 코끼리와 305호가 동일 인물일지도 모른다는 시나리오 또한 빗나가고 말았다.

"엘리베이터를 타면 숨이 막히대요. 그래서 저렇게 계단만 이용해요."

내 판단에는 숨이 막혀서가 아니라 한 푼이라도 벌려는 수작으로 보였다. 나도 다 간파한 걸 모르다니. 아니다. 저 영악한 여자는지금 내 앞에서 순진한 척 내숭 떨고 있는 것이다.

"나한테는 왜 수고비 안 줬어요?"

난 불공평하다는 듯 물었다. 여자한테 말려든 기분도 들었지만꼭 짚고 넘어가고 싶었다.

"이웃이잖아요."

간단명료한 그 대답을 또 써먹는다. 아주 관대하지만 일방적이고제멋대로인 그 개념. 결론은 이웃이니까, 남들과 달리 나는 공짜로이용해 먹어도 된다는 북 치고 장구 치고 식의 발상. 저 여자한테이웃은 요술 램프 속 지니라도 되는 모양이었다. 나는 정면 도전하기로 했다.

"좋습니다. 대단한 이웃으로서 하나 묻죠. 왜 그렇게 살아요?"

왜 그따위로 살아요, 라고 하려다 수위를 좀 낮췄다. 대신 경멸기가 스민 말투와 표정에는 변화를 주지 않았다.

"루이스는 왜 그렇게 살지?"

내 의도대로 질문이 심히 불쾌했던지 곧바로 반말이 튀어나왔다.

"내가 사는 게 어떤데요?"

"내가 사는 게 어떤데? 답이 됐나. 젓가락과 포크의 차이일 뿐, 입으로 들어가는 건 다 똑같아."

"그 젓가락과 포크 기능이 탐탁지 않다면요?"

"코끼리 말은 허투루 들었어? 10년이라고 이미 정보를 줬을 텐데. 기능 실험은 한 달로도 충분해. 기능을 따지기엔 세월이 우습지 않을까?"

여자는 인터폰을 거칠게 내려놨다. 10년! 사실 우습게 볼 세월은 결코 아니었다. 그래서 더욱 의심이 들었다. 아무도 모르게 한 번씩은 나올 거야. 나는 살금살금 신문 투입구를 들추고 안을 들여다봤다. 네모진 현관 테두리를 따라 검은 커튼이 쳐져 있어서 아무것도 보이지 않았다. 철통같은 보안이었다. 내가 유일하게 확신할 수 있는 건 여자의 아파트가 내 아파트 구조와 똑같을 거란 것이다. 부엌 앞에 화장실이 있고 화장실 옆에 작은 방이 있다. 그러니 여자는 티브이를 보다 배가 고프면 내가 알고 있는 그 부엌으로 갈 것이고, 오줌이 마려우면 내가 가는 그 화장실로 갈 것이다.

나는 베란다에 걸린 양말 한 짝이라도 볼 수 있을까 싶어서 밖으로 나가 3층을 올려다봤다. 역시 여자는 허술하지 않았다. 유리창은 온통, 밖에서 보면 거울처럼 보이는 매직글라스였다. 여자는, 자신은 보여 주지 않으면서 바깥 모두를 지켜보고 있었다. 어쩌면 지금 날 저 안에서 노려보고 있을지 모른다. 등이 오싹해졌다.

오늘 저녁 무엇을 말하려나.

다섯 명의 등장인물과 한 개의 벤치가 있다. 비가 오고, 눈이 오고, 바람이 불고, 낙엽이 떨어지고, 귀뚜라미가 운다. 그러나 벤치를 은은하게 비추고 있는 가로등의 밝기는 여타의 날씨와 계절 변화에도 불구하고 변함이 없다. 벤치 앞에서 수녀가, 피아니스트가, 자장면 배달원이, 늙은 교수가, 남학생이 서성거리고 있다. 그들은 곧 불안한 서성거림을 멈추고 벤치에 앉아 각각 늦은 저녁 어딘가로 전화를 건다. 잠시 후 그 벤치로 절름발이가, 경찰이, 신부가, 40대 아줌마가, 소설가가 찾아온다. 만남의 분위기는 각각 쑥스럽게, 열정적이게, 반갑게, 못마땅하게, 시니컬하게 시작된다. 시간이 지날수록 그 분위기는 종잡을 수 없을 정도로 시시각각 변한다. 사이사이 조용한 대화가, 욕설이, 선물이, 키스가, 폭력이 오가다 각각의 사람들은 마지막에 무엇을 말하려고 서슴거린다. 그리고 나머지 각각의 사람들은 상대방이 무엇을 말하려나 초조하게 기다린다. 오늘 저녁에는 반드시 무언가를 말해야만 하고, 각각의 그들은 각각 용기를 내어 곧 그것을 들어야만 한다. 오랫동안 이어져 온 삼촌의 강간을, 늦게 알아 버린 성 정체성을, 며칠 전 저지른 토막 살인을, 동반 자살 계획을, 생명의 잉태를 말하고 또 듣는다.

수연이 이 연극에서 맡은 역은 절름발이였다. 전화를 받고 나간 절름발이는 벤치에서 충격적인 사실을 전해 듣고 계속 운다. 내가 연출가는 아니지만 절름발이는 그 역에서 절제된 눈물 연기를 보여 주게 되어 있었던 듯하다. 그러나 절름발이 수연은 통곡하듯 울었다. 너무 크게 터진 울음에 상대 배우가 당황한 표정을 지었다. 너무 열심히 울다 보니 대사 전달이 정확하지 않았고 상대 배우와의 호흡 또한 매끄럽지 못했다. 마치 수연은 현실에서 억눌려 있던 감정을 연기를 빌미로 발산하고 있는 듯했다. 장례식에서조차 울지 않았던 수연에게 오늘은, 장례식 후 처음으로 연극 무대에 서는 날이었다.

수연은 내가 살았던 도시가 프랑크푸르트라는 이유만으로 교환 학생이던 내게 맹목적인 관심을 보인 친구였다. 이유는 단 한 가지, 프랑크푸르트의 괴테 하우스 때문이었다. 어렸을 때부터 연기에 남다른 재능을 보인 수연은 특히 괴테의 『젊은 베르테르의 슬픔』과 『파우스트』를 흠모했다. 수연은 오로지 두 작품을 원문으로 읽을 목적으로 독문과에 입학했고, 연극배우로서 베르테르와 파우스트 역으로 무대에 서 보는 게 인생 최대의 목표였다. 그러므로 괴테 하우스가 있는 프랑크푸르트는 수연에게 꿈의 도시일 수밖에 없었다. 수연은 그 도시로의 첫 해외여행을 꿈꾸며 아르바이트로 번 돈을 알뜰히 모았다.

수연은 나를 보자마자 괴테 하우스는 어떤 분위기와 향미를 지닌 곳이냐고 첫사랑의 근황을 궁금해하는 얼굴로 물었다. 나는 그때 집이 그냥 다 그렇지 뭐, 라고 다소 시큰둥하게 대답했던 것 같다. 아무리 세계적으로 위대한 인물과 명소라도 가까이 두고 있거나 자주 접하게 되면 가치에 대한 판단은 흐려지기 마련이었다. 수연은 대문호의 집을 '그냥 집'으로 표현한 데 대해 상당히 못마땅해했다. 마치 자신의 고귀한 첫사랑을 간음하기라도 한 듯 초반의 과도한 관심이 무색할 만큼 한동안 내게 무심했다. 그러나 독일과 독일어, 그리고 프랑크푸르트라는 공감대를 형성하고 있던 우리는 언제 그랬냐는 듯 다시금 자석처럼 서로를 끌어안았다.

연극을 마치고 대학로 한 맥주 집에서 만난 수연의 눈은 조금 부어 있었다. 누가 봐도 연극배우처럼 생긴 개성 있는 마스크가 오늘따라 유난히 초췌해 보였다.

"내 연기 형편없었지? 단장한테 엄청 깨졌다."

언젠가 나는 수연에게 물어본 적이 있다. 연극의 매력이 뭐냐고. 수연은 다른 사람이 되어 본 후 무대를 내려올 때마다 아주 짧지만 강렬한 현기증을 맛본다고 했다. 그 현기증이 사라질 때쯤이면 거대한 그림자를 가진 거인 같은 현실감이 저벅저벅 걸어오는 소리가 한쪽 귀에서 들린다고 했다. 현실을 느끼게 해 주는 연극이 좋지만 가끔은 그 때문에 싫어지기도 한다면서 알 듯 말 듯한 미소를 지었다. 지금은 몹시 싫어지는 순간인지 수연은 불현듯 다른 걸 해 보고 싶다고 했다.

"영화나 드라마?"

무명이던 연극배우나 뮤지컬 배우가 영화와 드라마를 통해 스타로 자리매김한 케이스가 종종 있으니 고려해 볼 만했다. 수입 면에서도 훨씬 나을 것이다. 그러나 수연의 입에서 나온 대답은 의외였다.

"마임."

우리나라에서 마임은 연극보다 더 환경이 척박하지 않은가.

"베르테르와 파우스트는 어쩌고?"

수연은 한동안 말이 없었다. 어쩌면 이미 열정이 식어 버린 것인 지도 모르겠다. 20대 초반에 세웠던 독일 여행의 꿈을 아직도 이루 지 못하고 있으니 지칠 만도 했다. 수연이 여행 경비로 차곡차곡 모 아 뒀던 돈은 모두 어머니 병원비와 약값으로 들어갔다. 돌아가시 기 전까지 수연에게 어머니는 그런 존재였다. 마임을 하겠다는 건 어머니라는, 돈의 강박에서 자유로워졌기 때문일까. 수연은 맥주 한 조끼를 단숨에 들이켰다.

"사랑에 좌절당해 자살을 택한 베르테르, 악마에게 영혼을 판 파우스트. 그들에겐 말이 필요해. 하지만 마임은 구구절절 말하지 않아도 표정과 몸짓만으로도 이야기를 전달할 수 있어. 세계인이 알아들을 수 있는 국경 없는 연기가 하고 싶어졌어."

수연은 말하고 싶으면서도 말하는 걸 두려워하고 있었고, 누군 가에게 반드시 말해야 하는 것에 어떤 중압감을 느끼고 있었다. 연 기 분야를 바꾸고 싶어 할 만큼 말이다. 어쩌면 그는 지금도 나에게 절박한 표정과 몸짓으로 뭔가를 이야기하고 있는 중인지도 모른다. 그러나 나는 알아들을 수가 없다. 내게는 아직 말과 글이 더 익숙 하기 때문이다.

"어떤 마임이스트가 이런 말을 했어. 비록 가난하지만 절대로 거 짓말하지 않는 몸으로 자신의 모든 걸 전달하고 싶다고."

수연의 말에 공감할 수 있을 것 같다. 우리는 종종 말과 글로 거짓말을 하지만 몸은 거짓말을 가장 먼저 감지한다. 완벽하게 자신을 속이고 연기할 수 있는 자가 아니라면 말하는 목소리와 연필을 든 손가락은 떨리기 마련이다. 우리는 주로 글보다 말로써 많은 거짓말을 하지만 안타깝게도 가장 거짓말에 서툰 것 또한 그 말이다.

"오늘 저녁 무엇을 말하려나?"

나는 연극 제목을 인용해 무슨 말이 하고 싶은 건지 수연에게 간접적으로 물었다.

"삼촌의 강간, 성 정체성, 토막 살인, 동반 자살, 임신?"

수연은 입술에 묻은 맥주 거품을 손등으로 닦아 내며 공연 내용을 줄줄이 나열했다. 간혹 나는 수연의 말과 행동에서 연극적이라는 느낌을 받곤 한다. 괴로운 일이 있을 때는 더욱 표가 났다. 연극이 몸에 배어 생긴 직업병이겠지 싶다가도 마치 주변 사람을 의식해 현실을 연기하고 있는 듯했다. 현실이 연극인지 연극이 현실인지 모호한 오늘이다.

"다들 끔찍한 것들이네."

"현실은 그보다 더 끔찍해."

"누구랑 똑같은 말을 하네."

"누구?"

"지나."

"아름답고 당돌한, 단축 번호 2번 아가씨? 그런 당돌함은 어디서 나오는 걸까? 남자인 내가 봐도 참 부러워."

"글쎄. 아름다움? 돈? 우수한 머리? 천성인지도 모르지."

"지나 씨를 사랑하는 이유가 뭐냐?"

아름다움? 재력? 섹시함? 지나가 가진 매력을 얘기하라면 열 손가락으로도 부족해 발가락까지 사용해야 한다. 그런데 이상하게도 수연의 질문이 예측 불허처럼 낯설게 느껴졌다. 나를 좋아하는 이유가 뭐야? 란 질문이 지나에게 따분한 것처럼 내게도 같은 맥락이 아닐까?

"너라면 사랑하지 않고 배기겠냐?"

수연이 입술 한쪽 끝을 끌어 올리며 웃었다. 호랑이도 제 말하면 온다더니 지나로부터 전화가 걸려왔다. 대학로에 있다는 말에 근처를 지나는 중이라며 오겠다고 했다. 수연의 성별로 인해 생긴 오해를 풀기 위해 그날도 우리 셋은 함께 만났고, 지나와 난 그날 밤 첫 섹스를 치렀는데. 그런데 나는 아직도 그날이 진짜 우리의 첫 번째인지 가물가물했다.

호프집 출입문 종을 딸랑이며 지나가 들어왔다.

10

책 읽는 사람을 찾아 돌아다닌 오늘도 마지막 발길은 마로니에 공원에 머문다. 도착하자마자 그녀의 카메라에 책 읽는 여자 하나가 포착된다. 여자는 그녀로부터 45도 각도로 앉아 있다. 머리카락에 가려 얼굴은 보이지 않는다. 여자는 샤프펜슬로 밑줄까지 그어가며 열심히 책에 집중하고 있고, 그녀는 안심하고 열심히 셔터를 누른다. 그러나 예민한 귀를 가졌는지 여자는 셔터 소리에 고개를 들어 카메라를 정면으로 응시한다. 손가락 멈출 타이밍을 놓친 그녀는 여자가 보는 앞에서 셔터를 두 번 더 눌러 버렸다. 불쾌한 듯 이맛살을 모으던 여자가 그녀를 보더니 놀란 듯 자리에서 벌떡 일어난다. 여자가 그녀를 알아본 이상 그녀는 카메라 파인더 유리 안에 더 이상 숨을 수 없다. 여자의 시선이 와 닿자 그녀는 시간이 와르르 붕괴되는 것을 느낀다. 그녀의 시간이 짧게 과거의 한때로 돌아갔다가 다시 되돌아온다. J가 책을 덮고 그녀가 앉아 있는 벤치로 다가온다.

— 잘 지냈니?

그녀에게 그 인사는 어색하다. J에게 인사말을 듣는 건 처음이다. J와 그녀 사이에 인사 같은 건 존재하지 않았다. 아침에 일어나면 마주치는 가족한테 잘 지냈니? 라고 인사하지 않는 것과 같은 이치였다. J와는 그만큼 가까운 사이였다. 가족들이 호주로 이민을 간 뒤 부쩍 외로워하는 J에게 그녀의 침대 한쪽을 한동안 빌려 주었으니, 그 한동안만큼은 그녀와 J는 같은 침대를 써 온 가족이었다. 한 방을 쓰면서 그녀와 J는 자매처럼 서로의 옷을 빌려 입었고, 함께 지하철을 타고 학교에 갔고, 학생 식당에서 같은 메뉴의 밥을 먹었다. 매일 붙어 다니다 보니 나중에는 당연한 듯 인사를 생략하게 되었다. J의 부모가 이민 생활에 실패하고 다시 돌아왔을 때도 그들 사이에는 여전히 인사가 없었다. 그 시절 그녀는, J와 오랫동안 떨어져 지내도 가족 같은 관계를 유지할 수 있을 거라 생각했다. 그러니 그들 사이에 인사가 끼어들었다는 건 예의를 차려야 하는 어색한 사이가 됐다는 의미였다. 고작 1년 사이에 그렇게 된 것이다. 그녀는 J의 어색한 인사에 어떻게 답해야 할지 몰라 하다 결국 아무 말도 못 하고 만다.

— 넌 여전히 예쁘구나.

그녀는 늘 혼자였고 동성 친구는 없었다. 있어도 잠깐 머물다 가 버리는 찬바람 같은 존재들이었다. 남자 친구라면 얼마든지 둘 수 있었지만 남자는 결코 친구가 될 수 없었다. J는 그녀 옆에 유일하게 오랫동안 머물러 준 친구였다. 그녀와 가깝게 지낸다는 이유로 다른 친구들한테 왕따를 당해도 J는 그녀를 단념하지 않았다. 그녀를 모함하고 누명을 씌워도 끝까지 그녀 편에 서서 믿어 주었다. J를 알고 난 후 친구란 여럿일 필요가 없다는 걸 알게 되었다. 마음만 맞는다면 친구는 평생 하나로도 충분하다는 것도 알게 되었다. 그러나 그 하나가 마음을 돌려 버리면 모든 걸 잃게 된다는 것 또한 알게 되었다. J를 잃은 건 그녀 인생의 가장 큰 슬픔이었다. J는 그걸 알까. 그녀는 여전히 할 말을 찾지 못하고 방황한다. 그녀는 J가 들고 있는 책 장정만 멀뚱히 쳐다본다. 법 관련 서적이다.

—얼마 전에 사법 연수 마쳤어.

—축하해.

그녀는 자신이 할 수 있는 말을 드디어 찾아낸 것 같아 하물쩍 웃어 보인다.

—따지고 보면 다 네 덕이야. 너 때문에 이를 악물었으니까. 나한테 이렇게 독한 구석이 있는 줄은 나도 몰랐어.

어렸을 때부터 친구들은 그녀를 좋아하지 않았다. 친구들은 노래를 잘하고 달리기를 잘하고 청소를 잘하는 그녀 옆에만 서면 별 볼일 없는 사람이 되었다. 빛나는 그녀의 외모 때문에 하찮은 여자가 되었다. 재수 없다는 이유로 그들은 그녀를 무시하고 따돌렸다. 그녀가 열심히 살면 살수록 친구들은 자꾸 멀어져 갔다. 멀어졌던 그들이 한 번씩 그녀 가까이 다가올 때면, 그들은 어김없이 독하고 강한 척했다. J도 지금 그런 척하고 있는 걸까.

—네 소식은 가만히 있어도 종종 들려오더라. 서울 바람은 항상 널 거쳐 오나 봐. 그 소문은 진짜니?

그녀는 고개만 끄덕인다. J의 말대로 바람은 우편물처럼 어디든 소식을 날랐다. 그러나 빠르고 신속한 그 바람이 그녀에게 희소식을 배달해 준 적은 없었다. 그녀는, 음모(陰謀)란 소리 없이 자라나, 냄새도 없는 바람을 타고, 씨앗처럼 퍼져 나간다는 걸 알았다. 그리고 그 씨앗은 올바르게 자라지 못했고 늘 변종을 낳았다. 눈에 보이지 않는 바람이 몰고 왔기 때문인지 음모는 축축하기만 할 뿐 실체가 없었다.

—넌 뭐든 잘하고 열심히 노력하는 애였어. 그래서 질투하는 애들도 많고, 소문도 많아서 항상 구설수에 올랐지. 물론 나중에는 헛소문인 게 밝혀졌지만. 그때부터 내가 널 좋아하게 됐고, 우린 친구가 됐는데…….

많은 친구들이 변종된 소문 때문에 그녀를 떠났다면 J는 그 때문에 친구가 되었다. J는 유일하게 그것이 변종된 음모라는 걸 알고 있는 친구였다. 고2 때였다. 반에서 워크맨을 잃어버린 일이 있었다. 반 전체는 당연한 듯 그녀를 범인으로 지목했다. 어떤 친구는 두 눈으로 똑똑히 봤다면서 목격담을 똑똑하게 담임 앞에서 진술했고, 1학년 때 그녀와 같은 반이었던 친구는 당시에도 비슷한 일이 있었다고 말해 신빙성을 높였고, 어떤 친구는 그녀의 가방을 뒤져 도난당한 가짜 워크맨을 꺼내 보여 주기까지 했다. 명백한 물증 앞에서 그녀의 변명은 통하지 않았다. 그녀가 범인이 아니라는 걸 알고 있는 건 J였다. 도난당한 진짜 워크맨은 J의 가방 속에 들어 있었기 때문이다. J는 그 후 그녀의 친구가 되어 주었고 그녀는 J의 가방 속 워크맨 이어폰을 나눠 끼었다. 둘만의 비밀이 생긴 것이었다.

─내가 들은 소문 중 진짜는 이번이 처음이네. 이번에야말로 진짜가 아니길 바랐는데.

찬바람이 그녀의 뺨을 스치고 지나간다. 얻어맞기라도 한 듯 뺨이 얼얼하다.

─K는, 잘 있지?

J의 눈은 그녀보다 K가 더 걱정된다고 말하고 있다. J가 알고 있는 K는 그런 상황을 견뎌 낼 수 있는 사람이 아니다. 그녀가 K를 만나게 된 것은 J 때문이었다. K보다 더 K를 잘 알고 있던 J. J가 처음으로 사랑한 사람 K. 뒤늦게 찾아온 첫사랑이었기에 그 시절 J에게 K는 전부였다. 그 전부가 그녀를 바라보자 J는 전부를 잃어버렸다. 어떤 어려움에도 굴하지 않던 J의 우정은 사랑 앞에서 무너졌다. 우정의 유일한 적은 사랑이었다. 사랑은 눈과 귀를 멀게 하는 마약 같은 것이어서 다른 사람들처럼 J도 그녀가 죽이고 싶도록 미워졌다. 그 미움이 그녀의 얼굴에 칼자국을 내게 했다. J는 그녀의 얼굴 사진을 알아볼 수 없을 정도로 난도질했다. 눈알을 파고 입술을 도려내고 코와 귀를 베어 냈다. 앨범에서 그녀의 얼굴이 모두 사라질 즈음 J는 칼을 놓고 새로운 전부를 찾아 책을 펼쳤다.

─나 때문에라도 넌, K를 행복하게 해 줘야 돼.

한때는 그녀를 이해한다고 생각했던 J도 이젠 별 수 없이 다른 사람과 똑같아졌다. 다른 사람들처럼 J도 책임을 지우려 하고 그녀 탓으로 돌리려고 한다. J는 약속 시간이 다 됐다며 자리에서 일어난다. J는 아직도 그녀가 미울까.

─오늘 찍은 사진, 써도 돼?

―언제 네가 내 허락 받은 적 있어?

본심에서 나온 말이 아님을 그녀는 표정으로 읽는다.

―그래, 나한테 허락을 구할 필요는 없었어. 나 혼자 K를 짝사랑했던 거니까.

바람은 여전히, 거세게 불고 있다.

얼른 나와. 엄마가 작업 중인 그녀를 불러낸다. 마지못해 나간 거실에는 잔칫상처럼 한가득 펼쳐져 있다. 엄마가 휘젓고 있는 걸쭉한 것은 곡물 팩이다. 엄마는 그녀의 팔을 잡아당겨 바닥에 눕힌 뒤 하얀 팩 마스크를 씌운다. 두 눈과 붉은 입술만 동동 떠오른다. 가만히 놔뒀다간 너랑 나랑 자매 사인 줄 알겠어. 무슨 계집애가 피부 관리에는 도통 관심이 없니. 귀찮다고 클렌징도 안 하고 자지? 엄마의 붓질이 마스크를 끈적끈적 적신다. 그녀가 요즘 아가씨답지 않게 피부 관리에 소홀한 건 사실이다. 그녀는 아무리 기능 좋은 고가의 화장품도 나이가 만드는 주름은 어쩌지 못 한다고 생각한다. 이마에 줄이 확 그어져야 정신 차릴래? 한 번 생긴 주름은 절대 안 없어져. 엄마가 피부 타령을 하는 데는 필시 다른 이유가 있다. 욕심내서 너무 많이 바른다 싶더니 팩이 바닥으로 뚝뚝 떨어진다. 그만하고 엄마도 누워. 내가 해 줄게. 이미 다 늙어 빠진 사람은 백날 해 봐야 소용없어. 그녀는 엄마의 얼굴을 가만히 쳐다본다. 아빠와 너무 늦게 만난 데다 아기까지 늦게 생기는 바람에 스물아홉 살 된 딸을 둔 엄마 치고는 너무 주름이 많다. 엄마보다 네 살이 많으니 아빠의 나이도 새삼 놀랍기는 마찬가지다. 입 달린 사람마다 너 시집 언제 가냐고 묻는데, 일일이 대꾸하는 것도 힘들어 못해 먹겠다. 그래서 말인데. 엄마가 그녀의 눈치를 살살 살핀다. 엘리자베트 아줌마가 좋은 사람 있다고……. 토요일에 약속 잡았다. 일어나려는 그녀의 어깨를 엄마가 힘껏 잡아 누른다. 밥 먹고 차만 마시고 와. 요즘은 내 나이에 결혼은 빠른 거야. 만나고 오라지 누가 결혼하고 오래? 결혼도 빠를수록 좋아. 엄마 봐라. 늦게 한 죄로 이 나이에 대학생 아들 뒷바라지나 하고 있는 거. 엄마가 가벼운 한숨을 내쉰다.

그녀는 팩이 새득새득 마를 즈음 그들에 대해 털어놓는다. 엄마의 얼굴이 봄날의 꽃망울처럼 톡톡 터지더니 어지러울 정도의 질문 공세가 이어진다. 그녀는 마치 청문회 자리에 앉아 있는 것 같다. 얘가 미쳤나, 양다리라는 거 들통 나면 어쩌려고? 그녀는 그들과의 만남에 대해 다시 설명한다. 무슨 그런……. 요즘은 다들 그런대? 처음에는 둘이나 된다는 말에 내심 안심하는 눈치더니 얼굴이 점점 밤하늘처럼 어두워진다. 두 놈 다 정신머리는 똑바르지? 엄마는 또 한숨이다. 없는 것보다야 낫지만. 엄마가 팩 마스크를 조심스럽게 떼어 낸다. 세수하고 와.

세수를 마치고 방으로 들어가려는 그녀를 엄마가 다시 부른다. 아직 안 끝났어. 마사지가 안 끝났다는 건지 청문회가 안 끝났다는 건지 알 수 없다. 네 맘에 드는 놈은 누구야? 엄마가 지나가는 말처럼 묻는다. 그러나 그것은 가장 중요한 질문이면서 누구나 다 궁금해할 만한 질문이다. 지금까지의 모든 질문은 그 질문으로 가기 위한 곁가지에 불과했다. 좀 더 마음 가는 놈이 있을 거 아니야. 그녀는 자물쇠를 채운 것처럼 입을 꾹 다문다. 그래. 이것저것 꼼꼼하게 따져 보고 결정해. 네 맘을 편하게 해 주는 사람이면 되지 뭘. 엄마는 손에 로션을 골고루 묻혀 얼굴을 쓰다듬듯 문지른다. 엄마의 손은 거칠다. 의사 놈 장남은 아니지? 응. 아줌마한테 약속 취소하라고 해야겠다. 너도 어지간하다. 1년이 다 됐다면서 입도 뺑긋 안 해? 일어나 거울 봐. 엄마가 손거울을 내민다. 남들은 예뻐지려고 별 짓을 다 한다는데 넌 타고난 거 관리도 못 해? 그래도 마사지는 내가 계속해 줄 거야, 네가 이 집을 떠날 때까지. 거울 속 그녀의 얼굴은 생기가 돌고 한껏 젊어진 것 같다. 그러나 부모님은 너무 나이를 많이 드셨고 앞으로 더 쇠약해질 것이며, 그럴수록 옆에는 의지할 사람이 필요하다. 동생은 올 겨울이면 군대에 가야 하고 그녀는 사진 때문에 올해도 바쁠 것이다. 그녀는 지금의 이 어중간한 상태에서 벗어나고 싶다. 벗어나는 길은 오로지 선택뿐인가. 그녀는 선택의 기로에 서 있지만 그 선택이 어떤 결과를 가져올지는 아무도 모른다. 단지 상상만 할 수 있을 뿐이다. 가끔 해 보는 그 상상이 가끔은 현실보다 더 현실 같다.

11

지나는 핫팬츠에 셔링 민소매 티셔츠를 입고 캣아이형 선글라스를 쓰고 등장했다. 어느새 치렁했던 머리카락도 최신 유행 스타일로 싹둑 잘랐다. 지나는 만날 때마다 기대감을 갖게 하는 여자다. 변화무쌍한 카멜레온 같은 의상 콘셉트와 그에 따라 달라지는 헤어와 액세서리의 창의적인 코디 법은 그 기대를 증폭시켰다. 패션 잡지에서 막 걸어 나온 듯한 지나. 나의 기대는 이번에도 어긋나지 않았다. 시선을 집중시킬 만큼 파격적인 패션을 선호하고 또 그것을 완벽하게 소화해 낸다는 건 부티크를 운영하는 사장으로서 당연한 의무다. 친구들 중에는 여자 친구의 튀는 패션이 부담스럽지 않냐고 얼굴을 응그리며 묻는 녀석들도 있었다. 나는 남들의 시선을 잡아끄는 여자가 내 여자라는 게 오히려 흥분된다. 여름이면 빈번하게 노출되는 지나의 어깨에 내 이니셜이 곧 새겨질 거라 생각하니 더욱 흥분된다.

지나는 자리에 앉으며 분홍빛이 감도는 캣아이형 선글라스를 벗었다. 그러자 그 선글라스와 비슷한 형태의 눈이 드러났다. 수연은 지나에게 단축 번호 2번 씨, 안녕하세요? 라고 인사했고 지나 또한 수연에게 단축 번호 1번 씨, 라는 말로 답례했다. 지나의 화끈한 성격과 연극배우 수연의 친밀성이 조화를 이뤄 분위기는 시종 화기애애했다. 우리의 대화 주제는 한창 수연의 성별 오해로 인해 벌어졌던 그때의 에피소드에 머물러 있었다.

"너 그때 기억나냐? 지나 씨와 사귀기 일주일 전이었을 거야. 내가 처음 주연 맡은 연극이 상연되던 날, 꽃다발 들고 온다고 해 놓고선 안 왔었잖아. 전화했더니 잔뜩 취한 목소리로 작업 중이라 길게 통화 못 한다고 툭 끊어 버리는데, 어찌나 괘씸하던지."

"내가? 난 기억이 전혀 안 나는데."

"술이 떡이 되게 마시고 있었을 테니까."

"지나 너는 기억나?"

"작업 중인 상대가 나였다고? 나였다면 나도 술이 떡이 되게 마시고 있었나 보지."

지나가 핸드백을 들고 자리에서 일어났다. 지나가 화장실로 들어간 걸 확인한 나는 수연에게 말했다.

"그때 얘기 좀 자세히 해 봐."

"그게 단데 뭘 더해."

"그때 작업 중이라던 여자가 지나, 확실해?"

"다음 날 아침에 내가 전화하니까 술 덜 깬 목소리로 만리장성 어쩌고 했잖아. 그때 작업 중인 여자가 지나 씨 말고 또 있었냐? 하여튼 기억력 없는 건."

"그럼 그날은 뭐지."

"내가 너희들 섹스 날짜까지 기억해 줘야 돼? 그러니까 맨 정신에 한 여자하고만 하라고. 누구랑 했는지 기억은 나냐? 표정을 보아하니 그날 한 세 탕 뛰었구나?"

수연은 키득거리며 술 때문에 안 나는 기억, 술 때문에 나게 될지도 모른다며 내 잔에 맥주를 넘치도록 따랐다. 화장실에서 돌아온 지나는 왠지 나와 눈 맞추기를 꺼리는 것 같기도 했다. 수연의 말이 사실이라면 지나는 왜 8월 15일로 기억하고 있을까. 내가 처음에 느꼈던 것처럼 그날이 우리의 첫 번째가 아니었던 것만은 분명한 것 같았다. 지나도 나처럼 술이 떡이 되게 마셔 착각하고 있거나 농담이야, 광복절이잖아, 라고 했던 말 그대로 농담이었는지도 모른다. 그게 사실이면 모든 걸 따지고 늘어질 필요도 없어진다. 그렇다고 지나한테 다시 확인해 보는 것도 쪼잔하고 우스운 일이다. 그깟 날짜가 무슨 대수고, 첫 번째 두 번째가 뭐 그리 중요한가. 단순한 숫자 조합에, 지나가 무심코 던진 농담에 너무 민감하게 반응하고 있는 것이다. 난 그만큼 지나를 사랑하고 있는 거다. 지금 서로 사랑하고 있다면 그걸로 된 거다.

난 맥주 500시시를 단숨에 들이켰다. 취기가 올라왔다. 눈치 빠른 수연이 서먹한 분위기를 바꾸기 위해 화제를 돌렸다.

"그 재밌는 이웃님은 잘 계시냐?"

지나가 눈을 반짝이며 관심을 보였다. 수연은 지나를 위해 건전지 사건에 대해 세세하고도 조리 있게 말해 주었다. 늘 연극 대본을 끼고 살아서인지 나와 달리 수연에게는 사소한 것까지 놓치지 않고 기억하는 비상한 재주가 있었다. 저음의 나른한 보이스에 나도 빠져들었다. 수연의 입을 통해 들으니 왠지 다른 사람 이야기처럼 재밌게 들렸다.

"그런 일이 있었어? 아주 친절해서 호감 가는 여자던데. 나이는 몇이나 돼 보이는데?"

"아마 끝까지 알 수 없을 거야."

지나가 눈썹을 모으며 어리둥절한 표정을 지었다.

"10년 동안 한 번도 문밖을 나온 적이 없대."

"그래도 문은 종종 열 거 아니야."

"정정하지. 한 번도 그 문을 열고 나온 적이 없대."

"말도 안 돼. 몰래 한 번씩은 나오겠지. 사람이 어떻게 그렇게 살 수 있어. 세상에 갈 곳이 얼마나 많은데. 볼 것은 또 얼마나 많고. 나라면 이미 미쳐서 돌아가셨겠다. 목소리나 말하는 건 지극히 정상이던데. 우아하단 느낌까지 들었는걸. 도대체 이유가 뭐래?"

지나 입에서 충분히 나올 수 있는 말이었다. 지나라면 억만금을 준대도 그렇게 살 수 없을 것이다. 지나는 한 공간에 오랫동안 머무는 걸 병적으로 싫어하는 여자였다. 늘 자동차로 어딘든 이동해야 했고 새로운 공간과 흥밋거리를 찾아 떠나야만 했다. 집은 단지 잠을 자기 위한 침대에 불과했다.

"몰라."

"오, 연극적인데. 10년 동안 은둔하며 산 여자라."

"연극적이라니?"

"상황이 독특하잖아. 아주 신비롭고 흥미로워. 그래서 건전지 사다 줄 사람이 필요했구나. 연극 무대에 올려도 손색없겠는데."

수연은 그때처럼 호탕하게 웃었다. 수연에게는 그저 흥미롭기만 한 것 같았다.

"당장 희곡이라도 쓸 태세다. 너라면 누가 그렇게 살라면 살 수 있겠냐?"

"못 할 것도 없지. 그렇게 살 수밖에 없는 충분한 이유와 그리고……."

"그리고?"

"너같이 잘생긴 이웃만 있다면."

"농담할 기분 아니야. 난 매일 시한폭탄을 안고 사는 것 같아. 가끔은 아주 불길하다고."

"한 번도 나온 적이 없다는데 무슨 힘이 있겠어. 오히려 도움이 필요한 불쌍한 여자 같은데 뭘. 가엾잖아, 어떻게 10년 동안. 자기가 한 번씩 도와주고 그래."

지나 또한 대수롭지 않게 생각하는 것 같았다. 방금 수연이 매력적인 보이스로 풀어 놓은 이야기처럼 그저 재밌게만 들리는 것이다. 그 집은 내 집이었다. 앞으로 10년 동안 살 수도 있는.

지나는 수연과 나를 집까지 바래다주었다. 내가 안전벨트를 풀자 지나가 먼저 타투 얘기를 꺼냈다. 그땐 정말 미안했다며 한가해지면 다시 날을 잡자고 했다. 그러고는 내 입술에 촉촉한 입술을 포갔다. 심장을 자극하지 않는 포근한 입맞춤이었다.

나는 콧노래를 흥얼거리며 기분 좋게 아파트 입구로 들어섰다. 엘리베이터는 16층에 머물러 있었다. 엘리베이터가 꼭대기 층에 있을 때면 항상 고민하게 된다. 버튼을 누를 것인가 말 것인가. 16층에서 엘리베이터가 내려오기를 기다리는 시간과 계단을 타고 3층으로 올라가는 시간. 어느 쪽이 더 빠르고 효율적일까. 3층은 엘리베이터를 이용하기도 계단을 이용하기도 어중간한 층수였다. 나는 버튼을 누르고 돌아서서 계단을 두 개씩 밟고 올라갔다. 결과는 계단이 더 빨랐다. 나는 결정한다. 엘리베이터가 높은 층수에 있을 때는 계단을 이용하기로.

305호에서 뜬금없이 피아노 소리가 들려왔다. 첫날 전설처럼 들려왔던 맑고 세밀한 기타 연주가 생각났다. 직접 연주하는 거라면 수준급으로 봐도 손색없었다. 10년은 경제활동을 하지 않고 한 공간에 머문다면 누구나 어떤 방면에서든 전문가가 될 수 있는 시간이다. 특히 노력과 연습을 필요로 하는 악기 연주라면 피아니스트의 경지에 오를 수도 있다. 나는 잠시 연주를 감상했다. 귀에 익은 뉴에이지 음악이었다. 왠지 지금 내 심장 박동을 알고 있는 듯한 잔잔한 빠르기와 울림이었다.

한 곡이 다 끝나고 곧바로 다음 곡으로 이어졌으나 연주는 중간에 끊겼다. 오늘도 여자가 먼저 알은체를 했다. 말 걸 사람이 나뿐이니 하루 종일 나만 기다리고 있었을 것이다. 여자에게는 발소리 같은 미세한 진동만으로도 내 귀가 여부를 알 수 있는 능력이 있는 것 같았다. 10년이다. 모든 감각이 생활 방식에 맞게 진화했을 시간. 살아남기 위해 생존 적응에 부단히 부응한 결과, 기린이나 복어처럼 획득하게 된 기이한 기관들을 여자 또한 가지고 있을 것이다. 어쩌면 여자는 안방이 아니라 거실 인터폰 아래에 침대를 놓고 생활하는 중인지도 모른다. 인터폰은 내 것과는 비교도 안 될 정도로 액정도 큼지막한 데다 다양한 기능을 갖춘 고가의 인터폰일 것이다. 아마 내 모습도 저쪽에서는 컬러 티브이처럼 총천연색으로 보이겠지.

"루이스, 술 좀 했나 봐?"

컬러 인터폰이 분명했다. 나는 술이 반 잔만 들어가도 얼굴이 홍당무처럼 빨개지는 체질이다. 그 때문에 다른 거짓말은 다 해도 술 안 마셨다는 거짓말은 못 했다.

"앨리스, 나이가 어떻게 돼요?"

여자가 대답해 줄 리 없다는 걸 알면서도 술 때문인지 입에서 질문이 술술 기어 나왔다. 나는 내게 주어진 10년이란 세월에 주목했다. 열 살 — 태어나자마자 은둔 생활을 했다는 결론이므로 가차 없이 탈락이다. 스무 살 — 말솜씨에서 20대의 어수룩함이나 순수함은 발견되지 않는다. 열 살에 은둔을 시작했다면 학교 교육을 전혀 받지 않았다는 얘기가 되고, 또 어린 나이에 혼자 남겨졌다는 사실이 너무도 비극적이므로 탈락. 서른 살 — 지나 말대로 인생이 아주 재밌어지는 20대에 은둔을 시작했다면 그 빛나는 청춘과 젊음이 너무 안타까우므로 탈락시키고 싶다. 마흔 살 — 지금 나와 비슷한 나이에 은둔을 시작했다면, 20대의 방황기를 지나 안정기에 접어드는 시기다. 20대의 즐거움이 막 성인이 되어 맛보는 새로움에 있다면 30대의 즐거움은 성숙한 어른이 되어 맞게 되는 안정감에 있으니 이 또한 탈락이다. 쉰 살— 목소리로는 그 나이까지 가기는 좀 무리지만 능란한 말솜씨나 사람을 다루는 과격한 기술 면에서 가능성이 있다고 판단된다. 예순 살— 인생의 쓴맛 단맛 다 겪었을 시기. 풍진 세상을 뒤로한 채 지친 몸을 감추고 싶어지는, 감춰도 아쉬울 게 없을 나이다. 하지만 그 나이까지는 솔직히 생각하고 싶지도 않다.

"아주 그럴듯한 추리군."

자연스럽게 반말을 하는 걸 보면, 나한테 반말을 해도 거리낌 없는 나이인 것이다. 그렇다면 이쯤에서 은둔하게 된 이유가 궁금하지 않을 수 없다. 나이야 뭐 그렇다 쳐도 어떤 이유가 저 여자를 10년 동안 고립시킨 것인지, 은둔을 멈추고 세상 속으로 걸어 나갈 가능성이 있기는 한 것인지. 여자의 대답은 차갑고 굳건했다.

"내가 이 집을 나가는 건 관 속에서나 가능해."

"가끔 남몰래 한 번씩은 나오고 그러죠?"

"생활 규칙도 약속이야, 지켜야 하는."

여자는 요즘 사회 문제로 대두되고 있는, 일체의 사회 참여를 거부하고 폐쇄된 공간 속으로 숨어드는 은둔형 외톨이의 한 유형으로 보였다. 여자는 어렸을 때 가까운 사람으로부터 상습적으로 당해 온 성폭행의 충격 때문에 더 이상의 접근을 불허한다는 이유로 문을 잠갔다. 몸에서 똥 냄새가 나는 희한한 질병으로 인한 주변 사람들의 회피와 따가운 시선이 결국 대인공포증을 몰고 왔다. 심각한 성형 부작용 때문에 사회생활을 하는데 어려움이 있다. 진짜 '미친 여자'여서 성격 장애와 인격 장애로 인해 대인 관계가 원천적으로 불가능한 상태다. 다섯 살부터 죽기 전까지 걸릴 수 있다는 우울증을 앓고 있다. 사회나 직장에서 받은 스트레스가 심각해 사회 전체를 적으로 여기며 증오하고 있다. 가족으로부터 버림받았다. 세속 잡사 모두 잊고 스님처럼 자가 수행 중이다…… 세상에는 독특한 생활 방식으로 살아가는 사람들은 쌔고 쌨고, 눈에 먼지가 들어갈까 봐, 같은 납득할 수 없거나 어처구니없는 이유로 은둔하게 된 사람도 있다. 이유가 무엇이든 그들이 세상을 버리고 선택할 수 있는 곳이란 폐쇄된 방뿐이다.

그러나 내가 가장 가능성 높게 치는 것은 바로 이것이다. 여자는 아주 어마어마한 몸뚱이의 소유자다. 너무 뚱뚱해 일어서는 데만 10분이 소요되어 10년을 침대 위에서만 지내 왔다. 그 침대는 지금 거실 인터폰 아래에 놓여 있고 인터폰은 '생계폰' 역할을 톡톡히 해내고 있다. 여자는 몸무게가 얼마나 되는지도 모른다. 그 몸무게를 감당할 수 있는 저울은 아직 세상에 없기 때문이다. 게다가 생긴 것도 아주 못생겨서 사람들이 자신을 보면 혐오감을 갖는다고 여기는 추모 공포증에 빠져 있다. 극심한 외모 콤플렉스로 인한 자기혐오와 초고도 비만. 근본적인 은둔 이유는 혐오스러운 외모에 있었지만 설상가상으로 오랜 칩거 생활이 비만을 불러일으켜 이제는 그 몸뚱이 때문에 나가고 싶어도 나갈 수 없게 된 것이다. 건전지를 사 달라며 신문 투입구로 돈을 던졌을 때 손에 붉은 장갑을 끼고 있었던 것도 혐오스러운 자신의 몸이 조금이라도 노출될 경우 도움을 받을 수 없게 될 거란 불안감에서였다. 여자는 4층에 살고 있는 코끼리보다 더 심각한 상태다. 코끼리는 뚱뚱해도 걸어 다닐 정도는 되고, 아가씨라는 신분이 못생긴 외모를 커버해 줄 거라 착각하고 있어 불행하지는 않은 눈치다. 이 추측이 맞다면 여자의 은둔을 조금은 납득할 수 있을 것 같았다.

"알지도 보지도 않았으면서 멋대로 상상하는 건 죄악이야."

"상상이 죄악이라뇨? 상상한다고 누가 잡아갑니까? 상상을 지배할 수 있는 사람은 아무도 없어요. 당신이 말해 주지 않으니 상상할 수밖에요. 그리고 난, 그 상상을 확신해요."

무엇보다 내 상상을 뒷받침해 주는 건 여자가 마트에서 구입한 품목 대부분이 음식이란 점이다. 그걸 혼자서 며칠 만에 해치우는 데 살이 안 찐다는 건 말도 안 된다. 여자는 내 상상이 적중하자 당황하고 있거나, 은둔으로 숨기려 했던 자신의 정체가 심각한 타격을 받자 화가 난 것이다.

"맞아, 상상을 지배할 수는 없어. 하지만 그 상상이 발설됐을 때는 문제가 달라. 내가 왜 이유를 설명해야 해? 의무라도 있어?"

"이웃이니까요."

여자는 뒤통수를 얻어맞은 듯 마녀 같은 웃음을 터뜨렸다. 자기 꾐에 넘어간 꼴이니 웃음도 나오겠지.

"내 말이 맞지 않다면 증거를 보여 줘요."

나는 '해님 달님'이란 전래 동화처럼 신문 투입구로 손을 내밀어 보라고 했다. 어쩌면 손이 이스트를 넣은 빵처럼 너무도 부풀어 있어서 저 구멍으로는 불가능할지도 모른다.

"좋아. 보여 줄 테니까 가까이 다가와 앉아."

나는 신문 투입구 쪽으로 시선을 떨어뜨렸다. 달각달각, 투입구가 열렸다. 드디어 보는구나, 이로써 한 가지 의문은 풀리겠구나 싶어, 나는 바짝 다가가 앉았다. 그때, 기습적으로 날카로운 것이 나를 덮쳤다. 나는 날카로운 것에 찔려 외마디 비명을 지르며 뒤로 나자빠졌다. 취기로 균형 감각을 잃은 상태라 순식간에 당하고 말았다. 구멍에서 나온 것은 쇠 파이프였다. 여자는 파이프를 성난 사자처럼 이리저리 쑤시고 휘저었다. 맘껏 휘두르기엔 동그란 구멍이 한계가 있다고 판단했는지 그것을 우편 투입구로 재빨리 옮겨 더욱더 광범위하게 쑤셔 댔다. 나는 얼른 4층 계단으로 올라섰다. 제대로 긁힌 정강이에선 피가 흘러나왔다. 외모 콤플렉스와 고도비만에다 정신병 하나를 더 추가해야 할 것 같았다. 갑자기 공포가 몰려왔다. 그것은 실체 없는, 보이지 않는 공포였다. 그러나 한편으로는 여기서 물러나면 안 된다는 각오가 강하게 솟구쳤다. 오늘 나는 피까지 봤다.

나는 미친 듯 날뛰고 있는 파이프를 향해, 미친 듯 몸을 날렸다. 내가 승리하는 길은 파이프를 뺏는 것뿐이란 생각에 온 힘을 다해 잡아당겼다. 그런데 나는 놀라지 않을 수 없었다. 이게 정녕 여자 몸에서 나올 수 있는 힘이란 말인가. 여자의 악력이 파이프를 통해 그대로 전해졌다. 여자도 파이프를 빼앗기지 않으려고 최선을 다해 잡아당겼다. 내가 술 때문에 힘이 달린 상태임을 감안하더라도 나를 끌어당기는 이 힘은 보통의 것이 아니었다. 결국 힘겨루기의 승자는 여자였다. 쇠 파이프는 구멍 속으로 사라졌고 계단참에는 한동안 정적만이 감돌았다. 그 악력으로 판단하건대 여자는 내 상상대로 엄청난 거구다. 굳이 손을 보지 않아도 내 짐작이 맞다는 걸 확신할 수 있었다.

"그게 내 손이야. 어때, 생각보다 제법 가늘고 맵지?"

숨을 헐떡이고 있는 나와 달리 여자의 목소리는 숨찬 기색 없이 차분하기만 했다. 저 안에 다른 사람이 있어서 방금 나와 파이프 줄다리기를 했던 사람은 여자가 아닐지도 모른다는 생각이 들었다. 코끼리는 혼자 사는 것만은 분명하다고 했지만 안을 들여다보지 않은 이상 누구도 장담할 수 없었다. 아무것도 알 수 없는 상황이라면 저 안에는 10명도 100명도 있을 수 있었다.

"상상을 하려거든 나중에 해. 지금 해 봤자 양만 방대하고 실속도 없잖아."

"멋대로 상상하는 건 죄악이라고요? 당신이 그 죄악의 제공자라는 걸 명심해요!"

"루이스도 명심해. 오늘 같은 일이 일어나지 않도록 질문은 가려서 좀 해. 아니, 앞으로 어떤 질문을 해도 좋아. 대신 내가 대답하지 않을 땐 좋은 질문이 아니란 뜻이니까 넘어가. 세상에 생산적인 질문이 얼마나 많은데."

"당신한테 생산적인 질문이란 건 도대체 뭔데요?"

"오늘 같은 질문만 아니면 돼."

"왜 그따위로 살아요?"

당한 게 분하고 억울해서 일부러 다시 물었다. 그래, 이판사판이었다.

"사람을 죽였어."

나는 귀를 의심했다. 겁이 조금 났고 술도 확 깼다. 그러나 믿지는 않았다. 겁주려고, 내 상상을 방해하려고 한 말 같았다. 살인자라면 감옥에 가야지 왜 여기 있겠는가. 그러나 생각은 금세 또 바뀌었다. 정말 살인을 했다면 은둔은 도망 다니는 것보다 잡히지 않고 살 수 있는 하나의 방법일 것도 같았다. 혹은 출소 후 사회 부적응이 심각해 감옥과 비슷한 환경이 필요했거나 가택 연금 중인지도 모른다. 방금 나한테 한 짓을 보면 열 명도 죽일 여자였다. 파괴적인 성향이나 과격한 어법이 괜히 나오겠는가. 오 마이 갓. 살인자가 이웃이라니. 그러나 생각은 또 급물살을 탔다. 살인자는 살인자라고 말하지 않는다. 득이 되지 않는 말을 할 여자가 아니었다.

"술은 다 깬 것 같네."

인터폰이 툭 끊겼다. 나는 패잔병처럼, 오늘 수연이 연극에서 맡은 절름발이처럼 절뚝거리며 집으로 들어갔다. 절름발이가 그 벤치에서 들었던 충격적인 말이 무엇이었는지 갑자기 생각나지 않았다. 술이 다 깼음에도 불구하고.

12

　은빛 아우디는 마치 물고기 같다. 몸체는 비늘처럼 반짝이고 움직임은 조용한 물속을 유영하듯 부드럽다. 아우디가 꼬리를 살랑살랑 흔들며 그녀 앞에 멈춰 선다. 멋쟁이 영국 신사라는 말이 잘 어울리는 P가 선글라스를 벗으며 차에서 내린다. 그는 자동차 앞으로 돌아 나와 그녀를 위해 문을 열어 준다. 그녀는 번거롭다고 생각하지만 에티켓을 중시하는 P를 위해서는 군말 없이 따라야 한다.

　은색 물고기는 그녀의 방 침대보다도 흔들림이 없다. P가 즐겨 듣는 재즈가 나른하게 흘러나온다. 안전 운전 실천가인 그는 운전 중 말하거나 휴대폰을 받는 걸 좋아하지 않는다. 그런 면이 그녀에게는 편하다. 이야기가 끊겨 버린 후 차 안에 감돌 순간적인 정적에 당혹하지 않아도 되기 때문이다. 은색 물고기가 들어선 곳은 일산의 프렌치 레스토랑이다. 그는 예약이 가능한 장소라면 반드시 두 시간 전에 예약한다. 시간관념이 철저한 그는 무슨 일이든 계획을 세우고 그 계획대로 사는 사람이다. 그래서 충동적이지 않고 몸에는 여유와 느림의 철학이 배어 있다. 그 옆에 있으면 덩달아 마음이 차분해지고 안정된다. 파킹을 마친 그가 또 차 문을 열어 준다. 그녀 또한 이럴 때 적절하게 대처함으로써 신사에게 흠이 되지 않는 격조 있는 요조숙녀가 된다.

갖가지 식기와 유리잔이 세팅된 식탁 위로 오늘의 코스 요리가 시작된다. 따뜻한 빵과 부드러운 수프, 상큼한 샐러드와 연한 등심 스테이크. 식사 장소처럼 메뉴를 정할 때도 그는 의견을 묻지 않는다. 그건 남자라면 가져야 할 리더십 중 하나라고 그녀는 생각한다. 리더십 없는 남자는 여자를 불안하게 한다.

모든 건 완벽하고 정갈하며 한 치의 오차도 없다. 와인을 한 잔 곁들여야 하는 분위기지만 운전 때문에 그가 사양하자 그녀의 잔에만 보랏빛 와인이 채워진다. 그때 그녀는 다른 테이블의 여자 손님들이 그를 곁눈질로 훔쳐보고 있다는 걸 눈치 챈다. 그는 어딜 가나 시선을 붙드는 사람이다. 혹 그도 그녀들의 시선을 느끼고 있을까. 느끼고 있다면 그는 그 시선조차 자신의 품위에 맞게 적당히 달랠 줄 아는 사람이다. 그녀는 그와 마주 보고 앉아 있다는 이유만으로 더불어 품위 있는 사람이 된다. 품위란 인간을 가치 있어 보이게 한다.

그러나 지금 그녀는 몹시 배고프다. 빵은 한입에 베어 물고 싶고, 싱싱한 야채 샐러드는 더 달라고 하고 싶고, 스테이크는 먹기 쉽게 한꺼번에 썰어 놓은 뒤 포크로 찍어 먹고 싶다. 그게 그녀가 먹던 방식이다. 그러나 지금은 안 된다. 품위를 갖춘 그가 앞에 있고, 그를 쳐다보는 주변의 시선이 있다. 그러니 그녀도 가치 있게 행동해야 한다. 빵은 손으로 조금씩 뜯어 먹고, 입가에 소스가 묻을 수 있다는 걱정 때문에 샐러드는 포크로 뒤적거리기만 한다. 스테이크는 먹을 때마다 그때그때 썰어 먹는다. 풍요는 때론 사람을 불편하게 한다. 그는 우아하게 식사 중인 그녀를 지그시 쳐다보다 입가에 은근한 미소를 띤다.

후식으로 카푸치노와 우유가 나온다. 식사가 끝나자 그의 얘기가 시작된다. 형제들 사는 얘기부터 다음 달 부모님 결혼 기념 여행을 어디로 보내 드리면 좋을 것인지에 대해서. 이어 코스닥지수와 강남 일대 아파트 시세에 대한 이야기도 경제 신문 기사처럼 일목요연하게 펼쳐진다. 그가 결혼하면 상속받게 될 재산으로 아파트를 사는 게 좋을지 땅을 사는 게 좋을지 그녀에게 묻는다. 은행에 저축하는 건 어떠냐는 말에 그는 은행 이자로는 단기간에 원하는 수익을 얻을 수 없다며 이마를 찌푸린다. 그는 5년 안에 재테크로 재산을 서너 배로 불려 놓은 뒤 여유와 낭만을 즐기며 살고 싶어 한다. 급기야 자식을 낳으면 어디로 유학 보낼 것이고, 그 자식이 장래 가졌으면 하고 바라는 직업까지 순위별로 나열한다. 그 치밀한 계획대로 삶이 흘러가 준다면 그녀의 남은 인생은 실패와 고통 없는 나날들이 될 것이다.

그녀가 무슨 말을 하려는데 그가 상자 하나를 내민다. 예쁘게 매인 분홍색 리본을 풀자 목걸이가 반짝인다. 그녀는 오늘이 무슨 날인지 곰곰이 생각한다. 그러다 깜빡 잊고 있었음을 상기한다. 그에게 선물이란 특별한 날에만 주는 게 아니다. 그가 선물하는 날이

거꾸로 특별한 날이 된다. 그와 함께한다면 인생의 모든 날은 특별한 날이 될 것이다. 그가 자리에서 일어나 목걸이를 채워 준다. 가슴에 닿는 보랏빛 보석이 왠지 차갑고 무겁게 느껴진다. 주변의 시선이 그녀의 가슴에 머문다. 그 시선들이 보석을 품은 그녀를 세상에서 가장 행복한 여자라고 말해 주는 것 같다.

레스토랑을 나온 그는 걸음을 멈추더니 다음 주에 친구들 모임이 있다고 말한다. 모임의 성격과 어떤 부류의 사람들이 참석하는 자린지 친절하게 설명한 뒤 그날 자신이 입고 나올 의상 컨셉트까지 구체적으로 언급한다. 덧붙여 액세서리는 오늘 선물한 목걸이가 딱 좋겠다고 말한다. 그녀는 고개를 끄덕이며 머릿속으로는 침대 옆에 놓인 옷장 문을 열어 본다. 걸린 옷은 많지만 고르고 골라도 그의 옷과 목걸이에 어울릴 만한 옷은 보이지 않는다. 그녀는 세일에 들어간 백화점이 어딘지 떠올리며 옷장 문을 닫는다.

차에 오른 그녀는 다음 데이트 코스가 어딘지 묻지 않는다. 옷장 속을 들여다보느라 물을 타이밍을 놓쳐 버렸지만 그곳이 어딘지 궁금하지 않다. 어디든 그곳은 그만큼이나 완벽하고 분위기 있으며 깨끗한 곳일 것이다. 은빛 물고기가 다시 유영을 시작한다. 적당히 느껴지는 포만감과 흔들림 없는 안정감, 그리고 나른하게 퍼지는 재즈 때문인지 잠이 오려고 한다. 그러나 그녀는 눈을 감지 않으려고 노력한다. 졸다가 목이 꺾이기라도 하면 그의 품위는 물론 그가 걸어 준 목걸이의 품위 또한 떨어지고 말 것이다.

은빛 물고기는 어두워지는 도심 속에서도 반짝반짝 빛이 난다.

K, 그에게서는 늘 바람 냄새가 난다. 소리 없이 떠났다가 어느 순간 고개를 돌려 보면 그녀 옆에 조용히 서서 관망하는 자유주의자. 눈 감고 그가 몰고 온 바람 냄새를 맡노라면 그가 어디를 방랑하다 왔는지 알 수 있다. 오늘도 그는 찢어진 청바지에 물 빠진 티셔츠를 받쳐 입고 불현듯 그녀 앞에 나타난다. 바람이 모든 걸 알고 있기에 그녀는 묻지 않고 그 또한 말하지 않는다. 오랜 시간의 간극에도 그들의 만남은 어색하지 않다. 그러나 이 만남 후 그가 또 어디로 달려갈지는 알 수 없다. 그는 한곳에 오랫동안 서 있으면 병이 나는 사람이다. K는 어깨까지 치렁거리는 머리카락을 가죽 끈으로 묶은 뒤 전시회 티켓 두 장을 내민다. 그때 가고 싶다고 했지? 그가 내민 티켓은 르네 마그리트다.

전시가 한창인 시립 미술관은 걷기에는 좀 멀고 버스를 타기에는 가까운 거리다. 그는 버스를 타자고 하지만 그녀는 오랜만에 걷고 싶다고 말한다. 그는 천생 방랑자임에 틀림없다. 그녀가 따라가기에 그의 걸음은 너무 빠르다. 함께 걸으면서 그녀는 깨닫는다. 방랑길을 함께하겠다고 했을 때 그가 왜 만류했는지를. 그녀의 느린 걸음은 그의 바람 같은 자유에 방해만 될 뿐이다. 걸음의 차이를 좁히지 않는 이상 그와 동행하는 일은 없을 것이다. 그 빠른 걸음이 그녀를 외롭게 만들고 있다는 걸 그는 알까.

많은 곳을 돌아다니는 그는 할 얘기도 참 많다. 그의 이야기는 재밌고 목소리는 집중하게 만드는 힘이 있다. 그가 풀어 놓는 이야기 속에서 그녀는 앞으로 찍어야 할 사진의 아이템을 찾기도 한다. 그녀에게 그는 뮤즈다. 그녀는 살짝살짝 훔쳐보듯 그리스로마 조각상 같은 그의 옆모습을 쳐다본다. 그러나 그 얼굴에서 한 여자와 가정을 책임질 수 있는 강인함은 보이지 않는다. 삶과 재물에 달관한 자에게서나 볼 수 있는, 여유만이 느껴진다. 간혹 그 여유는 삶의 절망에서 비롯된 것인지도 모른다는 생각을 하게 만든다. 깊은 절망이 체념으로 바뀌어서 생겨난 응고물 같은 것. 욕심 부릴지 모르는 게 아니라 욕심 부릴 기운마저 남아 있지 않은 상태. 그런 그에게 먼 미래에 대한 계획을 묻는다는 건 어려운 일이다.

그의 이야기를 듣다 보니 어느새 미술관에 도착해 있다. 미술관 데이트는 예술가로서 서로의 강한 고집과 개성, 가치관과 주관을 존중해 줄 수 있는 소중한 시간이다. 그와 그녀의 의견이 합일되는 시점. 마그리트는 처음 접할 때는 고개를 갸웃거리게 하지만, 오랫동안 들여다보고 있으면 숨은 그림처럼 의미가 찾아지는 마력을 가졌다. 아, 하고 외치는 순간 그의 위대함에 머리를 조아리게 되고, 지상의 모든 예술가는 그의 상상력 앞에 무릎 꿇게 된다. 그는, 조금만 다르게 봐도 현실은 신비롭게 다가올 수 있다는 마그리트의 말을 곱씹는 중이다. 그에게 상상력은 마치 일상 같아. 스스로 재능이 부족한 예술가라 자처하면서도 위대한 예술가 앞에서는 그도 어쩔 수 없다. 그의 눈동자가 질투심과 자괴심으로 변색된다. 그는 그녀의 작품 앞에서도 저런 표정을 지은 적이 있다. 그럴 때마다 그녀는 그 질투심이 충동적인 파괴로 이어지지 않을까 걱정했다. 내 작품도 이런 데서 전시될 날이 올까. 빨라지는 그의 심장 소리가 들리는 것 같다. 충동적인 파괴가 그의 내부를 자극한다면 마그리트를 그 앞에 무릎 꿇게 할 수도 있을 거라고 그녀는 다시 안심한다.

배가 고픈 그가 3층 카페테리아로 그녀를 끌고 올라간다. 에스프레소와 카푸치노, 그리고 푸짐한 샌드위치를 쟁반에 담아 그가 터벅터벅 테이블로 걸어온다. 그는 자리에 앉자마자 두툼한 샌드위치를 한 입 크게 베어 문다. 빵 사이에 아슬아슬하게 걸쳐 있던 토핑과 소스가 테이블로 떨어지자 날름 주워 입에 넣고는 손가락을 쪽쪽 빤다. 샌드위치나 햄버거는 우아하게 먹을 수 있는 음식이 아니다. 우아함을 포기해야만 맛있게 먹을 수 있다. 맛있게 먹는 방법은 한 가지뿐이다. 그녀는 그보다 더 크게 입을 벌려 샌드위치를 먹는다. 우아하게 행동하지 않아도 되는 그가 앞에 있어 그녀는 싼 가격으로 비싼 맛이 느껴지는 저녁을 먹는다. 가난은 간혹 사람을 편하게도 한다.

제 몫의 샌드위치를 금방 해치우고 난 그가 카푸치노를 찬찬히 들여다본다. 마시고 싶어? 아니, 마그리트의 「심금」이란 작품이 생각나서. 그녀는 투명한 유리잔 위에 하얀 구름이 얹혀 있던 그림을 떠올린다. 카푸치노 위에 뭉게뭉게 핀 휘핑크림. 잔이 투명하다면 그 그림과 유사하게 보일 것도 같다. 조금만 다르게 봐도 현실은 신비롭게 다가올 수 있다! 심금을 울리는 말이네. 그가 웃는다.

시립 미술관을 나와 덕수궁 돌담길을 따라 그들은 또 걷는다. 미술관 안에서 똑같이 유지되던 보폭이 밖으로 나오자 다시 차이가 난다. 갑자기 그가 돌담길 중간쯤에서 걸음을 멈추더니 포니테일로 묶었던 머리를 푼다. 방금 전까지 머리 끈으로 쓰던 가죽 끈이 팔목으로 옮겨지자 팔찌가 된다. 난 있지, 우리가 한 공간에서 작업하는 모습을 상상하면 행복해진다. 그녀는 조용히 듣기만 한다. 그런 공간 하나면 욕심 부릴 건 아무것도 없을 거야. 그가 팔찌처럼 차고 있던 가죽 끈을 그녀의 팔에 채워 주며 내일 멀리 떠날 거라고 말한다. 그녀는 그곳이 어디냐고 묻지 않고 그 또한 그곳이 어딘지 말하지 않는다. 머리카락을 출렁이며 그가 앞서 걷는다. 그녀는 그녀의 보폭대로 천천히 걷는다. 그가 팔에 채워준 가죽 끈은 거추장스럽지 않다. 오히려 너무 가볍고 부드러워 아무 느낌도 나지 않는다.

상상을 끝낸 그녀는 눈을 뜬다. 눈을 떴지만 암실의 어둠 때문에 눈을 떴다는 걸 느낄 수 없다. 눈을 뜨나 감으나 똑같은 상황에서 그녀는 계속 생각한다. 그들에 대한 상상은 참으로 쉽다고. 마치 모든 걸 다 알아 버린 것처럼, 먼 길을 돌아온 것처럼 온몸의 기운이 빠진다. 그게 그들의 진짜 모습인지는 알 수 없다. 물론 상상이 전부는 아니고 그게 다 옳다고 볼 수 없다는 것도 알고 있다. 더불어 상상하기 쉽다고 선택이 쉬운 게 아니라는 것도. 그러나 맘을 편하게 해 주는 곳이 어디쯤인지는 어렴풋이 알 것 같다.

그녀는 암실을 나온다. 어느새 방의 달력은 7월이다.

13

자고 일어났더니 상처 주위에 시퍼런 멍까지 들었다. 신체 부위 중 타격을 받았을 때 실실 웃으며 아프다고 소리치는 곳이 정강이 라고, 예전에 엄마는 말씀하셨다. 그 말이 맞는지 상처를 건드릴 때 마다 실없는 웃음이 흘러나왔다. 30년을 거친 남자로 살아왔지만 내 몸 어디에도 이렇게 큰 상처는 없었다. 쇠 파이프가 조금만 더 깊숙이 들어왔다면 지금쯤 내 뼈가 어떻게 생겼는지 구경하고 있을 것이다. 치료비 청구라도 해야 할 판이었다.

깨끗하게 소독하고 약을 바르고 있을 때 휴대폰이 울렸다. 택배 아저씨가 정확한 발음으로 내 이름을 불렀다. 그제 인터넷으로 주 문한 반바지와 후드 티가 도착한 모양이다. 잊고 있던 택배 소식에 기분이 좀 나아졌다. 그러나 그 옷이 정강이를 드러내야 하는 반바 지란 사실에 다시금 침울해졌다. 사 놓고 입어 보지도 못하고 여름 을 나는 건 아닌지.

그래도 디자인이 맘에 들어 무리해서 주문한 거라 상자를 받자마자 신나게 풀어 헤쳤다. 그런데 안에는 전혀 엉뚱한 물건이 들어 있었다. 옷 치고는 상자가 무겁다 싶더니만. 택배 아저씨한테 바로 전화를 걸었다. 내 이름과 주소에 이상이 없음을 확인한 아저씨는 물건을 발송한 회사로 문의해 보라고 했다. 그들은 이름과 주소로 배달하지 안에 든 물건으로 배달하는 건 아니다. 전화를 끊고 상자에 붙어 있는 송장을 확인했다. 틀림없는 내 이름과 주소였다. 안에 든 물건을 다시 자세히 살폈다. 눈이 화등잔만큼 커졌다.

책이었다. 내 이름이 박혀 있는, 내가 번역한 모든 책들. 누가 내 책을 나한테 보내는 미련한 짓을 한 거야? 때마침 그때, 공포의 파이프가 현관을 두드리는 소리가 들렸다. 그 소리까지 가세하자 골치가 빠개질 것만 같았다. 절뚝거리는 다리를 부여잡고 쿵, 소리가 날 정도로 현관문을 거칠게 열어젖히고 나갔다. 현관문은 고물상에서나 욕심낼 만한 고철이 된 지 오래였다. 이젠 고귀하게 다룰 필요성마저 사라졌다. 집 안 여기저기를 손볼 목적으로 구매했던 공구 상자는 아직 열어 보지도 못하고 있었다. 낡아 빠진 현관문은 명패를 달 수도 없는 형편이었다.

"이 상처 어떡할 거예요? 보이기나 합니까! 치료비 내놔요!"

나는 오른쪽 다리를 번쩍 들어올렸다. 그때 불현듯 여자가 엊저녁에 했던 말이 떠올랐다. 정말 사람을 죽였을까. 물으려는 찰나에 여자가 내 말을 가로챘다.

"방금 발소리, 택배지?"

뭐야, 저 여자가 주문한 거였어? 내 이름은 또 어떻게 알고. 하긴 내 직업도 아는데 이름은 우습지.

"당신 물건을 왜 내 집으로 보낸 겁니까?"

"책 사러 심부름 안 보내려고."

"말장난할 기분 아닙니다. 왜, 내 이름과, 내 주소를, 도용, 했냐고요!"

나는 한국말을 못 알아먹는 외국인한테 말하듯 힘주어 딱딱 끊어 물었다.

"어차피 물건을 전달해 줘야 할 사람은 루이스야. 상황이 그렇다는 걸 당신도 이제 잘 알잖아. 내 앞으로 와 봤자 바닥에 무방비로 방치밖에 더 되겠어? 아무나 집어 가기 딱 좋지."

여자의 말은 다 변명처럼 들렸다. 우편물을 통해 실명이 유출되는 걸 사전에 차단하려는 수작이란 걸 내가 모를 줄 아나. 추측건대 여자는 어떤 물건도 실명으로 거래해 본 적이 없을 것이다. 그렇다면 정말로 사람을 죽이고 도망 중이거나, 출소 쪽으로 무게가 실리는 건가. 이름만 대면 다 아는 희대의 살인마! 그래서 이름이 알려지면 안 되는 살인마!

"택배 아저씨는 됐다 뭐해요? 친절이 생명인 분들인데 그깟 부탁 안 들어주겠어요?"

"그분들은 바빠."

"나도 바빠요! 집에 있다고 당신처럼 놈팡인 줄 알아요?"

"집에 있다고 다 놈팡이는 아니지."

"그럼 직업이 있다는 말씀? 허허, 누워서 돈 먹는 그 돈벌이가 뭔지 들어나 봅시다!"

"경제활동이 없다면 벌써 굶어 죽었겠지."

썩 생산적인 질문은 아닌지 대답은 정확성과 구체성에서 벗어나 애매하게 마무리되었다. 그 안에서 경제활동을 하신다? 살인자가 아니란 가정하에 가능성은 충분히 있었다. 집 안에 처박혀, 의자에 앉아서도 아니고 배 깔고 누워서도 벌어먹을 수 있는 구들직장이 얼마나 많은가. 시대가 좋아져 방구석에 인터넷 하나만 설치해도 먹고사는데 지장 없는 게 요즘 세상이다. 여자가 말하는 경제활동 범주라는 것도 뻔하다. 운 좋게 돈복 터진 미망인이 되었거나, 조상 덕에 물려받은 재산이 많아 건물 임대료나 따국따국 받아 처먹으 며 살고 있는 것이다. 악덕 건물주처럼 인터넷이나 폰뱅킹으로 입금 날짜를 꼬박꼬박 체크하고 심심하면 한 번씩 임대료 올려 세입자 들에게 팔자 타령하게 만드는 팔자 좋은 돈벌이 중 하나. 은행 이자 든 사채 이자든 이자 놀음 또한 집 안에 틀어박혀 할 수 있는 경제 활동이다. 이자 떼먹고 도망친 놈들 찾아 족치는 일쯤은 머슴 같은 깍두기들이 쥐도 새도 모르게 처리해 줄 테니 문제도 아니다. 아니 면 경제 상식으로 우아하게 머리 굴려 가며 주식 투자에 하루하루 를 투자 중이거나 은둔 소설가나 만화가일지도 모른다. 각종 프리 랜서직도 무궁무진하다. 이쯤에서 내가 내릴 수 있는 결론은, 하여 튼 여자는 돈이 많다는 것. 방에 가만히 앉아서도 세상을 주무를 수 있는 건 오로지 그것뿐이다. 그래서 돈은 위대하다. 10년째 고립 중인 여자를 굶어 죽지 않게 하면서, 거기다 뻔뻔하게 만들고 있으 니 위대하다 못해 존엄하다. 이제 저 여자의 뻔뻔함과 당돌함은 본 능적인 습성으로까지 여겨진다. 그러자 이름과 주소 도용은 저 여자에겐 아무것도 아니겠다는 생각이 들었다.

"이제 책 좀, 줄까?"

그 말에 몸이 움찔거리면서 파블로프의 개처럼 정강이가 욱신거렸다. 책을 주지 않으면 또 무슨 일을 저지를지 알 수 없다. 나는 명령받은 개처럼 집에서 상자를 들고 나와 신문 투입구를 내려다봤다. 더러운 시궁쥐가 그 구멍에서 갑자기 튀어나올 것만 같았다. 연기처럼 흘러나온 불길한 기운이 목을 조른 뒤 심장을 파먹고, 손톱을 세운 손이 쑥 빠져나와 내 페니스를 잡아 비틀 것만 같았다. 나도 모르게 오줌이 찔끔, 나왔다.

"뭐해?"

팬티가 젖어서인지, 나는 황급히 책을 말아 투입구로 줄달아 집어넣었다.

"이 구멍으로 못 들어간 것도 많죠?"

"쪼개거나 접으면 뭐든 가능해."

"불가능한 건 애초에 취급조차 안 하니깐 없겠죠!"

"여자들 그 작은 구멍에서도 우주가 나와. 그 구멍에 비하면 이건 커."

그렇게 말하니 내가 꼭 여자의 질에 우주를 집어넣고 있는 것 같았다. 아니면 성기거나. 나는 다음 책을 집어 들었다. 『위대한 개츠비』. 내 번역서는 아니었다. 여자는 자기가 가장 좋아하는 소설이라고 말했다. 두 번째로 나와 통하는 점? 하긴 워낙 뛰어난 작품이라 좋아하는 사람도 많을 테니 통한다고 하기도 뭐했다. 마지막 한 권은 너무 두꺼워서 들어가지 않았다.

"공동 번역이긴 하지만 내가 번역한 책 중에서 가장 쓸 만한데. 양장본이라 말리지도 않네요. 어쩌죠?"

은근히 고소했다. 정상이 아닌 삶에서 모든 걸 취할 수는 없다. 안 되는 건 미련 없이 포기할 줄도 알아야 한다는 걸 간접적으로 알려 주고 싶었다. 그런데 여자에게 포기란 없어 보였다.

"찢어."

"어딜요?"

"딱딱한 장정을 뜯으면 책이 둥그렇게 말릴 거 아냐. 책을 찢는 건 무식한 게 아냐. 안 읽는 게 무식한 거지. 자기 책을 찢었다고 기분 나빠할 것도 없어. 다시 붙이면 되니까. 중요한 건 알맹이지 표지가 아니잖아."

나는 울며 겨자 먹기로 장정을 뜯었다. 억울하게도 장정이 제거된 책은 쉽게 말렸고, 어렵지 않게 쥐구멍으로 쏙, 백여우처럼 들어갔다.

"왜 책을 읽어요?"

"무슨 질문이 그래?"

"따분하기 때문에 읽나요?"

"따분하지 않기 때문에 읽지. 따분하다면 다른 걸 하지."

"다른 거 뭐요?"

"영화나 티브이."

"따분해서 책을 안 읽는다는 사람은 뭐죠?"

"현실에 만족하거나 책에 없는 엄청난 걸 현실에서 경험했거나."

"엄청난 게 뭔데요?"

"쾌락의 끝일 수도, 고통의 끝일 수도. 누가 읽던 책을 이제 안 읽나 봐? 누구?"

"알 필요 없어요."

"따분하단 건 핑계고 책에 대한 안 좋은 기억이 있는지도 모르지. 혹시 미모의 그 아가씨? 예뻐서 안 읽게 생기긴 했더군."

"편견이 심하군요?"

못생긴 거구의 몸으로 집에 틀어박혀 있으니 팽팽 남아돌다 못해 넘쳐 나는 시간을 때우기 위해서라도 저 여자는 책을 읽을 수밖에 없을 것이다. 만날 사람이 있기를 하나 얘기할 사람이 있기를 하나. 그러고 보니 여자를 찾아오는 사람 하나 못 봤다. 그나마 책 읽기는 누워서도 할 수 있으니 얼마나 다행인가. 두툼한 삼겹살에 척, 올려놓으면 적당히 독서대 구실도 해 줄 것이다.

"난 말이야, 가끔 하나도 안 걸치고 책을 읽어."

"안 걸치다니, 뭘요?"

"옷."

뜬금없이 내가 열심히 상상하고 있는 모습과 상반된 얘기를 꺼내자 사레들린 듯 기침이 나왔다. 책 읽는데 옷은 왜 벗나? 고상한 취미다 못해 악취미다. 옷을 벗으면 집중이 더 잘 되나. 잘 때 아무것도 안 입고 자면 혈액순환이 잘 돼 건강에 좋고, 잠도 잘 온다는 말은 어디서 들어 봤지만 홀딱 벗고 책 읽는다는 사람은 처음이었다.

"취미 한번 괴상하네. 이유가 뭔데요?"

"본질에 다가가려고."

책을 읽는다는 건 고립 행위나 마찬가지다. 일반인이 한 겹이라면 여자는 두 겹으로 자신을 고립하는 셈이다. 거기다 나체로 책을 읽는다면 인간 원시나 태초 이브로의 회귀를 말하는 걸까. 그러나 다시 가슴속에서 뾰족한 바늘 하나가 올라왔다. 아무도 보는 사람도, 갑자기 문 열고 쳐들어올 사람도 없는데 무슨 짓인들 못 하겠는가. 혼자라면 뭐든 납득되고 용납되고 용서된다. 부끄러울 것도 없다. 외부로 공개될 때만 그것의 의미나 가치를 평가받을 수 있다.

오늘은 내가 먼저 현관으로 들어섰다. 그런데 고개를 도리질 쳐도 자꾸 상상이 됐다. 나체로 책 읽는 모습이. 지나가 나체로 책을 읽는다고 상상해 보자. 침대에 누워 있어도 좋고 의자에 다리를 꼬고 앉아 있어도 좋다. 은밀한 부분은 책으로 교묘히 가리고, 터질 듯 흐벅진 가슴은 책장을 넘길 때마다 고요히, 젤리처럼 흔들린다. 지나의 몸은 책의 반영이다. 슬프면 눈은 촉촉해지고 기쁘면 입가에 미소가 지고 분노하면 주먹에 힘이 들어간다. 책은 곧 에로틱으로 빠져든다. 클라이맥스에 도달하자 지나의 몸도 격정으로 치닫는다. 눈동자는 풀리고 살짝 벌어진 입술 사이로 약간의 신음 소리가 흘러나온다. 가슴은 부풀어 오르고 유두는 융기하며 은밀한 곳은 아무도 모르게 젖어 든다. 지와 미의 환상적인 하모니.

그러나 곧 그 상상은 무참하게도 산산이 부서지고 만다. 지나가 누워 있던 침대에 어느새 코끼리 한 마리가 떡, 하니 누워 있다. 다리까지 벌리고 있지만 시선은 당기지 않는다. 어디가 엉덩이고 가슴인지 윤곽을 알 수 없는 몸뚱이는 사방으로 흘러내리고, 그 둔팍한 몸처럼 반응은 느리고 표현은 경계를 짓지 못하고 모호해진다. 나는 된통 당한 듯 더 힘차게 도리질 친다. 옷 벗고 책을 읽는다고?

아무도 볼 사람이 없다는 게 천만다행이다. 지나가 다시 책을 읽게 됐으면 좋겠다. 그러다 속으로 큭, 웃으며 주먹으로 내 머리를 쥐어박았다. 책 읽는 지나가 아니라 책 든 지나의 나신을 보고 싶은 거겠지. 그놈의 나체에 현혹되어 치료비를 청구한다는 것도, 진짜 사람을 죽였는지 묻는다는 것도 잊어버렸다.

날은 더운데 출판사에서는 계속 전화다. 오늘은 작정하고 일에만 매달려야 할 것 같다. 맥주와 소시지가 떨어지면 일의 맥도 끊기기에 냉장고부터 살폈다. 맥주는 음료 칸에 달랑 한 개뿐이었다. 일단 맥주부터 준비해 두고 일을 시작해야 할 것 같다.

맥주를 잔뜩 사 들고 마트를 나오는데 코끼리가 지나쳐 갔다. 팔뚝에는 비닐봉지를 걸치고 햄버거랑 콜라를 양손에 다정하게 든 채 산책하듯 걷고 있었다. 옷을 벗기고 책을 들게 했던 몇 시간 전이 떠올라 괜스레 민망해졌지만, 내 상상을 들킬 리 없으므로 뻔뻔하게 옆에 붙어 섰다.

"오늘 날씨 무지 덥네요. 저기요……."

코끼리는 반응이 없었다. 원하는 게 뭔지 알 것 같았다.

"누님, 안 더우세요?"

그제야 코끼리가 햄버거를 우걱이며 용건이 뭐야, 라고 물었다.

"305호 말인데요, 가끔 찾아오는 사람은 있죠? 안까지 들어가지는 못 해도 안부 인사차 정기적으로 방문하는 사람은 있죠?"

"없어."

그사이에 코끼리는 햄버거 하나를 뚝딱 해치우고 비닐봉지에서 한 개를 더 꺼냈다.

"떠도는 소문이라도 있으면 말해 주세요, 누님."

"다 헛소문이야. 이럴 것이다, 저럴 것이다 지들끼리 모여 꾸며 낸 얘기. 충고하는데 조용히 살아. 엊그저께는 파이프 잡고 사이좋게 줄다리기까지 하고, 아주 가관이더군. 제일 미련해. 쓸데없는 호기심이 결국 화를 부른다는 걸 명심해."

"아무리 그래도 심심하면 한 번씩 나오고 그러죠?"

"안 심심해도 나와, 난."

"누님 말고……."

코끼리는 하나 마나 한 대답을 하느니 햄버거를 삼키는 게 더 생산적이라는 표정을 지었다.

"혹시 사람을 죽였나요?"

손으로 입을 가리고 소곤거리듯 묻자 코끼리는 내가 고급 개그라도 구사한 양 숨넘어갈 듯 웃어 젖혔다. 그래 겁주려고, 상상을 방해하려고, 술 깨라고 한 말이다.

"무서운 년이야. 정신 바짝 차려."

그건 나도 이미 알고 있는 사실이다. 코끼리는 햄버거 포장지와 콜라 용기를 얌체처럼 305호 쓰레기봉투에 쑤셔 넣고 농담하듯 작은 목소리로 말했다.

"전에 죽였는지 어쨌는지는 몰라도, 조만간 누구 하나 죽어 나갈 거야."

저건 또 뭔 소린가? 그때 305호에서 피아노 연주가 흘러나왔다. 베토벤의 「월광 소나타」였다. 그 연주가 레퀴엠처럼 들리는 건 왜

일까.

나는 재촉이나 시간의 압박에 시달리면 놀라울 정도로 집중력을 발휘하는 타입이다. 여유와 한가로움 속에서 은근히 피어나는 문장보다 벼락치기 속에서 불꽃처럼 터져 나오는 문장들이 더없이 아름답고 정확하다. 나는 만족스러운 작품을 내놓기 위해 일부러 시간을 유예시키고 그로부터 획득한 타이트하고 위태로운 시간 속에 스스로를 감금하는 걸 은근히 즐긴다.

그러나 불굴의 집중력도 아주 사소한 소리에 의해 무참히 깨질 때가 있다. 그 소리란 대부분 예측 불허의, 무생물이 내는 소리다. 꼭 잠가 둔 수도꼭지에서 떨어지는 물방울 소리라든가 잘 씻어 포개 놓은 그릇이 미끄러지면서 내는 소리 같은. 그런데 그 예측 불허가 또 하나 생겼다. 무생물도 아닌데 무생물처럼 살아가고, 그럼에도 한 번씩 생물보다 더 생생하게 살아 날뛰는 현관문 밖의 세계. 나 또한 새로운 감각과 기관을 획득해 나가고 있는 중인지, 밖에서 나는 모든 소리가 주파수처럼 귀에 잡혔다. 언제 방해할지 모르는 시한폭탄 같은 여자 때문에 노트북을 들고 도서관으로 피신한 적도 있지만 내 집만큼 집중이 잘 되는 곳도 없었다. 세상에서 가장 편한 복장과 자세로 일할 수 있는 자유로운 기쁨. 그것은 결코 포기할 수 없는 내 직업이 갖는 특권이다.

내 집중력을 일거에 제압해 버린 것은 엘리베이터 도착 신호 음이었다. 3층에서 멈춘 엘리베이터 안의 생물체는 나 아니면 305호에 볼일이 있는 자다. 그러나 오늘 나를 찾아올 사람은 없었다. 나는 작은 단춧구멍에 가만히 눈을 들이댔다. 뜻밖에도 수연이었다. 손에는 맥주가 들려 있었다. 오전에 집에 없을 거라고 기껏 말했는데 왜 온 거야. 아, 오늘은 진짜 바빠서 안 되는데. 처음에는 없는 척할까 하다 다시 마음을 고쳐먹었다. 갑자기 약속이 취소됐다고 둘러대지 뭐. 안방에 처넣고 혼자 술 마시다 자라고 해야겠다. 내가 문손잡이를 막 돌리려는 찰나에 수연은 이쪽을 한번 쳐다보다 등을 획 돌렸다. 나는 무안해졌고, 수연은 태연하게 305호 초인종을 눌렀다. 뭐야, 나 만나러 온 거 아니었어? 수연은 인터폰을 향해 꾸뻑 인사하고 여자와 몇 마디 대화를 나눴다. 목소리가 잘 들리지 않아 마치 마임 공연을 보는 듯 답답했다. 수연이 쥐구멍으로 캔 맥주 두 개를 집어넣었다. 그러고는 건배하듯 인터폰에 캔을 부딪히고 목이 꺾이도록 한 모금 쭉 들이켰다. 나는 손잡이에서 천천히 손을 뗀 후 자리를 인터폰 쪽으로 옮겨 수화기를 들고 액정을 켰다. 말 없는 마임에서 말 있는 연극으로 옮겨 간 듯 숨통이 좀 트였다. 도청 장치처럼 작은 부스럭거림조차 그 수화기를 통해 적나라하게 들려왔다.

"그냥 누님이라고 불러도 될까요?"

녀석 변죽도 좋다. 나이가 몇인지 확인 절차도 없이 덥석 누님이라고 부르다니. 어쩌면 수연도 확인이 불가능하리라는 걸 알고 생략한 것인지도 모른다. 아무것도 모르는 상황에서 아줌마든 언니든 이쪽에서 부르는 호칭은 블로그 닉네임처럼 그저 기호일 뿐이다.

"좋을 대로."

"대충 얘기 들어서 알고 있어요."

"루이스가 말했어?"

"루이스요? 아, 그 녀석 닉네임이군요. 저도 닉네임 하나 지어 주세요."

"미안하지만 그건 안 돼."

왜 안 된다는 거지?

"이웃으로서 특별히 지어 준 거니까."

그놈의 이웃 타령. 마치 그 닉네임은 임금님 하사품 같고 나는 임금의 총애를 받는 애첩이 된 것 같아 언짢다. 근데 수연은 무슨 목적으로 여자를 제 발로 찾아 온 걸까. 내 말끝마다 재밌다고 호탕하게 웃더니만 재미를 직접 느껴 보려고 온 걸까.

"저는 연극배우예요."

수연의 자기소개가 이어졌다. 말솜씨는 조리 있지만 다 아는 내용이라 다소 지루했다. 그러나 여자는 아주 재밌게 듣는 것 같았다. 중간에 궁금한 게 있으면 질문을 했고 수연은 상세한 부가 설명을 덧붙였다. 수연은 연기 분야를 바꾸고 싶다는 고민까지 털어놨다.

"그래서 말인데, 부탁이 하나 있습니다."

수연이 여자를 찾아온 목적을 밝히는 순간이었다.

"여기서 공연을 하고 싶습니다."

"연극?"

"마임요. 관객으로서 제 마임 연기를 봐 주세요."

"왜 하필 나야? 전문가는 얼마든지 있을 텐데. 짐작하겠지만 그동안 난 연극조차 봐 본 적이 없어."

"그게 바로 제가 누님을 찾아온 이유예요."

"비전문가니까 수연 씨 연기를 순수하게 감상하고 읽어 줄 수 있

138

을 거다?"

"누님 삶에 끌렸습니다. 무슨 사정인지는 모르지만, 누님을 충분히 이해합니다. 평범하지 않은 그 삶이 제 연기를 평가하는데 도움이 되지 않을까 싶어요."

연극하는 수연은 여자의 상황이 이해되는 모양이었다. 그러나 내게는 연극과 현실을 구분 못 해 생긴 판단 착오로 보였다.

"내가 말할 기회가 없는 사람이니 마임의 특징을 더 잘 이해할 수 있을 거란 얘기지?"

"더불어 누님한테 공연 관람 기회도 선사하고 싶어요. 서로 필요한 걸 주고받아요, 우리."

"잘 찾아왔어. 사실 내 생활의 절반은 행동과 표정으로 얘기해야만 하는 마임이야. 나도 수연 씨한테 배울 게 많을 거라 생각해. 사람들은 이 안에도 삶이 있다는 걸 이해 못 해. 그래서 내가 방금 말한 배움이란 뜻도 이해 못 하지. 공연은 정기적으로 할 거야?"

"누님 스케줄에 맞추겠습니다."

수연은 정말 저 여자한테도 스케줄이란 게 있을 거라 생각하고 그 단어를 쓴 것일까?

"매주 토요일 오후 2시 어때? 그때가 난 제일 한가해."

마치 다이어리를 살피며 빈 시간을 체크한 듯한 여자의 말이 한 술 더 떴다.

"저도 좋아요. 맛보기로 지금 공연 한 토막 보여 드릴까요? 시간 어떠세요?"

"좋아."

수연의 마임 연기가 시작되었다. 수연의 얼굴은 여자의 인터폰을 향해 있어서 나는 손짓 발짓만 감상할 수 있었다. 그러다 딱 한 번 수연이 내 쪽으로 몸을 돌렸는데, 눈이 정통으로 마주친 것 같아 깜짝 놀랐다. 마치 엿보고 엿듣고 있는 걸 들키기라도 한 것처럼 가슴이 쪼그라들었다. 지금 내가 뭐하는 짓이지? 라고 생각하면서도 수화기를 내려놓지는 않았다.

소리 없는 10분의 마임 연기는 내게 졸음만 불러왔다. 수연이 연기를 끝내자 여자는 진심에서 우러난 듯한 박수를 쳤고, 수연은 모자를 벗는 제스처를 취하는 궁정식 인사를 했다. 그러고 둘은 다시 맥주 캔을 부딪쳤다.

"가끔 이렇게 술 상대도 해 주실 수 있나요?"

"누군가와 술 마셔 본 게 오랜만이라, 유쾌하고 좋네."

"저에게도 특별한 경험이에요. 누님의 삶은 마치 연극 같아요. 연극에서는 어떤 상황이든 납득되고 가능하잖아요. 저건 연극이야, 라고 생각해 버리면 그만이니까요. 그러나 그게 현실이 되면 아무도 납득하지 않아요."

"연극은 이해 안 되는 걸 이해하게 하지만 현실에서는 이해 안 되는 걸 이해해야만 할 때가 있지. 벌어져 버렸으니까, 어쩔 수 없으니까. 연극은 끝나지만 삶은 계속되는 거니까."

"정말, 그럴까요?"

이해해야만 하는 305호의 현실과 내가 모르는 수연의 어떤 현실이 교감하는 분위기였다. 용무가 끝난 수연은 머뭇거리듯 이쪽을 또 슬쩍 쳐다봤다. 혹 수연이 초인종을 누르면 문을 열어 줘야 할

까, 말아야 할까. 애초에 오늘 난 집에 없는 사람이고, 수연 또한 그
걸 알고 일부러 오늘 찾아 왔으니 열 필요는 없다. 내 고민에 답을
주듯 수연은 그냥 계단을 타고 내려갔다.

　잠시 후 수연에게 전화가 걸려왔다. 안 받으려다 통화 버튼을 눌
렀다. 어디냐고 묻는 수연의 말에 나는 지나와 칵테일을 마시는
중이라고 했고, 어디냐고 묻는 내 말에 수연은 연습실이라고 대답
했다.

14

그녀는 사진전 오프닝 준비로 분주하다. 오랫동안 꿈꾸던 첫 개인전이 드디어 오늘부터 시작된다. 한쪽에 음식이 마련되어 있고 향기처럼 잔잔한 음악이 곳곳에 흐른다. 천장의 조명은 그녀의 환한 얼굴만큼이나 눈부시게 빛난다. 그녀는 갤러리 벽에 걸린 액자를 따라 천천히 걷는다. 액자 속 인물들은 모두 책을 읽고 있다. 모두, 책을 읽고 있지만 시선이나 표정은 모두, 다르다. 같은 책이 아니기 때문이며, 같은 책이어도 저마다 다른 생각과 느낌과 상상을 가지고 읽고 있기 때문이다. 그걸 보여 주는 게 이번 사진전이 갖는 첫 번째 의미다. 두 번째는? 동생이 묻는다. 어중간한 상태에서 벗어나는 것. 저들도 나도. 그녀는 파스텔 톤 벽을 따라 계속 걷는다. 사진은 모두 50점이 걸려 있다. 맨 끝 액자에 J가 있다. 어, J 누나다! 동생이 반가운 눈으로 액자를 쳐다본다. 오늘 오프닝이 끝나면 바람은 우편물처럼 J에게 또 그 소식을 전해 줄 것이다.

오후 5시. 몇 안 되는 선배, 후배들이 속속 갤러리로 들어선다. 평소 가장 아끼던 옷을 꺼내 입고 부모님도 나란히 팔짱을 끼고 들어선다. K와 P도 보인다. 그녀는 손님들에게 음식을 권하고 질문에 답하고 사진을 찍느라 분주하다. 표정은 밝고 어느 때보다 활기가 넘친다. 엄마, 누나 저런 얼굴 오랜만이지? 엄마는 흐뭇하게 고개를 끄덕이고, 아빠는 자랑스러운 듯 어깨를 쭉 편다. 한쪽에 서서 잔뜩 긴장한 표정으로 그녀만 보고 있는 K와 P가 이상했던지 엄마가 그들을 턱짓으로 가리킨다. 동생은 귓속말로 그들의 존재를 속삭인다. 내내 그녀의 사진에 머물러 있던 엄마의 시선은 이제 그들만 좇는다. 행동거지 하나하나를 예의 주시하며 어떤 성품을 가진 놈들인지, 어느 놈이 딸에게 더 잘 어울리고 행복하게 해 줄 수 있을 것 같은지 그림을 맞춰 본다. 말을 걸어 보고 싶은 마음은 굴뚝같지만 선뜻 다가 설 용기는 없다. 딸의 두 남자. 왠지 반갑게 인사할 수 있는 관계는 아닌 것 같다. 반갑게 나설 수 없기는 그들도 마찬가지다.

— 오늘은 미치게 아름답네.

P가 그녀를 욕망하는 눈으로 쳐다보며 말한다. 순간 K의 가슴에서 잠자고 있던 소유욕이 기지개를 켜며 일어난다. 사실 그 말은 별다를 게 없다. 그녀는 언제나 아름다우니까. 그런데 이상하게 P의 말이 석유로 출렁이는 K의 심장에 불을 지핀다. 불현듯 K는 패배자로 자처했던 지난 시간이 후회되면서 자신이 한없이 한심하게 느껴진다. 그녀가 아니면 안 될 것 같은 생각이 용암처럼 이글거린다. 갑작스럽게 생동하는 욕망에 그도 당황한다. 그녀가 아니면 안 될 것

같은, 그것은 사람을 벼랑 끝으로 몰고 가는 조급한 감정이다. 담담하기로 했던 마음이 마지막 순간에 와르르 무너져 내린다. 그것은 놀라울 정도로 섬뜩한 집착이다. 그는 누구보다 절박하게 그녀를 원하고 있음을 깨닫는다. 그러자 그녀를 미치도록 빨고 싶어진다. 그녀 아닌 다른 사람을 사랑할 수는 없는 일이다. 과연 어디 가서 그녀만 한 사람을 만날 수 있겠는가. 세상 어디에도 그런 사람은 없다. 그러니 절대 포기해서는 안 된다.

K는 후들거리는 다리를 이끌고 음식이 마련된 탁자로 가 차가운 생수를 벌컥벌컥 들이켠다. 그는 여유롭게 팔짱을 낀 채 웃고 있는 P를 매섭게 쳐다본다. 놈이 사라진다면 그녀를 가질 수 있을까.

불편한 신발을 신고 오랫동안 서 있었더니 다리가 아프다. 눈치 빠른 동생이 의자 두 개를 번쩍 들고 그녀 곁으로 다가온다.

—좀 쉬어. 오늘 주인공은 누나가 아니고 사진이잖아.

그녀는 의자에 앉으며 그것을 말끄러미 내려다본다.

—실력이 장난 아니야. 다음엔 뭘 찍을 거야?

그녀의 시선은 계속 의자에 머물러 있다.

—의자가 불편해?

—아니, 드디어 찾았어.

—뭘?

—의자만 찾아서 찍을래.

동생이 K와 P를 번갈아 쳐다본다.

—누나 의자는 어딘데? 난 누나가 남들처럼 이기적이고 모질었

으면 좋겠어.

　―충고, 고맙다.

　시간이 이슥해지자 그녀를 축하해 주기 위한 조촐한 파티가 시작된다. 갤러리 가운데로 탁자가 옮겨지고 투명한 잔마다 보랏빛 시간이 출렁인다. P가 준비해 온 삼단 케이크가 탁자 중앙에 놓인다. 케이크 위에 초콜릿으로 적힌 '제1회 개인전'이란 글귀가 낯설지만 반갑게 눈에 들어온다. 케이크 가운데 꽂혀 있는 한 개의 두툼한 촛불에 동생이 불을 붙인다. 여남은 명의 축하객들이 부르는 축하송이 끝나자 그녀가 촛불을 끈다. 양쪽에서 폭죽과 박수가 터진다.

　케이크를 커팅하는 지금, 그녀는 기분이 좋다. 오늘에서야 비로소 모든 게 확실해진 것 같아 몸과 마음이 홀가분하다. 축하객들이 와인 잔을 높이 쳐들고 건배한다. 누군가 벽력같은 목소리로 유망한 신인 작가의 출발을 위하여, 라고 외친다. 와인 잔 부딪치는 소리가 청명하다. 잔이 내려지자 누군가가 소감 한마디를 청한다. 그녀는 이제 불안하거나 어중간하지 않다. 평생을 어중간한 인간으로 살지 않아도 되는 길을, 맘 편하게 앉아서 쉴 수 있는 의자를 발견했다. 오랜 고민은 끝났고 더불어 선택 또한 끝났다. 그녀의 말은 추상적이라 사람들은 이해할 수 없다는 표정이다. 그러나 그 말의 의미를 누구보다 잘 알고 있을 그들은 긴장한 얼굴이다. K는 목이 타는지 와인을 들이켜고, P는 담담한 척하지만 어딘지 표정은 굳어 있다. 누군가가 또 옆에서 묻는다. 그 선택이 무엇인지 모르겠지만 결정이 쉬웠느냐고. 그녀는 고개를 가로젓는다. 세상에서 가장 어려운 결정이었지만 그 결정을 후회할 일은 결코 없을 거라고 단호하게 말한다. 시간이 차츰 마무리되고 있음을 실감한 그들은 서로를 쳐다본다. 아쉬움인지 두려움인지 알 수 없다. 그러나 그녀가 내린 결정을 되돌릴 수 없을 거라는 것만은 그녀의 결연한 표정으로 다시금 확인한다.

사람들은 와인에 취하고 음악에 취한다. 서로를 부둥켜안고 추는 춤과 이야기의 향연 속에서 7월의 마지막 밤이 서서히 지나고 있다. 그리고 서서히 사람들은 하나 둘 자리를 뜬다. 부모님과 동생이 기분 좋게 취한 얼굴로 갤러리를 마지막으로 나간다. 모두 떠나버린 그곳에 K와 P, 그리고 그녀가 남아 있다. 시간은 신데렐라의 마법이 풀리는 12시를 넘어섰고, 이것으로 그들이 맺었던 계약도 끝났다.

─이제야 모든 게 끝났어. 조촐한 오프닝도, 푸른 7월도, 계약도, 경쟁도, 우리 사이의 어정쩡함도.

P가 와인 잔을 허공으로 높이 들어 올리며 K와 그녀에게 건배를 청한다. K는 마지못해 잔을 부딪치고 그녀는 입술을 앙다문 채 건배를 한다. 홀가분하리란 예상과 달리 막상 닥친 1년의 끝은 K에게 아무 맛도 느껴지지 않는다. 포기하지 않을 거란 종전의 의지는 어디로 사라진 걸까. K는 자신을 기다리고 있는 건 패배뿐이라며 미리 패배의 잔을 깨끗하게 비운다. 반면 P는 더 없이 홀가분하다. 1년을 어떻게 지나쳐 왔는지 모르겠다. 그는 스스로에게 감탄한 듯 아무도 모르게 웃는다. 이제 남은 건 자유를 만끽하는 일인가.

P는 승리를 자축하며 잔을 깨끗하게 비운다. 그러나 누구도 그녀에게 선택의 결과를 물을 용기는 없다. 타 들어가는 마음은 아랑곳하지 않은 채 엉뚱한 질문과 대답으로 시간만 한없이 흘려보낸다. 그렇게 시간을 보내면 결과의 향방을 조금이라도 자신에게 유리하게 만들지도 모른다는 바람과 조금만 더 희망을 가슴에 품고 싶은 욕심에서다.

—K 넌 이제 뭐할 거야?

—넌?

그들은 서로에게 던져진 무의미한 질문의 답을 이미 알고 있으면서도 묻는다. 전신 누드를 조각하는 것과 치아를 하나하나 혀로 세 보는 것. 드디어 오늘 이후, 두 사람 중 하나는 그 소원을 이루게 된다.

—오늘 우리의 주인공한테도 소감을 물어봐야지. 어때, 계약을 끝낸 소감이?

그녀는 잔을 비우고 와인 향이 묻어나는 목소리로 말한다.

—난 늘 중간이 싫었어. 둘 사이에 끼어 있는 어정쩡함 말이야. 근데 그 어정쩡함이야말로 정말 내가 원하던 거란 걸 깨달았어. 그 속에 진짜가 있었어.

—무슨 뜻이야? 계속 어정쩡하게 살겠다는 거야? 설마 둘 다 취하겠다는 건 아니지?

K가 불안한 얼굴로 말한다.

—불길하게도 「글루미 선데이」라는 영화가 생각나네. 앞으로 더 이 짓을 하잔 말이야? 난 더 못 해!

P는 약간 흥분한 얼굴이다.

—어중간한 인간으로 살지 않아도 되는 길을 찾았다고 했잖아?

—맞아, 분명 난 그걸 찾았어. 그러나 그게 둘 다 취한다는 건 아니야.

—그래서 누군데?

P가 짐짓 침착한 척 잔에 와인을 따르며 묻는다. 그러나 한없이 무거운 시선은 차마 그녀를 바라보지 못하고 탁자에만 머물러 있다.

—그전에 약속해 줘. 내 결정에 무조건 따르겠다고. 내가 말하는 순간 모든 게 여기서 끝나는 거야.

—약속해. 네 결정에 따르겠다는 건 계약 조건이잖아.

—누구냐고! P야?

K가 침착성을 잃고 답답한 듯 자리에서 벌떡 일어난다. 그들의 시선이 그녀의 입술로 향한다.

—아니.

K가 놀람과 흥분과 기쁨을 애써 감춘 채, 믿을 수 없다는 듯 그녀를 쳐다본다. P 또한 믿을 수 없다는 듯 손에 들고 있던 와인 잔을 탁자로 맥없이 떨어뜨리며 K와 그녀를 번갈아 쳐다본다. 깊은 패배감이 몰려온다. 1년이 아무것도 아닌 게 되어 버리는 순간이다. 천하에 보잘것없는 K한테 무릎 꿇게 되다니 말도 안 된다. 상상조차 못 했던 일이다. 이건 꿈이다. 짧은 순간 P의 머릿속으로 놈이 사라져 버린다면 결과를 뒤바꿀 수 있을지도 모른다는 생각이 스친다. P는 K를 한 번 노려본 뒤 아직도 믿기지 않는 듯 작게 중얼거린다.

―K라니…….

　―아니.

　그들은 어리둥절한 듯 서로의 얼굴을 쳐다본다.

　―나도 아니고, P도 아니면?

　―다른 사람이 있단 얘기? 어정쩡하다는 게 그 뜻이었어? 말해
어서!

　그녀는 자리에서 일어나 맨 끝에 걸린 사진으로 터벅터벅 걸어
간다. 액자 속 J의 얼굴 위로 그녀의 얼굴이 희미하게 비친다.

　―맞아. 다른 사람.

　P는 조용히 자리에서 일어나 화장실로 간다. 분을 참지 못한 얼
굴로 문을 걸어 잠그고 와인 잔을 바닥으로 내던진다. 그러고는 이
를 악물고 구둣발로 조각들을 자근자근 짓밟는다. 악마의 얼굴이다.

15

아침부터 혼을 쏙 빼놓을 정도로 수십 통의 전화가 걸려왔다. 모두 다 택뱁니다, 곧 방문하겠습니다, 로 끝나는 전화였다. 여자가 나한테 보낸 사신들이었다. 수취인 이름을 아예 루이스로 기입했는지 그들은 스스럼없이 날 루이스라고 불렀다. 어떤 사신은 나보고 어느 나라에서 온 외국인이냐고 물었다. 그러고는 위아래로 훑어보다 한국말 참 잘하시네요, 하며 흐뭇하게 웃었다.

나는 거실 한가득 쌓인 상자들을 다 뜯었다. 취미가 쇼핑인지 별별 희한한 물건들이 나왔다. 샛노란 가발이 있는가 하면 새빨간 이브닝드레스와 고급 가죽 하이힐도 있었고, 잠자리 날개처럼 속이 훤히 비치는 잠옷과 보기도 민망한 낙엽 크기의 팬티와 브래지어도 있었다. 그 외에도 각종 액세서리와 머플러, 폭스형 선글라스, 유럽 귀족풍 부채, 고가의 주름 방지용 화장품 등등. 멋쟁이 젊은 여성들이 치장하는 데 쓰는 물건들이 대부분이었다.

나는 손바닥만 한 팬티를 햇빛이 들어오는 베란다 창을 향해 쳐들었다. 검은 나비 형상의 그것은 금방이라도 훨훨 날아갈 것만 같았다. 지나도 이런 건 안 입었다. 너무 얇아 반대쪽이 훤히 비치는 그것을, 가리자는 건지 보여 주자는 건지 모를 그 헝겊 쪼가리를 나는 돌려 보고 늘려 보고 뒤집어 봤다. 아무리 봐도 요상한, 이상한 나라의 물건처럼 느껴졌다. 미치지 않고서야, 코끼리 몸으로 이걸 입겠다고? 꿈도 야무지다. 옷들은 모두 허벅지까지 가 보지도 못하고 스러질, 종아리나 간신히 통과할 사이즈였다. 여자는 날씬하고 호리호리한 사람에게나 어울릴 법한 물건들을 사다 쟁여 놓음으로써, 언젠가 걸칠 날이 올 거라는 꿈과 환상에 사로잡혀 있다. 이제야 다이어트를 결심한 건지도 모르지만, 오늘 밤 여자는 들어가지도 않는 다리 한쪽을 억지로 꿰어 넣다 바늘 솔기가 우두둑, 뜯어지는 수모를 당하고 말 것이다. 주제도 모르고 앞서가기만 하는 그놈의 욕망 때문에 나머지 다리 한쪽도 집어넣으려다 바닥에 쿵, 자빠지고 말 것이다. 그제야 정신은 번쩍 들고, 전신 거울에 비친 혐오스러운 자기 모습을 확인하고 히스테리를 부리겠지. 그 히스테리는 결국 애먼 나한테 돌아오겠지. 진저리가 났다.

팬티와 브래지어가 가 닿을 로망. 모르는 바는 아니지만 여자에게 식료품 외에 필요한 물건은 없다고 봐야 한다. 화장품이 무슨 소용이고 값비싼 하이힐이 무슨 가치가 있는가. 책 읽을 때처럼 매일 홀딱 벗고 살아도 무방한 삶이었다. 그런데도 쓸데없는 물건을 돈 낭비해 가며 사는 건 자기만족이기 전에 어쩔 수 없는 인간 본성이기 때문일 것이다. 주문한 물건을 손에 넣음과 동시에 거짓말처럼 사라져 버릴 만족, 그럼에도 어김없이 다시 움트는 새로운 희망 같은 욕망. 거듭되는 헛된 욕망의 악순환. 여자 말대로 저 안에도 삶은 있고, 삶이 있는 곳에 욕망도 있다. 일반인처럼 사회 기능을 담당하고 있다는 걸 소비로써 보여 주고, 누리고 산다는 걸 사치로써 과시하려는 정상적인 행위. 단, 여자는 현실에서 불가능한 쇼핑을 사이버에서 충족하고 있다.

매일 멋들어지게 치장하고 거울 앞에서 쇼할 여자의 모습을 상상하니 절로 웃음이 나온다. 그런 재미라도 있어야 살아갈 수 있을 것이다. 인간이란 무언가를 먹을 때와 마찬가지로 무언가를 사들일 때 살아 있다는 걸 느낀다. 여자는 누구보다 그 느낌이 '의지처럼' 필요하다. 살아가기 위해 물건이 필요한 게 아니라, 사야 할 물건이 있기 때문에 살아가는 것이다.

나는 물건을 한 상자에 중구난방 쓸어 넣고 305호로 갔다. 오늘 드나든 발소리만 해도 수십 명인데 왜 조용하지? 알아서 대령하라는 뜻인가. 마치 여자한테 길들여지고 있다는 느낌을 지울 수 없었지만, 용도를 알 수 없는 물건을 내 집에 오래 두고 싶지도 않았다. 나는 쭈그리고 앉아 물건을 쥐구멍으로 넣었다. 오동나무 잎 같은 팬티를 넣다 말고 다시 손으로 조물락거렸다.

"아무리 생각해도 내 사이즈는 아닐 것 같아?"

길들여지긴 했는지 갑작스럽게 들려오는 여자의 목소리에도 놀라지 않았다. 여자는 항상 저곳에 있는 사람이니까.

"돼지 목에 진주 목걸이."

일부러 20대 초반 취향과 초미니 사이즈 물건만 구입함으로써 내 상상에 반격을 시도해 헷갈리게 하려는 의도가 분명하다. 혹시라도 이딴 물건으로 날 유혹하려는 거라면 오산이다. 페티시스트도 아니고 이런 헝겊 쪼가리에 흥분할 내가 아니다. 내 추측이 맞다면 그 목적이란 한 가지뿐이다. 날 유혹해 군말 없이 물건 잘 넣어 주는 충실한 개로 만들려는 수작!

"그 안에 다른 여자 있죠?"

"그렇다고 하면 믿을 거야?"

"정말요?"

"거 봐, 당신은 내 말을 믿을 수밖에·없어. 거짓말조차도."

"있다는 거예요, 없다는 거예요?"

"있다고 하면, 호기심이 좀 사라질까? 상상에 제동이 걸릴까? 당신 같은 사람한테 거짓말은 진실이 되고 진실은 거짓말이 되지."

"나 같은 사람이 어떤 사람인데요?"

"보이는 것만 믿는 사람."

"……."

"보이는 게 전부는 아니야. 진짜는 안 보이는 곳에도 있어. 눈에 보이는 당신 애인, 그게 전부일까?"

"말 같지 않은 소리 집어치워요. 당신 말이 진실이면 진실이고 거짓이면 거짓이겠죠! 애먼 남의 애인 물고 늘어지지 마요. 진실이면 무엇으로 그걸 증명할 거죠?"

"아무리 얘기해도 당신은 내 말을 믿지 않아. 보이지 않으니 믿지 않는 거라고. 당신은 벌써 증명을 요구하고 있잖아. 진실에는 증명이 필요 없어. 그 자체가 증명이니까. 증명은 거짓에나 필요해. 당신은 믿어야 하는 순간과 그렇지 않은 순간을 구분 못 하고 있어."

눈에 보이지 않는 여자의 존재와 눈에 보이는 여자의 물건들. 보이는 것만 믿는 나라면 이 물건을 그대로 믿어야 할 것이고, 보지 않고는 믿지 않는 나라면 여자의 존재는 계속 의심된다. 여자의 존재가 의심되면 여자의 물건들 또한 의심된다. 지금 이 순간 나는 어느 쪽을 따라야 하는가. 순간을 따르기에는 그동안 있었던 일들이 이 순간을 방해한다. 나는 빨간색 하이힐을 간신히 넣었다. 잘 들어가지 않자 조금 화가 났다. 거칠게 구겨 넣다 보니 하이힐에 흠집이 생겼지만 내 알 바 아니었다.

"난 목소리밖에 보여 줄 수 있는 게 없어. 적어도 그 목소리로 거짓말은 하지 않아. 당신 질문에 답하지 않은 건 프라이버시이기 때문이야. 난 얼마든지 신상에 대해 거짓말할 수도 있는 처지야. 맘만 먹으면 다른 사람 행세를 할 수도 있어. 당신이 궁금해하는 건 한 사람을 알아 가는 데 있어서 그다지 중요한 게 아니야."

그렇다면 사람을 죽였다는 말도 거짓이 아니란 건가.

"나한텐 중요해요. 적어도 당신이 나에 대해 아는 것만큼은 나도 알아야겠어요. 내가 물건을 넣어 주듯 당신도 물건을 쥐구멍으로 보여 줘요."

"끈질기군. 또 증거를 보여 달라는 거야? 그때, 처럼?"

"물건을 넣어 주는 사람으로서 알 필요가 있다고 봐요, 난. 누구라도 당신 상황과 지금 이 물건을 보면 나랑 똑같은 생각을 할 거예요. 그게 당신이라도. 당신한테 신발이 무슨 가치가 있고 선글라스가 무슨 소용이죠? 식성이 요상해 씹어 먹을 거라면 또 모를까."

"시간이 지나면 자연히 알게 될 거야."

"몸에 걸치지는 못해도 소유라도 해야 직성이 풀리나요? 쇼핑 중독인가요? 돈을 써야만 살아 있다는 걸 느끼나요? 넘치는 돈을 주체 못 하시나요? 차라리 그럴 돈 있으면 가치 있게 기부를 하시죠?"

"이곳에도 삶은 있어. 자유롭지 못할 뿐 남들과 다를 게 하나도 없어. 왜 이해하려고 하지 않지? 수연 씨처럼?"

수연을 언급하자 나도 모르게 목소리가 높아졌다.

"진짜 이해하는 건지 목적을 위해 이해하는 척하는 건지 알게 뭐예요."

"그렇게 안 봤는데, 참 삐딱하네. 그런 건 장담하지 않아도 느낌이나 표정으로 알 수 있어. 루이스 같은 사람이나 모를 뿐이지."

"그 녀석은 연극배우예요."

"몰래 엿보는 건 나쁜 짓이야."

나는 흠칫했다. 결국 오늘도 여자가 쳐 놓은 그물에 걸려들고 말았다. 내 입으로 엿봤다고 말해 버린 꼴이었다. 그걸 확인하기 위해 여자가 말(言)을 여기까지 끌고 왔다는 생각마저 들었다.

"당신이 인터폰으로 감시한 것처럼 나도 똑같이 한 것뿐이에요."

"난 감시한 적 없어. 부탁할 게 있거나 하고 싶은 말이 있을 때만 인터폰을 써."

나는 겸연쩍어 손을 탈탈 털고 돌아섰다.

"잠깐, 기다려."

그때처럼 쇠 파이프라도 나올까 봐 엘리베이터 옆으로 미리 비켜졌다. 쥐구멍이 달그락거리더니 묵직한 비닐봉지 하나가 튀어나왔다. 공포의 붉은 손이 틈서리로 살짝 비쳤다. 나는 잠시 오금이 저렸다. 언제나 장갑을 껴야만 하는 상황이라면, 비만 환자가 아니라 화상 환자이기 때문인지도 모른다. 한때는 굉장한 미인이었으나 화재로 인해 흉측한 프랑켄슈타인이 된 여자. 처참한 비극이다. 오줌이 찔끔, 나왔다.

"이제 음식물 쓰레기까지 처리해 달란 겁니까? 그건 코끼리가 하잖아요!"

"물건 넣어 줘서, 고마워."

여자는 인터폰 수화기를 내렸다. 감사할 줄도 알고 참 오래 살고 볼 일이다. 나는 고양이처럼 경계심을 늦추지 않고 슬금슬금 봉지를 집어 들었다. 따뜻하면서 맛있는 냄새가 흘러나왔다. 아침도 거른 상태라 군침이 돌았다. 그때 다시 여자의 목소리가 들려왔다. 나는 시치미 떼듯 얼른 봉지에서 코를 뗐다.

"한 가지 궁금한 게 있어. 수연 씨에 대해."

"수연이가 제 입으로 다 말했잖아요."

"다 들었으니 잘 알잖아. 최근에 안 좋은 일 있었어? 웃어도 웃는 것 같지 않던데."

"얼마 전에 어머니가 돌아가셨어요. 저도 궁금한 게 있어요. 정말 사람을, 죽였어요?"

"그래, 네 명이나."

믿으라는 소린지 말라는 소린지, 또 시작이다. 그러나 손이 떨린 건 사실이었다.

집으로 들어와 단단하게 묶인 봉지 매듭을 풀고 내용물을 옴팍한 그릇에 담았다. 누구나 쉽게 만들어 먹을 수 있는 야채 볶음밥이었다. 께름칙했다. 네 명이나 죽인 손으로 만든 음식을 안심하고 먹을 수는 없을 것 같았다. 독이라도 탔을까 봐 한참을 망설이다 눈 딱 감고 한 입만 떠먹었다. 누구나 쉽게 만들어 낼 수 있는 맛은 아니었다. 나는 개수대 앞에 선 채로 그릇을 다 비웠다. 음식이 담겨 있던 봉지를 집어 들었을 때 바닥으로 무언가가 툭, 떨어졌다. 연고였다. 병 주고 약 주네. 근데 정말일까. 불을 질러 네 명을 죽이고, 불행하게 혼자 살아남아 프랑켄슈타인이 된 여자.

즉석 북엇국 두 개를 옆구리에 끼고 현관문 비밀번호를 눌렀다.

어젯밤 일을 끝내고 잠시 눈을 붙이고 있을 때 누군가 문을 열고 들어오는 소리가 들렸다. 지나였다. 몸을 가누지 못할 정도로 취해 있던 지나는 들어오자마자 소파에 그대로 엎어졌다. 울었는지 얼굴은 마스카라 먹물로 범벅이었다. 지나는 초점 잃은 눈으로 나를 쳐다보다 뭐라고 중얼거렸다. 알아들을 수 없어서 가까이 다가가 앉았다. 지나는 내가 그 비밀번호를 여태 사용하고 있을 줄 몰랐다며 정신 나간 여자처럼 깔깔댔다. 초인종을 누르려다 그냥 한번 눌러 봤는데, 소리가 나는 거 있지? 삐리릭, 삐리릭. 흐흐흐. 그 기분 좋은 소리, 자기는 아마 모를 거야. 마치 자기가 아무 때나 들어와도 된다고 날 받아 주는 것 같았거든. 지나는 흐느적거리며 소파에서 내려와 내게 키스했다. 그리고 우리는 곧장 침대로 자리를 옮겼다.

지나 때문에라도 당분간은 비밀번호를 바꾸지 말아야겠다고 다짐했다. 어떤 번호라도 우리 사이에 그것은 비밀이 될 수 없었다. 지나는 내 집을 제 집처럼 드나들어도 되는, 나와는 비밀이 없는 사람이었다. 혼자 사는 애인의 아파트 비밀번호를 모르는 사람은 대한민국 어디에도 없을 것이다. 지나와 남남이 되지 않는 이상 번호를 바꾸는 것은 의미가 없었다. 지나 말대로 근심이나 삶의 고통에서 해방될 수 있을지도 몰랐다. 지나는 가끔 별것도 아닌 일에 감동을 받곤 했다. 강인함 뒤에 숨어 있는 소녀 같은 지나의 모습을 보면 왠지 가엽단 생각도 들었다.

약한 불에 냄비를 올려놓고 지나가 일어나기를 기다렸지만, 물이 다 닳아 없어질 것만 같아 지나를 깨우러 안방으로 들어갔다. 앙상한 어깨에 살며시 손을 댔다가 너무 곤히 자고 있는 것 같아 다시 손을 뗐다. 지나의 맨살을 보니 나체로 책을 읽는다는 앞집 여자가 떠올랐다. 이불을 들추고 지나의 가슴팍에 내가 좋아하는 『위대한 개츠비』를 올려놓거나, 가을 낙엽처럼 가벼운 시집으로 은밀한 그곳을 가려 보고 싶었다. 속으로 키득대며 돌아서는데 휴대폰 진동소리가 들려왔다. 이불 속에서 나는 것 같았다. 가만히 이불을 들추고 지나 다리 밑에 놓여 있는 내 휴대폰을 재빨리 집어 들었다. 그때 나는 보았다. 창으로 쏟아지는, 화살표 모양의 환한 빛의 가리킴을 따라서.

지나의 엉덩이에 새겨진 백합 문양 타투. 그리고 새하얀 피부 군데군데를 달마시안처럼 점점이 물들어 있는 거뭇한 멍 자국. 이불을 더 들추고 싶었지만 지나가 뒤척이는 바람에 서둘러 방을 나왔다. 타투 아래 이니셜 세 개가 새겨져 있었던 것 같았다. 기억해 내려고 애썼지만 두근대는 심장 소리가 그 기억을 자꾸 방해했다. 나와 스케줄 맞추기가 어려워 혼자 가서 새긴 걸까? 우리는 어깨에 하기로 했고 히프가 싫다고 했던 건 지나였다. 게다가 내 머릿속에 맴도는 잔상에 따르면, 이니셜 모두 나와는 무관한 것이었다. 물론 지나가 타투를 새겼을 가능성은 얼마든지 있었다. 뭇 남성들의 화려한 관심 속에 살아왔으니 마지막이라 확신했던 남자 하나 정도는 있었을 것이고, 이니셜은 과거의 그 남자 것인지도 모를 일이었다. 어떻게 될지 모르는 남녀 사이가 남긴 씁쓸한 결과물.

그보다 지금 내가 집중해야 할 건 멍 자국이었다. 멍이 잘 드는 여린 피부라 하기엔, 일하다 생긴 상처라 하기엔 멍이 깊어 보였다. 아직도 눈에서 푸른 꽃들이 톡톡 터지는 것 같았다. 내가 모르는 성적 취향을 가진 지나, 아직 나한테는 본색을 드러내지 않고 있는 지나? 왜 지나가 어둠 속에서 섹스하기를 원했는지 알 것 같았다. 내가 유일하게 신뢰했던 보이지 않는 그 어둠 속에 지나의 어둠이 숨어 있었다. 진짜는 안 보이는 곳에도 있어. 눈에 보이는 당신 애인, 그게 전부일까? 앨리스의 말이 생각나 정신이 번쩍 들었다.

어느새 집 안은 희뿌연 연기로 가득 찼다. 지나를 위해 준비한 북엇국이 국물 하나 없이 새카맣게 졸아 버렸다. 냄비를 개수대에 넣고 수도꼭지를 틀었다. 달아오른 냄비가 요란한 소리를 내며 하얀 연기를 한 차례 더 뿜어냈다. 지나가 기침을 하며 방에서 나왔다.

"무슨 일이야?"

무슨 일이야? 내가 지나에게 묻고 싶은 말이었다.

"냄비를 태워 먹었어."

"딴 여자 생각했구나. 누구야?"

코맹맹이 소리를 내며 지나가 장난스럽게 물었다. 지나를 쳐다
볼 용기가 없어 새 냄비에 물을 넣고 즉석 북엇국을 풀었다. 냄비를
가스레인지에 올려놓고 나자 할 일이 없어졌다. 나는 공연히 냉장
고 문을 열었다 닫았고 밥통에 밥은 충분히 있는지 들여다봤다. 평
소에 지저분하게 쌓여 있던 설거지거리조차 없다는 게 지금은 몹시
아쉬웠다. 나는 개수대로 가 애먼 행주에 퐁퐁을 잔뜩 묻혀 주물럭
거렸다. 고맙게도 물에 헹궈도 거품은 계속 나왔다. 턱을 괴고 식탁
에 앉아 있던 지나는 이상한 듯 나를 물끄러미 쳐다보다 물었다.

"다리에 그 상처는 뭐야?"

몸에 그 상처는 뭐야?

"계단에서 미끄러져서 좀 다쳤어."

"애도 아니고, 약은 발랐어? 상처가 꽤 깊어 보이는데."

네 상처도 꽤 깊어 보이던데. 나는 괜스레 지나에게 짓궂은 질문
이 하고 싶어졌다.

"우리 타투, 히프에다 하는 거 어때?"

지나가 턱을 괴고 있던 팔을 내렸다.

"어깨에 하기로 했잖아. 생각이 왜 바뀐 건데?"

"남들 눈에 쉽게 띄는 어깨보다 우리 둘만 볼 수 있는 은밀한 곳
이 의미 있을 것 같아서."

지나가 어떤 대답을 해 올지 행주를 있는 힘껏 짜며 기다렸다.

"난 남들 눈에 쉽게 띄는 곳이 좋아. 우리가 커플이라는 걸 금방

알 수 있게. 그래야 다른 계집애들이 집적대지 않지. 사실 어깨도 옷으로 가려 버리면 안 보이긴 마찬가지야. 그래서 말인데, 발목에다 하는 건 어때?"

어깨에서 발목으로 내려온 건 앞으로 어깨 언저리에 생기게 될지도 모를 멍 때문이다. 심술궂게도 어깨에서 더는 양보하고 싶지 않았다.

"그냥 어깨에 하자."

지나는 아쉽지만 어쩔 수 없다는 듯 고개를 끄덕였다.

"아, 맞다. 어제 앞집 여자가 자기를 루이스라고 부르더라?"

"그 여자가 먼저 말 건 거야?"

"내가 실수를 좀 했어. 정신이 없어서 앞집을 자기 집으로 착각했지 뭐야. 자기 독일 이름이……."

"훔볼트."

그것은 아버지가 근대 지리학의 창시자인 알렉산데르 폰 훔볼트의 이름을 따서 지어 준 이름이었다.

"왜 자기를 그렇게 불러?"

"장난이야."

"서로 장난도 해?"

"이상한 여자라고 했잖아. 뭐든 자기 멋대로야. 무슨 얘길 했는데?"

"술김이라 기억은 잘 안 나지만, 이상한 여자는 아니던걸. 느낌이 아주 묘했달까. 지적 은둔자, 세련된 은둔자, 고고한 은둔자."

"세련, 고고? 그렇게 멋진 말을 갖다 붙일 만한 여자는 아니야."

"오랫동안 얘기를 나눈 것 같은데, 이상하게 하나도 생각이 안 나. 그 여자가 나한테 여러 가지 물어봤는데."

지나는 기억해 내려고 했지만 맘대로 되지 않자 머리카락을 헝클었다.

"정말 나이도, 어떻게 생겼는지도 몰라? 호기심 가는 여자야. 자기는 안 그래? 수연 씨 말대로 신비롭단 생각도 들었어."

"나이는 엄청 많고, 초고도 비만에 외모는 혐오스러워."

"봤어?"

"안 봐도 비디오야."

그러나 지나의 몸은 눈으로 봐 놓고도 무슨 일인지 짐작할 수 없었다. 이런 경우 생각할 수 있는 범주라는 것도 실은 몇 가지 되지 않는데 머릿속은 잠수를 탄 듯 멍멍했다. 짐작할 수 없는 게 아니라 어떤 짐작도 하기 싫은 것이다. 나는 서둘러 상을 차렸다. 그때 지나가 손바닥으로 식탁을 내려치며 달뜬 목소리로 외쳤다.

"생각났어! 그 여자가 뭐라고 했는지 한 가지 생각났어."

나는 국자로 북엇국을 뜨다 말고 지나를 돌아봤다.

"나보고 왜 책을 안 읽느냐고 물었어. 맞다, 내 이름도 알고 있었어. 자기가 말했어?"

"아니."

"그럼 어떻게 알았지?"

"수연이가 말했나 봐. 그 녀석 저 여자랑 좀 친하거든."

"그럼 책 얘기는? 자기가 수연 씨한테 한 얘기를 수연 씨가 저 여자한테 한 거야?"

"어, 그랬나 봐."

나는 엉겁결에 수연에게 뒤집어씌웠다.

"수연 씨 그렇게 안 봤는데, 사람 못 쓰겠네. 자기도 그런 얘기를 왜 했어?"

나는 식탁에 북엇국을 얌전하게 놓았다.

"날씨 무지 덥다. 밥 먹고 샤워나 할까? 그러고 보니 우리 같이 샤워해 본 적도 없네?"

지나가 나와 샤워할 수 없는 처지라는 걸 뻔히 알면서, 짓궂게 뭘 더 확인하고 싶은 걸까.

"늦었어. 밥 먹고 바로 가 봐야 돼. 와, 국 시원하다."

지나는 내 눈을 피하며 국만 계속 떠먹었다.

16

만기가 다 된 계약서는 종잇조각이 되었다. 최소한의 가치와 명분조차 남기지 않은 계약서가 되고 말았다. 그날로부터 며칠이 지났지만 그녀는 아직도 '다른 사람'이 누군지 밝히지 않고 있다. 찾아가도 만나 주지 않고, 전화도 받지 않는다. K와 P는 그녀의 일방적인 태도가 어이없고, 지금까지 알던 그녀가 아닌 것 같아 난감하고 당혹스럽다. 그녀의 결정은 예상 밖이었고 그들은 충격에 빠졌다. 그들은 일주일 동안 만나 술을 마셨다. K가 울분을 토하며 P의 잔에 양주를 따른다.

—이렇게 나올 줄 정말 몰랐어. 도저히, 도저히 용서할 수 없어!

—계약서를 치밀하게 작성하지 않은 우리 탓도 있어. 걔는 계약서의 허점을 노린 거야. 결정에 무조건 따르겠다? 그 결정이란 게 애매했잖아. 우리 중 하나여야 한다고 정확하게 명시했어야 했는데 왜 그걸 몰랐을까?

―그건 명시할 필요조차 없는 당연한 거였어!

―맞다. 근데 우리가 왜 이러고 있지?

―하도 어처구니가 없으니까. 도대체 그놈은 누구지? 왜 말해 주지 않는 걸까?

―그놈한테 피해가 갈까 봐서겠지.

―만약 걔가 날 선택했다면, 지금 넌 어떨 것 같아?

―한 번도 너라고 생각해 본 적 없어. 넌?

―자신감 하나는 끝내주는구나. 솔직히 몇 달 전부터 마음을 정리하고 있었어. 원 없이 바라봤으니 그걸로 됐다고. 근데, 전시회 오프닝 날 걔 보는데, 미치겠더라. 그때 알았어. 걔가 전부라는 걸. 걔 없는 난 죽은 목숨이라는 걸. 네가 없어진다면, 그래서 걔 가질 수만 있다면 널 죽여 버릴 생각이었어.

P는 K의 말에 섬뜩한 듯 얼굴이 시멘트처럼 딱딱해진다. 그러나 자신도 비슷한 생각을 했다는 건 말하지 않는다.

―결국, 걔가 날 살린 셈이네.

―우리의 1년이 하루아침에 사라져 버렸어. 난 아주아주 억울해. 넌 안 그래?

P가 눈치를 살피듯 K를 슬쩍 쳐다본다.

―억울하지. 근데 난 이렇게 될 거라 예상하고 있어서 너만큼은 억울하지 않아.

―혹시 걔가 너한테만 살짝 얘기한 거야?

―그럴 애가 아니라는 건 네가 더 잘 알잖아. 따지고 보면 걔만큼 중립을 잘 지킨다는 것도 어려운 일이야. 그 점은 높이 살만 해.

—둘 다 중간에 지겨워져서 중립을 지키는데 무리가 없었겠지.

—뭐, 그랬을 수도.

—막말로 우릴 갖고 논 건가?

—논 거지.

K가 양주병을 탁자에 세게 내려놓는다.

—예상하고 있었다니, 그건 무슨 말이야?

미끼에 걸려든 물고기를 낚아채듯, P가 잽싸게 응수한다.

—알다시피 난 철저하게 계획적인 사람이야. 1년을 한 여자한테 올인하기엔 불안 요소가 너무 많아. 너란 존재부터 시작해서, 사람의 감정이란 게 언제 변할지 모르는 거고. 사실 이 만남 자체가 불안하기 짝이 없는 거였잖아. 걔 말대로 어중간했어. 친구도 아니고 그렇다고 연인도 아니고. 절반의 확률만 믿고 내 전부를 걸기엔 이 펄펄 끓는 청춘과 정력이 너무 안쓰럽지 않겠어? 낙동강 오리알 됐을 때 어디 가서 보상받을 수도 없는 시간과 돈. 걔의 결정은 내 가상 시나리오 중 하나에 딱 들어맞았어.

—네 말은, 시나리오에 맞는 대처법도 계획해 뒀단 뜻이야?

P는 양주잔에 얼음을 퐁당, 떨어뜨리며 고개를 끄덕인다. 잔 밖으로 양주가 튄다. P가 아주 비열한 웃음을 지으며 K의 귀에 속삭이듯 묻는다. 그 속삭임은 마치 불결한 음모(陰謀)처럼 습기로 가득 차 있다.

—그동안 정말 걔뿐이었어? 오, 운, 리?

밀실에 울려 퍼지는 악마 같은 P의 웃음소리에 K의 눈동자가 양주잔 속 얼음처럼 얼어 버린 듯 움직이지 않는다. P의 말이 K에게는 납득이 되지 않는다.

　—쯧쯧쯧. 가엾은 친구. 순진해 빠져서는. 난 계획해 둔 건 물론
이고 성실하게 실천까지 했는데.

　—무슨 말이야?

　—나 다음 달이면 청첩장 찍어. 사랑니 목걸이 진짜 주인이지.
걔 사랑니는 너무 썩고 냄새나서 목걸이로 만들 만한 가치는 없었
어. 깨끗한 사랑니를 가진 여자는 세상에 쌔고 쌨어. 모두 발바닥
을 핥으라면 개처럼 핥을 여자들이지. 걜 눈요기한 후 양처럼 순한
여자를 주무르는 기분이란. 순종적인 여자가 배우잣감으로는 낫겠
다 싶더라.

　—양다리였단 말이야?

　—양다리? 세어 보진 않았지만 문어 다리쯤은 될걸. 우리가 자
기만 바라보며 얌전히 지내길 바랐다면 이기적인 거지. 막말로 1년
이 뉘 집 개 이름도 아니고. 넌 그게 참아지든? 지금까지 내가 참
을 수 있었던 것도 문어 다리가 있었기 때문이야.

　—그건 명백히 계약 위반이야, 반칙이라고!

　—순진한 척하는 게 아니라 너 정말 순진하구나? 위반? 반칙?
그런 건 걸렸을 때나 문제가 되는 거야. 먼저 반칙한 건 걔인지도
몰라. 다른 사람이 있다는 게 그런 뜻 아니겠어? 최근에 우리랑 만
날 때마다 지었던 표정들을 잘 떠올려 봐. 도살장에 끌려온 소 같
은 게, 그때 이미 감 잡긴 했어. 물론 일말의 기대가 아주 없었던 건
아니야. 콧대 높은 것만 빼면 사실 개만큼 아름답고 재주 많고 매
력적인 여자를 찾기란 쉽지 않지. 아마 내 계약 위반이 들통 났대도

걘 널 택하진 않았을 거야. 다른 놈이 이미 걔 젖통을 주무르고 있을 테니까.

K가 양주를 병째 들고 들이켠다. 양주가 옷가슴을 축축하게 적신다.

—너 정말 정숙하게 지낸 거야? 그래서 네가 얻은 게 뭔데? 순수한 네 노력을 걔가 손톱만큼이라도 알 것 같아?

K는 속으로 대답해 본다. 자신이 얻은 것. 1년, 그녀의 존재감만으로 더없이 행복하고 즐거운 시간이었다. 오로지 그녀만을 생각하고 한눈팔지 않고 살아가는 자신이 자랑스러웠다. 순수한 눈으로 그녀만을 바라보는 건 그녀를 위한 당연한 예의였고, 그녀를 볼 때마다 솟구치던 욕망의 억눌림은 1년 후라는 일말의 기약이 있었기에 가능했다. 그런데 그녀는 다른 곳을 보고 있었다. 그의 순결한 마음 따위는 안중에도 없었다. P처럼 치밀하지 못했던 자신이 한없이 우스꽝스럽다. 그렇다고 P를 비난할 수도 없다. P야말로 현명한 사내다. 사람 감정을 놓고 도박하는 건 돈 놓고 하는 도박보다 위험할 뿐만 아니라 결과가 빤히 보이는 미련한 짓이다. 게다가 그 도박이 정직할 거라 철석같이 믿고 있었다는 게 어처구니없을 만큼 우습다. 두 사람으로부터 배신당한 K의 심장이 주체할 수 없을 정도로 뜨겁게 뒤틀린다.

—진정해 친구. 나라고 왜 안 억울하겠어. 내 시나리오가 완충 역할을 해 줘서 그나마 이렇게 버티고 있는 거야. 우롱당했다고 생각하면 자다가도 벌떡벌떡 일어나. 우리랑 만나서 걔가 손해 볼 건 아무것도 없었어. 지저분하게 논 것도 아니니 돌 던질 사람도 없다

고. 알고 보면 걘 나보다 더 치밀했어. 양손에 떡을 쥐고 신나게 저울질 해 본 후 둘 다 별 볼일 없다고 판단되자 신중하게 행동했던 거야. 손해를 최소화하기 위해서, 위자료를 지불하지 않기 위해서 계약이 만료될 때까지 어쩔 수 없이 관계를 유지했던 거라고. 한마디로 우린 쓴 물 단 물 쪽 빨린 거야, 등신처럼.

— 그것도 네가 생각해 둔 시나리오야?

— 걔의 시나리오겠지.

— 시나리오가 없는 건 나뿐이었다?

K가 자조적인 웃음을 흘린다. P는 K의 동태를 치밀하게 살피며 잔에 양주를 한 가득 따른다. K는 얼음도 넣지 않고 스트레이트로 들이킨다. 장작불을 댄 듯 목구멍이 타 들어간다.

— 순결했던 너의 1년을 보상받고 싶은 생각 없어? 아직 늦지 않았어, 너의 시나리오.

— 무슨 말이야?

K가 독기 오른 눈으로 P를 쳐다본다. 그 눈은 P가 고대하던 눈이다.

— 장난 좀 치자. 하늘 높은 줄 모르는 콧대 살짝 꺾어 준다고 나쁠 건 없잖아.

— 너 미쳤어?

K가 P의 멱살을 바락 움켜쥔다.

— 답답한 놈! 억울하다며? 겁만 살짝 주자고.

— 어, 어떻게?

— 방법이야 여러 가지지. 맘에 드는 걸로 골라잡기만 해.

P는 그 방법들에 대해 구체적으로 설명하기 시작한다.

─그것도 네 시나리오야?

─이젠 너의 시나리오지.

─나라니?

─네 여동생 대학 등록금이면, 괜찮은 거래 아닐까?

K의 눈동자가 바다 위에 뜬 부표처럼 두둥실 갈피를 모르고 흔들린다. 공부 잘하는 여동생은 의대에 진학하고 싶어 한다. K는 취기 속에서도 바쁘게 계산기를 두드린다. 과연 자신의 능력으로 동생을 뒷바라지할 수 있을까. 그는 계산기를 두드려 볼 필요도 없다는 듯 고개를 푹 꺾는다. 해마다 등록금은 하늘 높은 줄 모르고 오르고, 6년은 너무 길고, 돈벌이는 변변치 않고, 여동생의 바람은 간절하다.

─내 동생은 의대에 진학할 거야.

─어디든 상관없어. 6년치 등록금 동생 계좌로 넣어 줄게.

─너, 나보다 더 억울하구나?

─천만에. 그동안 본의 아니게 싹터 버린 우리의 우정이라고 해 두자.

우정이란 사랑보다 간단하다. 중간에 끼어 있던 여자 하나가 사라지자 그간의 모든 거추장스러운 감정 다발들이 우정이란 아름다운 이름으로 치환된다. K는 전시회 오프닝 때 P에게 품었던 살의를 떠올린다. P는 자신에게 그런 감정을 느껴 본 적이 없을까. K는 용기 내어 물어본다. P는 대답 대신 잔을 높이 쳐들며 우리의 우정을 위하여, 라고 외친다. 두 개의 잔이 허공에서 날카로운 소리를 내며 쨍, 부딪친다.

새벽 늦게 집으로 돌아온 K는 동생의 방문을 열어 본다. 문득 그 방의 어둠이 동생의 가까운 미래처럼 느껴진다. 원하는 의대에 들어가 공부를 마친다면 얼마든지 다른 미래를 꿈꿀 수 있는 나이다. 그는 작업실로 들어간다. 작업실 또한 어둡기는 마찬가지다. 그는 P와 맺은 새로운 계약을 이행할 것인지 아직 결정하지 못했다. 그녀의 마음을 돌려놓을 수 있을 거란 막연한 기대감이 가슴에서 꿈틀대고 있기 때문이다. 계약은 이미 끝나 버렸고 P에게는 결혼할 상대가 있다. 그동안 족쇄로 작용했던 두 개의 장애물이, 제약이 깨끗하게 사라진 셈이다. 지금이야말로 그녀에게 다가갈 수 있는 절호의 기회인지도 모른다. 그녀와 P가 나란히 한 번씩 반칙을 했으니 이젠 그가 할 차례다. 그러나 지금부터 그가 하는 행동은 어떤 것도 반칙이 아니다. 드디어 행동의 자유와 정당성이 부여된 것이다.

만약 그녀와 다정히 손잡고 P의 결혼식에 나타난다면 놈은 어떤 표정을 지을까. 그때는 놈도 나쁜 감정을 품을 수 없겠지. 그녀에게 놈의 반칙 사실을 낱낱이 알린다면 어떨까. 더불어 진실했던 자신의 사랑을 비교 대상으로 전한다면 그녀의 마음을 움직일 수 있지 않을까. 이 모든 것이 참고 인내한 자에게 내려진, 반칙하지 않고 정직하게 살아온 자에게 내려 준 특별 선물 같다. 인생의 반전을 위한 선물. 기회란 포기와 패배를 맛본 자에게도 마지막 순간에 마지막 선물처럼 주어지기도 한다.

그녀를 가질 수만 있다면. 그는 어둠 속에서 눈을 감는다. 그러자 더 깊은 어둠 속으로 빠져든다. 그는 그 속에서 뒤늦은 자기만의 시나리오를 쓴다. 우정은 사랑보다 간단하다. 그러니 P와 오늘 맺은 계약은 우정이란 이름으로 간단하게 없던 걸로 마무를 수 있을 것이다. 그녀 없는 삶을 그는 견딜 수 없다. 그는 앞으로 해야 할 일이 무엇인지 생각한다. 그녀를 찾아가는 것. 그는 눈을 뜬다. 보이는 것은 아무것도 없다.

17

지나에게 무슨 일이 벌어지고 있는 걸까. 현관문 비밀번호에는 어떤 의미가 담겨 있을까. 지나는 나에게 무엇일까. 백합은 누굴까. 나는 지나에게 무엇일까. 지나는 누굴까. 멍은 왜 생긴 걸까. 내가 알고 있는 지나는 어떤 사람인가. 지나는…….

번역 문장을 써야 할 워드 창에 같은 문장만 반복해 적고 있다. 내게는 버릇이 하나 있다. 해결하기 어려운 문제나 고민이 생길 때 글로 적어 보는 것이다. 생각하거나 사색하거나 말로 중얼거리면 실체 없는 그것은 발화 순간 공중으로 사라져 버린다. 그러나 실체 있는 글은 문제의 본질을 보여 주고, 생각의 논리적 흐름을 쫓아가다 보면 실마리를 찾게 도와준다. 말하기의 순간성은 사람을 격분케 하지만, 글쓰기의 진중성은 마음을 차분히 가라앉혀 흩어진 질서를 잡아 준다. 무엇보다 글쓰기는 먼 훗날 지금의 내가 어떤 문제와 씨름하고 있었는지 알려 주는 흔적이 된다. 인간의 기억이란 늘 보잘것없고 오류투성이어서 그러한 과정은 반드시 필요하다. 사건과 그 사건이 발생한 날짜를 잘 연결 짓지 못하는 나 같은 경우라면 특히. 사람들은 그래서 일기를 쓰고 메모를 한다. 글은 말보다 더 위대하다.

차분해진 마음으로 내가 쓴 글을 계속 읽어 나갔다. 글쓰기는 말 걸기와 같아서 어느 순간 대답이 돌아온다. 지나야말로 글의 위대함을 잘 알고 있었다는 생각이 든다. 휴대폰을 열고 지나가 보내 온 문자들을 쭉 훑어봤다. 지나의 문자에는 공통점이 있었다. 긴박하거나 극적인 순간에, 내게 미안한 마음을 전해야 하는 순간이면 매번 통화 대신 문자를 보냈다. 완벽한 연기가 되지 않는다면 말로써 하는 거짓말은 탄로 나기 쉽지만 글로써 하는 거짓말은 적어도 떨리는 마음만은 숨길 수 있다. 그 차이를 잘 알고 있는 지나는 그 차이를 적절하게 이용하고 있었다. 지나의 떨리는 마음 뒤에, 이 문제의 본질이 숨어 있을 것이다. 지나의 가슴은 왜 떨리고 있는가. 나는 방금 쓴 글을 저장한 뒤 샤워를 했다.

아무것도 걸치지 않고 수건으로 머리를 털며 거실로 나왔다. 그때 갑자기 현관문 신문 투입구가 달그락거리더니 파이프가 거실까지 무단 침입했다. 그다지 놀랍지는 않았지만 여자의 행동은 갈수록 기이해졌다. 현관문을 박살 내는 것으로 모자라 이젠 쥐구멍을 통해 집 안까지 점거하겠다는 심산인가. 다 아문 정강이가 환지통을 앓는 것처럼 아렸다. 여자는 쥐구멍의 둥근 원을 따라 파이프를 마찰시켰다. 손톱으로 칠판을 긁을 때처럼 소름 끼치는 소리가 났다. 여자가 파이프 구멍을 통해 이쪽을 보고 있을지도 모른다는 생각이 퍼뜩 들었다. 나는 수건으로 아랫도리를 가리고 허둥지둥 안방으로 들어갔다. 파이프 어딘가에 거울이 달려 있어 잠망경 역할을 하고 있을지도 몰랐다. 내 알몸을 봤다면 어쩌지. 이젠 사생활까지 침해할 작정인가. 나는 옷을 갖춰 입고 거실로 나가 움직이는 파이프를 찬찬히 살폈다. 다행히 거울 같은 건 달려 있지 않았다. 밖으로 나가기가 귀찮아진 나는 파이프를 움직이지 않게 꽉 잡은 뒤 관에 입을 대고 짜증 섞인 목소리로 물었다.

"용건이 뭐예요!"

사흘돌이로 두세 개씩 배달되던 택배가 오지 않아 허전하다 싶더니, 어김없이 여자의 호출이 날 기다리고 있었다. 여자가 사들인 물건들은 매번 희한했다. 한여름에 쪄 죽을 일이 있는지 털이 복슬복슬한 겨울 부츠와 코트를 구입하지 않나, 손가락보다 굵은 밧줄과 톱과 망치, 합판과 페인트, 페인트 붓 같은 목공 재료들은 어디다 쓰려는 건지 그 우렁잇속을 알 길 없었다. 매주 구입하는 도서 목록도 다양해서 독서 취향을 짐작할 수 없기는 마찬가지였다.

"뭐하고 있었어? 문을 몇 번이나 두드렸는지 알아?"

여자 또한 파이프를 통해, 자신의 호출을 소홀히 넘긴 나를 나무랐다. 꼭 24시간 언제든 대기하고 있어야 한다는 투였다. 이젠 저 싸가지 없는 말본새에 버릇없다거나 예의에 어긋난다고 툴툴거릴 필요도 없었다. 나는 그보다 파이프에 더 관심이 갔다. 마치 어렸을 때 자주 하던 종이컵 전화 놀이 같았다. 여자의 인터폰 액정에 나를 노출시키지 않아도 된다고 생각하니 파이프 전화가 더 안전해 보였다. 나는 파이프에 귀를 기울였다. 여자가 아주 멀리 있는 것처럼 아득하게 느껴졌다. 혹 여자의 입술이라도 볼 수 있지 않을까 싶어 파이프에 눈을 갖다 댔다. 관이 긴 데다 군데군데 휘어 있어 막막한 어둠만 보였다. 괜히 호기를 부렸다가 여자가 파이프를 내 쪽으로 밀어 내는 통에 눈을 찔렸다.

"샤워 중이었다고요! 오늘은 택배 안 왔어요!"

"알아."

"그럼 또 뭐요?"

"쇼핑 좀 갔다 와."

"네?"

"마트 가서 물건 좀 사 오라고."

"배달시켜요. 애교 많은 전담 직원도 있잖아요."

"관뒀어. 다른 사람들은 꺼리고."

누구라도 꺼릴 것이다. 잠시 조용하더니 파이프에서 무언가가 굴러 나오는 소리가 들렸다. 여자는 그것이 잘 굴러가도록 파이프를 경사지게 만든 후 마구 흔들었다. 현관 바닥으로 툭 떨어진 것은 구슬치기할 때 쓰는 투명한 왕구슬이었다. 포스트잇이 구슬에 돌돌 말려 테이프로 붙여 있었다. 포스트잇에는 구입해야 할 목록이 컴퓨터 글씨로 인쇄되어 있었다. 나는 그것으로 여자가 자신의 손 글씨조차 보여 주길 원치 않는다는 걸 알았다. 두 손 두 발 다 들었다.

"마트까지 가고 오는 데 걸리는 시간, 자동차 기름 값, 땀이 많은 관계로 목욕비, 기타 등등. 공짜로는 안 돼요."

"도합 얼만데?"

"정정당당하게 거래를 하죠. 앞으로는 택배든 뭐든, 물건 넣어 줄 때마다 보수를 받아야겠어요."

"그래서 얼마를 원하느냐고?"

어차피 나는 물건을 넣어 줄 수밖에 없는 처지다. 여자는 자신의 목적을 달성하기 위해 수단 방법을 가리지 않을 것이고 이 집을 떠나지 않는 이상 나는 무참히 당할 수밖에 없다. 피할 방법이 없다면 당당히 맞서 내 몫을 챙기는 게 현명하다. 나는 여자가 원하는 걸 해 주고 여자는 내가 필요로 하는 걸 주면 된다. 그것은 내게 꽤 괜찮은 거래가 될 것이다.

"요리를 해 주세요. 혼자 살다 보니 끼니 해결하는 게 제일 귀찮아요."

"나쁘지 않은 거래군."

사실 여자의 음식 솜씨는 보통이 아니었다. 그런 요리 맛은 비싼 음식점에서도 맛보기 힘들 것이다. '네 명을 죽인' 부분이 마음에 걸리긴 하지만 설마 조력자를 어떻게 하지는 않겠지.

이 많은 걸 홀로 소비한다니. 트렁크에서 물건을 가지고 올라오는데도 두 번을 왔다 갔다 해야 했다. 포장지를 일일이 벗기고 앉아 있자니 이것도 보통 일이 아니었다. 마트 직원이 여자 때문에 그만둔 건지도 모른단 생각이 들었다. 암만 생각해도 엄청난 거구거나 한 사람 더 있는 게 분명해. 눈앞에 펼쳐진 물건들 때문에 다시 한번 내 상상에 확신이 들었다.

"생리대도 포장지 풀어서 낱개로 넣어 줘."

나는 투덜대며 생리대를 낱개로 풀었다. 그냥 물건에 불과할 뿐인데도 나답지 않게 괜히 얼굴이 붉어졌다. 마트 여직원이 생리대를 바코드 판독기에 통과시킬 때도 얼굴이 화끈거려 혼났다. 혹 여직원이 키득거리며 웃기라도 하면 어머니는 날개 없는 걸 좋아해요, 라고 말할 참이었는데, 여직원은 내내 무표정이었다.

마트에서 고비를 잘 넘겼건만, 피자 광고지를 손에 든 소년이 4층에서 예고도 없이 후다닥 내려왔다. 물건을 감출 새도 없었다. 소년은 이상한 눈으로 힐끗거리다 아래층으로 내려갔다. 그런데 잠시 후 진짜 피자가 배달되었다. 사내는 피자를 바닥에 내려놓고 여자가 돈을 주기를 기다렸다. 창피해진 나는 사내가 갈 때까지 얼음땡 놀이를 하는 아이처럼 움직임을 멈춘 채 고개를 처박았다.

"나중에 돌이켜보면, 좋은 추억이 될 거야."

"추억 좋아하시네!"

파 마늘을 다듬어 달라고 하지 않은 게 다행이었다.

"피자는 절반만 넣어 줘. 그리고 파 마늘은 다듬지 않아도 돼."

웃으라고 한 여자의 말장난이었지만 웃을 기분이 아니었다.

"설마, 그 안에 고양이가 살고 있는 건 아니죠?"

여자가 구매해 달라던 품목 중 고양이 사료와 배변용 모래가 있어서 의아하게 물었다.

"내가 먹을 거, 라고 하면 미쳤다고 하겠지?"

정말 미치고 환장할 노릇이다. 설마가 사람 잡는다더니 저 안에 고양이가?

"종은 뭐고 이름은 뭔데요? 그것까지 비밀은 아니겠죠?"

여자는 그냥 '고양이'라고만 했다. 비밀이란 뜻인지 종과 이름이 없다는 뜻인지 알 수 없었다. 사람은 아니지만 여자와 살고 있는 따뜻한 생명체가 있다고 생각하니 기분이 묘해졌다. 다른 사람이 있느냐는 말에 애매한 대답을 했던 게 혹시 고양이 때문이었냐니까 또 은근슬쩍 넘어갔다. 그 많은 세월을 동고동락했으면 사람으로 여겨질 만도 했다. 나는 그런 처지에 고양이를 왜 기르냐고 물었다.

"이런 처지니까. 동물은 인간의 생을 압축해서 보여 줘. 눈과 귀가 멀고 걷지 못하고, 나중에는 자신조차 알아보지 못하게 되는 생."

"굳이 압축된 걸 찾을 필요가 있어요? 밖에 나와 주변만 둘러봐도 실제 미래가 지천에 깔려 있다고요."

"나는 안에 있어."

"누가 밖에 있대요. 솔직히 좀 심심하죠? 인간의 생을 압축해 보여 줘서가 아니라 심심해서 고양이도 기르는 거잖아요."

"하나도 안 심심해."

"찾아오는 친구나 가족도 없는 것 같은데, 그 많은 시간을 뭘 하며 지내면 도대체가 안 심심할 수가 있어요? 생산적인 질문이 아니면 넘어가도 좋아요."

"인터넷."

인터넷 폐인. 신선한 대답은 아니었다. 누구라도 그럴 것이다. 티브이와 인터넷만큼 시간 죽이기 좋은 매체도 없다. 인터넷 하나면 세상과 소통할 수 있는 시대, 세상이 내 것이 되는 시대. 백과사전이자 도서관. 은둔자에게 그것의 가치는 가히 절대적이다. 그것이 없다면 여자의 완벽에 가까운 은둔 생활은 불가능했거나 다른 방식으로 전개됐을 것이다. 어쩌면 고립되어 있기에 인터넷에 매달리는 게 아니라 인터넷이 있기에 고립되는 것인지도 모른다.

"무소불위 인터넷이라도 직접 부딪히는 세상만 못해요."

"여행을 해 보지 않은 칸트는 독서와 상상력만으로 탐험가보다 세계에 대해 더 많이 알고 있었어. 나 또한 인터넷으로 사귄 친구가 수백 명이야. 현실에서라면 불가능하겠지. 그곳이야말로 진정한 인간관계가 성립될 가능성을 가진 곳이야. 외모, 학벌, 돈, 집안 따위를 따지지 않고도 정신적 교류를 할 수 있는 유일한 곳이지."

그렇다면 조건을 먼저 따지는 이 사회에 환멸을 느껴 은둔했다는 건가. 나는 '사귄'이란 말에 연애도 포함되는지 궁금했다.

"물론."

"말도 안 돼. 어떻게 사이버로 사랑을 할 수 있어요? 연애에서 육체적 교감이 주는 만족감이 얼마나 중요한데요. 아가페나 플라토닉 러브만을 진실된 사랑이라고 주장하실 거면 듣고 싶지 않네요. 혹시 지금도 진행 중이에요? 육체적 사랑이 미치도록 하고 싶을 땐 어떻게 해요?"

"채팅, 쇼핑, 영화 감상, 음악 감상, 온라인 게임, 세계 여행. 외국인 친구도 열 명이 넘어. 진정한 지구촌이지."

여자는 즉답을 피했다.

"외모, 학벌, 돈, 집안 따위 없이도 정신적 교류가 가능하니까 거짓말과 속임수가 난무하죠. 믿음도 가지 않지만 믿어서도 안 되는 곳이에요."

"나도 그들이 모두 진실만을 말한다고 생각하진 않아. 나 또한 가끔은 다른 사람인 척 변신도 하니까. 별 볼일 없는 인간이 별 볼일 있는 인간인 척할 수 있는 곳이 그곳 말고 어디 있겠어. 누군가에게는 희망이야."

내게 그 말은 사이버에서라도 사랑을 해 보고 싶어서 다른 사람인 척해 봤다는 뜻으로 들렸다. 현실의 자신을 사랑해 줄 사람이 없어서 가상에 집착하게 되는 현상. 그건 결국 사귀는 게 아니라 서로의 감정을 이용하는 것이다. 정신적 사랑이라는 거창한 말로 겉은 순수하게 포장할 수 있겠지만 속은 까맣게 썩어 있는, 결국은 순수하지 못한 사랑이다. 여자의 말을 듣고 나니, 변신이 가능한 인터넷 세계와 아무도 볼 수 없는 305호가 똑같은 세계로 여겨졌다. 여자는 305호라는 작은 세계에서 지금 어떤 모습으로 변신해 날 상대하고 있을까. 인터넷에 믿음이 안 가듯 여자에게도 믿음이 가지 않았다.

"아무리 변신이 가능해도 파워를 꺼 버리면 남는 건 호박과 누더기 옷뿐이에요. 발버둥 쳐 봐야 가상세계일 뿐이라고요."

인터넷처럼 내게 305호는 가상의 세계고 그곳은 앨리스가 사는, 정말로 이상한 나라다.

"어떤 한순간 만족했다면 그걸로 충분해. 사랑이든 행복이든 결국은 순간의 만족에 불과하니까. 당신도 인터넷을 하잖아?"

"물론 하죠. 그러나 그 세계에서는 나만 믿어요."

"그럼 당신은 블로그 이웃조차 믿지 않아?"

"그들이 날 믿겠죠."

"적어도 당신 이웃들은 이웃 선택을 잘했다는 말이야?"

나는 긍정도 부정도 하지 않겠다는 듯 어깨를 추어올렸다. 쇼핑 봉투에는 샴푸 리필만 남아 있었다.

"리필은 어떻게 해요?"

"이 통에 넣어. 저번에 페인트 넣었을 때처럼."

여자가 쥐구멍으로 빈 샴푸 통을 건넸다. 통에 붓는 과정에서 샴푸가 밖으로 흘러나와 손에 끈적끈적 묻었다. 냄새가 지독한 페인트보단 수월했지만 열불이 나는 건 어쩔 수 없었다. 내가 왜 여기 이러고 앉아 있어야 하는 건지, 종이처럼 얼굴이 구겨졌다.

"성질머리하고는."

"당신 같으면 화 안 나겠어요?"

나는 샴푸 통을 넣어 준 뒤 대충 주변 정리를 끝내고 돌아섰다.

"잔돈은 주고 가."

한 치의 빈틈도 없는 여자군. 샴푸 묻은 잔돈을 쥐구멍으로 넣자 흰 봉지가 나왔다.

"메뉴 묻는 걸 깜빡해서 대충 알아서 만들었어."

수연은 현관으로 들어서자마자 배고픈 듯 배를 움켜쥐며 젓가락을 뺏어 들었다. 그러고는 접시에 사진처럼 우아하게 놓여 있는 만두를 우아하지 않게 먹었다. 나중에는 젓가락을 내팽개치고 더러운 손으로 허겁지겁 집어 먹었다.

"맛 한번 끝내준다. 무슨 만두냐?"

"호박 만두."

"아니, 누가 만들어 준 거냐고. 지나 씨는 쌀도 한 번 안 씻어 봤을 것 같던데."

일부러 저녁에 먹으려고 아껴 둔 걸 녀석이 벼락처럼 들이닥쳐 절반을 먹어 버렸다. 나는 화가 나 여자가 만들어 준 거라고 말하지 않았다.

"주문한 거야."

"어딘데? 더 시켜 먹자."

"오후에는 배달 안 하는 집이야."

"뭐 그런 데가 다 있냐. 그럼 내가 가서 사 올게."

"너 오기 전에 한 접시 먹어서 배불러."

일어서려는 녀석을 눌러 앉히고 황황히 냉장고 문을 열었다. 여자가 준 피자 절반과 맥주가 보였다. 그런 맛있는 만두를 파는 데는 세상 어디에도 없을 것이다. 부족해하는 수연의 손에 식은 피자와 맥주를 억지로 쥐어 주었다.

"앨리스 누님은 잘 계시지? 네가 잘 보살펴 드려."

'보살펴 드려'라는 명령조의 말에 이상하게 빈정이 상했다.

"누님? 저 여자에 대해 뭘 안다고 누님이냐? 동생일지 할머니일지 아줌마일지 어떻게 알아? 여자란 보장도 없어."

"그건 좀 오버다. 느낌이 푸근한 게 누님 같잖아. 사실 호칭 따위야 나한테는 상관없어. 좋을 대로 부르면 되는 거지 뭐. 내가 누님한테 붙여 준 닉네임이야. 누님이 너한테 붙여 준 루이스 같은 거."

왠지 말에 가시가 돋쳐 있었다. 수연은 뒤이어 여자에게 마임 공연을 보여 주기로 했다는 사실을 모두 털어놨다. 반면 나는 매주 그 공연을 액정으로 훔쳐보고 있다는 사실을 감췄다. 작은 계단참을 무대 삼아 공연을 끝내고 나면 그들은 캔 맥주를 기울이며 긴 대화를 나눴다. 늦은 감이 없잖아 있지만 수연이 오늘에서야 털어놓는 건 어쩔 수 없기 때문이다. 내 코앞에서 벌이는 일을 언제까지 숨길 수는 없는 노릇이니까.

"누님이 자꾸 좋아져. 확 좋아해 버릴까?"

깜짝 놀란 나는 맥주를 바닥에 분수처럼 뿜어내고 말았다. 맥주 거품이 톡톡 터졌다.

"왜, 놀랐냐?"

"넌 그게 가능하다고 생각하냐? 밖으로 한 발짝도 안 나오는 여자랑 어떻게 사랑을 해? 손도 못 잡는 사랑이 무슨 사랑이야? 너도 아가페니 플라토닉러브니 그딴 거에 관심 있냐?"

"세상엔 너 같은 놈만 있는 건 아니야."

"그래, 너도 고상한 놈이다."

"너도라니? 혹시 누님도?"

수연이 소파에 기대고 있던 등을 꼿꼿이 세우며 물었다. 사실대로 말하면 안 될 것 같은 기분이 든 건 왜일까.

"저 여자는 수도원에 갇혀 사는 수녀나 마찬가지야. 플라토닉러브도 불가능한 처지라고."

"그걸 왜 네가 단정해? 수녀니까 플라토닉러브가 가능하지."

"살인자인지도 몰라."

"뭐?"

"자기 입으로 그랬어."

"정말?"

"진짠지 아닌지 아직 감은 못 잡았지만, 신뢰할 수 없는 위험한 여자인 건 분명해. 그러니까 관심 꺼. 하필 왜 저 여자야?"

"내 말을 누군가가 들어줬으면 싶었어."

"나한테 해. 내가 봉사냐, 귀머거리냐? 옆에 멀쩡한 친구 놔두고 얼굴도 모르고 믿음도 가지 않는 여자를 귀찮게 할 필요는 없잖아? 나도 네 마임 연기, 보고 싶어."

나는 마음에도 없는 말을 했다. 내게 마임을 이해할 만한 안목 같은 건 아직 없었다.

"넌 아마, 이해 못 할 거다."

"저 여자는 이해할 거라 확신하고? 도대체 하고 싶은 말이 뭔데?"

수연은 맥주만 들이켰다. 간혹 우리는 기인(奇人)을 신과 동일시하는 경향이 있다. 수연은 자신도 모르게 여자를 신으로 여기고 있는지도 모른다. 눈에 보이지 않고 목소리만 존재하니 여자 앞에서는 무슨 고백을 하든 부끄럽지 않고, 고백한 뒤에도 여자의 표정을 확인할 수 없으니 죄책감이 덜할 거라 생각하는 것이다. 사람들은 자신이 저지른 죄에 대한 벌보다 가까운 사람이 자신을 향해 짓는 비난의 표정에서 충격과 두려움을 느낄 때가 있다. 여자는 밖으로 나올 수 없으니 수연에게 아무런 제스처도 취할 수 없다. 수연은 여자가 할 수 있는 건 오로지 이해뿐이라고 착각하고 있다. 표정이나 행동보다 더 무서운 건 말이다. 변신이 가능한 305호의 세계에서,

얼굴을 감춘 여자의 말이라면 더욱 그렇다.

"너같이 운 좋고, 부족한 거 없이 자란 놈들은 이해할 줄 몰라. 이유를 먼저 따지려고 하지. 이유는 과거야. 중요한 건 현재고, 현재에는 이해만 존재해. 너 같은 놈은 누님이 은둔하게 된 과거 이유를 캐내는 데만 관심 있고 현재 삶은 이해하려고 들지 않잖아. 삶의 방식은 다양해. 자신의 삶을 견디기에 가장 좋은 방식이라 선택한 거겠지."

"이유를 알면 이해가 훨씬 빨라. 계속 너 같은 놈, 너 같은 놈 할래? 나 같은 놈이 어떤 놈인데?"

"모든 걸 다 가진 놈. 아니지, 두 가지를 덜 가진 놈. 이해와 안목. 그 두 가지마저 갖췄다면 우린 친구가 될 수 없었을 거다."

"왜?"

"내가 지금보다 더 많이 널 질투했을 테니까. 넌 가만 보면 눈치 빠르고 영리한 것 같다가도 어느 때 보면 굉장히 둔해. 난 알겠는데, 넌 왜 모르냐?"

"뭘?"

수연의 말대로 그때의 나는 정말 모르고 있었다.

"관두자. 지금은 네가 모르는 게 난 좋다."

취기 오른 수연이 과장된 웃음을 지으며 휘청휘청 자리에서 일어났다. 그러나 녀석은 웃어도 웃는 것 같지 않았다. 수연은 호박만두 맛을 잊지 못하겠는지 다음번에 오면 꼭 시켜 먹자고 두 번이나 말했다. 수연이 낡은 운동화를 지르신었다.

"혹시 앞집 여자한테 지나 이름 말한 적 있어?"

"아니."

"저 여자가 지나 이름 물은 적은?"

"없어, 왜?"

"잘 가라."

수연을 보내고 인터폰 액정 버튼을 눌렀다. 여자의 현관문이 보였다. 나도 말하지 않았고 수연도 말하지 않았다면, 누군가 거짓말을 하고 있는 것이다.

18

K는 한 시간째 그녀의 집 앞을 서성이며 전화를 걸고 있다. 심장
박동 소리보다 크게 들려오는 통화 연결음은 마치 파닥파닥한 생명
줄 같다. 그 줄이 간당간당 눈앞에서 흔들린다. 그는 손톱을 물어뜯
으며 휴대폰 속에서 들려오는 연결음 횟수를 강박적으로 센다. 연
결음이 다 끝나고 고객님이 전화를 받을 수 없다는 낯모르는 여자
의 목소리가 들려오면 깊은 절망감과 함께, 수명이 단축될 것처럼
숨쉬기가 힘들어진다. 밭은 숨을 몰아쉬며 폴더를 닫았다 열고 다
시 통화를 시도한다. 그러나 그녀는 작정한 듯 전화를 받지 않는다.
비록 가진 건 없는 놈이지만 마음만은 진실했다는 걸 알려야 한다.
그는 문자를 보내기로 한다. 뜨거운 태양 아래 서서 더듬더듬 버튼
을 누른다. 급한 마음은 안중에도 없다는 듯 자음과 모음은 너무도
더디게 찾아진다. 액정에 문자가 찍히는 속도는 문맹이 이제 막 글
을 배우는 수준이다. 답답하다. 평소 문자 보내는 연습이라도 해 둘

걸 후회된다. 한정된 문자 수 때문에 그나마 하고 싶은 말조차 중간에 툭툭 잘린다. 문자로는 어떤 문제도 해결할 수 없다. 어떻게든 그녀와 통화를 해야만 한다. 그는 마지막으로 짧고 간결한 음성 메시지를 남긴다.

―통화 한 번만 하자. 마지막 소원이야. 네가 모르는 사실이 있어. 나 지금 한강 다리 위야!

그 메시지가 효과가 있었을까. 10분 후, 기적처럼 그녀에게 전화가 걸려온다. 그에게는 마지막 생명줄이다. 그는 부서지도록, 놓치지 않겠다는 듯 휴대폰을 꽉 움켜쥔다.

―일단 내 말만 들어.

그는 P의 반칙 사실과 진실하고 민들레 같았던 자신의 사랑에 대해 거짓 없이 말한다. 그녀는 숨소리조차 내지 않고 듣고 있다. 지금 나한텐 너뿐이야! 그는 하고 싶었던 말을 모두 토해 내고 그녀의 말을 기다린다. 물벼락을 맞은 것처럼 온몸은 땀으로 젖어 있다.

―미안해.

그녀의 대답은 무미건조하고, 성의 없고, 지극히 차갑다. 그들의 얘기라면 무엇도 관심 없다는 단호한 말투다. 그는 모든 게 끝난 것처럼 그녀의 집 담장으로 등을 무너뜨린다. 시뻘건 인두로 지지기라도 한 듯 등이 뜨겁게 달아오른다.

―이유가 뭔데?

―다른 사람 있다고 했잖아.

―그게 누구냐고!

―돌아가서 말해 줄게.

—난 당장 들어야겠어! 입 다물고 있다고 해결될 문제가 아니잖아! 너 이렇게 잔인하고 무책임한 애였어?

—지금 길게 통화 못 해.

—그놈이랑 같이 있어?

그녀가 머뭇거린다.

—같이 있구나?

그녀는 전화를 끊어 버린다. 아무것도 가진 게 없는데 그녀마저 떠나 버린다. 그는 무작정 그녀의 집 초인종을 누른다. 인터폰으로 그녀의 아빠 목소리가 흘러나온다. 자네는? 무슨 일로 왔나? 그녀를 만나러 왔다는 말에 그녀의 아빠는 여행을 떠났다고 말한다. 그곳이 어딘지 당장이라도 달려가 눈으로 확인하고 싶다. 떠난 곳이 어디냐는 그의 물음에 그녀의 아빠는 3일 뒤에 돌아올 예정이란 말만 남기고 인터폰을 끊는다. 거절당한 그는 더 이상 할 말이 없다. 할 데도 없다. 그녀는 지금 다른 사람과 여행 중이다. 어둠 속에서 써 내려갔던 시나리오가 물거품이 되는 순간이다.

세상에는 책을 읽는 사람보다 앉아서 책을 읽을 수 있는 의자가 더 많다. 의자는 서 있기도 누워 있기도 어중간할 때, 바닥에 누운 듯 허공에 서 있는 듯 기댈 수 있는 곳이다. 손을 잡아 줄 사람이 없거나, 어깨를 나란히 할 사람도 안 보이거나, 등을 빌려 줄 사람은 더더군다나 없을 때 맘 놓고 의지할 수 있는 곳이다. 손과 어깨와 등이 있는 의자라면 언제든 안전하고 편하게 쉴 수 있다. 비록 혼자라도 외롭지 않고 지치지도 않을 것이다. 발걸음이 닿는 곳, 그리고 그 발걸음이 무거워질 때면 어김없이 그녀 앞에는 다양한 형태의 의자가 있었다. 의자는 원래부터 거기에 있었던 게 아니라 신기하게도 그녀가 원하면 짠, 하고 어느 순간 나타나는 것만 같았다. 의자란, 간절히 원하는 사람에게만 보이는 것인지도 모른다고 생각했다.

그녀는 길가에 쓰레기와 함께 버려진 의자 하나를 발견한다. 녹이 슬고 다리는 뒤틀리고 너덜너덜 찢어진 가죽 시트 사이로는 스펀지가 비어져 나와 있다. 그녀는 쓰레기와 함께 의자를 카메라에 담는다. 그 순간 더럽고 냄새나는 쓰레기는 예술이 되고 철학이 된다. 그녀는 의자에 가만히 앉아 본다. 균형이 맞지 않아 다리는 불안하게 흔들리고 스펀지에 밴 빗물은 팬티까지 스며든다. 뒤틀린 다리 하나를 자신의 다리 한쪽으로 지탱하자 의자는 더 이상 흔들리지 않는다. 그녀는 차분하게 등을 기댄 후 그렇게 몇 분 동안 앉아 있다. 의자 주인은 쓸모없어진 그것을 버렸지만 길을 떠나 온 그녀에게는 훌륭한 휴식이 된다.

그녀는 지는 해를 바라보며 그들을 생각한다. 과연 그들은 그녀가 간절히 원하던 사람이었을까. 처음에는 그랬다고 그녀는 고개를 끄덕이며 확신에 찬 목소리로 중얼거린다. 쌍둥이처럼 닮아서 어느쪽이든 상관없었다고, 의자로 시선을 떨어뜨리며 말한다. 그러나 문제의 해답은 시간이 쥐고 있었다. 녹이 슬고 다리 하나가 부러지고 찢어진 가죽 사이로 부끄러운 속을 다 드러낼 만큼의 시간이 필요했다. 1년의 시간 속에서 그들은 빠르게 다른 사람으로 변해 갔고, 변질된 그들은 더 이상 진실되지 않았다. 그들은 진짜 자기보다 가짜를 더 많이 보여 줬다. 그녀는 자신이 간절히 원하는 게 무엇인지 깨달았다. 그 깨달음은 그들 속에 늘 창백하게 서 있었고, 그래서 얻을 수 있었다. 그녀는 그 사실을 깨닫게 해 준 그들이 고마웠다. 결코 헛되지 않은 1년이었다.

그녀는 어제 K와의 통화 내용을 떠올린다. 다른 사람이 누구냐는 K의 말에 대답을 유보했던 건 이번에는 그들에게 시간을 주기 위해서다. 그녀는 그들이 얼마나 원망하고 증오하고 있을지 잘 알고 있다. 그녀는 원망과 증오가 더 깊기를 바란다. 한 사람을 선택하는 건 둘 다 취하는 것만큼이나 어려운 일이다. 모두를 위한 최선의 선택은 아무도 선택하지 않는 것이다. 이 여행이 끝나면 그들을 만나 다 털어놓을 것이다. 그녀가 선택한 다른 사람이란 그들 사이에 어정쩡하게 서 있던 그녀라는 걸. 한때 가장 혐오해 왔던 어중간함과 어정쩡함. 그 사실을 알면 그들의 오해는 허술하게 지어진 매듭처럼 단번에 풀릴 것이고, 그녀의 선택을 이해하고 환영해 줄 것이며, 존재의 실체가 그들의 짐작을 한참 벗어나 있다는 걸 알게 되면 가슴 깊이 품고 있던 분노와 증오도 순식간에 녹아 없어질 것이다. 깊어진 증오는 짐작조차 못 할 사실, 혹은 어처구니없는 사실에 의해서만 완벽하게 사라질 수 있다. 그녀는 누구의 것도 아닌 그녀의 것이다. 그리고 그들은 좋은 친구로 남을 수 있을 것이다.

그녀는 두 번째 사진전을 마치는 가을쯤이면 미국으로 떠날 계획이다. 동생 말대로 이기적인 사람이 될 것이고, 평생 혼자 살면서 사진만 찍을 것이다. 이번 선택은 그녀에게 어떤 상상도 허락하지 않는다. 그들과 달리 상상이 쉽지 않은 그곳이야말로 그녀가 간절히 원하던 곳임을 그들 사이에 어중간하게 서 있을 때 알았다. 어중간의 다른 이름은 균형이라는 것을. 그곳에 서 있을 때 그녀는 한 번도 비틀거리지 않았었다는 것을.

해는 완전히 넘어갔다. 지탱하고 있던 한쪽 다리를 바닥에서 떼자 의자가 다시 흔들린다. 어쩌면 앞으로 그녀가 설 곳은 이 의자처럼 다리 하나가 부러져 있을지도 모르고 가죽이 찢어져 엉덩이가 배기는 곳일지도 모른다. 그러나 그녀에게는 그녀라는 균형점이 있고 그녀라는 푹신한 스펀지가 있다. 그녀는 세상에서 가장 확실한 자신을 가지고 무엇 하나 확실하지 않은 미국으로 간다.

자리에서 일어난 그녀는 어딘가에 있을 의자를 찾아 또 걷는다. 손등으로 차디찬 빗방울 하나가 뚝, 떨어진다.

K는 술을 마시며 생각한다. 자신의 시나리오는 물거품이 됐지만 P가 준 시나리오가 아직 남아 있다고. 그러니 아직 끝난 게 아니라고. 이 게임에서 자신도 얻는 게 있어야 한다고. 맨손으로 돌아서기에 그의 가슴은 너무나 텅 비어 있고 그 빈 가슴을 무엇으로든 채워야 한다고. 억병으로 취한 그는 포장마차를 나와 P에게 전화를 건다.

— 정말 내 동생 등록금 책임질 수 있어?

불안한 K의 목소리와 달리 P의 대답은 분명하고 명쾌하다. 그 명쾌함이 K를 안심시킨다. 그는 P를 믿어 보기로 한다.

— 차 좀 빌려 줘.

— 어디다 쓰게? 너 면허도 없잖아?

— 깨끗하게 쓰고 돌려줄게.

— 술 마셨어?

P는 마신 줄 알면서도 물었고 K는 마셨으면서도 안 마셨다고 대답한다.

P의 고급 승용차를 타고 비틀비틀 그녀의 집으로 향한다. 사물이 두 개로 갈라져 보이고 비가 어수선하게 내리지만 마음은 오히려 차분하고 홀가분하다. 아무것도 가진 게 없는 자만이 가질 수 있는 평화로움이다. 지금쯤 그녀는 여행에서 돌아왔을 것이다. 그는 P가 준 시나리오 중 어떤 걸 선택할지 고민한다. 그건 그녀에게 달려 있다. 그녀에게 전화를 걸어 보지만 이번에도 끝내 받지 않는다. 마지막으로 그녀의 집으로 전화를 건다. 그녀의 동생이 받는다. 그녀는 여행에서 아직 돌아오지 않았다. 사정이 생겨 하루 더 있다 올 예정이란 말을 남기고 그녀의 동생은 전화를 끊는다. 그것은 그녀의 선택이다. 생각을 마치자 철저하게 배신당하고 깡그리 짓밟힌 기분이 든다. 순간 평화가 산산조각 나고 분노가 치솟는다. 1년 동안 억눌린 욕망의 깊이만큼의 분노다. 더는 용서가 안 된다. 흐릿한 머릿속으로 시나리오 하나가 정해진다. 너무도 즉흥적이라 그조차도 무슨 일을 벌일지 알 수 없다.

취기로 머리가 핑, 돌자 꿈처럼 모든 게 단속적으로 일어났다 사라진다. 그는 침침한 눈을 감았다 뜨며 그녀의 집 초인종을 누른다. 그녀의 엄마가 인터폰을 받자 그는 숨을 거칠게 내쉬며 즉흥곡을 웅얼거리듯 그녀의 사고 소식을 전한다. 문이 열리고 마당의 디딤돌을 밟고 부모님과 동생이 달려 나온다. 그녀의 아빠는 침착하고 엄마는 잘 걷지 못하고 동생은 계집애처럼 훌쩍인다. 그 와중에도 그녀의 아빠는 세심한 눈으로 모자챙 아래를 힐끔거리며 누구냐고 묻는다. 그는 시간이 촉박한 듯 서둘러 운전석에 앉는다.

그들을 태운 자동차가 그녀가 있다는 병원으로 향한다. 빗줄기는 거세지고 와이퍼는 부산하게 움직인다. 차를 몰고 있는지도, 어디로 가고 있는지도 모르는 그에게, 그들은 돌아가며 불안한 목소리로 그녀의 상태가 어떤지 묻는다. 그는 잠꼬대하듯 묻는 말에 일일이 대답해 주고 그들은 그의 꿈결 같은 이야기에 조금씩 안정을 되찾는다. 그는 깊숙하게 눌러쓴 모자챙을 더 깊게 내리누른다. 그녀의 아빠가 룸미러를 계속 힐끗거리다, 어두운 차 안이 신경 쓰이는지 불 좀 켜자고 한다. 그는 요구와 시선을 무시하고 고개를 숙인다.

—어, 이 길은 병원하고 반대 방향인데?

그녀의 동생이 그를 쳐다보자 그가 본능적으로 속력을 높인다. 그녀의 아빠가 이상한 낌새를 채고 그의 모자를 확 벗긴다. 그의 눈동자는 화석처럼, 죽은 사람처럼 총기가 없다. 집으로 전화해 누나를 찾던 사람이라는 걸 재빨리 눈치 챈 그녀의 동생이 겁에 질린 짐승의 눈으로 그를 쳐다본다. 그제야 차 안에 술 냄새가 진동하고 있음도 알아챘다.

—자네는 며칠 전에 찾아왔던 우리 애……. 술 마셨나? 원하는 게 뭔가?

—없습니다! 이제는.

—흥분 좀 가라앉히고 차근차근 얘기하세.

—용서할 수 없습니다!

—내 딸 말인가?

—용서할 수 없습니다!

—그 애가 뭘 잘못했나?

그녀의 아빠 말이 그를 더욱 자극하고 희뿌연 이성을 더욱 알 수 없는 안갯속으로 몰아넣는다. K는 핸들을 불끈 잡아 흔들며 소리 지른다. 자동차 속력이 더욱 빨라지고, 맞은편에서 오는 차량들이 그의 차를 아슬아슬 비켜 간다. 위험을 감지한 그녀의 동생이 핸들을 꺾으려고 시도한다. 그러다 자동차가 심하게 요동치고 그들은 비명을 지르며 한쪽으로 쓰러진다. 중앙선을 침범했던 자동차가 제자리를 찾자 그들은 차창을 두드리며 제발 차를 세워 달라고 애원한다. 그녀의 아빠는 무슨 일인지 말로 하자며 침착하게 대화를 시도하고 그녀의 엄마는 떨리는 목소리로 그녀의 이름을 부른다. 그녀의 동생은 다정한 목소리로 그를 형이라고 부른다. 그러나 깊이 잠들어 있는 그에게는 어떤 현실의 소리도 들리지 않는다. 와이퍼가 고장 난 것처럼, 그의 눈에는 흘러내리는 빗줄기만 뿌옇게 보인다.

얼마나 달렸을까. 자동차는 짐승의 창자 같은 긴 터널로 들어간다. 그들의 비명 소리가 점차 희미해지고 무수히 많은 터널 불빛과 자동차 불빛이 사이키 조명처럼 빠르게 스쳐 지나간다. 귀가 먹먹해지자 졸음이 몰려온다. 그는 꿈속에서 한 번 더 눈을 감는다. 반듯하게 생긴 그의 얼굴이 보인다. 얼굴이 그에게 묻는다. 이 시나리오를 마치면 너한테 남는 건 뭔데? 그가 대답한다. 그녀의 살짝 꺾인 콧대. 동생의 푸른 미래. P와의 우정. 반듯한 얼굴이 다시 묻는다. 그거면 되는 거야? 충분한 거야? 반듯한 얼굴은 그의 대답도 듣지 않고 차갑게 고개를 가로젓는다. 계산은 그런 식으로 하는 게 아니라는 듯.

날카로운 송곳이 눈 속을 파고드는 듯한 통증이 계속된다. 고개를 번쩍 들었을 때 자동차는 터널을 막 빠져나오고 있었다. 세상의 소리가 다시 들려오고 공포에 질려 버둥대는 얼굴들이 룸미러에 비친다. 동생의 얼굴도 떠오른다. 녀석한테 나쁜 오빠가 되진 말아야지. 여기서 그만 멈추고, 맑은 정신으로 내일 그녀를 만나자. 그는 자신한테 실망한다. 잘못된 길로 들어섰다는 생각이 자동차 헤드라이트 불빛처럼 뒤늦게 몽롱한 머릿속으로 치고 들어온다. 흐릿했던 눈의 초점이 제자리를 찾고 꿈에서 깨듯 눈을 떴을 때 그가 본 것은, 목을 조르는 누군가의 손과 무참히 꺾인 핸들과 시커먼 허공이었다.

19

아침에 일어나 보니 신발장 옆에 포스트잇 붙은 왕구슬 하나가 떨어져 있었다. 쥐구멍에는 아직도 파이프가 그대로 꽂혀 있었다. 나는 포스트잇을 펼쳤다. 오늘 내가 구입해야 할 목록과 빌려 와야 할 비디오테이프와 만화책 제목이 적혀 있었다. 늘 그렇듯 목록 옆에는 색깔과 디자인, 사이즈나 용량 등이 구체적으로 표시되어 있었다. 조건에 맞지 않는 물건을 사 왔다가는 여지없이 퇴짜였다.

여자는 하루도 쉴 틈을 주지 않고 쇼핑을 시켰다. 필요한 물건이 뭐가 그리도 많은지. 아침에는 미화원이 되어 여자가 현관문 앞에 내다버린 쓰레기까지 청소해야 했다. 여자는 내가 넣어 준 것들을 소화한 뒤 똥을 싸듯 쥐구멍으로 찌꺼기를 내보냈다. 쥐구멍은 입인 동시에 똥구멍이었다. 특히 화장실에서 나온 불결한 쓰레기를 처리할 때는 정말이지 죽을 맛이었다. 나는 포스트잇에 먹고 싶은 요리를 왕창 적어 파이프에 넣어 보냈다. 내가 이 모든 걸 잘 참아

내고 있는 건 다 그 요리 때문이다.

오늘은 출판사에 원고를 보내기로 한 날이다. 노트북을 켜 인터넷에 접속한다. 원고를 보내고 오랜만에 블로그에 새 포스트도 하나 올린다. 내 블로그는 번역 관련 포스트를 올리는 용도로 활용되고 있다. 스크랩 횟수는 800건을 넘어섰고 그새 블로그 이웃은 350명으로 늘어났다. 며칠 전에는 출판사에서 이런 일도 겪었다. 어떤 사내가 다가오더니 반갑게 손을 내밀며 악수를 청하는 것이었다. 머뭇거리는 내게 사내는 이웃이라며 친근한 웃음을 날렸다. 내가 알고 있는 이웃이라면 305호밖에 없던 터라 더럭 겁이 났다. 내가 어리둥절한 표정을 짓자 사내는 익살스럽게 블로그 이웃이에요, 라고 말했다. 번역가가 되고 싶다는 사내는 내 블로그에서 유용한 정보를 많이 얻었다며 고마워했다. 현실에서 만난 가상 이웃은 나를 무척 난감하게 했다.

나는 나를 이웃으로 삼은 사람들에게 궁금증을 가져 본 적이 없다. 알고 보면 난 참 무심한 블로거다. 특별한 안부 인사가 아닌 이상은 이웃들의 인사말에 댓글을 달지 않고 번역 관련 질문에는 포스트를 참고하라는 식으로 답할 때가 많다. 그들을 관리하지 않고 그들에게 다정한 관심을 보이지 않는 이유는 그들은 눈에 보이는 존재가 아니기 때문이다. 내 인생에 도움이 될 만한 중요한 사람이 아니란 뜻이다. 여자 말대로 익명의 그들을 믿지 못하는 건지도 모른다. 그래서 가끔은 블로그에 회의를 느끼고, 내가 왜 이 짓을 사서하는 건지 알 수 없을 때가 있다. 포스트를 감사 댓글 한마디 없이 훔쳐가듯 스크랩해 갈 때나, 스크랩해 간 포스트 출처를 지워

순식간에 자기 포스트로 둔갑시켜 버리는 행태를 목도할 때면 더욱 그렇다. 그게 싫어 얼마 전부터 스크랩을 금지해 봤더니 방문자 수와 이웃이 되레 늘어나 버렸다. 나는 오랜만에 '나를 이웃으로 등록한 사람들' 리스트를 열었다. 여자가 파이프를 거둬 가는 소리가 들렸다. 그때 갑자기 여자와 나의 관계가 블로그 속 나와 이웃의 관계와 흡사하다는 생각이 들었다.

① 블로그 이웃들은 동의 없이 나를 이웃으로 삼고 필요한 정보를 내게 얻어간다. ② 그들은 자신의 신분(성별, 거주지, 나이)을 밝히지 않으며 가면 쓰듯 이름조차 닉네임으로 감추고 활동한다. ③ 혹 서로에게 믿음이 생기더라도 상대의 신분에 대해 묻지 않는 게 암묵적 약속이다. ④ 언제든 싫으면 떠날 수 있다. ⑤ 상대방의 닉네임을 클릭해 보면 포스트 하나 올려 있지 않은 빈 블로그거나 비공개인 경우가 많다. ⑥ 나만이 그들에게 노출되어 있다. 여자와 나처럼.

리스트에는 이웃 블로그의 이름과 닉네임이 날짜별로 나열되어 있었다. 닉네임을 쭉 훑어 내려가다 한 곳에 시선이 멈췄다. '앨리스'란 닉네임 때문이었다. 사실 앨리스를 닉네임으로 쓰는 블로거들은 많았다. 그런데도 관심이 쏠린 건, 블로그 앨리스가 나를 이웃으로 삼은 날짜와 305호가 나를 이웃으로 삼은 날짜가 공교롭게도 일치하기 때문이었다. 혹 정말 305호가 아닐까? 현실과 달리 앨리스의 닉네임만 클릭하면 나는 곧바로 앨리스의 블로그로 진입할 수 있다. 긴장하고 닉네임을 클릭했다. 마치 진짜 305호로 들어갈 수 있기나 한 것처럼. 그러나 앨리스의 블로그는 어떤 정보도 담겨 있지 않은 빈 블로그였다. 여자처럼.

자동차 키를 챙겨 들고 신발을 신고 있는데 난데없이 밖에서 싸우는 소리가 들려왔다. 돼지, 아니 코끼리 먹따는 이 목소리는 분명 코끼리의 것이었다. 신발을 신은 채 거실을 가로질러 인터폰 수화기를 들었다. 코끼리가 몰골사납게 노기등등한 목소리로 여자에게 따지고 있었다.

"줄 거야, 안 줄 거야?"

"며칠만 더 기다려 줘."

"수틀리면 재미없어!"

코끼리가 305호 현관문을 발로 걷어찼고, 여자는 아무 말도 하지 않았다. 코끼리는 머리카락이라도 쥐어뜯을 기세였다. 천상천하 유아독존 같은 여자가 코끼리 앞에서 쩔쩔매다니, 이게 어찌된 일인가. 내가 알던 그 막돼먹은 여자 맞나. 누구에게나 피할 수 없는 천적은 있기 마련이라지만 그 천적이 코끼리일 줄은 몰랐다. 코끼리는 여자에게 따지고 있다기보다는 협박하고 있었다. 여자가 잘못을 저질러 질타받고 있는 게 아니라 코끼리가 여자의 약점을 잡아 자신의 잇속을 채우기 위해 벼랑 끝으로 몰아세우는 분위기였다. 어쩌다 코끼리에게 아킬레스건을 잡혔을까. 마음을 못되게 먹는다면 여자는 이용해 먹기 딱 좋은 처지에 놓여 있긴 했다. 여자의 목숨은 외부에 달려 있다고 해도 무방하니까. 갈수록 코끼리의 협박 수위는 높아졌다. 중재가 필요할 것 같았다.

"아이 씨, 시끄러워 죽겠네. 이웃끼리 왜들 그러세요?"

나의 출현에 코끼리의 거친 목소리는 한풀 꺾였다.

"우리 누님, 고운 피부 상하시겠네. 뭐 때문에 우리 누님이 화나셨을까?"

"총각은 알 거 없어!"

"누님은 웃을 때가 백배는 예쁜데."

"글피까지야, 알았지?"

코끼리는 역시 단순하다. 여자에게 최후통첩을 고한 코끼리는 엉덩이를 뒤뚱거리며 4층으로 올라갔다. 날짜를 언급한 걸 보니 돈 문제인 것 같았다. 여자가 코끼리에게 빚을 졌다? 나는 고개를 도리질 쳤다. 빚을 져야 할 만큼 여자의 생활이 어려워 보이지는 않았다. 코끼리가 졌으면 졌지 여자가 질 리는 없었다. 그러나 여자에 대해 아는 게 없으니 이 또한 장담할 수 없는 일이었다. 나는 모르는 척 엘리베이터 버튼을 눌렀다. 여자가 힘없는 목소리로 나를 불렀다. 왠지 낯설었다. 혹 돈을 빌려 달라는 거면 어쩐다. 여자는 돈 떼먹고 도망갈 일은 없을 테니, 빌려 줘도 될까. 아니다. 도망갈 수 없다고 어떻게 확신하는가. 문만 열면 도망치는 건 얼마든지 가능한 일이고, 문 여는 건 식은 죽 먹기다. 신종 사기인지도 모른다. 여태 코끼리와 여자가 짜고서 고스톱을 치고 있었던 건지도. 그렇다면 10년 은둔은 거짓이 되는 거고, 지금까지 일어난 일들은 오늘을 위해 차근히 준비되고 진행된 시나리오에 불과한 것이다. 내 상상은 그럴 듯했다. 돈을 빌려 주면 다음 날 나는 활짝 열려 있는 305호 현관문을 보게 될 것이고, 안으로 발을 들이는 순간 아무것도 없는 텅 빈 공간을 만나게 될 것이다. 몸서리가 쳐졌다. 은둔 10년? 말이 안 되는 이야기이긴 했다. 나는 정신을 바짝 차렸다. 여자가 얼마를 요구해 올지 궁금했다.

"왜요?"

"오늘은 물건을 택배로 부쳐 줘야겠어."

어라? 여자는 예상과 달리 되레 쥐구멍과 우편 투입구로 물건을 토해 냈다. 여자가 구입했던 옷가지와 신발, 책도 있었고 마개를 뜯지 않은 식료품도 있었다. 이건 또 무슨 조화인가. 생고생해서 들여보내 준 우주를 블랙홀로 꾸역꾸역 내뱉고 있으니. 어느덧 현관문 앞에 우주가 산더미처럼 쌓였다. 이 많은 걸 담으려면 상자가 여러 개 필요할 듯했다. 마지막으로 물건 보낼 주소가 적힌 포스트잇이 나왔다. 아름다운 가게. 필요한 사람들을 위해 쓰지 않는 물건을 기증하는 곳이었다. 시간이 지나면 자연히 알게 될 거라는 게 이거였나. 그렇다면 이 모든 걸 잠깐 걸쳐 보기만 하려고, 빚까지 얻어 산 거란 말인가. 비참하게도 몸에 맞지 않아 걸쳐 보지도 못했겠지. 나는 옷솔기가 뜯어진 데는 없는지 눈으로 대충 살폈다. 이해가 되지 않았다. 사치에 허비할 돈은 있고 갚을 돈은 없다는 게.

"당신 말대로 난 벗고 살아도 되는 처지잖아. 기부는 가치 있는 일이지."

여자는 사치와 허영의 늪에 빠져 버린 치료 불가능한 중증 환자였다. 거듭되는 욕망의 소비와 거듭되는 후회의 소용돌이가 가져오는 괴로움.

"그렇게 옷이 걸치고 싶으면 나오지 그래요?"

"관 속에서나 가능할 거라고 했잖아."

"평생 그렇게 살 수 있을 것 같아요?"

"지금까지 잘 살아왔어."

"운이 좋아 별 탈 없이 살았겠죠. 하지만 앞으로 무슨 일이 닥칠지 어떻게 알아요? 살다보면 예기치 못한 변수라는 게 있잖아요. 어느 날 갑자기 맹장이 터질 수도 있고."

"어렸을 때 떼어 냈어."

"복통이 일어날 수도, 파 썰다 손가락이 잘려 나갈 수도 있어요. 응급 상황은 부지기수예요."

"당신이 걱정할 문제가 아니야."

"냉장고나 티브이가 말썽이라든가 컴퓨터가 고장 나 인터넷을 못 하게 되면 어떡할래요?"

"그럴 일 없어. 노트북은 얼마든지 저 구멍으로 들어와."

"없다고 어떻게 장담해요? 가전제품이 불사조도 아니고 한 번은 고장 나게 돼 있어요. 그러면 언젠가 이 문을 열어야 할 거고……. 정말 죽을 생각이 아니라면 이대로 살아간다는 건 불가능해요."

나는 속으로 그런 일이 생겨 버리기를 간절히 기도했다. 그러면 여자의 머리카락이라도 볼 수 있을 테니까. 내일 당장 문제가 생겨 내 앞에서 쩔쩔매는 모습을 보고 싶었다.

"불가능에 도전해 보는 것도 나쁘지 않아."

"도전할 가치가 있느냐, 없느냐가 문제죠."

"그 가치는 내가 판단해."

"죽음이 닥쳐도 피하지 않겠다는 건가요?"

"죽음은 두려운 게 아니야."

"그럼 뭐가 두려운데요?"

"기억."

종잡을 수 없는 여자의 정체. 그러나 정말 예기치 못한 상황에 맞닥뜨린다면 생각이 달라지겠지. 정체가 의심스러워지자 지나 이름을 어떻게 알고 있는 건지 궁금했다.

"그날 집을 잘못 찾아왔더군. 지나 씨가 그래? 내가 자기 이름을 알고 있다고? 술 취한 사람이 제대로 기억할 리 없지. 제 입으로 말하던걸. 참 재밌는 아가씨야."

나는 여자의 물건을 내 집에 몰아넣고 엘리베이터를 탔다. 코끼리와 여자의 짜고 치는 고스톱은 내 헛된 상상인 걸까.

엘리베이터는 7층에 머물러 있었다. 버튼을 누르고 빠진 물건은 없는지 쇼핑 봉투 안을 살폈다. 여자와 내 물건이 뒤죽박죽 섞여 있었다. 문이 열렸을 때 뒤늦게 택배에 쓸 상자 생각이 났다. 나는 경비실 옆에 마련된 재활용 창고로 갔다. 코끼리가 재활용 상자에서 쓸 만한 물건을 자기 바구니에 골라 담고 있었다. 나와 눈이 마주치자 창피했는지 쓰레기를 버리러 온 척 담은 걸 도로 바구니에서 꺼내 분리했다.

"재활용 버리러, 왔나 봐?"

"택배 보낼 상자 좀 구하려고요."

"305호가 무슨 가게로 물건 부쳐 달래지? 또 사기 치시네!"

"기부가 왜 사기예요? 함부로 넘겨짚지 마세요."

"기부한대? 참 가지가지 한다. 택배 무지하게 오지? 줄 돈은 안

주고 지 살 것만 사는 된장녀야! 그 물건들, 사탕 같은 거야, 믿지 마. 보이는 게 다가 아니야. 차라리 날 믿어."

돈 안 준다고 모함하나. 빚진 돈이 얼마나 되는지 궁금했지만 대신 갚아 줄 것도 아니어서 상자만 챙겨 들고 나왔다. 슬쩍 돌아보니 코끼리는 다시 재활용 쓰레기를 자기 바구니에 담고 있었다.

그새 엘리베이터는 16층으로 올라가 버렸다. 누가 먼저 목적지에 도착하는지 시합하기 위해 버튼을 누른 뒤 계단을 두 개씩 밟고 올라갔다. 이번 승자는, 엘리베이터였다. 나는 계단 중간 지점에 얼음 조각처럼 멈춰 섰다. 봉투가 바스락거리지 않도록 손목에 힘을 잔뜩 주었고 상자는 조용히 난간에 세웠다. 3층에서 술 취한 수연의 목소리가 들려왔다. 몸을 가누지 못하고 있음을 바닥에 스치는 신발 소리로 알 수 있었다. 수연이 마임 공연을 하는 날은 토요일이고 오늘은 목요일이니 예정된 방문은 아니었다.

"그 상태로 공연할 거야?"

"안 되나요? 이 상태가 표현하기에는 더 좋을지도 몰라요."

"돌아가는 게 좋겠어. 오늘은 토요일도 아니잖아. 하던 일이 있어서 나도 좀 바빠."

여자의 만류에도 수연은 고집스레 공연을 하기 시작했다. 균형을 잡지 못한 수연의 몸이 여기저기 부딪히는 소리가 들렸다. 나 또한 봉투를 들고 있는 손이 저리고 종아리가 당겨서 균형을 잡기가 힘들었다. 나는 조심스레 손을 바꿔 들었다. 다리도 아픈데 그냥 올라갈까. 여자도 곤란해하는 것 같고 녀석도 휴식이 필요할 것 같으니 이쯤에서 테이프를 끊어 주는 게 좋겠다.

"그만해."

계단에 발 하나를 막 올려놓았을 때 여자가 목소리를 높였다.

"알았으니까, 그만두라고!"

"누님이 뭘 알아요? 정말, 아세요?"

"고해성사는 이젠 됐어."

이건 또 무슨 소린가. 여자를 정말 신적 존재로 여기고 있다는 뜻일까. 그렇다면 수연은 무슨 죄를 지었을까.

"이봐, 수연 씨. 난 신도 아니고 성직자도 아니야. 종교 없어?"

수연은 무신론자다.

"마임은 훌륭했어. 수연 씨가 어떤 고통과 죄책감에 빠져 살고 있는지 거짓 없이 표현하고 있으니까. 구구절절 말하지 않아도 다 아니까, 그만해."

"말해 보세요."

"수연 씨가 마임으로 말했고 난 그걸 알아들었으면 된 거잖아. 더 이상 뭘 원해? 연극은 끝났고 삶은 계속돼. 그러니 이젠 살아가면 되는 거야."

"그래요, 연극은 끝났어요. 그러니까 말해 봐요, 누님이 알고 있는 걸."

"꼭 확인해야겠어?"

"네."

"왜지?"

"살기 위해서요. 누님의 표정을, 눈빛을 볼 수 있다면 말 따위는 필요 없을 거예요."

"내 표정과 눈빛을 볼 수 있었다면 애초에 날 선택하지도 않았겠지. 내가 보여 줄 수 있는 건 목소리뿐이니까."

여자는 오랫동안 침묵한 뒤 수연이 원하는 말을 꺼냈다.

"당신, 어머니를 죽였잖아."

나도 모르게 한 손으로 입을 틀어막았다. 틀어막지 않았다면 비명을 질렀을 것이다. 대신 쇼핑 봉투가 바들거리며 바스락 소리를 냈다. 준비라도 한 듯 여자의 목소리는 침착하고 차가웠다. 수연은 아무 말도 하지 않고 엘리베이터에 올라탔다. 나는 그제야 자리에 주저앉았다. 여자는 이해했을까. 수연의 생각대로 평범하지 않은 이유 때문에 평범한 삶을 거부하며 살고 있는 여자라면 수연을 납득할 수 있을까. 그렇다면 나는……. 정신이 어릿해졌다.

잠시 후 정신을 차린 나는 상자를 챙겨 들고 나머지 계단을 올라갔다. 문 앞에 서서 떨리는 손가락으로 비밀번호를 눌렀다. 여자가 나를 불렀다. 돈을 빌려 달라는 거라면 얼마든지 빌려 줄 수 있을 것 같았다. 그건 얼마든지 있을 수 있는 일이고 상상할 수 있는 일이니까. 나는 고개만 옆으로 돌렸다.

"모른 척해."

"동병상련인가요?"

"칼로 찔러야만 살인은 아니야."

내내 수연이 머릿속을 떠나지 않았다. 멍하게 베란다에 서서 창밖만 내다봤다. 수연은 처음부터 자신의 죄가 누군가에게 들통 나기를 바라고 있었다. 녀석은 여자를 그 대상으로 삼았고, 여자가 폭로함으로써 녀석은 목적을 이뤘다. 녀석은 자기가 저지른 일을 제 입으로 말할 용기가 없었다. 녀석을 예전처럼 대할 수 있을지, 여자의 부탁대로 모른 척할 수 있을지 걱정이다. 이젠 수연이 아니라 내가 연기를 할 차례다. 나는 눈을 감고 속으로 최면을 걸었다. 수연의 어머니는 갑작스러운 심장마비로 돌아가셨다. 그러니까 나는…….

누군가 밖에서 비밀번호를 누르는 소리가 들렸다. 그날 이후 지나는 초인종을 누르지 않고 꼬박꼬박 제 집처럼 비밀번호를 누르고 아무 때나 들어왔다가 마음 내킬 때 나갔다. 허락 따위는 필요 없다는 뜻이었고, 지나는 그걸 자신에게 주어진 특권으로 여겼다. 지나는 문이 열리는 걸, 내 마음이 열려 있는 걸로 이해했다. 삐리릭, 몽환적인 그 소리가 오늘도 기분 좋게 했는지 현관으로 들어서는 지나가 함박웃음을 지었다. 손에는 묵직한 쇼핑 봉투가 들려 있었다.

"자기 나랑 텔레파시가 통했나 봐. 똑같은 걸 샀네. 머리끈, 똑딱핀에 세안용 헤어밴드까지?"

지나가 부엌에서 사 온 물건을 정리하다 해바라기가 그려진 양치 컵 두 개를 흔들며 웃었다. 지나가 방금 나열한 것들은 모두 여자 것이었다. 전해 준다는 걸 깜빡 잊고 집으로 들고 와 버렸다. 여자 또한 수연 때문에 정신이 없는지 저녁이 다 되도록 아무 말이 없었다. 그런데 지나가 사온 양치 컵은 내 것일까 지나 것일까.

"본의 아니게 커플 양치 컵이 돼 버렸네."

지나 것이었다. 요즘 지나는 내 집에 두고 쓸 자신의 생필품을 은근슬쩍 하나씩 사다 나르고 있었다. 내가 모른 척해 주는 걸 현관문 비밀번호를 바꾸지 않는 것과 같은 맥락으로 이해했다. 나는 지나가 좋아하는 것 같아 앞집 물건이라고 말하지 않았다. 여자 거라고 하면 꼬치꼬치 캐물을 것이고 일일이 대답해 주다 보면 진이 다 빠질 것이다. 일단 지금은 내 것으로 삼고 여자에게는 다른 그림이 그려진 양치 컵을 사다 줘야겠다. 말할 기운도 없지만 그날 이후 지나를 예전처럼 대할 수 없는 부분도 분명히 있었다. 지나는 눈치가 빨랐다. 냉랭한 내 반응에 지나가 웃음을 삼키고 걱정거리가 있느냐고 물었다. 나는 피곤하다며 창밖으로 담배꽁초를 던지고 거실로 들어왔다.

그때 지나와 내 눈이 동시에 거실 소파에 무덤처럼 쌓여 있는 형형색색의 물건으로 향했다. 여자가 택배로 부쳐 달라던 것들이었다. 지나가 소파로 다가와 불결한 쓰레기를 만지듯 손가락 끝으로 물건을 뒤적거렸다. 지나의 손가락에 하이힐 한 짝과 야한 잠옷이 걸려들었다. 연극 소품인데 수연이가 잠시 맡겨둔 거야, 라고 둘러대려다 사실대로 말하기로 했다. 더 이상 수연을 팔아먹고 싶지 않았다. 나는 그간 여자와 있었던 일들을 털어놨다. 그러나 지나는 앞집 여자가 왜 그런 짓을 하냐며 믿으려고 하지 않았다. 앞집 여자를 지적이고 신비로운 여자로 여기고 있는 지나였다.

"같은 여자로서 이해되지 않아?"

지나는 미간을 찌푸리며 물건을 계속 뒤적거렸고 냄새도 맡았다. 내가 그랬듯 쉽게 납득되지 않는 눈치였다. 진이 다 빠져 버린 나는 소파에 털썩 주저앉았다. 시간이 좀 지나자 지나는, 내가 펑

계를 대려고 애먼 여자를 끌어들였다고, 내 집을 드나드는 다른 여자가 있다고 의심했다. 그러고는 나를, 밖으로 나올 수 없는 여자의 약점을 이용이나 해 먹는 천하의 나쁜 놈으로 생각했다. 노곤한 몸 때문인지 모든 게 귀찮아졌다. 지나가 어떤 오해를 하든 지금은 상관없었다. 지나의 마지막 말은 나를 더욱 궁지로 몰아넣었다.

"자기 말대로라면 앞집 여자는 제대로, 미친 거야."

20

그녀는 숨을 쉴 수가 없다. 좁은 가슴이 죽은 자의 무덤으로 가득 차서 숨을 쉴 수가 없다. 세 개의 무덤, 그리고 한 개의 무덤. 더 이상 십자가를 꽂을 대지는 없다. 그러니 더 이상 내 앞에 죽지 마라. 그녀는 애원한다. 누구도 척박해진 그녀의 가슴으로 들어올 수 없다. 오로지 그녀만이 발 딛고 설 자리가 남아 있을 뿐이다.

그녀는 위태롭게 서서 방금 했던 말을 떠올린다. 내 앞에 죽지 마라? 더 이상 자신 앞에 죽을 사람이 없다는 사실에 발 딛고 선 그 자리조차 천 길 낭떠러지로 꺼지는 기분이다. 그녀의 애원은 공허하고 허무하다. 남은 죽음은 그녀뿐이기에 그러하다. 그녀는 주변을 둘러본다. 아무도 없는 집에 혼자 있기는 처음이다. 아무리 소리 질러도, 아무리 울어도, 아무리 웃어도, 아무도 고개를 돌려 보지 않는다. 혼자 남겨졌을 때, 타인의 죽음은 자신의 죽음보다 더 공포스럽다. 혼자라는 게 이런 건가. 혼자가 된다는 건 산 속에 울려 퍼지는 메아리와 같다. 들리는 건 자신의 떨리는 목소리뿐이고 보이는 건 나약한 자신뿐이다. 가족이 사라지자 모든 게 더불어 사라졌다. 마치 가족 때문에 그 많은 게 억지로 주어져 왔었다는 듯이. 하루아침에 모든 게 사라질 수 있다는 사실이 기적처럼 여겨진다. 기적이란 이럴 때 쓰는 말 같다. 기적처럼 믿을 수 없어서 기적처럼 모든 게, 거짓말 같다.

그녀는 몰랐다. 마주 보며 함께 밥을 먹고 티브이를 보던 그들이 언젠가 죽어 없어질 생명체라는 것을. 살아 있는 모든 것은 죽는다는 진리조차 몰랐다. 왜 그랬냐고, 무슨 일이 있었던 거냐고 묻지만 그들은 꿈에서조차 대답해 주지 않는다. 그녀는 그들의 목소리가 듣고 싶고 말하고 싶다. 그녀가 지금 무얼 해야 하는지, 앞으로 무얼 할 수 있을 것인지. 그러나 그조차도 의미가 없다. 그것은 살아 있을 의미가 없다는 것과 같다. 혼자 감당하기에 그 고통은 너무 크다.

그녀를 더욱 고통스럽게 하는 건 무방비로 쏟아지는 폭포 같은 말, 말들이다. 위로의 말은 어디에도 없다. 오래전부터 그래 왔듯 사람들은 그녀를 불길한 눈으로 쳐다본다. 여우상으로 생긴 게 사람 여럿 잡네. 불행이 전염병처럼 옮을 것 같은지 사람들은 눈을 맞추는 것도 옷깃이 닿는 것도 두려워한다. 관상이 보통이 아니잖아. 물에 빠져 죽을 뻔했을 때 지 아빠가 안 구했어야 했어. 쟤 때문에 생긴 분란이 한두 가지여야지. 사람들은 새로울 것도 없다는 듯 말한다. 친척들도 그녀를 멀리한다. 쟤 때문에 사촌이 셋이나 죽어 나갔잖아. 그때 물에 빠져 죽었으면 그 셋은 멀쩡히 살아 있을 텐데. 에

이, 불길해. 눈에 좀 안 보였으면 좋겠어. 죽음을 먹고사는 년. 빈소에서 조문객들은 그렇게 수군거렸다. 그녀도 따라 죽거나 없어지는 게 순리인 것처럼 말했다. 절벽 앞이라면 떠밀기라도 할 것 같았다.

세상이, 두렵다. 그녀는 죽음을 생각한다. 생각을 떨치고 지금의 고통을 멈추게 할 수만 있다면 무슨 짓이든 할 수 있을 것 같다. 그녀는 많은 사람들이 행했던, 역사가 되어 버린 방법들을 하나씩 떠올려 본다. 얼마만큼의 고통이 수많은 사람들에게 자기를 죽이게 했을까. 지금 겪고 있는 고통 정도면 그녀에게도 충분한 자격이 주어진 게 아닐까. 이 고통을 조금이라도 아는 사람이라면 누구도 그 행위를 죄라고 단정 짓지 못할 것이다. 그녀조차도. 그렇다면 가장 고통 없이 떠날 수 있는 방법은 어떤 것일까. 이왕 사라질 거라면 여기서 조금의 고통도 허락하고 싶지 않다. 그녀는 잠을 자고 싶다고 중얼거리며 밖으로 나간다.

대문 앞에 임시 넘버를 단 차량 한 대가 서 있다. 말쑥한 슈트 차림의 P가 차에서 내린다. 그러면 K가 왜 그랬는지 이유를 알고 있을까. 그녀는 사라지기 전에 마지막으로 그게 알고 싶다.

— 힘들어 보인다.

P는 척박한 그녀의 가슴을 비집고 들어오려는 유일한 사람이다.

— 나랑, 결혼하자.

그녀는 K가 사고 전날 했던 말을 떠올리며 P를 노려본다. 게다가 그들을 묻은 지 일주일도 지나지 않았고 무덤가에 풀도 자라지 않았을 시간이다. 아주 잔인하고 파렴치하다. 그녀는 미칠 듯 화가

난다. 마치 P가 K 같다. 처음부터 그들은 하나였는지도 모른다. 그녀의 싸늘한 반응에 자존심이 상한 듯 그의 얼굴이 일그러진다.

— 넌 끝까지……. 1년을 허비한 우리가 미친놈이지. 결국 모든 건 너로 인해 일어났어. 난 너 같은 애들을 아주 잘 알아. 뒤통수 칠 거란 걸 처음부터 알고 있었어. K만 바보였지. 가진 것도 없는 게 순진해 빠져서 뭘 믿고 너란 애한테 올인했는지 모르겠다.

— 그래서 일을 꾸몄어?

— 꾸미다니? 단단히 오해하고 있는 모양인데, K가 차를 빌려 달래서 친구로서 빌려 준 것뿐이야. 너 때문에 싹터 버린 그 빌어먹을 우정 때문에! 나도 지금 얼마나 곤란한 상황인 줄 알아? 난 결백해. 그건 K의 시나리오…….

P는 실수한 듯 말을 중간에서 끊다 이어 말한다.

— 네 콧대 좀 꺾어 주자고 했던 건 사실이야. 하지만 K가 저지른 그 일은 나랑 상관없어. 멍청한 그 새끼 혼자서 한 짓이야. 하건 가진 게 없으니 잃을 것도 없었겠지. 배신당한 놈이 무슨 짓인들 못 하겠어!

— 잔인한 놈!

— 한 남자의 순정을 짓밟은 넌? 네가 혁명을 일으키게 했어. 그래, 이런 혁명은 어때? 너 혁명 좋아하잖아?

— 당신도 똑같아!

— 진정하고 내 청혼 진지하게 생각해 봐. 넌 잇속에 밝은 애니까, 어떻게 처신하는 게 가장 현명한 건지 말 안 해도 잘 알잖아. 이제 너한테 남은 건 아무것도 없고, 아무것도 할 수 없어. 개미 한

마리조차 죽일 수 없어. 나라면 널 강한 여자로 만들어 줄 수 있어. 모든 고통을 잊게 해 줄게. 날 한번 믿어 봐. K처럼 멍청한 짓 하지 말고.

그는 끝까지 욕망을 놓지 않는다.

— 당장 죽여 버리고 싶어! 당신 같은 놈이랑 한때라도 알고 지냈다는 게 치욕스러워!

그녀는 그의 얼굴에 침을 뱉고 싶다. 그녀는 그를 무너뜨릴 수 없음에 분노한다. 지금의 그녀는 나약하기 때문이다. 그러나 그녀는 내부에서 엄청난 균열의 첫 시작을 목격한다. 유리의 파쇄!

— 치욕? 넌 내가 만난 여자 중에서 최악이었어. 마녀! 너 같은 애는 평생 빛도 들어오지 않는 어둠 속에서 썩어야 해. 아무도 보지 못하는 곳에 처박혀서 너로 인해 생긴 죄악들을 죽을 때까지 씻으며 살아야 돼. 넌 불행을 몰고 오고 주변 사람들에게 상처만 주는 애야. 보여 주지 않으면 아무도 사랑하지 않을 거고, 그러면 희생자도 생기지 않을 거니까. 꺼져 버려!

— 나 때문에 당신도 불행해질까 겁나나 보지?

— 단, 날 선택하면 우린 불행해지지 않아.

— 아주 좆 같은 논리네!

그녀가 마녀처럼 깔깔거리며 웃기 시작한다.

— 미친년! 하긴, 안 미치는 게 이상하지. 한 가지만 묻자. 정말 다른 놈 있었어?

— 당신도 잘 알잖아? 아무도 모르게 저지른 반칙이 얼마나 달콤한지.

—적어도 그놈만 아니었으면 K가 거기까지 가진 않았어. 어떤 놈이야?

그녀는 다른 테이블의 연인들이 다 쳐다보도록 크게 웃는다. 대답할 의무도 알 의무도 없다. 그는 자신의 품위를 떨어뜨리는 그녀가 창피한 듯 주변 테이블을 쳐다보다 카페를 나가 버린다. 그녀는 웃으며 생각한다. 그녀의 바람대로 그들의 증오와 원망은 깊었다. 단지 그 속에서 헤어 나올 수 있는 시간이 K에게는 촉박했다. 그래서 급하게 서둘렀다. 삶이란 냄새나는 시궁창에 빠져 있는 것과 같지만 살기 위해서는 그곳에서도 음식을 주워 먹어야 할 때가 있다. 끔찍하게 싫고 구역질이 나더라도. 그러려면 감당할 수 없는 고통부터 이겨 내야 한다.

그녀는 차가운 얼굴로 암실에 앉아 있다. 눈을 감지 않아도 감은 것처럼 어둡다. K가 죽음을 생각하게 했다면 P는 삶을 생각하게 한다. 그녀의 가슴은 증오로 가득 차 있고 그 증오가 그녀를 살게 한다. 모든 걸 잃었고 모든 걸 빼앗겼지만 누구도 자신만큼은 빼앗을 수 없다는 사실을 인지한다. 그녀조차도 함부로 빼앗아서는 안 된다. 붙잡기만 한다면 결코 잃어버릴 일 없는 소중한 존재다. 그렇게 생각하자 몸에 닿는 어둠이 몹시 아늑하게 느껴진다. 아무도 볼 수 없지만 그녀만은 볼 수 있는 이곳. 이곳에서라면 숨 쉴 수 있을 것 같다. 오래전부터 간직하고 있던 의지가 더 활활 타오른다. 더욱 새로워지고 간절해지기까지 한다. 그녀 안에서 수없이 많은 메아리가 그녀에게 말을 건다. 더 이상 외롭지 않다고 느끼는 순간 자신이 자랑스러워진다.

그녀는 P를 만난 후 완전히 다른 사람으로 변한 자신을 본다. 개미 한 마리 죽일 수 없던 예전의 그녀가 결코 아니다. 혼자가 된 이상 나약하게 살아서는 안 된다. 두려움은 사라졌다. 앞으로는 상처 주지 않기 위한 노력이나 회피는 없을 것이다. 참지 않을 것이며, 배려하지 않을 것이며, 양보하지 않을 것이며, 침묵하지도 않을 것이다. 상처를 줄 것이며, 짓밟을 것이며, 고통을 줄 것이다. 본성이 바뀌면 의식과 가치관도 바뀌고 사고방식과 생활 방식도 바뀌어야 한다. 한꺼번에 많은 걸 잃어버린 사람은 한꺼번에 많은 게 변한다. 그녀는 어둠 속에서 빠른 속도로 진화한다.

그녀는 P가 쓰레기처럼 던지고 간 말들을 꾸깃꾸깃 펼친다. 그는 사고가 그녀의 '다른 사람'으로 인해 일어난 일이라고 말했다. 결국 그녀 때문에 생겨난 불행이다. 그녀 때문, 어릴 때부터 수없이 들어왔던 말임에도 그 말이 주는 고통은 또 다르다. 촉박했던 K의 시간에 비해 그녀의 시간은 너무 느긋했다. 그녀는 흉악한 범죄자임을 시인한다. K가 아니라 그녀가 모두를 죽음으로 몰아넣었다. 그녀는 죄를 지었고 그 죗값은 하루하루 조금씩 치르며 잊어 가야 한다. 과연 그 많은 걸 잊으려면 얼마의 시간이 흘러야 가능할까. 그 시간을 어떤 방법으로 보내야만 할까. 지금과는 다른 방식으로 살고 싶다. 죄를 씻으며 자유롭게 살아가는 방법. 비록 혼자지만 자신으로 인해 상처받지 않으면서 당당하게 살 수 있는 방법. 진실은 어둠 속에 있다는 말이 뇌리를 스친다. 그녀가 자리에서 벌떡 일어난다. 속죄의 방식과 삶의 방식과 사라지는 방식, 그리고 기억되는 방식이 하나되어 만나는 지점. 어둠 속에서 무언가가 별처럼 반짝인다.

P의 말처럼 그녀는 마녀다. 마녀는 마녀로 살아가야 한다. 진짜 마녀가 되는 거다. 그녀는 아주 많은 사람이 될 수 있을 것이다. 아주 많은 인격을 갖고 살 수도 있을 것이다. 그녀의 기억이 조금씩 엷어지는 동안 아주 많은 사람들은 반대로 그녀를 기억하게 될 것이다. 그 기억이 좋든 좋지 않든 그녀는 상관하지 않을 것이다. 그녀에게 필요한 건 어떤 식으로든 기억되는 것이다. 사라지지만 사라지지 않는 존재가 되는 것. 없지만 분명히 있는 존재가 되는 것. 그러기 위해서 그녀는 누구의 것도 되어서는 안 된다. 그녀는 몸을 잠근다. 누구도 열지 못하고, 침범하지 못하도록. 쓰레기 같은 말도 돌아보면 가치가 있다.

그녀는 암실에 걸린 사진과 카메라에 든 필름을 찢어 버린다. 진화가 끝난 그녀에게는 어울리지 않기에 버려야 한다. 문을 열고 암실을 나왔을 때 그녀의 몸에 붙어 있던 유리 조각들이 비늘처럼 떨어졌다. 그녀를 감싸고 있던 투명한 유리, 언제 깨질지 불안하기만 했던 그것이 드디어 깨졌다. 더불어 의식의 괴리도 산산조각 나고 그녀는 완벽하게 내부로 침잠한다. 유리에서 탈피한 그녀가 나방처럼 날개를 펄럭인다. 그녀는 피 묻은 유리 조각 하나를 움켜쥔다.

21

수연한테 몇 차례 전화가 걸려 왔지만 연기할 준비가 돼 있지 않아 받지 않았다. 나 또한 말로 하는 거짓말은 아직 서툴다. 어느 때보다 기분 전환이 필요한 나는 귀청이 터질 듯 헤비메탈을 크게 틀어 놓고 격렬하게 악을 지르며 헤드뱅잉을 했다. 바비큐 통닭에서 기름기가 빠지듯 땀이 쫙 빠졌다. 한바탕 굿판을 벌이고 나니 머릿속이 개운해졌다. 나는 오디오 전원을 끄고 거실 바닥에 벌러덩 드러누웠다.

거친 숨소리가 잦아들 즈음 파이프로 현관문을 찍어 대는 소리가 밖에서 들려왔다. 이상했다. 암묵적으로 여자와 나는 파이프 전화를 소통 방식의 하나로 문제없이 유지해 오고 있었다. 그런 여자가 느닷없이, 원초적인 공포의 현관문 찍기로 나를 다시 호출하고 있다는 건 심사가 뒤틀려 있다는 뜻이었다. 나는 반사적으로 요 근래 내가 잘못한 게 있는지 생각하며 현관문을 손바닥만큼 열고 외쳤다.

"샤워 좀 하고요! 나도 스케줄이란 게 있거든요."

여자는 대답 없이 계속 현관문만 찍어 댔다.

"말로 해요! 현관문 바꿔 주기로 했다고 너무하네!"

그래도 대답이 없자 밖으로 나가 파이프를 움직이지 못하도록 꽉 잡았다. 여자가 반항할지 몰라서 어금니를 꽉 깨물었지만 여자는 힘없이 파이프를 놓았다. 살짝 잡아당기자 그것이 쥐구멍에서 쑥 빠져나왔다. 어리둥절했다. 인터폰에서 웅얼거리는 소리가 흘러나왔다. 잘 들리지 않아 스피커에 귀를 갖다 붙였다.

"어떻게 해야 될지…… 모르겠어."

억제되고 절제된 목소리였다.

"뭐가요?"

"이상해, 고양이가."

겁에 질린 듯한 목소리. 명령조에 안하무인격이던, 고질적인 그 어법은 사라지고 없었다. 여자도 저런 목소리를 낼 수 있다니 놀라웠다. 찔러도 피 한 방울 안 나올 것 같은 여자가 내 앞에서 떨고 있다니. 물론 연기하고 있는 건 아닌지, 살짝 의심이 간 것도 사실이었다.

"어떻게 이상한데요?"

"며칠 전부터 밥을 안 먹더니, 지금은 일어서지도 못해."

고양이를 키워 본 적이 없는 나로서는 무슨 병인지 알 도리가 없었다. 물론 여자는 이미 인터넷 동물 병원이나 지식 검색을 통해, 혹은 동물 병원과의 전화 접촉을 통해 고양이의 병명을 대충 짐작하고 있을 것이다. 중요한 건 백문이불여일견이다. 아무리 인터넷 정보가 정확하고 전화 상담이 훌륭해도 수의사의 진찰보다는 못하다. 그것이 바로 말과 글의 한계다. 여자의 주장대로 보지 않아도 믿을 수 있는 게 있지만, 눈으로 확인하지 않으면 아무 조치도 취할 수 없는 상황이란 게 있다. 여자는 두려움에 떨고 있었다. 순간 여자가 전혀 다른 사람으로 느껴졌다. 철의 여인 같은 여자가 도움을 청하고 있다는 건 자신이 손쓸 수 없는 지경까지 와 버렸음을 암시했다. 생각보다 고양이의 상태가 심각한 것 같았다. 보이는 것만 믿는 나지만 지금은 믿어야 했다.

"나이는 몇 살이에요?"

"몰라."

"숍에서 분양받았을 거 아니에요?"

"처음 만났을 때 새끼는 아니었어. 길고양이 주워온 거야."

"예방접종 안 맞혀서 그런 거 아니에요?"

대답을 안 하는 걸 보니 내 말이 맞는 것 같았다. 아니 맞을 수밖에 없었다. 고양이라고 동물 병원이 어떻게 생겼는지 구경이나 해 봤겠는가. 문득 여자에게 죄책감을 심어 주고 싶었다. 마땅한 처사였다.

"10년 동안 한 번도요? 고양이한테 예방접종이 얼마나 중요한지 몰라요? 잘못되기라도 하면 다 당신 책임이에요. 데려오지만 않았어도 밖에서 새끼 낳고 자유롭게 살 녀석이잖아요. 당신 하나로 부족해 말 못 하는 고양이까지 잡아다 감금한 거예요? 명백한 동물 학대예요!"

여자가 자신은 물론이고 고양이한테 무슨 짓을 저지르고 있는지 깨닫게 하고 싶어서 거세게 몰아세웠다. 내 바람이 이렇게 일찍 이루어질지 몰랐다. 문제를 일으켰으면 하고 바랐던 건 낡은 가전제품이었지 고양이는 아니었다. 막상 이렇게 되고 나니 차라리 잘됐다 싶었다. 고양이라면 훨씬 더 극적인 효과를 노릴 수 있을 것이다. 고양이를 잘만 이용하면 철의 문을 최초로 열게 한 사람이 내가 될 수도 있었다. 일종의 영웅 심리가 발동했다.

"상태 더 나빠지기 전에 나한테 넘겨요. 아는 형 중에 수의사가 있어요. 부탁하면 언제든 봐 줄 거예요."

실은 아는 수의사 형 같은 건 있지도 않았다.

"몸집이 커서 구멍으로는 불가능해."

"누가 쥐구멍으로 달래요? 베란다 창으로 떨어뜨릴 수도 없잖아요. 가장 안전한 방법을 택해야죠. 이 문을 열면 간단해요. 많이도 필요 없어요. 한 뼘만으로도 충분해요. 할 수 있는 데까지는 해 봐야죠, 어서요!"

나는 현관문 손잡이를 거칠게 잡아 흔들며 여자를 회유했다. 주먹으로 문을 두드리고 발로 차 보기도 했다. 말은 그렇게 했지만 여자가 만약 문을 열면 그 틈을 노려 집 안으로 쳐들어갈 작정이었다. 그리고 이 두 눈으로 여자를 똑똑히 확인할 것이다. 조금만 더 압박하면 넘어올 것 같은 예감이 들었다.

"당신은 고양이 엄마예요. 자식을 죽게 내버려 두는 몰인정한 엄마가 돼선 안 되잖아요. 후회할 짓 하지 마요. 치료 받으면 곧 건강해질 거예요. 어서 문 열어요!"

모성 본능까지 자극해 봤지만 여자는 끝끝내 문을 열지 않았다.

나는 저녁 내내 현관문만 쳐다봤다. 고양이를 죽일 셈이 아니라면 여자는 다시 나를 불러 방법을 모색할 것이다. 안절부절 계속 거실에서 잔걸음 치며 한 번씩 인터폰 액정을 켰다. 시간이 자정을 넘어서자 도저히 조바심이 나서 가만히 있을 수가 없었다. 내게 주어진 마지막 기회일지도 모른단 생각에 부득불 현관문을 박차고 나가 초인종을 부서져라 눌렀다.

"내버려 둬."

"몰랐으면 모를까, 알고도 어떻게 내버려 둬요. 빨리 나한테 넘겨요!"

"어!"

여자가 외마디 비명을 내뱉고는 고양이한테 달려갔다. 눈에 보이지 않아도 상황이 어떻게 돌아가고 있는지 훤히 알 수 있었다. 위태로운 생명 앞에서 취할 수 있는 행동의 범주란 다양하지 않았다. 고양이 목숨만큼 가느다란 소란이, 바닥을 향해 꼬꾸라져 있을 인터폰을 타고 또렷하게 들려왔다. 여자가 고양이를 애타게 부르는 소리가 들렸다.

"이봐요, 앨리스! 아직 늦지 않았어요. 어서 이 문 열어요."

후다닥, 여자가 어딘가로 급하게 달려가는 커다란 발소리 울림이 들렸다.

"어떻게 된 거예요? 말 좀 해 봐요!"

다시 후다닥, 현관 쪽으로 달려오는 발소리 울림. 여자가 현관문에 몸을 바짝 대고 있다는 걸 느낄 수 있었다. 흐느낌이 전해졌다. 나는 그때 처음으로 알았다. 여자도 '여자'라는 사실을. 여자도 눈물을 흘리는 존재라는 것을.

"열라고요! 열어요. 열라고! 열어!"

집수리할 목적으로 샀던 공구 상자를 지금 열어야만 하는가. 그 안에 든 온갖 도구로 이 철문을 박살 내 버릴까. 방법이 그것뿐이라면 그렇게라도 하고 싶었다. 갑자기 나는 혼란스러웠다. 내가 열렬하게 외치고 있는 말은 누구를 위한 것인가. 죽어 가는 고양이를 위한 것인가, 괴로워하는 여자를 위한 것인가, 아니면 나의 호기심과 모험심을 위한 것인가.

"도저히…… 안 되겠어."

"안 되는 게 어디 있어요! 당신의 그 알량한 규칙 때문인가요? 지키지 않는다고 해서 손가락질할 사람은 없어요. 죄짓는 것도 아니에요. 오히려 이 문을 열지 않으면 고양이한테 죄짓는 거라고요. 계속 열라는 것도 아니잖아요. 잠시, 한 번만 열었다 다시 돌아가면 돼요. 1초도 걸리지 않아요. 고양이를 내 품에 안겨 주기만 하면 다 끝나요."

다시금 오래전 궁금증들이 유령처럼 되살아나 나를 괴롭혔다. 도대체 어떤 이유 때문에 여자는 철저하게 은둔하게 됐는가. 그 약속을 파기하면 왜 안 되는가. 감시자가 있는 게 아니라면 왜 열 수 없는가. 이해 불능이었다. 물론 여자 또한 현재 무고한 생명 앞에서 갈등하고 있을 것이다. 나는 여자를 믿고 있었다. 동고동락해 온 고양이를 위해 어떤 일이든 할 거라고. 위태로운 생명을 위해서 그깟 신념은 저버릴 수 있을 거라고. 여자와 승강이를 벌이는 동안 시간은 차가운 새벽을 향해 흘러가고 있었다.

"빨리 열어요! 10년 동안 같이 살아 준 고양이를 위해 그것도 못해요?"

"……!"

"어서 열어요! 시간 없어요! 불쌍하지도 않아요?"

"……!"

"나중에 고양이가 원망하면 어떡할래요?"

"……!"

그때, 여자가 현관문 손잡이를 잡았다. 나와 여자가 철문 하나를 사이에 두고 같은 손잡이를 맞잡고 있었다. 여자가 잠금 쇠 하나를 풀고 손잡이를 돌리는 소리가 들렸다. 나는 속으로 잠금 쇠가 녹이 슬어 그대로 굳어 있는 건 아닐까, 그래서 여자가 문을 여는데 조금이라도 방해가 되면 어쩌나 걱정했다. 차가운 금속을 타고 손잡이의 비틀림이 내 심장까지 전해졌다. 터질 듯 두근거렸다. 10년의 고리가 끊기는 역사적 순간이었다. 나는 속으로 조금만 더, 하고 외쳤다. 손잡이를 잡고 있는 손등으로 뜨거운 땀이, 후드득 떨어졌다.

"역시…… 안 돼."

마지막 순간에 여자는 손잡이를 붙잡은 채 현관 바닥으로 미끄러지듯 내려앉았다. 나 또한 온몸의 기운이 빠져서 바닥에 주저앉고 말았다. 뒤통수로 현관문을 쿵쿵, 찧었다. 나는 그때 조금 알 것도 같았다. 여자가 문을 열지 않은 이유는 자신을 보여서는 안 되기 때문이라고.

고양이는 죽었다.

차가운 새벽에 차갑게 죽었다. 여자는 한 생명이 내쉬는 마지막 숨을 보았다고 했다. 나는 한 인간의 마지막 잔인성과 이기심을 보았다.

"살인자! 당신한테는 사람이나 마찬가지였으니 살인자야. 그것도 가족을 죽인! 칼로 찔러야만 살인은 아니지!"

그 말을 하고 나니 수연이 생각났다. 자식을 죽인 여자와 어미를 죽인 수연. 수연은 어머니를 죽이기 위해 목을 조른다거나 심장에 치명적인 약을 먹이지 않았을지도 모른다. 여자처럼 충분히 조치를 취할 수 있었는데도 그대로 방치했는지도 모른다. 죽어 가는 사람을 외면하는 것도 살인이라면, 수연은 살인자다. 혹 수연도 그런 맥락에서 어머니를 죽였다고 했던 걸까.

"문 열어요."

꺼져 가는 목숨 앞에서도 꼼짝하지 않은 여자에게 더 이상 바랄 것도 없었지만 기회는 아직 남아 있다고 생각했다.

"설마 죽었다고 내다버리듯 베란다 밖으로 던질 생각은 아니죠?"

"며칠 후에."

"날이 더워 빨리 부패하고 말 거예요."

나는 여자가 고양이를 잃은 슬픔이 너무 커서 며칠만이라도 같이 있고 싶어서 그런 줄 알았다.

"며칠 후면, 구멍으로 가능할 거야."

"당신이란 여자, 정말! 독하고 무서워. 사람도 아니야! 하긴 사람이었으면 눈앞에서 죽어 가는 걸 가만히 보고 있지만은 않았겠지! 네 명이나 죽여 봤다니 그깟 고양이 목숨은 개미 목숨보다 못하겠지!"

나는 문을 쾅, 닫고 분연히 집으로 들어와 버렸다.

며칠 후 집에서 나오는 나를 여자가 불렀다. 그동안 여자가 여러 차례 나를 찾았지만 일부러 상대해 주지 않았다. 그랬더니 내가 나오기만을 오매불망 기다린 눈치였다.

"화장을 해 줘. 경기도 광주에 시설 좋은 화장터가 있다고 들었어."

"가능할 정도로, 흡족할 정도로 아주 자알 부패됐나 보죠?"

나는 비아냥거렸고, 여자는 아랑곳하지 않고 신문지에 둘둘 말린 고양이를 투입구로 밀어냈다. 쥐구멍으로 나오는 고양이. 10년 동안 여자와 함께 살았던 존재를 내 눈으로 확인하는 순간이었다. 짧은 공포가 엄습했다. 고양이의 존재와 여자의 말은 거짓이 아니었다. 이 순간에도 그걸 따지는 내게 회의가 들었지만 그것은 아주 큰 의미가 있었다. 지금까지 내가 본 여자의 소유물 중에서 의심할 수 없는 최초의 것이라는 데. 나는 신문지 끄트머리를 잡아당겼다. 잘 나오다 중간에 한 번 걸렸다. 빼내려고 힘을 줬더니 신문지가 찢어지고 말았다. 신문지 사이로 수분이 다 빠져서 형편없이 쪼그라든 고양이가 보였다. 길거리에서 흔히 볼 수 있는 젖소고양이였다.

냄새가 심하게 났다. 나 또한 죽은 동물을 이렇듯 가까이서 본 건 처음이었다. 라면 상자를 들고 나와 나무토막처럼 빳빳하게 굳어 버린 고양이를 넣었다. 무게가 느껴지지 않았다.

"유골은 갖고 올 필요 없어. 적당한 곳에 뿌려 줘. 이제라도 자유롭게 돌아다니게."

"양심은 있나 보죠?"

더 심한 말을 해 주고 싶었지만 참았다. 다 끝난 일이었다. 여자가 쥐구멍으로 기름 값과 장례 비용이 든 하얀 봉투를 건넸다. 나는 고양이를 트렁크에 실으려다 조수석에 실었다.

화장터에 도착해 신문지를 벗겼다. 목에는 아파트 주소와 '고양이'라고 이름이 적힌 펜던트가 걸려 있었다. 길 잃을 일 없는 고양이한테 목걸이라니. 그래서 이름도 그냥 고양이인가. 여자를 유인하기 위해 고양이를 미끼로 삼았던 지난 며칠이 부끄러워졌다. 나 또한 고양이가 안중에 없기는 마찬가지였다. 담배 몇 대를 피운 사이 고양이는 더욱 가벼워져 내 팔로 돌아왔다. 조금, 따뜻했다.

저녁이 다 되어서야 집에 도착했다. 내가 돌아온 걸 알고 있을 텐데도 여자는 아무것도 묻지 않았다. 나 또한 침묵을 지켰다. 현관으로 들어서서 거실 스위치를 올렸다. 지나가 팔짱을 낀 채 소파에 앉아 있었다. 나는 깜짝 놀라 비명을 질렀다.

"놀라라! 불도 안 켜고 뭐해?"

나는 목이 말라 냉장고에서 맥주 캔을 꺼내 단숨에 들이켰다. 갈증이 사라지자 잠이 쏟아졌다.

"어디 갔다 온 거야?"

"드라이브."

"누구랑?"

"죽은 고양이랑."

"농담할 기분 아니야. 며칠 동안 전화도 안 받고 어디서 뭐했어?"

지나는 굉장히 토라져 있었다. 그러고 보니 휴대폰이 어디 있는지도 모르겠다. 방을 돌아다니며 휴대폰을 찾았다. 결국 찾지 못해 지나 휴대폰으로 전화를 걸었다. 내 휴대폰이 화장실 선반 위에서 몸을 떨며 위치를 알려 왔다. 부재중 전화가 20통이었다.

"피곤해. 오늘은 그만 가 주라."

"뭐하느라 피곤한데?"

"하고 싶은 말이 뭐야."

나는 손바닥으로 세수하듯 얼굴을 문지른 뒤 졸린 눈을 비볐다. 눈이 침침해졌다.

"누군지 말해! 집 안을 이 잡듯 다 뒤졌는데도 머리끈이랑 핀이 온데간데없어. 욕실에 있어야 할 헤어밴드를 대체 누가 가져간 거야? 내 물건이 어디로 감쪽같이 사라진 거냐고!"

그 물건이라면 그날 지나가 떠난 뒤 여자에게 곧바로 돌려줬다. 양치 컵은 손잡이가 쥐구멍에 걸려 들어가지 않는다는 핑계를 대 돌려주지 않았다. 다른 걸로 사다 주겠다는 말에 여자는 쥐구멍 크기 정도는 이젠 눈 감고도 알 수 있지 않느냐며 핀잔을 주었었다.

"네 거 아니야."

"이제야 이실직고하네. 그럼 누구 건데?"

"앞집 여자가 사 달라고 부탁한 거야."

"그 말을 나보고 믿으라고? 앞집 여자 물건이 왜 우리 집에 있는 데?"

지나는 언제부터 이 집을 '우리 집'으로 생각하고 있었던 걸까. 나한테 빌려 줬던 500만 원 때문일까. 낯설고 어색하게 들리는 말이었다.

"돌려준다는 걸 깜빡했는데, 그때 네가 들어온 거였어."

"그럼 그때는 잠자코 있다 왜 지금 실토하는 건데?"

"실토하는 게 아니라 네가 의심하니까 말하는 거야. 정 못 믿겠으면 가서 확인해 봐!"

지나가 팔을 걷어붙이고 당장 앞집으로 달려갔다. 초인종을 눌렀지만 여자는 인터폰을 받지 않았다. 지나는 심통 난 얼굴로 다시 돌아왔다. 그걸 확인하는 건 지나 자존심이 허락지 않는 일이었다. 지나 또한 여자가 인터폰을 받지 않은 걸 속으로는 다행으로 여겼으리라.

"저번에도 그러더니 앞집 핑계를 또 대네."

말 많고 의심 많은 여자는 정말, 피곤하다. 화끈했던 지나는 어디로 간 걸까.

"핑계 아니야."

"요즘 자기 이상한 거 알아? 혼 빠진 사람처럼, 껍데기만 있는 것 같아."

"피곤해서 그래."

"나한테 숨기는 거 있지?"

"너야말로 나한테 숨기는 거 없어?"

"내가 뭘?"

역시나 지나는 당당했다. 머릿속에서 숫자와 백합과 푸른 멍이 휘몰아쳤다.

"넌 도대체 어떤 애니?"

솔직히 정체가 뭐야? 라고 하고 싶었다. 지나의 검은 눈동자가 가느다랗게 흔들리더니 태도가 곧바로 돌변했다.

"내일 타투 숍 갈까? 아니, 가자. 내일 하루 비워 둘게."

지나는 불안해하고 있었다. 지나는 얼마든지 나보다 나은 놈을 만날 수 있는 여자였다. 나 같은 놈한테 목매는 이유가 뭔지, 새삼 스레 그게 궁금해졌다. 예전에는 그 반대였는데, 어느 순간 역전되었다. 과연 지나를 마지막 페이지까지 읽게 될까.

"좀 더 신중하게 생각해 본 뒤에 결정하자."

그 말끝에 지나가 핸드백을 집어 들더니 눈물을 글썽이며 뛰쳐 나갔다. 지나와 사귄 지 2년이 넘었지만 우는 건 처음 봤다. 지나는 강인한 여자였다. 지나도 울 수 있는 여자였던가. 우리는 늘 즐겁게 웃고 떠들기만 했다. 눈물이란 결핍에 시달리는 사람들이 채울 게 없어서 흘리는 거라고 생각했다. 그만큼 우리 사이에 부족한 건 없었다. 침대에 누웠지만 찜찜해서 잠이 오지 않았다. 화해의 의미로 지나에게 먼저 전화를 걸었다. 내가 생각해도 요즘 지나한테 무심했다. 마지막 키스를 한 게 언제였는지 기억에도 없다.

"우리, 여행 갈까?"

지나의 화가 처마 밑 고드름처럼 스르르 녹아내렸다.

"언제?"

"너 한가할 때."

"다음 주 괜찮아. 일주일 정도 휴가 낼 수 있어. 자기는 어때?"

다음 주가 지나에게 괜찮지 않다는 걸 목소리로 알 수 있었다. 지나는 우리의 관계 회복을 위해 무리하고 있었고 노력하고 있었다. 그러니 나도 무리하고 노력해야 했다.

"좋아."

"콘도 예약은 내가 해 둘게."

지나가 다시 웃었고 어쨌든 내 마음은 편해졌다. 전화를 끊고 나자 쉽게 잠이 들었다. 꿈속에서 고양이 한 마리를 만났다.

22

　―많이 변했구나.

J는 달라진 그녀의 외모와 말투에 잔뜩 긴장하고 있다. 달라진 건 그것만이 아니다. 생각은 물론이고 사람을 쳐다보는 시선과 앉은 자세, 물건을 다룰 때의 손짓 하나까지 변했다. 몇 달 전 마로니에 공원에서 봤던 그녀는 이제 없다. 함부로 범접할 수 없고 함부로 대할 수 없는 기운이 느껴진다. 이상한 건 J의 눈에는 그게 훨씬 그녀답게 보인다는 것이다.

　―소식 들었어. 어떻게 K가 그런 일을. 뭐라고 위로해야 할지 모르겠다.

　―또 바람이 전해 줬나 봐. 모르겠으면 관둬. 받아 본 적이 없어서 받을 때 어떻게 처신해야 하는지도 몰라. 그 위로가 진심인지도 알 수 없잖아. 이젠 내가 불쌍해 보이니?

　그녀는 진한 아이라인과 아이섀도로 치장한 눈꺼풀을 감았다 풀며 J를 칩떠본다.

— 정말, 날 위로해 주고 싶어? 진심으로?

— 응.

— 며칠 후에 난 완전히 이 세상에서 사라질 거야. 마치 존재한 적 없는 사람처럼. 몇몇 사람은 날 찾으려고 노력도 할 거야. 그러나 점점 지쳐서 나중에는 죽었다고 생각하게 될 거야. 사라졌지만 사라지지 않는 존재, 없지만 어딘가에 분명히 존재하는 사람이 될 거야. 재밌을 것 같지 않니?

— 무슨 말이야?

— 사람들이 싫어. 29년을 살면서 받아 온 증오가 머리와 가슴에 가득해. 나도 모르게 차곡차곡 쌓아 두고 살아왔다는 걸 얼마 전에야 깨달았어. 그게 내 삶의 에너지였고 앞으로도 그럴 거라는 것도. 그건 화수분과 같아서 아무리 써 대도 부족하지 않아. 언제 어떤 식으로든 충전이 가능한 에너지거든. 그들로 인해 억눌려 있던 본성을 이제야 찾았어. 다 끝났다고 생각했는데, 그래서 끝내고 싶었는데, 살고 싶어졌어. 어쩔 때는 신날 정도로 미친년처럼 가슴에서 그게 방방 뛰어다녀. 조용하게 흘러들었다가 급류처럼 소용돌이쳐서 어느 순간 단번에 끝장내고 싶어.

— 누굴?

— 누구든 상관없어. 너일 수도 있고, 네가 사랑하는 사람일 수도 있어. 왜, 겁나?

J는 겁에 질린 눈을 들키지 않으려고 애쓴다. 그녀가 J 가까이 상체를 기울여 작고 허스키한 소리로 속삭인다.

— 내가 살면서 가장 절절하게 느낀 게 뭔 줄 알아? 세상 사람들은 다 똑같다는 거야. 그러니 어떤 사람을 파괴 대상으로 삼든 상관없어. 아주 흥미롭지? 존재하지 않는 내가 다른 사람의 삶에 끼어들 수 있다는 거, 지대한 영향을 주며 변화시킬 수 있다는 거. 변화의 성격이 좋든 나쁘든, 증오든 사랑이든 미움이든 그런 건 중요치 않아. 중요한 건 달라진다는 거야. 그러나 대부분은 나쁜 방향으로 흘러가게 될 거야. 극적 재미는 불길하고 나쁜 것으로부터 오잖아. 사람들은 욕심이 많아서 행복은 금방 잊어버려. 그러나 불행을 잊기 위해서는 아주 많은 시간을 필요로 하지. 나도 마찬가지야. 내 불행을 잊을 동안 다른 사람의 불행이 필요해. 이제껏 상처 받고 살았으니 앞으로는 주면서 살아도 되지 않겠어? 타인의 기억을 오랫동안 점거하는 가장 효과적인 방법이 뭘까? 바로 눈에 보이지 않는 존재가 심어 주는 기억이야. 끔찍할수록 좋겠지. 우리는 행복을 준 사람보다 상처를 준 사람을 오래 기억해. 나 또한 그 이름을 얼마든지 나열할 수 있어. 난 겉으로는 누군지 모르게 살 테지만 어둠 속에서 조용히 내 삶을 살 거야. 혼자라도 그런 삶이라면 그다지 외롭지 않고 견딜 만도 할 거야. 그치?

J의 눈에는 그녀가 정신 나간 사람 같다.

— 쉽게 얘기해 봐.

— 날 위로해 주고 싶으면 조력자가 되어 줘. 도와줄 거라 믿어. 너는 그나마 똑같이 생겨 먹은 세상 사람들과 조금은 달랐으니까. 어렵다거나 께름칙하다고 생각할 건 없어. 너한테는 손바닥 뒤집는 것만큼 쉬운 일들이 대부분일 테니까. 아, 그리고 늦었지만 검사된

거 축하해. 조만간 다시 만나서 얘기해. 지금 말해 줄 수 있는 건, 내가 아무도 모르게 사라질 거라는 것, 지구상에서 내 존재의 정체를 아는 사람은 너뿐일 거라는 거야. 누군가에게 유일한 사람이 된다는 거 매력적이지 않니?

그녀가 자리에서 일어나려다 말고 J를 쳐다본다.

— 넌 내가 사람들에게 상처를 줬다고 생각하니? 아니, 사람들이 나한테 왜 상처를 줬다고 생각하니?

— 샘날 만큼 아름답고 많은 걸 가졌으니까. 완벽해, 넌.

— 가만히 있어도 나쁜 여자가 되고 한순간에 모든 걸 앗아가 버리는 조건이지. 그래서 확인하고 싶어. 나를 보여 주지 않는 게 그들을 위한 배려일까. 내가 사라지면 그들은 편하고 행복해질까. 나를 드러내지 않고서도 상대방에게 상처 줄 수는 없을까. 그리고 누군가가 나를…… 피한다고 해결되지 않아.

— 지금 넌 피하고 있어.

— 그건 피하는 게 아니야, 감추는 거지. 더 이상 훔치지 못하게.

— 사진가로서 네 인생은?

감춘다는 건, 안 되는 건 버려야 한다는 뜻이다. 굳이 그렇게 하지 않아도 안 되는 건 어차피 버려지게 되어 있다. 불가능하기 때문이다. 사진도 마찬가지다. 어쩔 수 없는 현실이다.

— 함께 감춰지겠지. 무엇보다 지금은, 휴식이 필요해.

— 언제까지?

— 그건 나도 몰라.

J는 그녀의 뒷모습을 보며 속으로 중얼거린다. 처음부터 저랬다

면 아무 일도 일어나지 않았을까.

사람에 대한 기억은 물건이 지배하기도 한다. 그녀는 정원 딸린 집과 작은 땅을 처분했다. 세간도 모두 정리했고 그들의 유품은 남김없이 불태웠다. 머리카락 하나 남기지 않은 깨끗한 마무리였다. 그들이 들어 놨던 보험금도 지급됐다.

그녀는 트렁크 두 개를 들고 대문까지 닿아 있는 디딤돌을 차근차근 밟고 나온다. 이제 손을 잡아 이끌어 줄 사람은 없다. 집을 산 사람은 그녀가 29년을 살아왔던 이곳을 조만간 허물 거라고 했다. 세 명이나 죽어 나간 집에 누가 들어와 살겠느냐며 정원의 나무와 디딤돌을 뽑고 그 자리에 대리석으로 된 근사한 빌딩을 세울 거라고 했다. 잘됐다. 모두가 떠난 빈자리를 차지하고 있다면 그건 유령의 집밖에 될 수 없을 것이다.

그녀는 한 번도 뒤돌아보지 않고 앞을 향해 걷는다. 거리는 어둡고 지나가는 사람은 없다. 그녀는 한 발 한 발 내딛으며 엄마가 했던 말을 떠올린다. 넌 젊음과 아름다움을 낭비하고 살았어. 너란 애의 가치를 좀 알아. 엄마는 옳았다. 그녀는 자신의 가치를 알지 못했고 타인만큼 가치를 두지도 않았다. 이젠 관심을 가지고 오랫동안 간직하며 살겠다고 하늘을 올려다보며 말한다. 스물아홉, 돌아보기에 늦은 나이는 아니다. 아마 그녀는 지금보다 더 젊어지고 아름다워질 것이다. 배경 좋은 남자 만나 결혼하는 것과 창녀나 다름없이 사는 것. 한때는 청춘의 아름다움을 유용하게 써먹으며 살수 있는 방법은 그 두 가지뿐이라고 생각했다. 그녀는 옳지 않았고 생각은 편협했다. 방법 하나를 더 찾아낸 그녀는 이제, 가장 소중한 걸 버리지 않아도 된다.

길모퉁이에서 고양이 한 마리가 가벼운 몸동작으로 나타나 그녀를 올려다본다. 고양이는 바닥에 벌렁 드러누워 몸을 뒤집는다. 그녀는 버르적거리는 고양이를 피해 다시 걷는다. 고양이는 그녀의 무시도 아랑곳하지 않고 저만치 앞으로 달려 나가 또 배를 뒤집고 드러눕는다. 그녀는 상관하지 않고 계속 걷고 고양이도 상관하지 않고 계속 바닥에 드러눕는다. 어느 순간 고양이는 지쳤는지 꼬리를 빳빳이 세우고 조용히 그녀 뒤를 따라온다. 사람을 따르는 고양이. 사람 손을 탄 지 얼마 안 된, 버려진 고양이란 뜻이다.

J로부터 전화가 걸려온다. 그녀는 J 명의로 아파트를 구입했고 통장도 개설했다. 수백 권의 책을 샀고 갖가지 악기도 구입했다. J는 그녀에게 필요한 모든 물건을 자신의 이름으로 구입해 줬고 어제는 이사까지 마쳤다. 필요한 물건 리스트를 작성하는 데만 일주일하고도 반나절이 걸렸다. 달라지는 생활 방식에 따라 '필요한 물건'을 생각해 내는 데도 '단순 필요'를 넘어서는 상상력이 필요했다. 치밀한 계획과 규칙과 가설을 세우고, 예기치 않은 여러 변수들까지 예측해 본 뒤 해결점을 찾아냈다. 그리고 그 해결을 도와줄 도구들을 구입했다. 갖가지 우편물과 고지서는 J에게 갈 것이고, J는 그녀에게 매달 생활비를 현금으로 보내 줄 것이며 밖의 일들은 J가 알아서 다 처리해 줄 것이다. 모두 고된 과정이었고, 그것은 한 치의 오차도 허용해서는 안 되는 치밀한 군사작전과도 같았다.

J는 그녀와 헤어진 다음 날 그녀에게 전화해 훌륭하고 완벽한 조

력자가 되어 주겠다고 약속했다. 그녀보다 더 그 일에 흥미를 갖고 있는 사람처럼 J는 리스트 작성에도 도움을 주었다. 약속대로 J는 모든 면에서 뛰어나고 치밀했다. J가 없었다면 그녀는 아무것도 할 수 없거나 많은 부분에서 허점을 노출하고 말았을 것이다. 그녀는 J가 손을 내민 순간부터 뒤에 숨어서 J의 이름으로 살기 시작했다. 이름이란 많은 사람들이 불러 줄 때만 그 가치와 효용이 있는 법이다. 그녀가 사라졌으니 이름의 가치 또한 사라지는 건 당연했다. J는 기분이 어떠냐고 물었다. 이상하게도 마음은 포근하고 안정되었으며 정말로 이 세상에서 사라진 기분이었다. 그녀는 그때 알았다. 어떤 방식이든, 살아가기 위해서는 최소한 한 사람은 필요하다는 것을. 그래서 사람들은 모두 짝을 이루려 하고, 그 짝을 끝까지 지키고 유지하기 위해 노력한다는 것을. 혼자가 된다는 건 외롭다기보다 무서운 것이다.

16층짜리 아파트는 높고 어둡다. 모두가 잠든 새벽, 불이 켜진 곳은 한 군데도 없다. 그녀를 쳐다보는 시선은 없고 그녀를 아는 사람도 없다. 세상은 고요하고, 아무도 그녀가 이곳에 있다는 걸 눈치채지 못한다. 그녀는 주차장에 서서 3층을 올려다본다. 높지도 않고 그렇다고 낮지도 않은 곳이다. 뛰어내린다 해도 크게 다치지 않을 높이다.

그녀는 마지막으로 주변을 돌아본다. 언제 다시 이 땅을 밟게 될지 그녀도 모른다. 미련이나 아쉬움을 뜻하는 게 아니다. 그녀는 공기를 들이마시고 하늘을 올려다보고 나뭇잎을 만지고 땅을 내려다본다. 고양이가 발밑에 얌전히 앉아 가냘픈 목소리로 야옹거린다.

그래, 혼자가 된다는 건 무서운 일이다. 그녀는 비쩍 마른 고양이를 한 손에 집어 들고 트렁크 두 개를 한 손에 모아 잡는다. 그러고는 아파트를 향해 뚜벅뚜벅 걸어 들어간다. 아파트 입구는 어두워서 마치 동굴 같다. 그녀는 엘리베이터를 타지 않고 계단을 이용한다. 계단참에 올라설 때마다 센서 등이 켜진다. 그녀는 움직임을 감지하는 센서 등이 맘에 들지 않은 듯 천장을 노려본다.

305호. 그녀가 현관문을 마주 보고 서 있다. 그녀가 찾아낸 새로운 의자. 문 하나를 사이에 두고 새로운 삶이 시작된다. 그렇다. 그것은 '다른'이 아니라 '새로운'이다. 그녀의 하루는 아마도 정신없이, 조금도 지루하지 않게 흘러갈 것이다. 공평하지 않은 시선과 하기 싫은 일을 억지로 해야만 했던 바깥세상은 이제 없다. 의식하지 않고 흔연한 마음으로 해야 할 일을 하고, 하고 싶었던 일을 찾아서 할 것이다. 시간과 사람에 떠밀려 구석에 밀쳐 뒀던 일들을 배우는 동안 시간은 화살이 되어 과녁에 꽂힐 것이다. 더 없이 유익하고 알찬 세월이 될 것이다.

그녀는 고양이와 트렁크를 소리 나지 않게 바닥에 내려놓고 뒤돌아본다. 306호에는 어떤 사람이 살게 될까. 그녀는 그 사람과 빨리 인사를 나누고 싶다. 그녀는 엄지손가락으로 또박또박 비밀번호 네 자리를 누른다.

0815. 문이 열린다.

23

아침에 마지막으로 보고 나온 쇠 파이프가 얼룩처럼 자꾸 눈에
어른거렸다. 여자에게 뺏은 쇠 파이프는 단단했지만 굴곡이 많이
지고 끝은 마모되어 있었다. 하루가 멀다 하고 들이닥치던 택배는
감감무소식이었고 마트 갈 일이 없다 보니 덩달아 내 냉장고까지
텅 비었다. 대화와 거래가 끊기자 음식 공급도 끊겼고, 밥을 해 먹
는 일은 귀찮아졌다. 여자에게 고양이의 죽음이 충격이었던 걸까,
내가 쏟아 낸 말들이 충격이었던 걸까. 나는 파이프를 현관문에 꽂
아 여자의 쥐구멍을 찾아 움직였다. 그것도 노하우가 필요한지 생각
만큼 쉽지 않았다. 간신히 쥐구멍 덮개를 밀치고 파이프를 집어넣
었지만 안쪽에서 덮개를 잠가 버린 통에 더 이상 들어가지 않았다.
우편 투입구 또한 마찬가지였다. 나는 그저 자신의 생활 방식에 대
해 숙고할 시간이 필요할 때라고 생각하며 집을 나올 수밖에 없었
다. 고양이의 죽음에도 가치는 있는 거니까.

콘도에 밤이 찾아들고 있었다. 오랜만에 떠나온 여행에 지나는 하루 종일 싱글벙글이었다. 내가 피곤해할까 봐 강릉까지 오는 내 낸 한 번도 운전대를 맡기지 않았다. 우리는 콘도 내 레스토랑에서 이탈리아 정식으로 식사를 마치고 해변을 산책한 뒤 방으로 돌아와 어둠 속에서 긴 섹스를 했다. 어느 때보다 지나의 고난도 테크닉이 나를 격정으로 몰아넣었지만 이상하리만치 마음 한구석이 허전했다. 저녁 식사 때도 마찬가지였다. 비싸고 맛있는 음식이었지만 양념 하나가 빠진 것처럼 맛은 심심했고, 집에 뭔가를 두고 나온 것처럼 해변의 산책도 지나의 물장난도 즐겁지 않았다. 쎄근거리는 지나의 숨소리가 들려왔다. 깊이 잠든 것 같았다. 나는 조용히 침대에서 빠져나와 테라스로 나갔다. 달이 참 밝았다.

밥은 잘 챙겨 먹고 있을까. 여자에게 마지막으로 식료품 배달을 해 준 게 언제였는지 손가락으로 날짜를 꼽아 봤다. 고양이가 죽기 전이니 보름이 훨씬 넘었다. 이 여자 혹시 굶어 죽을 작정은 아니겠지. 얼마 전 택배로 배달되었던, 내 손가락보다 굵던 밧줄도 생각났다. 엉뚱한 생각을 하고 있는 건 아닐까. 그래서 일주일 동안 쥐 죽은 듯 조용했던 걸까. 손금을 따라 차 있는 땀이 달빛에 반짝거렸다. 내가 콘도에서 일주일을 머물면 그 기간은 더 길어질 것이다. 여자가 잘못되기라도 하면 내 책임도 있는 건가. 그날 그렇게 몰아세우는 게 아니었다. 지금쯤 마음을 추스르고 날 찾고 있을지도 모르는데. 여행 간다고 말이라도 하고 올 걸 그랬다.

아니, 내가 왜 그 여자 걱정을 해야 하는가. 여행을 가든 말든 보고할 의무도 없고, 모처럼 해방된 홀가분한 이 기분을 맘껏 즐겨야

한다. 여자로부터의 해방. 늘 원하던 것이 아니었나. 그 여자는 혼자서도 잘 살 여자고, 그깟 말에 상처 받을 여자도 아니다. 그러므로 엉뚱한 짓을 할 여자도 아니다. 10년 동안 이보다 더한 일도 분명 겪었을 것이다. 나답지 않게 난 지금 굉장히 오버하고 있는 거다. 여자가 나한테 했던 짓들을 생각해 봐라. 이번에야말로 통쾌하게 복수해 줄 수 있는 기회다. 아사 직전까지 가게 되면 새삼 나한테 감사하는 마음이 들 테고 앞으로 예의를 갖춰 대할 테지. 또 굳이 나여야만 하는 것도 아니다. 정 급하면 돈 주고 코끼리라도 찾겠지. 나는 하늘을 올려다봤다. 달이 아까보다 더 기울어 있었다. 달을 따라 내 허랑한 마음도 점점 기울고 있었다.

마음을 불편하게 하는 건 딱 질색이다. 정말, 웬수가 따로 없다. 어느새 나는 달리는 택시 안에 있었다. 지나한테는 날이 새면 전화를 하기로 했다. 아니 문자를 보내는 게 나을 것이다. 말로써 거짓말을 잘해 낼 자신이 없으니까. 막상 택시를 타긴 했지만 내 행동을 납득할 수 없었다. 어디서 기인한 행동인가. 여자에게 길들여진, 매일 귀찮게 굴던 여자가 잠수를 타 버리자 생긴 금단 증상일까. 이건 분명 여자가 현재 처해 있는 '상황'이 불러온 결과다. 여자에게 고양이 죽음이란 변수가 없었다면, 택시를 탈 생각은커녕 지나의 젖무덤을 파고드느라 정신없었을 것이다. 정리하자면 나는 고양이의 죽음을 함께 겪은 자로서 인간된 도리를 보이고 있는 것이다.

여자의 고립은 좀 남다른 데가 있다. 스스로를 고립시키는 사람들은 대개 사회와 인간을 혐오해 관계 맺기조차 거부한다. 그런데 여자는 이웃과 철저하게 단절한 채 살면서도 아이러니하게 이웃의 도움 없이는 살아갈 수 없는 사람이다. 평범한 사람보다 더 많은 커뮤니케이션과 손길을 필요로 하고 더 많은 감정 교류와 관계 유지를 필요로 한다. 한마디로 여자는 이웃을 '잘 이용'해야만 '잘 살 수' 있는 사람이다. 비록 부탁 방식이 정중하거나 세련되지는 않았지만 그것은 살기 위한 유일한 접근이었고, 죽지 않기 위한 최대의 적극적인 행동이자 필사의 노력이었다. 그랬던 여자가 모든 구멍을 차단했다. 무슨 의미겠는가. 여자에게 고양이의 죽음이 불러온 상실감은 상상 이상일 것이다. 나는 택시 기사에게 빨리 좀 가 달라고 조바심을 냈다. 점점 빠르게 변해 가는 차창 밖 풍경을 바라보며 생각했다. 이 모든 건 나를 위한 구실일까, 변명일까, 합리화일까.

집에 도착한 시간은 새벽 3시였다. 3층 불은 모두 꺼져 있었다. 왜 꺼져 있지? 새벽 3시는 세상 모든 사람들이 스위치를 오프하는 시간이라는 걸 정말 몰라서 하는 말이냐? 나는 머리를 쥐어박으며 계단을 뛰어올라 305호 초인종을 눌렀다. 쥐구멍은 여전히 잠겨 있었다. 돌아오길 잘했다는 생각이 들었다. 그러나 여자는 응답이 없었다. 나 또한 그 방법을 쓰는 수밖에 없겠다.

나는 집으로 들어가 쇠 파이프를 쥐구멍에 끼우고 거실 바닥에 드러누웠다. 숫자를 100까지 세며 재미없고 밋밋하게 쿵쿵쿵, 여자의 현관문을 파이프로 찍어 대기 시작했다. 정말 재미가 없어서 이번에는 리듬과 박자, 강약을 넣어 「과수원 길」을 멋들어지게 연주했다.

"방금 무슨 노래게요?"

나는 파이프에 대고 큰 소리로 물었다. 목소리는 계단참에 울려 퍼진 뒤 메아리가 되어 다시 내 귀로 돌아왔다. 불안한 목소리였다. 고양이처럼 여자도 저 안에서 부패하고 있는 건 아닌지 온갖 망상 이 날 괴롭혔다. 나는 더 크게 말했다.

"어렵지 않은데, 힌트는 동요라는 거."

나는 눈을 지그시 감은 채 다시 「과수원 길」을 쳤다. 여자가 쥐 구멍을 열 때까지. 기타나 피아노를 배워 둘걸 하는 생각도 들었다. 어느 순간 현관 바닥으로 툭 떨어지는 파이프 소리에 화들짝 놀라 고개를 들었다. 깜빡 졸았던 모양이다. 입가로 흘러내린 침을 닦아 내며 다시 쳤다. 날이 밝을 때까지. 계속된 불안감에 나는 머릿속으 로 경찰서에 신고를 하고, 출동한 경찰이 문을 부술 때 그들을 따 라 안으로 들어갔다. 마지막으로 허공에 붕 떠 있는 여자의 두 발 을 지나 얼굴을 확인하려는 순간, 과수원 길, 인터폰에서 흘러나온 여자의 대답이 파이프로 희미하게 들려왔다. 목소리는 힘이 없었 다. 나는 허둥지둥 밖으로 나갔다.

"필요한 거 있으면 말해요. 다 사다 줄게요."

여자는 이미 인터폰을 끊은 상태였다. 그러나 살아 있다는 건 확 인한 셈이어서 입가에 나도 모를 안도의 미소가 번졌다.

식전바람부터 차를 몰고 마트로 갔다. 휘파람 소리에 맞춰 카트 를 밀며 식료품을 한가득 담았다. 그동안 쥐구멍으로 넣어 줬던 식 료품을 떠올리며 똑같은 것들만 구입했다. 끝으로 여자가 애용하는 화이트 생리대를 집어 들었다. 여자는 보통 여자들과 달리 날개 없는 걸 고집했다. 지나는 반대로 늘 날개 달린 것만 고집했다. 그래서 한번은 지나에게 물은 적이 있었다. 날개가 있고 없고의 차이가 뭐냐고. 지나는 활동적인 사람에게는 보호막이 하나 더 필요한 법이라고 말했다. 내 기억이 맞다면 여자에게 마지막 생리대를 사다 준 지 두 달 하고도 3일이 지났다. 여자는 대체로 생리 날짜가 정확한 편이니 이것이 필요하거나 조만간 필요하게 될 것이다. 그러고 보면 생리불순에 시달리는 지나와의 섹스는 불편한 점이 많았던 것 같다. 생리 날짜를 묻고 대답하는 것도, 피임에 신경 쓰는 것도.

마트 직원이 물건을 바코드 판독기에 갖다 대면서 수줍은 얼굴로 내게 무슨 좋은 일 있느냐고 물었다. 내가 어리둥절해하자 여직원이 나를 따라 휘파람을 불었다. 언제부터 휘파람을 불고 있었던 걸까. 더 이상한 건 직원이 생리대를 판독기에 통과시킬 때 얼굴이 화끈거리지 않았다는 것이다. 오히려 열없는 듯 얼굴을 살짝 숙인 건 순진해 보이는 그 여직원이었다.

나는 어깨에 걸뜨리고 있던 쇼핑 봉투를 부려 놓고 초인종을 눌렀다.

"쥐구멍 좀 열어 봐요. 필요한 거 정말 없어요?"

"음식 해 줄 기운 없어."

"이번만 공짜로 해 줄게요. 정말 없어요? 뭐 예를 들면 생리대라든가."

"됐어."

"벌써 다 사와 버렸어요."

나는 인터폰을 향해 쇼핑 봉투를 번쩍 들어올렸다.

"그게 루이스식 위로법이야?"

다시 말하지만 난 위로란 걸 할 줄 모르는 놈이다. 내 의도와 상관없이 상대방이 위로라 느낀다면 위로가 될 수는 있겠지만, 왠지 심술쟁이처럼 부정하고 싶었다.

"잘못한 것도 없는데 내가 왜 위로를 해요? 모처럼 선심 한번 쓰려고 했는데 손발 안 맞아 못 해 먹겠네. 지금 배고프니까 얼른 만들어 줘요. 두부 잔뜩 넣은 김치찌개가 먹고 싶어요. 경기도 광주까지 다녀왔는데 그 대가는 지불해야죠. 거래 규칙을 잊은 건 아니죠? 참, 고양이 얘기가 나와서 말인데요, 일전에 코끼리가 누구 하나 죽어 나갈 거라더니 그게 혹 고양이……"

여자는 화난 사람처럼 인터폰을 끊어 버렸다. 아픈 데를 바늘로 찌른 격이었다. 이젠 인터폰 놓는 소리만으로도 여자의 감정을 파악할 수 있었다. 사람의 호의를 무시하는 여자에게 나 또한 화가 나 현관문을 걷어차고 쇼핑 봉투를 들고 들어와 버렸다.

엘리베이터 도착 음이 울렸다. 소파에 누워 있던 나는 메뚜기처럼 뛰어 올라 인터폰 액정을 켰다. 수연이었다. 중단됐던 마임 공연을 재개하려는 모양이었다. 그러나 여자는 수연조차도 거부했다. 수연이 등을 돌려 현관문을 두드렸다. 수연과 눈을 맞출 준비가 되어 있지 않았지만 문을 열었다. 녀석 또한 나와 눈을 맞추지 않았다. 수연은 소파에 드러누워 팔을 이마에 올려놓은 뒤 눈을 감았다.

"밥은 먹었냐?"

수연은 고개만 끄덕였다.

"누님한테 무슨 일 있냐?"

수연이 납덩이처럼 무겁게 입을 열었다. 이번에도 여자와 나 사이에 일어난 일들을 말하지 않기로 했다. 아마도 수연은 여자가 인터폰을 받지 않은 걸 자기한테 화가 나 있거나, 자기를 끔찍하고 무서운 사람으로 여겨 상대하고 싶지 않은 걸로 생각하고 있을 것이다. 여자는 그런 사람이 아니라고 말해 주고 싶었지만 입을 열면 수연의 비밀을 알고 있다고 말하는 꼴이 되므로 참았다. 결국 내가 할 수 있는 말은 아무것도 없었다. 나는 납덩이처럼 무겁게 침묵했다.

"민석아."

수연이 무거움을 가득 담아 내 이름을 불렀다. 나는 수연의 팔 아래로 보이는 제법 두툼한 입술을 쳐다봤다. 수연이 입술을 몇 번 오므리다 말했다.

"모른 척해 줘서, 고맙다."

내가 알고 있다는 걸 언제부터 알고 있었을까. 여자를 찾아왔던 그날부터였을까. 아니면 그동안 어설펐던 내 전화 목소리 연기 때문인가.

"네 발소리는 특이해서 누구라도 다 알아. 목소리 연기는 어색한 티가 팍 나."

나는 그냥 웃었다.

"너도 내가 무섭고 끔찍하냐?"

"아니."

솔직히 처음에는 무섭고 끔찍했다. 여자와 고양이를 만나지 않았다면 아직도 그렇게 생각하고 있었을 것이다. 세상에는 어쩔 수 없는 일들이 참으로 많다. 오래 걸릴 뿐, 씻을 수 없는 죄 또한 없다. 어머니의 오래된 고통은 수연에게도 어쩔 수 없는 것이었을 것이다. 서로가 끝 간 데 없는 고통에서 벗어나길 원하고 그 방법이 한 가지뿐이라면 나 또한 그 한 가지 방법을 택할 것이다.

"울 엄마, 날 원망하고 있을까?"

"어쩌면 웃고 계실지도……."

수연의 관자놀이로 촛농 같은 묵직한 눈물이 흘러내렸다. 난 아무것도 묻지 않았다. 이해는 삶을 지속시키기 때문이다.

이해는 삶을 지속시킨다.

따지고 보면 우리는 절반의 은둔자이거나 잠재된 은둔자다. 그리고 누구나 다 결국은 외톨이다. 나 또한 이런저런 이유들로 며칠 동안 한 발짝도 나가지 않을 때가 있다. 세상은 날로 변해 가고 날로 편해지고 있다. 티브이, 인터넷, 폰뱅킹, 신속 배달. 여자가 말한 포크와 젓가락 기능을 보완해 주는 것들은 우리도 모르는 사이에 생명체처럼 반짝반짝 탄생한다. 한 발짝도 움직이지 않고도 생활을 영위할 수 있게 세상이 움직인다. 내가 숨는 게 아니라 세상이 나를 감추어 외톨이로 만든다. 오늘날 은둔의 개념은 모호해지고 확장된다. 반드시 어떤 공간에 숨어들지 않더라도 자기 안에 갇혀 마음을 보여 주지 않는다면 그 또한 은둔자다. 어쩌면 세상을 피해 숨는 건 약하기 때문이 아니라 강하고 용기 있기 때문에 선택할 수 있는 삶인지도 모른다. 사회와 인간을 더 이상 증오하지 않기 위해 자신을 감추는 것. 세상을 피하는 게 아니라 세상을 향한 또 다른 도

전이자 애정. 여자 또한 도전을 하고 있다는 생각이 들었다. 그러자 더 이상 여자의 이유가 궁금하지 않았다. 그래서 이유를 묻지도 않을 것이다.

여자에게 어떤 변화가 찾아왔는지 살피기 위해 아침 일찍 인터폰 액정을 켰다. 현관문 앞에 쓰레기 봉지 서너 개가 놓여 있었다. 쓰레기를 버렸다는 건 깨끗하게 청소를 했다는 뜻이다. 마음을 정리했거나 새로운 시작을 의미했다. 아마 쥐구멍도 열어 뒀을 것이다. 나는 휘파람을 불며 옷매무새와 머리를 매만졌다. 마트에서 구입한 물건을 챙겨 들고 막 돌아서려는데 커다란 몸체가 액정을 단숨에 집어삼켰다. 코끼리가 쓰레기통을 들고 나와 여자의 쓰레기봉투에 쓰레기를 버리고 있었다. 며칠 전부터 벼르고 있었는데 잘 걸렸다. 더 이상 묵과할 수 없다. 나는 쇼핑 봉투를 내려놓고 밖으로 나갔다.

"누님!"

코끼리는 현행범처럼 흠칫 어깨를 떨었다.

"깜짝이야! 집에 있었나 보네."

코끼리는 끝까지 꾸역꾸역 쓰레기를 쑤셔 넣었고, 쓰레기통을 뒤집어 먼지 한 톨까지 탈탈 털어 냈다. 바닥으로 잗다란 종이 쪼가리가 흩어졌고, 계속 눌러 대는 통에 봉투 옆구리가 미니스커트 옆트임처럼 시원스레 터졌다. 쓰레기봉투 용량의 절반은 늘 코끼리가 몰래 버리는 쓰레기들 차지였다.

"남의 약점 이런 식으로 이용하면 안 되죠!"

"이용하다니? 나도 충분한 대가를 치르고 있어. 봉투 밖으로 옮겨 주는 것도 만만치 않게 힘든 일이야!"

"만만치 않게 힘든 일 안 해도 되니까 관두세요."

"주인도 아무 말 안 하는데 총각이 나서서 왜 이래라 저래라 야?"

여자가 지금까지 얼마나 많은 횡포에 시달려 왔을지 알 것 같 았다.

"앞으로 그러지 마시라고요."

"나한테 함부로 해서 좋을 거 없을 텐데!"

코끼리가 붉으락푸르락 얼굴을 붉히며 초인종을 누르더니 여자에게 신랄하게 따졌다. 여자의 반응이 더 어처구니없었다.

"그 부분은 신경 쓰지 마."

여자는 코끼리 손을 들어 주었고, 여자에게 입다짐을 받아 낸 코끼리는 의기양양 헛기침을 하고 4층으로 올라갔다.

"약점 잡힌 거라도 있어요?"

"저래도 한 번씩 필요할 때가 있어, 보험처럼."

"해지하세요."

"뭐?"

"다른 사람한테 설설 길 거 없다고요."

"왜?"

"그 보험 이제 나한테 들어요."

"……"

"쓰레기봉투나 하나 주세요. 바닥 청소해야겠어요."

나는 여자가 내다 버린 쓰레기를 새 봉투에 눌러 담았다. 화장실에서 나온, 깨끗하게 처리한 생리대도 보였다. 10리터짜리 봉투는 금세 차 버렸다. 양손에 쓰레기봉투를 들고 엘리베이터를 기다렸다. 문이 열렸다. 순식간에 머리 위에서 노란 별들이 반짝거리더니 고개가 획, 옆으로 돌아갔다. 봉투 하나가 바닥으로 떨어졌다. 손목에 온 힘을 실은 지나의 따귀는 매서웠다. 이를 악문 지나가 내 가슴을 밀치고 집으로 들어갔다.

24

새로운 삶은 꼼꼼한 군사전략처럼 지루하지 않게 흘러갔다. 한 권의 책에서는 지식과 지혜를, 음악에서는 풍부한 낭만을, 외국어 에서는 언어의 경이로움을, 요가에서는 마음의 평화를, 요리에서는 맛의 아름다움을, 미용에서는 변신의 놀라움을, 그림에서는 잠재 된 능력을, 인터넷에서는 진화된 세계를 얻었다. 그리고 306호에서 는 삶의 조력자를 얻었다.

새해 첫날, 생일이 돌아올 때마다 그녀는 삶과의 전쟁에서 승리 했다는 도취감에 빠져들었다. 초코파이에 꽂힌 촛불은 한 번도 눈 물을 흘리지 않았다. 그 촛불이 열 번 꺼지는 동안 많은 사람들이 밀물처럼 다가왔다 썰물처럼 떠나갔다.

그렇게 10년이, 지났다.

*

그녀는 한 남자를 보고 있다. 306호에 이사 올 사람이다. 김민석, 30세의 번역가. 바람 머리가 어울리는 기름한 얼굴형과 쌍꺼풀 없는 눈, 곧은 콧마루를 가졌다. 성격은 자존심 강하고 이기적이며 까칠하고 성마르다. 간섭받는 걸 싫어하고 지기 싫어하며 소유욕이 강하다. 다행히 약간의 속물근성도 있다. 10년 세월은 그녀를 관상쟁이로 만들어 버렸다. 그는 훌륭한 조력자가 될 만한 조건을 두루 갖추고 있다. 철창에 갇힌 실험용 쥐처럼 그의 앙증맞은 눈동자가 열기를 다해 깜빡인다. 그는 도전해 볼 만한 혈기왕성한 청년이고 그에게는 지나라는 미모의 애인이 있어서 더욱 흥미롭다.

이삿날, 그는 보이지 않는다. 대신 그의 애인 지나가 이사를 총괄한다. 어떤 사내라도 사랑할 수밖에 없는 아름다운 여자다. 늘씬한 몸매와 물질적 풍요를 과시하는 패션 감각, 도도한 자신감과 영리한 눈을 가진 여자. 애인의 집을 꾸며 주기 위해 이틀을 과감하게 투자하는, 헌신적인 면까지 갖춘 매력적인 여자. 늦은 저녁 일을 끝마친 지나가 비밀번호를 입력하고 그에게 전화를 건다. 그러나 그의 전화기는 꺼져 있고, 지나는 지금 당장 일본행 비행기를 타야 한다. 지나는 그에게 열쇠든 비밀번호든 남길 수 있는 여러 방법들을 생각한다. 휴대폰 배터리가 다 된 경우라면 문자와 음성도 소용이 없겠다고 고심하는 사이 지나의 눈에 305호 현관문이 보인다. 지나는 좀 망설이는 것 같더니 초인종을 누른다. 걱정과 달리 그녀가 친절한 목소리로 인터폰을 받자 좋은 이웃을 만나 안심이라는 듯 흐

못하게 웃는다. 사정 얘기를 끝낸 지나는 열쇠와 비밀번호를 저울질하다 비밀번호를 남기는 게 더 낫겠다고 판단한다. 비밀번호는 나중에 얼마든지 바꾸면 되기 때문이다. 지나가 똑같은 비밀번호를 말하는 순간, 그녀는 묘한 감정의 흔들림을 느낀다. 그러나 흔들림은 곧 잠잠해진다. 우연이 판치는 세상에서 똑같은 비밀번호는 얼마든지 있을 수 있다. 단지 그 비밀번호가 지나의 것인지 그와의 사이에서 발생한 것인지 궁금할 뿐이다. 그날 둘 사이에 무슨 좋은 일이 있었던 걸까.

검은 양복을 입고 그가 엘리베이터에서 내린다. 장례식에 다녀온 차림새다. 누가 죽은 걸까. 그러나 그의 얼굴은 그리 슬퍼 보이지 않는다. 그는 현관문 손잡이를 비틀어 보고서야 문을 열 수 있는 도구가 아무것도 없다는 걸 알아차린다. 맥 풀린 표정으로 전화를 걸어 보지만 일본에 가 있는 지나가 받을 리 없다. 지나는 외국에 나갈 때 로밍을 하지 않는다. 그는 피곤에 지친 얼굴로 계단에 고개를 처박고 앉는다. 그녀는 조력자를 위해 오랫동안 연마한 기타 연주를 들려준다. 세 번째 곡을 일부러 중간에서 끊은 그녀가 마음을 가다듬고 다정한 인사말을 건넨다.

—안녕하세요?

그가 퍼뜩 계단참으로 올라선다. 놀란 그의 표정은 입 안에서 톡톡 터지는 레몬 속살처럼 상큼하다. 그는 정체불명의 목소리를 따라 인터폰으로 바짝 다가선다. 그가 코앞에 있는 것처럼 가깝게 느껴진다. 손 내밀면 만져질 것 같은 생생한 거리감이다. 지나가 비밀번호를 맡기고 갔다는 말에 그제야 그가 얼굴 긴장을 푼다. 그러나 그녀는 아무런 대가 없이 열쇠를 순순히 넘겨 주지는 않을 것이다. 그녀는 지치고 피곤해 보이는 그와 거래를 시도하고, 그럴 기분이 아닌지 그는 자꾸 목청을 높인다. 그러나 열쇠를 쥐고 있는 건 그녀이므로 별 수 없이 그는 그녀가 뿌려 놓은 덫에 걸려든다. 그녀의 요구에 못 이겨 그는 '앨리스'란 닉네임을 지어 준다. 더없이 잘 어울리는 닉네임이란 생각에 그녀의 입에서 만족스러운 웃음이 흘러나온다. 멋진 닉네임을 지어 준 대가로 그녀도 닉네임을 지어 준다. '앨리스'를 사랑한 '루이스.' 앞으로 그는 그녀에게 루이스다.

그를 만나는 일은 늘 즐겁다. 알람 시계는 그가 사다 준 건전지로 시간을 잘 지키게 되었고 코끼리는 예상대로 그에게 10년 은둔을 발설했다. 스스로 은둔 사실을 밝힌다는 건, 자기 소개서를 작성하는 것만큼이나 난감한 일이다. 간혹 '자기'는 '자기'를 모르기도 하므로, 타인에 의해 소개되는 '자기'야말로 진짜처럼 느껴질 때가 있다. 그 어려운 일을 아무런 대가 없이 해 주는 코끼리가 이럴 때는 무척이나 쓸 만하다.

다행히도 그는 호기심이 참 많다. 호기심이 많은 사람은 상상력과 추리력도 남다른 데가 있다. 코끼리가 제공한 믿기 어려운 정보가 그를 가만히 내버려 두지 않는다. 충분한 자극과 충격을 받은 그가 어느 날 술 취한 꼬인 발음으로 서슴없이 묻는다. 나이가 몇인지, 그리고 은둔하게 된 이유가 무엇인지. 그의 저돌적인 자세가 맘에 들지만 당연히 말해 줄 수는 없다. 그걸 말한다는 건 스스로 목에 칼을 겨누는 것과 같다. 신비감은 급격히 떨어지고 그녀에 대한 호기심은 한순간에 증발해 버릴 것이다. 호기심이 증발하면 관심도 사라진다. 그녀라는 싱싱한 생명력을 잃지 않기 위해서 '정체의 비밀'은 끝까지 지켜져야 한다.

그녀는 그의 길고 긴 상상의 힘에 가만히 귀를 열어 둔다. 그가 술술 늘어놓고 있는, 은둔을 초래하는 이유의 다양성은 제법 그럴듯하다. 그가 제시한 이유들로 은둔한다면 세상의 절반은 은둔자이거나 혹은 은둔을 경험해 본 자들일 것이다. 마지막에 제시한 초고도비만과 추모 공포증은 가장 그럴듯해 재밌기까지 하다. 그러나 그런 이유로 은둔한 자가 있다면 그 여자는 세상에서 가장 불행한 여자로 기억될 것이다. 그런데 그 순간, 그가 그녀를 세상에서 가장 불행한 여자로 만들어 버린다. 끈질기고 무례하게도 자신의 '확신'을 눈으로 '확인'까지 받고 싶어 한다. 그는 눈에 보이는 것만 믿는 사람이다. 이로써 그는 이번 실험에서 가장 중요한 조건, 그녀가 원하는 조건까지 갖춘 사람임이 확인된다. 그녀는 이쯤에서 파워의 정도를 여실히 보여 줄 때가 왔다고 판단한다. 그녀는 온 힘을 다해 쇠 파이프를 휘둘러 그를 찌른다. 술이 깬 그의 눈동자에 물기가 촉촉하다. 정강이는 눈물 나게 아픈 곳이니 다시는 이처럼 무례한 요구를 하지 않을 것이다. 그러나 그는 집요하다. 끝까지 대답을 요구한다. 그녀는 집요함이 맘에 든 대가로 정보 하나를 가볍게 던져 준다.

—사람을 죽였어.

이웃에 대해 알아 가는 건 중요한 일이고, 그 과정은 흥분도 되면서 긴장도 된다. 그녀는 노트북을 켜 그를 검색한다. 엔터 키를 누르자 신세대 번역가란 타이틀을 단 그의 새로운 기사가 굴비처럼 날짜 순으로 엮여 나온다. 너저분한 것들을 잘라 내고 원하는 정보만 끌어다 주는 검색 기능은 인터넷의 미학이다. 짧은 시간 안에 한 사람이 걸어온 인생의 한 부분을 꺼내 보여 준다는 건 참으로 놀랍고 신비한 일이다. 그녀는 신비한 그의 인생 한 토막을 가져다 블로그에 비공개로 저장해 둔다.

그의 기사 중 가장 관심 있게 읽은 건 모 신문사와 가진 인터뷰였다. 그의 인터뷰에는 말을 글로 옮길 때 발생할 수 있는, 과도한 정제 혹은 과도한 비정제가 없었다. 그가 솔직하게 인터뷰에 응했다는 뜻이다. 인터뷰에서 그는 자신의 번역 관련 블로그 주소를 언급한 적이 있다. 그는 블로그 이웃들에게 어떤 이웃일까. 곧바로 주소창에 주소를 입력해 두 시간 동안 엉덩이를 떼지 않고 블로그 탐색에 들어갔다. 현실처럼 그다지 친절한 타입이 아니라는 게 금세 파악되었다. 그는 현실과 사이버를 구분하는 사람이었다. 그녀는 그를 이웃으로 추가한 뒤 인터넷 서점에 들러 그의 번역 책을 모조리 장바구니에 담았다. 인터넷 장바구니는 용량 초과가 없는 데다 무겁지도 않아 편리했다.

책이 배달되었을 때 그는 무척 화난 얼굴이었다. 그것이 시작에 불과하다는 걸 안다면 또 어떤 표정을 지을까. 그녀만큼이나 정체를 알 수 없는 물건들 앞에서 그의 상상력은 갈팡질팡 길을 잃고 헤매겠지. 그가 쥐구멍으로 책을 건네주자 이쪽에서 한번 화끈하게 달아오르게 만들어 주는 것도 나쁘지 않겠다는 생각이 든다. 한 차원 높은 상상력을 만끽할 수 있도록 말이다. 그의 상상력은 기름이 되어 줄 테니 그녀는 가볍게 성냥불만 그어 던지면 된다.

— 난 말이야, 가끔 하나도 안 걸치고 책을 읽어.

효과가 금방 나타난다. 그가 사레 걸린 듯 캑캑거리고 하얗던 얼굴은 금세 홍당무처럼 빨개진다. 컬러 액정은 변화된 얼굴 색깔을 여실히 보여 준다. 당황하면 얼굴이 빨개지는 그는 절대 얼굴로는 거짓말을 할 수 없는 사람이다. 머릿속이 장작불처럼 바작바작 타오르는 소리가 들리는 것만 같다. 그는 침대에 누워서도 밥을 먹으면서도 상상할 것이다. 그녀를, 그녀의 벗은 몸을, 그녀가 책을 읽을 때마다 취하는 에로틱한 자세들을. 그리고 머잖아 그 상상은 눈앞의 현실이 될 것이다.

그의 상상처럼 그녀는 옷을 벗고 침대에 기다랗게 눕는다. 그러고는 그의 책으로 은밀한 부분을 교묘하게 가린 후 책을 읽는다. 책장을 넘길 때마다 흐벅진 가슴이 젤리처럼, 순백의 순두부처럼 미세하면서도 탄력 있게 흔들린다. 어느 순간 그 흔들림은 바람 앞의 촛불처럼 위태로워진다. 그는 젊은 나이에 자기만의 번역 스타일을 창조해 낸 좋은 번역가다. 이른 나이에 자기 색깔을 찾아냈다는 건 예술가로서는 행운이다. 그의 언어는 정갈하고 뚜렷하며 거침이 없다. 그리고 무엇보다 섹시하다. 단순히 옮긴 사람에 불과한데도 그의 글을 대하고 있으면 마치 그가 책의 원작자처럼 느껴진다. 그래서 원작자의 사상은 곧 그의 사상이 되어 버린다. 이런 문장을 대할 때면 특히 그렇다.

— 내 몸이 식기 전에 얼른 돌아와요.

―당신의 머리카락에서는 박하 맛이 나.

그의 언어 속으로 끝도 없이 빠져든다. 종내는 그의 언어가 그녀를 흥분시킨다. 유두가 빳빳하게 솟고 아랫도리는 꿉꿉해지고 입안 가득 호수 같은 침이 고인다. 이번에는 장소를 앤티크 의자로 옮긴다. 다리를 꼬고 앉아 그의 책으로 가슴을 보일 듯 말 듯 가린다. 아래로 내리뜬 눈동자는 풀려 있고 살짝 벌어진 붉은 입술에서는 금방이라도 신음 소리가 흘러나올 것만 같다. 그녀는 책 읽기를 중단하고 풍만한 가슴을 책으로 와락 잡아 조인다. 끊어질 듯 숨이 한 차례 멎고, 갈피 사이로 가슴이 둥그렇게 솟아오른다. 붉은색으로 장정된 책은 눈부시도록 하얀 살결을 더욱더 치명적으로 만든다. 금박을 입힌 제목은 고급스러움을 담아 빛을 뿜어낸다. 점점 더 책이 가슴을 조여 오자 숨은 가빠지고 긴 목은 사슴처럼 늘어뜨려진다. 고개가 등받이 뒤로 한없이 젖혀지자. 검고 긴 머리카락은 바닥에 닿을 듯 말 듯 스친다. 그녀가 고개를 살짝 돌려 뇌쇄적인 시선으로 어딘가를 쳐다본다. 그 눈과 한 번이라도 마주친다면 모든 사내의 아랫도리는 태양처럼 뜨거워질 것이다. 에로틱의 정절. 오늘도 그녀의 가치는 낭비되지 않고 허비되지 않는다.

25

　곧장 지나를 따라 집으로 들어가고 싶지 않아 쓰레기봉투를 버리고 왔다. 집 안을 벌집 쑤시듯 뒤지고 있던 지나는 내가 들어오자 따귀를 한 대 더 때릴 기세로 쳐다봤다.

　"여행 가자던 사람이 누군데, 얼마나 어렵게 낸 휴간데, 망쳐 놓고 도망칠 수가 있어!"

　"급한 일이 생겨서 어쩔 수 없었어."

　"나보고 그 문자를 믿으란 소리야? 거짓말이란 거 알고 왔으니까 변명할 생각 마. 새벽에 몰래 도망갈 만큼 다급한 일이 뭔데?"

　나는 대답하지 않았다.

　"내가 대신 말해 줄까?"

　지나가 쇼핑 봉투를 뒤집어 안에 든 물건을 와르르 쏟아 냈다. 음료수 병 하나가 깨졌다. 미녀들이 좋아한다는, 석류가 첨가된 음료수였다. 새빨간 게 마치 피처럼 보였다.

"자기가 좋아하는 것도 아니고, 내가 좋아하는 것도 아니야!"

지나가 바닥에서 빨간색 음료수가 흥건하게 묻은 생리대를 집어 들었다.

"날개가 있고 없고의 차이가 뭐냐고 물은 적 있었지? 날개 없는 생리대 쓰는 여자, 그 여자지? 생리대까지 사 놓는 걸 보면 자주 들락거리나 봐. 콘도에서 도망 나온 것도 다 그 여자 때문이잖아!"

"오해야."

"이렇게 확실한 물증이 있는데도, 오해?"

지나가 어깻숨을 내쉬며 생리대를 내 눈앞에 바짝 갖다 댔다. 음료수 방울이 눈두덩으로 튀었다.

"앞집 여자 거야."

"또 앞집 핑계야?"

말을 마친 지나가 놀란 토끼 눈으로 나를 빤히 쳐다봤다. 그 눈이 눈덩이처럼 점점 불어났다.

"저, 저 여자였어?"

지나는 현기증이 인 듯 이마를 붙잡고 오랫동안 눈을 감고 있다가 어이없다는 듯 허공을 향해 실소를 터트렸다. 그때까지도 나는 지나가 무슨 생각으로 그런 확신에 찬 말을 하는지 몰랐다. 어이없기는 나 또한 마찬가지였다.

"세상에, 버젓이 눈앞에 두고도 몰랐다니! 정말 꽁꽁 숨겨 둔 여자였네! 아니, 숨겨 뒀다고도 할 수 없지. 저 여자 한 번도 밖에 나온 적 없다는 거 거짓말이지? 은둔 어쩌고 하면서 의심조차 못 하게 날 안심시켜 놓고 둘이서 들락거린 거야, 그치?"

"상상이 지나쳐도 병이야."

"설마, 이사 오기 전부터 알고 지낸 사이는 아니지? 이 아파트로 이사 온 것도 우연이 아니었어. 그렇잖아, 둘이 짠 것처럼. 앞뒤가 딱딱 들어맞는 게. 10년 은둔부터가 말이 안 되는 얘기였어. 날 눈 뜬 봉사로 만들다니!"

지나의 주장은 억측이었다. 더 이상의 억측을 막기 위해 고양이 사건부터 지금까지의 일을 거짓 없이, 차분하게 털어놨다.

"그때 내가 너무 심한 것 같아서, 미안한 생각도 들고, 도저히 그냥 내버려 둘 수가 없었어. 무슨 일을 저지를 것만 같아 불안했어."

"그게 그거잖아!"

지나가 눈가에 눈물이 스며 나올 정도로 소리 질렀다.

"네가 생각하는 그런 거 아니야. 인간적으로 도움을 주고 싶었어. 너도 그랬잖아, 불쌍한 여자니 한 번씩 도와주라고. 다른 건 몰라도 저 여자 삶은 진짜야."

"진짜라도 어제 나한테 한 짓은 인간적인 도움을 넘어선 거야. 억울하단 표정 짓지 마. 정말 억울한 건 나니까!"

지나가 손에 들고 있던 생리대를 현관문을 향해 던졌다.

"저 여자도 자기랑 같은 생각이야?"

"뭐가?"

"계속 모르는 척할 거야? 저 여자가 밖에 나온 적 없다는 게 진짜 사실이면, 이건 더 큰 문제야. 미쳐도 단단히 미쳤어! 저 여자가 아니라 자기가! 나이가 몇인지, 생겨 먹은 게 어떤지도 모르는 여자를 상대하다니, 상상할 수나 있는 일이야? 내가 알던 그 김민석 맞아? 자기는 지금 정체 모를 백여우한테 홀린 거야."

아무렇지도 않은데 지나는 왜 자꾸 내 감정을 멋대로 조장하는 걸까. 지나야말로 날 홀리고 있는 것 같았다.

"가만 안 둬! 내가 저깟 여자한테 당할 이유가 없잖아?"

지나가 당할 이유는 없었다. 그리고 밀릴 이유도 없었다. 지나는 항상 내 옆에 있고, 원하면 만질 수 있고, 찾아올 수 있고, 함께 떠날 수 있고, 나한테 보여 줄 수도 있었다. 여자는 지나 상대가 되기엔 역부족이었다. 가깝지만 아주 먼 대상이었다. 그건 나한테도 마찬가지라고 생각했다.

자동차에 기름을 가득 넣고 기름이 떨어질 때까지 드라이브를 했다. 마음속으로는 차가 방향을 알 수 없는 산 속에서 멈춰 버리기를 바랐다. 그 핑계로라도 집을 떠나 있고 싶었다. 그러나 자동차의 회귀본능은 나를 집으로 돌려놓았다. 기름이 떨어지기를 바라면서도, 막상 연료 계기판 바늘이 기울어지자 무서웠던 것이다. 그것은 나의 회귀본능이었다. 그렇다면 무엇이 날 회귀하게 만들었을까. 편안한 안식처인 내 집인가, 자동차를 움직이게 하는 기름 같은 어떤 존재인가. 집으로 들어서자 담배 연기가 자욱했다. 수연이 티브이를 보며 담배를 피우고 있었다.

"어떻게 들어온……."

녀석도 비밀번호를 알고 있다는 걸 깜빡 잊고 있었다.

"언제부터 담배 핀……."

그 질문 또한 끝맺지 못하고 담배 연기처럼 몽글몽글 사라졌다.

녀석은 정식 연극배우가 된 후 목소리가 갈라지는 걸 방지하기 위해 담배를 끊었다. 마임이스트가 되면 말을 하지 않아도 되니 피워도 된다고 생각한 모양이다.

"어디 갔다 온 거냐? 세 시간 동안 기다리다 다리 아파서 문 따고 들어왔다."

"드라이브. 세 시간 동안 어디서 뭐했는데?"

"피시방에 죽치고 앉아 게임하는 것보다 훨씬 생산적인 게 눈앞에 있는데 어디서 뭐하긴. 누님하고 못 다한 얘기 좀 나눴다."

둘 사이의 어색함이 사라졌는지 수연은 한결 기분이 가벼워 보였다.

"무슨 얘길 했는데?"

"누님한테 고백했다. 좋아한다고, 사귀자고."

손바닥에 땀이 났고, 은근히 비웃어 주고 싶었다.

"넌 그게 가능하다고 생각하냐?"

"사랑에 국경이 어디 있어. 지구 반대편에 사는 애인하고 매일 전화 통화한다고 생각하면 돼. 우린 전화비도 안 들어."

우린? 사귀기로 했다는 말인가.

"내 말은 그게 아니라……."

"알아, 네가 하고 싶은 말이 뭔지. 다른 건 필요 없어. 느낌이 쫙 오고, 대화가 쫙 통하는데 뭘 망설여."

"그래서 결론이 뭔데?"

"보기 좋게 퇴짜 맞았다. 우리 엄마 때문이냐니까, 그냥 웃더라."

"그럼?"

"다른 사람이 있대."

"누구?"

"말해 줄 리가 없지."

"핑계거나 있다면 인터넷으로 사귀는 사람일 거야. 그 여자 인터넷으로 연애도 한댔어."

"넌 그 말을 믿냐? 누님은 엄연히 현실에 존재하는 사람이고, 그 사람도 현실에 존재해."

갑자기 입안이 바싹 타 들어가는 듯, 공허하고 심심해졌다. 뭐라도 물어야 할 것 같아 수연의 담뱃갑에서 담배 한 개비를 꺼내 물었다. 불을 붙이려고 라이터를 켰을 때 수연이 말했다.

"넌 아직도 모르겠냐?"

나는 수연을 빤히 쳐다봤다.

"그게, 너란걸."

라이터를 누르고 있던 엄지손가락에 힘이 풀려 불이 꺼졌다.

"그리고 너도 그렇다는걸. 인마 좀 솔직해져라. 너 나 만나면 누님 얘기부터 했던 거 모르지. 그럴 때마다 네 눈에선 빛이 났어. 오래전부터 너도 알고 있었어. 단지 인정하고 싶지 않았던 거지. 잘 생각해 봐."

수연과 지나는 내가 모르는 나를 알고 있었다.

"너도 알다시피 그건 저 여자가 이상하고, 날 괴롭히고, 귀찮게 하고, 또……."

"그만해라. 너니까 포기하고, 너니까 질투도 이쯤에서 끝낸 거야. 나 프랑스 간다."

"독일은 어쩌고?"

"목표가 바뀌었으니 동네도 바뀌어야지. 뭐 프랑스나 독일이나 그 동네가 그 동네지만. 오늘 자고 가도 되지? 대신 오늘 저녁 내가 쏠게. 호박 만두, 어때?"

나는 호박 만두의 실체에 대해 실토해야만 했고, 수연은 이미 알고 있었다는 듯 내 뒤통수를 후려쳤다.

수연의 말대로 천장을 바라보며 잘 생각해 봤다.

이건 내가 아니다. 내가 그럴 리 없다. 여자는 두 팔로 안을 수 없을 만큼 뚱뚱하고 얼굴은 구역질 날 정도로 못생겼다. 나이는 나보다 스무 살이나 많아 오십을 바라본다. 주름 자글자글한 엄마 같은 여자에게 맘을 품을 수 있는가. 확실한 그림이 필요하다면, 누군가의 도움이 간절히 필요하다면, 코끼리를 떠올려 보라. 내가 과연 코끼리를 안고 빨 수 있겠는가. 어떤 방식으로 죽였는지 모르지만 여자는 사람도 네 명이나 죽였다고 했다. 그 말이 거짓이 아니기를, 아주 잔인한 방법으로 해치웠기를 바랄 뿐이다. 맘에 안 들면 나 하나쯤은 쥐도 새도 모르게 죽여 버릴 수도 있으니 가까이 하기엔 위험천만한 인물이다. 나는 여자가 싫고 두려운 이유들을 꼼꼼하게 열거했다. 다음 날 아침까지 열거하라면 할 수 있을 정도로, 밤하늘에 떠 있는 별 무리만큼이나 그 이유들은 무수했다.

문제는,

그런데도,

이상하게도,

기가 막히게도,

마음이 쉽게 돌아서지 않는다는 것이었다. 그래서 이번에는 다시, 마음이 돌아서지 않는 이유들에 대해 밤새 생각하기 시작했다.

일단 지나를 떠올렸다.

지나는 1센티미터의 오차도 없을 만큼 선명하고 분명한 한 폭의 그림 같다. 상상하기도 전에 보여 줘 버리는 지나는 대체로 상상할 틈을 주지 않는다. 물론 '대체로'를 제외한 야트막한 틈이란 게 지나에게도 분명 존재한다. 난 그 얕은 틈 안에서 상상해야 한다. 문제는 지나가 내 상상의 틀을 크게 벗어나지 않는다는 것이다. 너무 과잉되지도 너무 결핍되어 있지도 않은 상태. 결국 내가 할 수 있는 상상이란 것도 뻔해서, 그것은 누군가에게 지나가 어떤 사람일 것 같으냐고 물어보면, 질문이 똑같듯이 대답 또한 똑같은 것과 같은 이치다. 지나는 어디에나 있을 것 같은, 그러나 상상하는 걸 좋아하는 내게는 한번 알아 버리면 더 이상 알고 싶은 게 없는, 그게 전부인 사람이다. 말라 버린 우물 같은 딱 그만큼의 사람. 가끔 지나는, 어려워서 집어 던지고 싶다가도 끝까지 읽게 만드는 책이긴 하다. 그러나 다 읽고 나도 다시 읽게 되지는 않는다. 상상이 무리 없이 현실이 되어 버리는 건 싱겁다. 싱거움은 상상을 의미 없고 김빠지게 만든다. 그건 내 상상력에 문제가 있을 수도, 상상력을 자극하는 대상의 깊이에 문제가 있을 수도 있다. 이런 경우는 상상을 살짝 빗나간대도 충격적이지 않다.

이번에는 여자를 떠올렸다.

여자는 바늘구멍 같은 틈도 보여 주지 않는다. 바꿔 말하면 보여 주지 않은 전체가 곧바로 상상의 공간이 된다. 보여 주지 않기에 내 상상은 확인되지 않는다. 확인되지 않으므로 그 상상은 자가 증식하여 풍선처럼 한없이 부풀어 오른다. 그러다 어느 순간 팡, 터져 버리고 그 소리에 깜짝 놀라 주변을 둘러보면 아무것도 없다. 그럴 때는 다시 다른 색 풍선을 집어 들어 불어야 한다. 확인이 될 때까지. 무어라 말할 수 없고 무어라 표현할 수 없다. 앞으로 나가지도 뒤로 물러서지도 못한다. 그야말로 나를 꼼짝달싹 못하게 만드는, 마치 총부리 앞에 두 손 들고 서 있는 격이다. 여자는 읽어도 읽어도 끝이 보이지 않는 책이다. 어려운 것보다 한없이 상상하게 만들기 때문에 영원히 끝나지 않을 것 같은, 세헤라자데가 들려주는 이야기 같은 책이다. 다시 읽어도 새로움으로 다가오는 그런 책이다.

무엇도 명확하지 않기에 이끌리는 거다. 명확하게 보기 위해, 안 된다는 걸 알면서도 자꾸만 다가서는 거다. 하루라도 말을 걸지 않으면 입안에 가시가 돋고, 하루 종일 집을 비우는 날에는 눈에 거슬리도록 걱정되고, 유난히 조용하면 궁금해지고, 다른 사람이 택배 상자를 뜯어 보는 게 싫어진다. 상상하게 하는 힘, 질리게 하지 않는 힘, 능동적으로 만드는 힘. 그것은 곧 나를 움직이게 하고 끌어당기는 힘이다. 본의 아니게 여자에 대해 많은 것도 알고 있다. 속옷 취향은 물론이고 좋아하는 음식부터 생리 날짜까지. 여자는 부끄러움도 없이 내 앞에서 똥 싼 뒤처리까지 낱낱이 보고하고, 그걸 만지고 보는 나는 가끔, 얼굴이 빨개지도록 부끄럽다.

이 정도면 된 것인가. 정리를 끝내고 나니 어처구니없게도, 내가 그 힘에 이끌리고 말았다는 게 더욱 분명해졌다. 언제부터 조용히 스며들고 만 걸까. 그래, 언제부턴가 여자의 목소리가 듣고 싶어졌고, 문을 열고 나가기 전 꼬박꼬박 신발장 거울을 들여다보며 머리를 매만졌고, 가슴이 콩콩 뛰었고, 하루를 정리하고 침대에 누워 있으면 실없이 웃음이 나왔고, 내가 어떤 사람으로 비칠지 알고 싶어졌고, 티격태격거리는 대화가 어느 순간 즐거워졌다. 무엇보다 지난 일을 잘 기억 못 하는 내가 여자에 관한 건 또렷이 기억하고 있다는 것과 결정적으로 옆에 있어 주고 싶다는 생각이 들었다는 것. 지나는 가진 게 많아 해 줄 수 있는 게 없지만, 여자는 가진 게 얼마나 되는지 알 수 없어 자꾸 뭔가를 해 주고 싶게 만들었다.

그런 게,

사랑이라면,

나는,

그녀를,

사랑하고,

있는 거다.

한 사람과의 평생 인연은 단 1초에 결정되기도 한다지. 나에게 1초의 순간은 어디쯤일까. 그 순간을 떠올리려고 애쓰던 그때, 나는 스스로에게 놀랐다. 방금 뱉은 말 때문에. '사랑'이란 흔한 단어가 아닌, '그녀'라는 단어 때문에. 여자가 '여자'에서 '그녀'가 되었다. 갑자기 세상이 다르게 보였다. 코끼리가 눈앞에 있다면 그마저도 다르게 보일 것 같았다. 얼굴이 홧홧해지면서 심장 소리가 빨라졌다. 나는 나한테 의뭉스레 물었다. 그게 가능하다고 생각하나? 연민에서 시작된 감정은 아니냐? 심장이 느려지기 전에 그녀에게 무슨 말이든 해야 할 것 같았다. 그녀는 나에게 어떤 마음일까. 그게, 너란 걸. 수연의 말에 용기를 얻어 쇠 파이프를 손에 잡았다.

조금이라도 가까이 다가가 말하고 싶었지만, 얼굴이 빨개지고 말을 더듬을까 봐 이 방법을 택했다. 나를 보여 주지 않으면 용기가 더 생길 것 같았다. 어쩌면 그래서, 그녀는 늘 용기 있게 행동할 수 있었는지도 모른다. 파이프는 무리 없이 그녀의 쥐구멍을 찾아 쏙, 들어갔다. 그녀의 삶에 적응하니 어느새 이것도 쉬워졌다. 그러나 어떻게 말을 꺼내야 할지 몰라 자꾸 헛기침만 나왔다.

"무슨 일이야?"

"저, 저녁은 먹었어요?"

"지금 새벽이야."

"뭐, 뭐 필요한 거 없어요?"

"지금 새벽이라고."

"저, 배고파서 그러는데 볶음밥 좀 만들어 줄래요?"

간단한 걸 왜 이렇게 빙빙 돌리고만 있을까. 쪽지를 써서 왕구슬에 붙여 보내는 편이 더 나을까. 글이라면 자신 있으니까.

"하고 싶은 말이 뭐야?"

"소화제 있어요?"

"배고프니 소화제를 달라?"

"아니, 그게, 먹고 먹으려고요."

에이, 모르겠다. 그냥 박력 있게, 사귀자고 말해 버리자. 그런데 그때 느닷없이 파이프에서 텅텅, 소리가 났다. 무언가로 쳐 대는 소

리였다. 나중에는 폭풍처럼 격렬하게 뒤흔들렸다. 계속 붙잡고 있다
가는 위험할 것 같아 손을 놓고 밖으로 나갔다.

"이건 또 무슨 변태 짓이야?"

지나가 쇠 파이프를 짓밟다 말고 305호 초인종으로 손을 내밀
었다.

"나랑 얘기해!"

나는 지나의 가느다란 손목을 낚아챘다. 술이라도 마신 줄 알았
지만 아주 멀쩡했다.

"자기랑은 다 끝난 얘기야. 저 여자 얘길 들어야겠어."

"무슨 일이지?"

그녀가 액정으로 이쪽을 지켜보고 있었다.

"당장 나와! 어떻게 생겼는지 그 낯짝이나 구경하게. 나오라고!
네가 뒤에 숨어서 조종했지? 내가 가만히 앉아서 당할 것 같아? 내
가 먼저 버렸으면 버렸지 너 같은 미친년한테 뺏기지는 않아!"

이런 점잖지 않은 방식으로, 다른 사람에 의해, 달콤하지 않은
말로 내 마음을 알리고 싶지는 않았다.

"그만두지 못해!"

"지나 씨, 무슨 오해가 있나 본데."

"오해 아니에요!"

결국 그 말이 내 고백이 되어 버렸다. 멋진 말이 아니어서 조금
은 억울했다. 모두 고요해졌다. 먼저 말을 하거나 발소리를 내는 사
람이 무안해질 만큼 깊은 고요였다. 그 고요를 깬 것은 잠을 자다
나온 수연이었다. 나는 그 틈에 지나를 현관으로 밀어 넣었다. 지나

가 완강하게 버티며 소리 지르자 수연이 우리 둘을 안으로 밀어 넣고 밖에서 비밀번호를 눌러 문을 잠갔다. 지나는 지금 어처구니가 없을 것이다. 먼저 찼으면 찼지 차인 적은 단 한 번도 없었을 테니, 지금이 첫 경험일 테니 당혹스러울 것이다. 지나 사전에 '차이다'라는 단어는 있지도 않을 테니.

"싫어진 이유가 뭐야?"

"널 믿을 수 없어."

"정말 믿을 수 없는 건 저 여자야. 달랑 목소리뿐인 저 여자!"

"넌 거짓말을 했어."

"내가 언제?"

"항상."

"저 여자가 하는 말은 항상, 다 진짜래?"

"느껴져."

"난 안 느껴진다? 내가 무슨 거짓말을 했는데?"

나는 눈싸움하듯 눈을 깜빡이지 않고 숫자와 꽃과 푸른색에 대해 말했다.

"기억났어. 그날은 우리의 첫 번째가 아니라 두 번째란 걸. 너같이 머리 좋고 철두철미한 애가 그걸 착각할 리 없어. 그보다 넌 나처럼 첫 번째, 백 번째 따위에 의미 부여를 하지 않아."

"말했잖아, 농담이었다고."

"그럼 백합은? 멍은?"

"설명할게."

"안 들을래. 그게 뭐든 이젠 상관없게 됐잖아. 우린 끝났어."

"듣고 싶어서 물은 거 아니었어? 아, 이럴 때 핑곗거리로 써 먹으려고 감춰 두고 있었구나. 보기 좋게 당했네."

지나가 입술을 깨물며 문을 열고 나가 버렸다.

26

수연이란 남자가 불쑥 찾아와 초인종을 누른다. 그러나 놀랍지는 않다. 수연이 찾아오리라는 걸 알고 있었기 때문이다. 그는 늘 누군 가에게 말하고 싶은 표정이었고, 그녀는 단번에 그 갈망을 눈치챘다. 말이 하고 싶은 자는 말이 하고 싶은 자를 알아보기 마련이다. 먼저 말을 거는 게 운명인 그녀에게 수연은 처음으로 다가와 말을 걸어 준 사람이다. 누군가와 맥주를 기울이는 것도 10년 만에 처음이다. 수연은 그녀에게 '처음'을 여러 개 준다. 마치 덤으로 조력자를 얻은 기분이다. 그녀의 삶에 이끌렸다는 수연은 그녀를 이해할수 있다고 말한다. 그래서인지 그녀에게 이유를 묻지 않고, 그녀에대해 상상하지도 않는다. 다만 자신의 생각과 살아온 이야기를 조용히 말할 뿐이다. 수연, 그와는 다른 사람이다.

수연은 다양한 표정과 몸짓으로 성심을 다해 매주 마임 공연을 한다. 그날의 공연 내용에 맞는 의상을 갖춰 입고 얼굴에는 우스꽝스러운 분장도 한다. 그가 공연에 얼마나 많은 열정을 쏟아 붓고 있는지 알 수 있는 대목이다. 여기서 그녀가 맡은 역할은 수연의 마임을 관람한 후 작품에 맞는 제목을 지어 주는 것이다. 짧은 평과 함께 즉흥적으로 붙여 준 제목에 수연은 상당히 흡족해한다. 수연의 표현력과 전달력이 완벽한 것인지 그녀의 분석력이 뛰어난 것인지 알 수 없지만 그들의 관계는 다분히 상호 보완적이다. 그녀 또한 수연의 마임을 꼼꼼하게 관찰하고 메모한 뒤 거울 앞에서 그 표정들을 따라해 본다. 그녀의 생활은 하루의 절반이 다양한 표정과 몸짓과 연기다. 그녀는 수연으로 인해 색깔이 훨씬 풍부해졌음을 인정한다.

그러나 유쾌, 통쾌, 상쾌하게 하늘을 날던 수연의 마임은 어느 날부터 날개 꺾인 비행기처럼 추락하기 시작한다. 얼굴은 지하처럼 어둡고 몸짓은 몸부림에 가깝다. 그녀는 직감적으로 알고 있다. 수연이 점점 목적지에 다다르고 있음을. 추락의 과정과 변화는 아주 느리게 진행되고 있지만 추락 지점이 축축한 음지라는 것도. 그녀는 수연이 표현하고 있는 몸짓에서 그가 그토록 원하는 제목을 예리하게 찾아내야 한다. 어느 때보다 그를 만족시켜야 한다. 그것은 수연이 말하고자 하는 최종의 것이기 때문이다. 그녀는 마치 어려운 수학 숙제를 대하고 있는 기분이다. 지금 이 순간에도 수연은 고통스러운 몸짓으로 말을 걸고 있다. 액정에 비친 수연의 눈빛과 표정은 너무도 낯익다. 그러나 시간은 곧 흘러갈 테고, 수연의 고통도 난해했던 그녀의 숙제도 저만치 흘러갈 것이다.

책을 읽다 말고 그녀가 현관으로 달려간다. 누군가 현관 비밀번호를 누르고 있다. 그녀의 얼굴에 당황한 기색이 역력하다. 비밀번호가 풀려 현관문에서 삐리릭, 하는 신비한 소리가 들렸기 때문이다. 현관문 비밀이 풀리는 소리를 안쪽에서 들어보는 건 처음이다. 10년 전, 아파트로 들어오면서 들었던 게 마지막이니 소리의 기억은 없다고 봐야 한다. 누구도 시도한 적 없는 대담한 행동에 그녀는 조금 불안하다. 그러나 비밀이 풀렸다고 문이 열릴 리는 없다. 안쪽으로 잠금 쇠 두 개가 장착되어 있고 그것은 철통처럼 잠겨 있다. 그녀는 마음을 다잡고 인터폰 액정을 켠다. 술에 거나하게 취해 비틀거리고 있는 건 지나다. 문이 열리지 않자 잔뜩 인상을 찌푸린다. 305호를 306호로 착각하고 있는 모양이다. 그가 비밀번호를 바꾼 건지도 모른다는 생각이 들었는지 지나의 표정이 돌연 어두워진다. 그녀가 수화기를 든다.

— 지나 씨, 집을 잘못 찾아왔어.

— 자기야, 나 왔어. 문 좀 열어. 비밀번호 바꾼 거야?

— 지나 씨, 여긴 305호야.

— 너 누구야? 누군데 우리 자기 집에 있어?

지나가 고양이 같은 눈을 비틀거리며 인터폰 너머 그녀를 쏘아본다.

— 참 예쁘네. 난 지나 씨가 아름다움을 낭비하지 않았으면 좋겠어.

— 웃기네, 낭비? 난 날 낭비해 본 적이 없어. 더없이 잘 사용해서 오히려 미쳐 버릴 지경이야. 네가 뭔데 간섭이야. 세상에서 가장

기분 나쁜 인간이 누군지 알아? 충고하는 인간이야. 충고는 아무나 할 수 있는 게 아니거든!

—충고해 줄 사람이 없었던 건 아니고?

—훌륭한 우리 부모님 모독하지 마!

—부럽네. 훌륭한 부모님도 계시고. 전공은 뭐였어?

—의상.

지나는 눈을 감고 최면에 걸린 사람처럼 나른한 목소리로 대답한다.

—적성에 맞았어?

—나한테 이런 감각이 있었나 놀랐지.

—살면서 가장 힘들었던 때는 언제였어?

갑자기 지나의 눈에 눈물이 맺힌다. 검은 눈물이 볼을 타고 흐른다. 마스카라 때문이 아니라 원래 지나 몸속 눈물은 검은색인 것 같다.

—사람들이 날 떠날 때.

—누가 널 떠났어?

—다.

—그럴 때는 어떤 방법으로 견뎌?

—섹스.

—지금 가장 사랑하는 사람은 누구야?

—김, 민, 석.

—왜 그를 사랑하게 됐어?

—진심으로 사랑해 줬으니까.

—전에는 다 거짓이었어?

지나는 고개를 끄덕이며 다시 검은 눈물을 흘린다.

—만약 그도 널 버린다면 어떻게 할 거야?

—그럴 리 없어.

—그러니까 만약에.

—복수할 거야.

—어떤 방법으로?

—똑같은 방법으로.

—책은 왜 안 읽어?

—따분해.

—왜 따분해?

—다들 예쁘게 포장만 하고 있잖아.

—너는?

—그러니까 싫어!

—마지막으로 읽은 책은 뭐야?

—기억 안 나.

—마지막은 기억나는 거 아니야?

—쓰레기 같은 소설이라 입에 담고 싶지도 않아.

—다시 읽게 될 가능성은 없어?

—없어.

—왜 가능성마저 없지?

—세상을 알아 버렸으니까.

—그래서 더 재밌지 않을까? 세상도 모르면서 까부는 작가들을

비웃어 줄 수 있잖아.

— 전달되지 않는 비웃음은 소용없어.

— 어떤 계기가 널 책에서 멀어지게 했어?

— 쓰레기 같은 인간과 세상.

— 그 인간이 누구야?

— 백합.

지나가 중심을 잃고 바닥으로 쓰러지는 바람에 질문은 중단된다. 지나는 305호 현관문에 머리를 기댄 채 잠든다. 이 순간만큼은 그녀가 지나의 베개가 된 것 같다. 30분이 지나자 정신이 돌아온 듯 지나는 어리둥절한 눈으로 주변을 두리번거린다. 약간의 현기증을 하이힐 뒤축으로 지탱하고 일어나 306호 비밀번호를 누른다. 문이 열린다.

— 아까는 왜 안 열렸지. 멍청이! 번호로 제대로 못 누르고.

그녀는 지나가 문틈으로 사라질 때까지 계속 쳐다보다 중얼거린다. 너 참 많이 닮았다.

코끼리가 난데없이 찾아와 소란을 피운다. 돈을 더 내놓지 않으면 실체를 폭로할 거라고 협박한다. 코끼리는 들으라고 일부러 목청껏 소리 지른다. 코끼리의 의도대로 그가 놀란 표정을 애써 감추고 밖으로 나온다. 그는 시끄러운 싸움을 중재하면서도 무슨 일인지 논리적으로 생각하려고 애쓰고 있을 것이다. 코끼리에게 걸린 돈이 있다? 그동안 자신이 넣어 준 물건들과 위배되는 상황 앞에서 그는 빚이나 사기 등을 떠올릴 것이다. 이쯤에서 그 의심을 거둬 줄 아름다운 가게 얘기를 꺼내는 게 좋겠다. 지금까지 삼켰던 음식을 도로 토해 내는 것. 그의 표정을 보니 코끼리로 인해 망칠 뻔한 위기의 순간을 이번에도 잘 넘긴 것 같다.

수연의 몸짓에서 수연의 말을 봐 버린 날, 그녀는 고통의 몸부림에 어떤 제목을 붙일 것인지 고민했다. 고민은 한동안 지속되었고, 고민이 채 끝나기도 전에 수연이 찾아왔다.

수연은 비틀거리는 몸으로 공연을 하겠다고 고집을 부린다. 최종에 와 버린 수연의 몸짓은 더 이상 새로울 게 없다. 극에 달한 몸짓은 같은 동작과 표정만 반복한다. 반복은 고통의 재생산일 뿐이다. 수연의 고통을 멈추게 하는 방법은 그가 만족할 수 있는, 최상의 제목을 붙여 주는 것이다. 수연이 원하는 건 그녀의 목소리가 자신의 몸을 채찍처럼 휘감는 것이다. 말로써 확인해야만 분명해지는 게 있다. 어쩌면 수연은 아직 그 일을 인정하고 싶지 않거나 현실로 받아들이지 못하고 있는 건지도 모른다. 그녀는 제목 짓기를 거부한다. 제목은 수연을 규정하고 제한할 뿐이며, 고통을 단번에 끝내 주기에 그것이 갖는 형식과 규모는 너무 빈약하다. 좀 더 원초적이고 강렬한 것이 필요하다. 그것은 수연도 원하는 바다. 고심 끝에 그녀가 택한 건 우회적인 방법이 아닌, 짧지만 직접적인, 말이다. 그녀는 얼굴을 보여 줄 수 없는 목소리에다, 수연이 원하고 있을 차가운 표정을 실어 말한다.

─당신, 어머니를 죽였잖아.

비록 그녀가 내뱉었지만 그것은 수연이 하고 싶었던 말이다. 수연은 자신의 목소리를 대신할 사람이 필요했고, 그녀는 자신이 줄 수 있는 유일한 목소리를 그에게 주었다. 수연은 모든 게 끝난 듯 움켜쥐고 있던 숨통을 드디어 내려놓는다. 표정 또한 솜이불처럼 가볍게 누그러진다. 가장 견디기 힘들었던 자기 고문은 끝났다. 이제 수연이 기다려야 할 것은 타인의 고문이다.

사람을 죽여 보지 않은 자가 있을까. 그녀는 수연의 얼굴에서 10년 전 자신을 봤다. 그 얼굴은 공포나 죄책감에 빠져 있는 얼굴이 아니다. 미안함이다. 그리고 혼자 살아가야 하는 자가 감당해야 하는 외로움과 무서움이다. 사람이 숨 쉬며 살아간다는 건, 다른 사람이 숨 쉴 수 있는 공기를 빼앗는 것과 같다. 살기 위해서 내뱉는 한 번의 숨이 다른 사람의 숨을 10초 혹은 1분 동안 쉴 수 없게 할 수 있다. 10초의 살인, 혹은 1분의 살인. 누구도 살인이란 이름 앞에 자유롭지 못하다. 그러므로 숨 쉬는 인간은 누구나 다 살인을 저지르며 살아간다. 단지 뻔뻔해서, 혹은 둔감해서 그 사실을 모른 척하거나, 모르고 지나칠 뿐이다. 수연과 그녀는 불행하게도 그 사실을 알아 버린 것에 불과하다. 알아 버린 자가 할 수 있는 건 자신의 숨통을 움켜쥐는 것뿐이다. 타인의 숨통을 움켜쥐었던 시간만큼.

수연은 이제 마임을 보여 주지 않을까. 만약 보여 준다면 그 마임에는 어떤 변화가 있을까. 숙제를 마친 지금, 그녀는 앞으로가 궁금하다. 삶은 지속되어야 하기 때문이다. 수연도 그녀도.

27

아침부터 택배가 속속 도착했다. 그것은 그녀가 생기를 되찾았다는 의미였고, 우리에게는 예전과 다름없는 평화로운 일상의 시작을 알리는, 멀리서 날아온 반가운 전보 같은 것이었다. 누런 택배 상자를 보자 나 또한 생기가 불끈불끈 솟았다. 과거와는 사뭇 달라진 마음가짐으로 상자를 뜯었다. 어떤 물건이 나올지 가슴이 설렜다. 그녀보다 먼저 그녀의 물건을 풀어 보고 엿볼 수 있는, 유일무이하게 나에게만 주어진 특권. 어쩌면 나는 그녀 이전에 그녀를 아는 사람인지도 모른다. 은밀한 것까지 다 알고 있어서인지, 은밀한 자부심이 어깨를 짓눌렀다. 택배는 모두 세 군데서 왔다. 첫 번째 상자에는 여덟 권의 책이 들어 있었다. 반가운 제목 하나가 눈에 들어왔다. 『위대한 개츠비』. 그 책은 지난번에도 주문한 적이 있는 책이다. 왜 같은 책을 여러 번 사는지, 나를 신나게 하는 궁금증 하나가 떠올랐다. 그녀에게 질문할 거리를 손에 쥔 나는 신나게 그녀에게 달려갔다. 나머지 상자는 시간 간격을 두고 차근차근 전달해 줄 것이다. 한꺼번에 다 줘 버리면 그녀에게 갈 수 있는 기회는 그만큼 줄어든다. 나는 손가락빗으로 머리카락을 쓸어 넘긴 후 초인종을 눌렀다. 이제부터 우리의 만남은 데이트가 된다. 물론 불만이 아주 없는 건 아니다. 지구 반대편에 사는 애인처럼 전화 통화만 해야 한다는 것. 물론 좋은 점도 있다. 만남의 욕망은 더욱 간절해지고 전화비나 데이트 비용을 아끼면 근사한 선물을 해 줄 수도 있다는 것. 그녀에게 첫 선물로 뭘 해 주면 좋을까.

"택배 왔지?"

"네. 책요."

"다른 건?"

"없어요."

"내가 들은 발소리들은 다 뭐야?"

"저한테 온 택배예요. 그보다 개츠비는 왜 또 주문한 거예요?"

"그 책만큼은 모든 번역자의 책을 사서 읽어. 번역자에 따라 글이 어떻게 달라지는지 확인하고 싶어서. 주어진 문장은 불변한데 번역된 문장이 제각각인 걸 발견하면 흥미롭거든. 반대로 똑같은 문장으로 번역된 걸 발견해도 놀라워. 마치 다른 생을 살아온 사람들이 그 한 부분에서 통한 것처럼 느껴지거든. 번역자가 다른데도 문체의 느낌이 비슷하다면 피츠제럴드 문체가 꼭 그렇다는 거겠지. 누가 번역해도 훌륭한 책이 되는지 알고 싶어."

"원문으로 읽어요, 그럼."

"처음부터 번역본을 봐 버려서 원문을 읽어도 번역본이 보여."

그 순간 그녀를 번역하고 싶다는 생각이 들었다. 지금까지 번역한 그 어떤 책보다 훌륭하게 번역해 낼 수 있을 것 같았고, 내내 흥미를 잃지 않을 것 같았으며, 과거와는 다른 고도의 집중력을 발휘할 수 있을 것 같았다. 내가 번역한 그녀를 그녀는 맘에 들어 할까. 번역자가 달라지면 그녀 또한 다른 사람이 되어 버릴까. 누가 번역해도 훌륭한 사람이 될 수 있는 위대함을 갖추고 있지는 않을까. 위대함, 10년 은둔만으로도 그녀는 충분히 위대하다.

그런데 번역을 하려면 내게는 '그녀의 원문'이 필요하고, 그녀는 원문을 건네줄 사람이 아니다. 어쩐다? 문제는 간단하다. 그녀가 나를 번역하면 되니까. 난 얼마든지 나란 원문을 제공할 수 있고, 그녀는 나를 통해 우리 삶이 통하는 부분을 찾아낼 수 있을 것이다. 어쩌면 나는 처음부터 그녀를 번역해 왔는지도 모른다. 그녀와 내가 소통되었고 갈등과 혼돈과 오해가 풀리고 이해되었다면, 그래서 살아간다는 건 누구에게나 처절하다는 걸 조금이라도 깨달았다면 그걸로 충분하다. 처음부터 내가 번역한 대로 그녀를 봐 왔으니, 그녀의 원문은 필요 없는 것이다.

"날 번역해 보세요. 나란 인간 그럴 만한 재미와 가치가 있을 거예요."

그녀 또한 나에 대한 번역을 이미 시작했는지도 모른다. 그녀가 번역한 나는 어떤 인간일까. 사소한 거라도 좋으니 나를 읽고 싶었다.

"무슨, 의미지?"

의미라면, 뜻하지 않게 다른 사람의 개입으로 망쳐 버린 고백의 아쉬움을 멋진 말로 다시 만회하려는 것이다. 알고 있으면서 굳이 물어보는 저 의도란. 하여튼 여자들이란 꼭 확인받아야 직성이 풀리지. 튕길 줄 아는 걸 보니 그녀도 천생 여자다. 그렇다고 튕기는 게 나쁘다는 건 아니다. 그건 모든 남녀의 본능에 가까운 연애 기술이고, 그녀 또한 내게 그 기술을 부리고 있다는 증거니까. 나는 그냥 실실 웃기만 한다.

"가능할 거라 생각해?"

그것은 내가 수연에게 했던 질문이었다.

"지구 반대편에서 매일 전화 통화한다고 생각하면 돼요. 우린 전화비도 안 들잖아요."

나 또한 수연의 대답을 빌렸다. 하고 나니 그럴듯하다는 생각이 들어 괜히 내가 멋져 보였다. 수연에게 밥 한 끼라도 사야 할 것 같았다.

"내가 코끼리처럼 생겼다면 어쩔건데? 나이는 스무 살이나 많은 중늙은이라면? 살인자의 피가 흐른다면?"

나는 그녀를 상상하기 시작한다. 그녀는 내가 상상하는 모습으로만 존재한다. 나는 마음대로 그녀의 모습을 바꿀 수 있고, 그녀는 하나인 동시에 모든 것이 될 수 있다. 이건 아주 색다르고 특별한 연애다. 나는 이제 그녀와 사이버 연애를 하려 한다. 음성과 화상 채팅으로 이루어진 연애. 인터넷 연애를 해 본 적 있다는 그녀를 이해할 수 있겠다. 오늘도 방구석에서 뜨거운 컴퓨터를 껴안고 가슴 설렐 수많은 신인류, 사이버 데이트족들을 인정하겠다. 그곳이야말로 믿음과 진실의 가치가 더없이 존중되어, 진정한 연애를 실현할 수 있는 미래 공간인지도 모른다. 그곳의 사랑은 믿음과 진실 없이는 시도할 수도, 이루어질 수도 없는 사랑이다. 현실보다 더 짜릿하고 절절해서 진짜보다 더 진짜 같은 사랑이다. 그렇게 생각하자 마치 내가 지금껏 사이버 속을 헤매고 돌아다닌 기분이 든다. 아니, 어쩌면 이곳은 이미 사이버인지도 모른다. 현실이 사이버가 되고 사이버가 현실이 되는 시대. 경계가 사라진 시대. 디지털 시대에 걸맞은 첨단 사랑 앞에서 나는 문득 깨닫는다. 아무리 시대가 변하고 방식이 바뀌어도 사랑의 가치와 감정은 무변한다는 것을. 사랑은 어디에나 있고, 어디서든 올 수 있으며, 어떤 방식으로든 가능하다는 것을. 이제 가상은 더 이상 가상이 아니다. 진짜는, 안 보이는 거다.

"그 상상이 깨질 수 있다는 상상은 안 해?"

"내 상상을 믿을래요."

"그 믿음조차 언젠가 깨진다면? 당신은 보이는 것만 믿잖아."

"이젠 믿어요. 진짜여서 믿는 게 아니라, 내가 믿는 건 다 진짜가 된다는걸요."

"대단한 변화군. 그래서 날 어떻게 상상하는데?"

"그건 저도 뭐라 말할 수 없어요. 무한하니까."

"무한해도 결국 난 하나야. 그 하나가 날 증오하게 하고, 당신을 원망하게 할 수 있어."

"중요한 건 당신과 내 생각이, 마음이, 대화가 통했다는 거예요."

"정말 그거면 충분할까?"

"아직은요."

"아직? 나중에는 충분하지 않을 수도 있단 말이군. 어느 순간 지루해진다면 어떻게 할 건데?"

바보처럼 가장 중요한 질문에 대답을 하지 못했다. 솔직히 불충분하다고 느낄 날이 올 거라는 걸 잘 알고 있었다. 난 동물적인 남자니까.

나는 그녀가 던졌던 질문들을 가만히 되짚어 본다. 그녀는 나와의 연애를 두려워하고 있다. 나와 달리 훗날 자신이 받을 상처까지 염두에 두고 있다. 그래서 자꾸 내 마음을 확인하려는 것이고, 나로 인해 마음에 동요가 일어 은둔 생활에 문제가 생길까 봐 의도적으로 방어하려는 것이다.

나는 두 번째 택배 상자를 뜯었다. 구두와 가슴이 강조되는 원피스와 챙 넓은 모자가 들어 있었다. 나는 깨달음을 얻은 부처처럼 그것들을 손에 번쩍 거머쥐었다. 나는 지금 해답을 쥐고 있는 것이다. 이렇게 눈에 확실하게 보이는 그녀의 물건들만 믿고 따르면 되는 것이다. 코끼리는 믿지 말라고 했지만, 내가 넣어 준 한결같은 물건들이야말로 바로 그녀 자체인 것이다. 그러니 더 이상 상상할 것도, 의심할 것도, 그녀에게 불안감을 줄 필요도 없다. 그녀는 무한이 아닌 하나고, 그 하나에 확신이 생긴다. 상상이 깨질 수 있다는 건, 언젠가는 은둔을 멈추고 내게 보여 줄 여지가 있다는 말이다. 보여 주는 것만이 내 상상을 깰 수 있는 유일한 길이니까. 그녀는 이미 내게 동요되었다. 나는 상자를 들고 그녀에게 다시 갔다.

"대답할게요. 지루해지지 않을 겁니다. 왜냐면 당신은 곧 은둔을 끝내게 될 테니까요."

새로운 목표가 생겼다. 그녀를 밖으로 끌어내는 것. 그녀가 바깥 세계와 융합하며 살 수 있게 도와주는 것. 동물적인 나를 위해서도 그녀의 은둔 생활을 끝마치게 하고 싶다. 그녀와 얼굴을 마주 보고 커피를 마시고 싶고, 허리를 휘감고 싶고, 손잡고 놀이동산에도 가고 싶다. 그녀는 누군가 구조의 손길을 내밀어 주기를 절절히 바라고 있을지도 모른다. 누군가의 그 시도가 그녀를 10년 전으로 회복시킬 수 있을 것이다. 은둔자들은 강한 사고의 전환이나 새로운 감정적인 경험을 겪게 되면 밖으로 나오게 된다고 한다. 내가 그녀에게 감정적으로 줄 수 있는, 새롭고도 유일한 경험. 사이버보다 한 차원 가까운 우리. 나의 끊임없는 애정 공세가 그녀의 심리를 자극하다 보면, 그녀 안에서도 어둠을 탈출하고 싶은 욕망이 움트게 될 것이다. 나를 만지고 싶게, 나에게 안기고 싶게, 내 입술을 갈망하고 싶게 만드는 것. 그녀의 슬픔을 알 수 없지만, 내가 전하고자 하는 이 마음이면 충분히 잊게 할 수 있을 것이다.

"뭘 믿고 그렇게 자신해?"

"날 좋아하니까요. 당신은 나한테 보여 주고 싶어 해요."

"코끼리 같은 모습을 보여 주고 싶겠어?"

"당신은 코끼리가 아니에요. 당신은 당신이에요, 내가 믿고 있는. 당신 말이 맞았어요. 물건들이 당신을 말해 주고 있었어요. 바보처럼 의심만 하다 늦게 알아 버린 거예요."

"날 끌어내 루이스의 확신을 확인해 보겠다는 거야? 그 확신이 없었다면 끌어낼 생각도 안 했을 테고, 적당히 즐기다 끝낼 생각이었겠지. 만약 그 물건들이 거짓이라면?"

"날 한번 믿어 봐요."

"10년의 고리를 끊기엔 루이스에 대한 내 믿음이 너무 약해."

"그럼 어떻게 하면 그 믿음이 강해질까요?"

"내가 그걸 어떻게 알아."

"좋아요. 그럼 제가 들어가죠."

그녀가 피식, 바람 빠진 풍선 소리를 내며 웃었다.

"이곳으로? 나와 같이 은둔자가 되겠다고? 그게 뭘 의미하는지 알기나 해?"

"당신은 10년 은둔을 끊지 않아도 되고, 난 당신에게 믿음을 줄 수 있잖아요."

"들어왔는데 코끼리가 당신을 맞이한다면?"

"그딴 거 상관없어요! 몇 번을 말해야 알겠어요!"

"기겁하고 도망가겠지?"

"도망가겠다면 죽여 버려요, 그럼."

"그만해!"

"사랑하게 됐단 말이에요. 당신이 누구든, 어떤 모습이든, 코끼리든 뭐든."

나는 고이 아껴 뒀던 말을 드디어, 가슴 밑바닥에서 힘겹게 끄집어냈다.

막 출간된 따끈따끈한 번역서를 들고 차에서 내렸다. 비가 쏟아질 것처럼 하늘이 끄느름했다. 아파트 군데군데서 하얀 태극기가 소복 자락처럼 펄럭였다. 오늘이 무슨 날인지 재빨리 생각나지 않

아 휴대폰 액정을 들여다봤다. 8월 15일 광복절이었다. 한때 지나와
나의 기념일이라고 착각했던 그날이네, 라고 생각했지만 그녀에게
갓 나온 책을 보여 주고 싶은 마음이 그 생각을 앞질렀다. 모처럼
가진 출판사 사람들과의 술자리마저 박차고 나오는 길이었다. 그러
나 초인종을 눌러도 그녀는 반응이 없었다. 어제 내 고백이 아직도
알딸딸해 생각할 시간이 필요한 거야. 나는 쥐구멍으로 책을 넣고
돌아섰다. 현관문이 조금 열려 있었다. 누구지? 살짝 뛰는 가슴을
부여잡고 문을 열었다. 현관에 구두 두 켤레가 얌전하지 않은 모양
새로 벗어져 있었다. 안방에서 이상한 소리가 들려왔다. 문을 살며
시 열어젖혔다.

안방으로 가느다랗게 흘러 들어간 거실 불빛이 지나의 엉덩이를
찾아냈다. 바람이 부는 듯 엉덩이에 새겨진 백합이 격렬하게 흔들
리고 있었다. 나는 거실 불빛이 더 흘러 들어가도록 문을 좀 더 열
었다. 바닥에 술병과 땅콩 껍질이 어지럽게 흩어져 있었다. 지나의
엉덩이 아래에 누워 있는 사람의 얼굴이 보였다. 수연이었다. 열린
방문이 만들어 낸, 길쭉한 불빛을 따라 지나가 천천히 고개를 돌렸
다. 나와 눈을 한번 맞춘 지나는 다시 고개를 돌려 격한 엉덩이 놀
림과 함께 과장된 신음 소리를 뱉어 냈다. 나는 눈을 질끈 감고 문
을 닫았다.

잠시 후 옷을 입고 나온 지나가 냉장고에서 맥주를 꺼내 마셨다.
나는 지나에게 달려가 다짜고짜 따귀를 붙였다.

"내 집에서 무슨 짓이야!"

"기분이 어때? 자기한테 당한 내 기분이 어땠을지 이제 좀 알겠

지? 예전에는 몰랐는데, 나랑 닮은 데가 참 많더라. 자기보다 백배는 나은 사람이더라. 진작에 그쪽으로 눈을 돌릴 걸 그랬나 봐. 생각보다 많이 놀란 모양이네?"

나는 따귀를 한 대 더 올리려고 팔을 들었다가 주먹을 으스러지게 쥐었다.

"그래도 나보단 낫지 않아? 눈에 보이지도 않는, 공기처럼 아무것도 느껴지지 않는 저 여자보다는 명백하고, 가능성도 충분하잖아. 게다가 세상에서 가장 소중하게 생각하는 친구니, 간까지 빼 줄 수 있는 친구니, 까짓것 옛날 여자 친구가 대수야?"

"정말 막장이구나. 어떻게 친구 사이까지……."

"몰랐나 본데, 나 원래 그런 여자야. 자기가 까맣게 속은 거지. 애인 사이도 망가지는데, 친구 사이가 뭐 별거야?"

정말 까맣게 속고 살아왔단 생각이 들었다. 내가 알고 있던 지나가 아니었다. 가끔 이해가 안 갈 정도로 제멋대로 행동하는 게 지나의 매력이라고 생각했지만 이건 도를 넘어서는 것이다. 지나는 역시 내겐 어려운 책이다. 지금은 끝까지 읽을 필요조차 없는 책이 되어 버렸다. 나는 완전히 책을 덮기로 한다.

"너와 이미 끝난 사이니까 어떤 놈이랑 자든 상관없어. 그게 친구라도. 네 말대로 이게 뭐 별거야? 유행가 가사에 나올 정도로 흔한 일이잖아? 더 할 말 없으니까 당장 나가! 그리고 다신 찾아오지 마!"

지나는 돌아서서 개수대에 먹던 맥주를 쏟아 붓고는 핸드백을 챙겨 들고 나갔다. 열린 문틈으로 깊이 잠든 수연의 얼굴이 보였다.

내가 아는 수연은 맨 정신으로 여기까지 따라올 녀석이 아니다. 술에 취해 정신을 잃은 수연을 지나가 무작정 끌고 왔을 것이고, 잠에서 깨어나 무슨 일이 벌어졌는지 알게 되면 까무러치게 놀랄 것이다. 한꺼번에 모든 걸 잃어버린 기분이다. 도대체 어디서부터 잘못된 걸까. 도저히 잠에서 깰 수연과 마주칠 자신이 없다. 수연도 마찬가지일 것이다.

나는 현관문을 나서기 전에 비밀번호를 바꿨다. 아무도 들어오지 못하도록, 지나도 수연도 모를 나만의 비밀번호로.

술을 몇 잔 마시지도 않았는데, 지진이 난 것처럼 바닥이 흔들렸다. 나는 305호 초인종을 누르고 곧바로 바닥으로 쓰러져 버렸다. 시간이 얼마나 지났을까. 계단참 창으로 아침이 밝아 오는 소리가 들려왔다. 그녀의 목소리도 희미하게 들려왔다. 나는 술주정하듯 혼자서 계속 떠들어 댔다. 어제 새로 출간된 책 얘기부터 지나와 수연의 얘기까지 술술 나왔다. 말을 술술 나오게 해서 술이, 술이 된 것일까. 나는 머릿속으로 생각나는 것을 글을 쓰듯 모조리 뱉어 냈다. 나는 고민 상담자처럼 주절거렸고, 그녀는 상담원처럼 가만히 듣기만 했다. 그렇게 날이 새도록 글 쓰듯 말을 하다, 까무룩 잠이 들었다. 그녀의 조언 한마디 듣지 못한 채.

춥다는 느낌이 들어 눈을 떠 보니 계단 난간에 기대어 자고 있었다. 몸에 얇은 담요 한 장이 덮여 있었다. 나는 화들짝 놀라 파란색 체크무늬 담요를 움켜쥐었다. 그녀였다. 그녀가 문 열고 담요를 덮어 준 것이다. 가슴이 콩닥거리면서 형언할 수 없는 기분에 휩싸였다. 찬 바닥에 잠들어 있는 내가 감기라도 들까 봐, 날 위해 10년 만에 처음으로 문을 연 것이다. 간밤에 있었던 모든 일을 잊게 하는 기쁨이었다. 어쩌면 담요를 덮어 주며 얼굴을 쓰다듬었을지도, 살포시 입술을 포갰을지도 모른다. 나는 손으로 내 입술을 만져 봤고 담요에 얼굴을 파묻고 깊게 호흡했다. 이게 바로 그녀의 냄새인가. 놀라운 가능성이 시작되고 있었다. 조금만 더 노력하면 그녀를 저곳에서 데리고 나올 수 있다는 가능성. 가슴속에 아껴 뒀던 결정적인 고백이 드디어 효력을 발휘했다. 나는 눈곱을 떼고 옷을 단정하게 추슬렀다.

"쯧쯧, 깼나 보네."

코끼리가 난간으로 큼지막한 얼굴을 빼꼼히 내밀고 나를 내려다보고 있었다.

"담요 다 썼으면 돌려줘."

"누님이었어요?"

"벌레 씹은 그 표정은 뭐야? 얼어 죽을 뻔한 사람 살려 놨더니, 보따리 내놓으라는 격이네. 한여름이라도 한데 누워 있으면 입 돌아가. 물먹은 솜처럼 축 처져서 바닥에 널브러진 거 옮기는데 얼마나 힘들었는지 알아? 몸뚱이는 이래도 나도 여자야!"

코끼리가 계단을 내려오더니 담요를 덥석 채 갔다. 나를 옮긴다는 핑계로 온몸을 더듬었을 걸 생각하니 소름이 돋았다. 나는 초인종을 눌렀다. 그녀의 목소리는 텁텁한 먼지처럼 낮게 잠겨 있었다.

"왜 날 코끼리한테 맡겼어요? 내가 얼어 죽는대도 나올 수 없다는 건가요?"

"루이스는 나한테 그만한 가치가 없어."

"뭘 더 보여 줘야 되요?"

"다 끝났어."

"끝나다뇨? 시작한 지 얼마나 됐다고요?"

"시작도 안 했으니 끝났다는 표현은 어불성설이야."

"지금까지 우리 사이에 있었던 일들은요?"

"코끼리가 담요 덮어 줬다니까 소름 끼치도록 싫었지?"

"말 돌리지 마요."

"표정은 거짓말을 못 해. 코끼리를 나라고 생각하면 모든 게 쉬 워."

"당신이 처한 상황 때문에 도망치려는 거 알아요. 당신이 원한다 면 이대로도 좋아요. 인터넷으로 연애해 봤댔죠. 그거랑 똑같다고 생각해요."

"인터넷 연애? 그게 정말 가능하다고 생각한 거야? 순진하긴."

"가능하다고 한 건 당신이잖아요."

"그냥 해 본 말을 진짜로 믿을 줄은 몰랐네."

"뭐요?"

"그만해, 피곤하고 지겨우니까."

"난 아니에요!"

"그럼, 지금부터 날 지겹도록 만들어 줄까? 0815가 뭔지는 알 지?"

그거야 모두가 다 알아서, 비밀도 아니게 된 현관문 비밀번호가 아닌가.

"그 번호에 어떤 비밀이 숨어 있을까?"

"무슨 말이에요?"

"지나 씨가 지정한 번호니까 지나 씨한테 물어 봐."

"당신이 그걸 알고 있단 말이에요? 남의 비밀을 어떻게 알죠?"

"보이지 않는 손이거든."

"그걸 나한테 말하는 이유가 뭐예요?"

"말했잖아, 날 지겹게 만들어 주겠다고."

"더 이상 지나에 대해 알 필요가 없게 됐다면요?"

"알면 지겹지는 않을걸. 하필 왜 어제, 지나 씨와 수연 씨가, 함께, 있었을까?"

그녀는 다른 사람으로 여겨질 만큼 낯선 음성을 남기고 인터폰을 끊어 버렸다. 나는 돌아서서 아무 생각 없이 비밀번호를 눌렀다. 열리지 않았다. 너무도 익숙해져 버린 예전 번호를 누르고 있었다. 바꾼 번호를 누르자 그제야 문이 열렸다.

28

그녀는 아파트로 들어온 후 처음으로 뼈저린 후회를 하고 있다. 언젠가 죽기 마련인 살아 있는 생명체를 데리고 들어오는 게 아니었다. 이런 날이 반드시 오리라는 걸 알면서 왜 그랬던 걸까. 고양이를 위했던 걸까, 나를 위했던 걸까. 나이를 알 수 없었던 고양이는, 생명이 다했는지, 살날이 얼마 남지 않은 듯, 일주일째 고통스러운 숨만 내쉬고 누워 있다. 죽음을 앞두고서야 고양이의 나이가 짐작된다. 고양이 상태가 나빠지기 시작한 건 어제오늘 일이 아니다. 어느 날부턴가 눈에 띄게 민첩성이 떨어지더니, 사물을 인지하지 못할 만큼 시력이 나빠지기 시작했다. 하나씩 빠지는 이빨을 보석상자에 모으며 그녀는 마음의 준비를 해 왔다. 그러나 이제는 알 것 같다. 철저한 준비 같은 건 닥쳐 온 이별 앞에서는 통하지 않는다는 것을.

그녀는 푸석한 고양이 발 하나를 손바닥 위에 올려놓는다. 고양이는 밖으로 나갈 수 없는 자신의 운명을 알고 있었던 듯 큰 병 한 번 걸리지 않고 잘 살아 주었다. 외롭지 않도록 오랫동안 곁에 있어 줘서 고마웠다고, 그 시간만큼은 너무도 행복했다고, 고양이 귀에 대고 속삭인다. 그녀의 코끝에 눈물이 맺혔다 떨어진다. 세상에서 가장 큰 위로는 말없이 옆에 있어 주는 거고, 가장 소중한 친구는 재미없는 농담도 기꺼이 들어주는 사람이며, 가장 큰 웃음은 지그시 쳐다봐 주는 시선에 있다는 걸 고양이를 통해 알았다. 그런 고양이에게 그녀가 지금 해 줄 수 있는 건 고통 없이 보내 주는 것뿐이다. 엄마가 섬 그늘에 굴 따러 가면……. 그녀는 자장가를 부르며 서서히 주사기의 피스톤을 누른다. 자장가가 끝나자 다리 하나가 잘려 나간 듯한 고통이 찾아온다. 소리를 내지 않으려고 팔뚝에 이를 박아 보지만 소용없다. 사람이든 동물이든 죽음이 가져오는 슬픔의 무게는 똑같다. 어떤 죽음도 하찮지, 않다.

그녀는 자신의 몸속으로 마취제가 퍼져 나간 듯 한동안 움직이지 못한다. 눈물이 꾸덕꾸덕 마를 즈음에야, 고양이를 땅에 묻어 줘야 한다는 현실적인 생각이 새벽처럼 찾아든다. 고양이를 언제까지 이곳에 둘 수는 없다. 고양이는 어차피 흙으로 돌아가야 하고, 그 일을 해 줄 수 있는 건 밖에 있는 그뿐이다. 그때 그녀는, 고양이를 그에게 보내는 과정에서 자신에게 유리한 어떤 기회를 얻게 될지도 모른다고 생각한다. 지금은 그에게 투자할 시간을 절약하면서, 그의 마음을 급류처럼 끌어당길 극적인 사건 전개가 필요한 시기이기도 하다. 그녀는 급하게 시나리오를 수정한다.

시나리오에 없던 일을 감행하기 위한 첫 단계로 그의 현관문을 파이프로 찍어 댄다.

— 이상해, 고양이가.

그의 반응은 예상보다 훨씬 즉각적이고 민첩하다. 그는 침착하게 고양이 상태를 묻고 그녀는 떨리는 목소리로 대답한다. 보이지 않으니 그에게 표정을 보여 줄 필요가 없는데도 그녀의 표정은 상황의 심각성을 놀랍도록 그대로 표현해 낸다. 겁에 질리는 상황에서는 겁에 질려 하고, 급박한 상황에서는 급박하게 움직인다. 수연에게 배우고 익힌 마임이 그녀의 표정을 더없이 풍부하게 도와주고 있다. 그에게 리얼한 표정 연기를 보여 줄 수 없다는 게 아쉽다. 그는 문을 두드리며 고양이를 빨리 자신에게 넘기라고 종용한다. 액정에 비친 그의 얼굴은 진지하고, 안쓰러울 만큼 땀에 흠뻑 젖어 있다. 그의 반응에 적절하게 대응하고 있는 그녀 또한 진지한 땀을 흘리고 있기는 마찬가지다. 너무 진지해서, 그녀는 잠시 고양이 목숨이 경각에 달려 있다고 착각까지 한다. 고양이는 그에게만은 아직 살아 있다. 혹 시간을 유예하면, 그래서 그가 살아 있다고 믿으면, 진짜로 고양이가 살아 있을 것만 같다. 그러나 움직임 없이 내부로 부패 과정을 겪고 있는 바닥의 고양이를 확인하고서야 그녀는 그것이 착각임을 알아챈다.

그녀는 알고 있다. 그도 이번 사건을 절호의 기회로 여기고 있다는 것을. 헛된 희망인지도 모른 채, 고양이만이 문을 열 수 있는 마지막 열쇠라 여기고 있다는 것을. 열림의 기억이 없는 문 사이에서, 서로 다른 목적을 가진 두 사람 사이에서, 고양이는 이용당하고 있다. 문을 열기라도 할 것처럼 손잡이를 부여잡고 있던 그녀는, 고양이에게 죄를 지은 것 같아, 해서는 안 될 짓을 해 버린 것 같아 맥없이 주저앉는다. 그녀는 후회와 죄책감과 눈물로 가득 찬 입을 틀어막는다. 여기서 더 나간다는 건 스스로도 용서할 수 없는 일이다. 그녀는 고양이를 두 번 죽이고 말았다.

그리고 그날 새벽, 고양이는 그에게도 죽었다. 그가 내뱉은 살인자! 라는 차가운 말에 그녀 또한 죽었다. 하루라도 함께 하고픈 그녀의 욕심에 고양이는 심하게 부패되었다. 신문지에 곱게 싼 고양이를 쥐구멍으로 조심스레 집어넣으며 그녀는 또 한 번 운다. 고양이는 죽어서야 바깥세상으로 나간다. 그것은 그녀가 상상하고 있는 몇십 년 후 자신의 모습이기도 하다. 그녀는 베란다에 서서 화장터로 향하는 그의 차를 눈으로 바래기한다.

— 안녕, 고양이……

그녀는 현관의 모든 투입구를 걸어 잠근다. 당분간은 누구의 부름에도 응하지 않을 것이다. 그녀는 갖고 있는 옷 중 가장 화려한 걸로 갈아입고 가장 화려한 화장과 액세서리로 온몸을 치장한다. 마지막으로 모자를 쓰고 구두를 신고 거실 한쪽에 마련된 앤티크 풍 카우치에 앉는다. 존재감이 사라지거나 의심스러울 때 그녀는 유독 요란스러워진다. 저 멀리 전신 거울 속에 요란한 그녀가 보인다. 더 없이 완벽한 모습이지만 만족스럽지 않다. 아무리 화장술이 뛰어나고 액세서리가 반짝거려도 고양이가 주던 화려함에는 못 미친다. 요란하다고 다 화려한 게 아니라는, 쓸쓸한 사실을 확인한 그녀는 불을 꺼 버린다. 어둠 속에서 고양이 울음소리가 이명처럼 들리는 것 같다. 모든 게 부질없다는 생각이 든다.

파이프로 현관문을 찍어 대는 소리에 죽은 듯 누워 있던 그녀가 눈을 뜬다. 보름이 넘도록 듣지 못했던 그의 목소리가 희미하게 들린다. 비록 고양이는 죽고 없지만, 그 죽음이 결국 그의 마음을 움직인 걸까. 죽음이란 누구한테나 다 그런 것인가. 세상에 하찮은 죽음은 없고, 하찮게 생각하는 사람 또한 없는 것인가. 몇 시간째 같은 곡만 반복하고 있는 그의 파이프 연주를 들으며 그녀는 처음에 가졌던 목적의식을 되찾는다. 고양이의 죽음이 그를 어디까지 데려다 놓을 것인가. 그녀는 그것을 상상하며 「과수원 길」이라고 동요 제목을 말한 뒤 수화기를 내려놓는다.

그런데 다음 날 그의 입에서 고양이에 관한 뜻밖의 말이 흘러나온다. 코끼리가 고양이의 죽음을 사전에 예고한 정황이 포착된 것이다. 그녀는 음식물 쓰레기를 버리러 가는 코끼리를 불러 세운다.

— 너 그딴 식으로 계속 방해할 거야!

— 내 요구를 묵살한 건 너야!

잔인하게 고양이까지 이용하며 잡은 기회를 코끼리 따위로 망칠 수는 없다.

자신의 임무를 잘 수행할 때의 코끼리는 더없이 유용하다가도 요구하지 않은 것조차 내키는 대로 발설하고 행동할 때의 코끼리는 골칫덩이다. 다행인 건 그녀에게는 코끼리의 돌출 행동을 역으로 즐기고 이용해 버리는 재주가 있다는 것이다. 그녀에게 따라다니는 위험한 변수. 동지가 됐다가 어느 순간 적이 되는 인물. 그러나 그녀보다는 한 수 아래. 코끼리의 말과 행동이 없었다면 극은 너무 단조롭게 흘러갔을 것이다. 예상대로 흘러가는 극은 그녀에게도 그들에게도 재미없다. 기습적으로 등장하는 인물에 따라 급수정되는 시나리오. 삶이란 원래가 예상할 수 없는 게 아니던가.

이번에는 예상에도 없던 쓰레기로 말썽이 생긴다. 코끼리가 일으킨 것인지 그가 일으킨 것인지 분간할 수 없다. 중요한 건 코끼리의 유용한 개입으로 최초로 무언가가 발생했다는 것이다. 사람들에게 쓰레기는 언제나 민감한 부분이다. 그것은 더럽고 냄새나고 불결하기 때문이다. 사람들은 곧잘 더러운 쓰레기로 더러운 양심을 드러낸다. 그러나 그는 진실에 가까운 마음을 드러낸다. 그는 내내 벼르고 있었다는 듯 코끼리에게 다부지게 말한다.

— 남의 약점 이런 식으로 이용하면 안 되죠!

코끼리의 더러운 양심이 그에게 들통 나는 순간이다. 동시에 그녀를 향한 그의 마음이 그녀에게 들통 나는 순간이다. 그의 입에서 자연스럽게 튀어나온 보험이란 말에 그가 보유하고 있을 보험의 종류에 대해 생각해 본다. 그러나 아직은 그 보험에 들 생각이 없다. 보험은 안심을 보장받기 위한 제도다. 안심하기엔 그가 방금 보여 준 마음은 좁은 평균대 위에 올려놓은 것처럼 아직도 불안하다. 보험을 들게 하려면 그는 좀 더 확실한 마음을 보여 줘야 한다. 그런데 그보다 먼저 마음을 보여 준 자가 있었다.

그녀는 수연의 갑작스러운 고백에 당황했지만, 예기치 않은 수확에 기쁘기도 했다. 수연은 코끼리처럼 기습적으로 등장한 인물 중 하나였다. 그러나 수연으로 인해 시나리오를 수정하는 일은 발생하지 않았다. 수연은 훌륭한 마음을 보여 줬음에도, 접근법이 얌전하고 매력적이지 않다는 점에서 그녀의 성취욕을 자극하지 못했다. 처음부터 거부반응 없이 호의를 보여 흥미를 잃었지만 조력자로서의 이용 가치는 충분히 남아 있었다. 수연을 통해 그의 질투심을 적절하게 유발한다거나 메신저 역할을 부여함으로써 극의 긴장감을 높이는 것. 그녀는 수연의 고백 뒤에 좋아하는 사람이 있다는 말을 살짝 흘린다. 그 말은 곧 그에게 전해질 것이고, 그로써 그에게 투자해야 하는 시간은 더욱 절약될 것이다. 그리고 곧, 결과는 현실로 나타난다.

그가 희붐한 새벽에 파이프 전화로 접근을 시도한다. 계속되는 앞뒤가 안 맞는 그와의 대화 속에서 밤송이처럼 점점 벌어지고 있는 그의 마음을 엿본다. 그런데 그때 또 하나의 변수가 등장해 극적인 순간을 방해하고 나선다. 따지고 보면 지나는 변수라고 할 수 없는 인물이다. 지나는 그와 더불어 이 극을 훌륭하게 빚어내는 주인공이다. 지나는 역시 저돌적이다. 그가 수연과 달리 쉬운 인물이 아닌 이유는 지나가 있기 때문이다. 누가 봐도 완벽하고 아름다운 지나. 지금 이 순간 무슨 말을 던지느냐에 승패가 달려 있다.

—지나 씨, 무슨 오해가 있나 본데.

—오해 아니에요!

그의 대답은 자못 완강했지만 아직도 만족스럽지는 못하다. 그녀가 원하는 것은 좀 더 직접적이면서 명확한 표현이다. 그러나 벼랑 끝에 서 있는 지나에게 그 말은 직접적인 표현과 다름없게 들렸을 것이다. 아쉽지만 단번에 모든 걸 끝낼 수 있는 시간이 한 차례 더 유예된다.

그를 유혹할 수 있는, 그에게 확신을 줄 수 있는 택배가 도착한다. 지금부터 받게 되는 택배는 무엇이든 그에게만은 특별해진다. 그가 책이 든 택배 상자를 들고 나타난다. 첫 번째로 꺼내 든 건 『위대한 개츠비』다. 그는 한 신문기자와의 인터뷰에서 가장 좋아하는 소설로 망설임 없이 그 책을 꼽았다. 독특하게도 번역자가 다른 『위대한 개츠비』를 구입한다는 말에 그의 눈이 모래알처럼 반짝인다. 번역가로서 그는, 원작자가 아닌 번역가의 존재를 인식하며 책을 읽는 그녀의 독서 방식에 더없이 흡족해한다. 그 흡족함이 대뜸 그녀에게, 자신을 번역해 보라는 뒤바뀐 역할 주문까지 하게 만든다. 사실 그에 대한 번역은 오래전에 끝났다. 그가 이 아파트에 이사 온 순간. 그의 말대로 그는 번역할 만한 재미와 가치가 있는 사람이었다. 그라는 텍스트는 까다롭지만 도전할 만한 흥미를 지닌 원본이었다. 최소한 그녀는 그를 오역하지는 않았다. 그녀가 번역한 대로, 그녀를 좇아 마음을 조금씩 보여 주고 있으니 말이다.

그가 두 번째 상자를 들고 나타난다. 상자 속에는 옷과 구두가 들어 있다. 이제 그는 더 이상 물건을 의심하지 않는다. 마음이 벌어진 상태에서 눈에 보이는 건 무조건 스펀지처럼 흡수하게 되어 있다. 보이는 건 무엇이든 믿게 된 것이다. 의심하지 않는 게 자신을 괴롭히지 않는 방법이란 걸 알아 버렸으니 믿으려는 것이다. 아니, 그는 믿어야만 한다. 이 극을 계속 진행시키고, 그 속에서 열망하는 모습으로 살아가기 위해서는. 그의 믿음은 급기야 그녀를 아파트에서 데리고 나오게 하겠다는 새로운 목표에 도달하게 만든다. 그녀는 그의 목을 바싹 조여 본다. 그러자 이번에는 그녀처럼 은둔자가 되겠다고 선언한다. 그녀는 잠시 그와 은둔자로 살아가는 모습을 상상해 본다. 같이 돈을 벌고 섹스를 하고 원시인처럼 발가벗고 사는 삶. 그녀는 바람 빠진 웃음소리를 낸다. 그것까지는 기대하지 않았기 때문이다. 놀랍게도 그는 그녀의 예상마저 뛰어넘고 있다. 그는 어디까지 뛰어오를 것인가. 그 말의 진실을 확인받고자 그녀는 목을 더 바싹 조여 본다.

　—들어왔는데 코끼리가 당신을 맞이한다면?

　—그딴 거 상관없어요! 몇 번을 말해야 알겠어요!

　—기겁하고 도망가겠지?

　—도망가겠다면 죽여 버려요, 그럼.

　—그만해!

　—사랑하게 됐단 말이에요. 당신이 누구든, 어떤 모습이든, 코끼리든 뭐든.

그녀는 속으로 아, 하고 신음 소리를 낸다. 드디어, 확실한 대답을 들었다. 목마르게 바라던 그 한마디 대답. 생각보다 너무 오래 걸렸다. 목적지에 도달했으니 이제 그는 쓸모가 다했다. 그의 가치는 딱, 여기까지다.

공교롭게도 오늘은 해마다 돌아오는 광복절이다. 나라를 사랑하는 사람들이 베란다 밖으로 태극기를 내거는 날. 오늘, 태극기와는 상관없다는 표정으로 지나가 잔뜩 취한 수연을 어깨에 걸머메고 그의 집을 찾아온다. 지나는 전혀 취하지 않았지만 얼굴은 고통스러워 보인다. 지나에게 그 고통을 해소할 수 있는 건 오로지 섹스뿐이다.

그의 집에서 벌어지고 있을 고통스러운 지나의 몸부림이 여기까지 전해 오는 것 같다. 그것은 잠시 후 그들을 목격하게 될 그에게 찾아들 고통이기도 하다. 저 세 사람은 앞으로 어떻게 될까. 궁금증을 뒤로한 채 그녀는 책에 몰두한다. 오늘 하루가 다 지나도록 잠들지 않고 그녀는 책만 읽을 것이다.

새벽까지 계속된 그녀의 독서 흐름을 끊어 놓은 건 초인종 소리였다. 그는 현관문 앞에서 비틀거리며 그녀가 짐작하고 있는 표정으로 주절거린다.

—당신이라면 이럴 때 어떻게 할래요? 가장 소중했던 친구들이 소중하지 않게 되어 버리면. 당신 친구들은 인터넷에만 있어서 좋겠네요. 이런 일이 안 생겨서 좋고, 생기더라도 파워 버튼만 눌러 버리면 다 끝나니 좋고. 이제야 알겠어요. 왜 당신이 그 세계를 칭찬하는지. 나도 그 세계…….

그가 차디찬 바닥에 누워 잠이 든다. 그는 아마 눈을 뜨면 완전히 달라진 세계를 보게 될 것이다. 그녀를 지겨워하게 될 것이고, 한때 소중하게 생각했지만 소중하지 않게 되어 버린 사람이 한 사람 더 있다는 사실을 곧 알게 될 것이다. 그래서 끔찍할 것이다.

그녀는 현관문을 연다. 그리고 그의 몸에 담요를 덮어 준다.

29

 저녁 늦게 수연으로부터 전화가 왔다. 고심 끝에 걸려 온 전화라
는 걸 알기에 고심 끝에 받았다. 우리의 첫 통화는 몇백 광년 떨어
진 별처럼 서먹서먹했다. 한참을 머뭇거리던 수연은 괴로워하는 지
나를 모른 척할 수가 없었다고 했다. 괴로운 척했겠지. 화려한 여자
라고만 생각했는데, 어두운 구석도 많더라며 지나를 두둔하는 말
도 했다. 인간은 달과 같아서 누구나 보이지 않는 어두운 면을 갖고
있어. 수연은 변명 같은 건 하지 않겠다고 했다. 변명해도 상관없어.
수연은 다시 한참 머뭇거리다 미안하다고 말했다. 지나와는 누군가
가 미안해할 필요가 없는 사이가 된 지 오래됐어. 수연은 자기 때문
이냐며 죽을 만큼 힘든 목소리로 물었다. 아니, 나 때문이야. 내 마
음이 흔들리고 있다는 건 네가 먼저 알고 있었잖아. 이어 나는 그
녀에게 고백했다는 사실을 털어놨다. 수연은 처음에는 다소 놀란
듯하더니 나중에는 밝아진 목소리로 내 용기를 응원해 줬다. 그러

나 우리는 다시금 별이 됐고 할 말이 없어진 나는 프랑스는 언제 가느냐고 물었다. 수연은 곧, 이라고 말한 뒤 나처럼 할 말이 없는지 네 마음을 흔든 누님은 잘 계시냐고 물었다.

오늘 아침 그녀의 태도는 낯설었고 그녀의 말들은 모두 아리송했다. 가까워졌다 다시 멀어진 느낌이었다. 그녀는 아직도 불안하고 나에게 확신이 없는 것이다. 어떻게 하면 그녀에게 확신을 줄 수 있을까. 거실을 서성거리며 좋은 방법을 생각하던 그때, 머릿속에 뭔가가 떠올랐다.

타투!

내 몸에 그녀의 이름을 새기는 것. 사시사철 언제나 보이도록, 누구나 다 볼 수 있도록 시계처럼 손목에 새겨, 시간을 확인하듯 그녀를 확인하고 나를 확인하는 것. 그거면 그녀도 어쩔 수 없을 것이다. 타투는 지워지지 않기에 불안감을 주지만 또 그렇기에 믿음을 준다. 그런데 나는 그녀의 이름을 모른다. 타투를 새긴다고 하면 그녀가 이름을 알려 줄까. 뭐, 알려 주지 않아도 상관없다. 처음부터 이름 따위는 몰랐으니까. 이름이란 서로를 확인하는데 불편하지 말라고 정해 놓은 기호에 불과하니까. 그녀는 항상 저곳에 혼자 있는 사람이니 당신이 누군지, 확인할 필요도 물을 필요도 없다. 꼭 이름이 필요하다면 내가 지어 준, 그녀도 맘에 든다고 했던 앨리스도 훌륭하다. 그녀는 타투를 새길 수 없으니 내 물건에 네임태그를 붙이던 습관으로 현관문에 도배하듯 내 이름을 붙이면 된다. 그 이름도 김민석이든 루이스든 상관없다. 나는 쇠 파이프에 입을 대고 그녀의 이름을 부른 뒤, 내일 당장 내 손목에 당신의 이름을 타투로 새기겠노라 선언했다. 나는 그녀의 대답을 조마조마, 기다렸다.

"누가 온 것 같은데."

밖에서 현관문 비밀번호를 누르는 소리가 들렸다. 지나였다.

"소용없어. 비밀번호 바꿨어."

문을 열려고 버둥대고 있던 지나는 모든 게 끝났다는 표정을 지었다. 액정으로 보는 지나는 내가 모르는 사람 같았다.

"찾아오지 말랬잖아. 돌아가."

"할 말이 있어."

"미안하단 말이라면 듣고 싶지 않아."

"아니, 미안하다고 생각해 본 적 없어. 후회하지도 않아."

"여전히 당당하구나?"

하필 왜 어제, 지나 씨와 수연 씨가, 함께, 있었을까? 지나가 등을 돌렸을 때 그 말이 생각났다.

"한 가지만 묻자."

지나가 돌아섰다.

"그날 무슨 일이 있었던 거니?"

완전히 덮기로 한 책이었지만 그것만은 확인해야 할 것 같았다. 그래서 마지막으로 딱 한 번만 다시 들추기로 했다.

"문부터 열어."

나는 책을 펼치듯 문을 열었다.

지나는 목이 마르다며 맥주를 달라고 했다. 맥주 한 캔을 단숨에 비우고 두 번째 캔을 딸 때까지도 지나의 표정은 더없이 평화롭고

고요해 보였다. 표정이 없다고 말하는 게 더 옳을 것 같다. 맥주를 절반가량 마시고 난 지나는 내 눈을 한 번도 쳐다보지 않고 담담하게, 마치 독백처럼 말했다. 그 말에도 표정과 색깔이 없기는 마찬가지였다.

"오빠가 있었어."

내가 알고 있는 지나는 무남독녀, 외동딸이었다. 외동으로 태어난 우리는 결혼하면 둘 이상은 꼭 낳자고 했었다. 우리는 자주, 외동의 외로움과 자식이 하나뿐인 부모님의 불안과 부푼 기대에 대해서도 얘기했었다.

"한때 있었어. 가난하지만 사려 깊은 사람이었어."

부득이한 사정으로 멀리 외국에 나가 있거나 차마 말할 수 없던 암울한 가족사가 있는 모양이라고 내 딴에는 생각했다. 어느 집안이나 부끄러운 속사정은 있는 법이니까. 진부한 드라마 한 편이 탱크처럼 머릿속을 훑고 지나갔다. 나는 그 오빠가 어디 있느냐고 물었다.

"감옥."

정말 드라마가 시작되려는 분위기였다. 단어가 주는 생경함 때문일까. 감옥은 주로 어떤 사람들이 가는 곳이지, 라고 생각해 봤다. 아주 다양한 사람들이 다양한 형량을 받고 있는 곳이다. 세상의 온갖 죄악들을 떠올려 봤다. 생각보다 너무 많아 무슨 죄를 지었느냐고 단도직입적으로 물었다.

"오빠가 끔찍하게 사랑했던 여자가 있었어. 예쁘고 전도유망한 여자였어. 근데 그 여자는 오빠를 버리고 다른 사람한테 갔어. 그래서 오빠가, 죽여 버렸어."

나는 마른침을 삼키며 그 여자를? 이라고 물었다. 지나는 고개를 내저었다.

　"그 여자에게 소중했던 사람들을."

　도둑질, 사기, 폭행, 강간 등을 염두에 두고 있던 나는, 그래서 엉덩이가 들썩여질 만큼 놀랐지만 애써 담담한 척했다. 그 사랑을 사랑이라 명할 수 있을까. 있다면 너무도 지독하거나 끔찍한 사랑이었다. 나는 지금도 복역 중이냐고 물었다.

　"첨엔 그런 줄 알았어."

　무슨 말이야? 라고 물어야 하는 순간이었지만 본드 칠이라도 한 듯 입술이 벌어지지 않았다. 나는 눈만 동그랗게 치켜 뜬 채 지나의 벌어진 입술만 쳐다봤다.

　"사람들은 오빠가 큰 잘못을 저질러서 감옥에 있다고 말해 줬어. 1년 뒤에 나온다면서. 난 그 말만 믿고 날짜가 가기를 손꼽아 기다렸어. 근데 아무 소식도 없었어. 그때 난 너무 어렸고, 외로웠고, 무서웠어. 그래서 누군가가 하는 말은 다 믿었어. 1년이 돼서야 알았어. 죽었다는 걸."

　도대체 그 오빠는 언제 어떻게 죽었단 말인가.

　"그들이 죽던 날 함께. 그건 사고였어. 그러니까 오빠가 죽인 게 아니야. 그 여자가 죽인 거지. 아직도 가끔 오빠가 감옥에 있다고 생각해. 그러면 정말 감옥에 있는 것 같거든. 세상에 없는 것보다 감옥에라도 있는 게 나으니까."

　그런 엄청난 사실을 부모님조차 모르고 있었다는 게 말이 되지 않았다. 어린 지나를 위한답시고 입 다물고 있었던 게 아니라면.

"부모님 같은 거, 없어."

그러자 말이 됐다. 지나는 강남 부티크 사장도 아니라고 눈 하나 깜짝하지 않고 말했다. 할 말을 잃은 나는 계속 눈만 깜빡였다.

"그 여자가 오빠를 버린 건 가난 때문이랬어. 그때부터 가난해 보이는 게 싫었어. 가짜로 치장해서라도 부자처럼 보여야 마음이 편했어. 부자 행세하니까 정말 아무도 떠나지 않았어. 근데 들통 나니까 다 떠나더라. 거짓말인 거 알면 자기도 떠날 것 같았어. 근데 그 전에 돌아섰으니 자기는 다른 남자들과 다르다고 해야 하나?"

지나가 피식, 웃었다. 내 시선은 지나의 값비싼 옷과 핸드백으로 향했다. 지나가 핸드백에 붙어 있는 메탈 장식을 손가락으로 문지르며 이어서 말했다.

"날 도와준, 그래서 한순간은 고맙다고 착각했던 사람이 있어. 첫 학기를 마치고 여름방학을 보내고 있을 때, 슬픔에 빠진 날 위로해 주고 싶었는지 그 사람이 불러냈어. 읽던 책에 책갈피를 꽂아 두고 그 사람을 만나러 갔어. 빨리 다녀와서 읽을 생각으로 마음이 한없이 들떠 있었는데."

묻지는 않았지만 그 사람이 백합이란 생각이 들었다. 지나는 얘기를 끊고 맥주를 한 모금 들이켰다. 지나의 눈썹이 한번 가운데로 모아졌다 펴졌다.

"돌아와서 그 책을 펼쳤는데 순 거짓말뿐이었어. 스무 살, 어느 하루에 인생을 통째로 알아 버린 내겐 너무 시시했어. 가장 존경하던 작가였는데, 사기꾼처럼 느껴졌어. 어떤 해결책도 제시해 주지 못했어. 아무도 물을 데도 없고, 도움을 청할 데도 없었어. 난 절박했는데."

지나가 절박했던 그때, 나는 무얼 하고 있었을까. 스무 살, 그때 나를 절박하게 했던 건 무엇이었는지 떠올리려 애썼다. 지나는 캔을 다시 하나 땄다.

"1년을 사이에 둔 끝과 끝에서 모든 걸 잃었어. 그날이 오면 통제하지 못할 정도로 이상해져. 미칠 것 같아. 날짜의 강박에서 벗어나는 방법은 날짜를 매일 익히는 것뿐이야. 네 자리 번호는 무조건 그 번호여만 하고, 8월의 약속은 모두 그날로 잡아. 그러면 무뎌져."

충격적인 사고나 사건이 있었던 날짜가 돌아오면 그때와 비슷한 감정 상태에 빠지게 되는 기념일 반응(anniversary reaction). 잘 생각해 보니 그날만 되면 지나는 유독 날카로웠고 섹스 또한 격렬했던 것 같다. 수연의 성별 오해로 연락을 끊었던 지나가 먼저 화해를 청해 왔던 것도 다가오는 그날 자신을 통제해 줄 누군가가 필요했기 때문이었다. 그날 수연과 함께 있었던 것도 자신을 통제하지 못했기 때문이었다. 그러므로 누구의 잘못도 아니었다. 숫자 네 개에 한 사람의 인생을 바꿔 놓은 이야기가 숨어 있다니. 누구에게나 인생을 송두리째 흔들어 놓을 만한 사건은 있는 법이고 그 사건에는 주민번호처럼 날짜가 따른다. 그런 날짜는 잊기도 어려운 법이다. 이름과 함께 비석에 새겨지는 것도 생몰 연대니 결국 우리의 생은 숫자로 시작해서 숫자로 정리된다. 살아서도 죽어서도 가지게 되는 숫자들.

"내가 왜 자기를 좋아했는지 알아?"

지나가 고개를 들어 처음으로 날 똑바로 쳐다보며 말했다.

"나랑 달라서."

내내 색깔과 표정이 없던 지나의 말에 표정이 생기고 색깔이 보였다. 대신 지나의 야무지고 당당한 성격은 온데간데없이 사라지고 보이지 않았다. 강건한 성격조차 자신을 치장하기 위한 가짜였을까. 지나와 다른 내 모습이 어떤 건지 궁금했지만 부끄럽단 생각이 들어 차마 묻지 못했다. 지금, 위로를 해야 하는 건가 싶었지만, 역시 어떻게 해야 하는 건지 알 수 없었다. 그래서 더 부끄러웠다.

"위로 같은 거 필요 없어. 제일 못하는 게 그거잖아."

나에 대해 잘 아는 지나. 2년의 시간이 그냥 흘러갔던 건 아닌 모양이다. 따지고 보면 그동안 감쪽같이 속아 왔다는 결론인데도, 이상하게 화는 나지 않았다. 시간은 이미 흘러 버렸고, 또 흐르고 있기 때문일까. 나는 오빠가 사랑했다던 여자가 어떻게 됐는지 궁금했다.

"찾아가 죽여 버리려고 했는데 이미 사라지고 없었어. 행방을 아는 사람도 없고. 하지만 그놈은 똑같이 망쳐 놓을 거야! 내가 죽지 않고 살아온 단 한 가지 이유니까."

그 말을 하는 지나의 입술이 파르르, 떨렸다. 지나는 백합을 파괴하기 위한 계획 속에서 살아왔다고 털어놨다. 계획에 필요하다면 못 할 일이 없었다고 했다. 일본 출장도 멍 자국도 그 못 할 일에서 비롯된 게 아닐까 싶었다. 지나를 이루고 있는, 강직한 피와 뼈와 살은 오로지 그 파괴의 힘에서 비롯된 듯했다. 세상에 맞서 혼자 살아가기 위해서라도 지나는 강해져야만 했을 것이다. 강해질 수 없다면 강한 척이라도 해야 했을 것이다. 어쩌면 그 또한 지나가 자기 삶을 살아 내기 위해 선택한 하나의 생활 방식인지도 모르겠다.

이야기가 다 끝나자 지나와 나 사이에 오랜 정적이 흘렀다.

"앞집 여자를 좋아하는 이유가 뭐야?"

정적을 깨는 질문이어서일까. 아주 어려운 질문처럼 들렸다. 그러나 꼭 대답해야만 하는 질문이었다.

"눈에 안 보이니까."

"안 어울려, 그 말."

"……."

"예전에 내가 술 취해서 앞집을 자기 집으로 착각한 적 있지? 어렴풋이 기억났는데, 저 여자 현관문 비밀번호도 똑같았어. 번호가 맞아서 삐리릭, 하는 소리를 분명 들었어. 이상한 여자야, 조심해."

그 말은 곧 눈에 안 보이니까, 조심하란 뜻이었다.

"나, 자기 아직 포기 안 했어. 마음은 진짜였으니까."

지나가 현관문을 나서며 단단한 어투로 말했다.

나도 모르는 지나를 어떻게 알고 있었을까. 정말 비밀번호가 같을까. 쥐구멍에 파이프가 꽂혀 있었다. 그제야 타투에 대한 그녀의 대답을 기다리던 중이었다는 걸 깨달았다. 밖으로 나가 가만히 그녀의 현관문 비밀번호를 눌렀다. 입력이 끝나자 정말 삐리릭, 소리가 났다. 손잡이를 잡아 돌렸지만 열리지는 않았다. 언제부터 같았던 걸까. 일부러 똑같은 번호로 바꾼 거라면 특별한 의미를 부여해도 될 테지만 그렇지 않다면 이상한 일이었다. 그녀에게 현관문 비밀번호 같은 건 없어도 상관없었다.

"번호가 똑같아서 이상해?"

"뭐죠?"

"운명이거나 우연이거나, 단순히 따라했을 수도 있지."

"지나에 대한 것도 우연인가요?"

"남의 비밀은 돈만 주면 얼마든지 살 수 있어."

"뒷조사를 했단 말이에요? 왜요?"

아무도 말한 적 없는 지나 이름을 알고 있을 때부터 이상했다. 지나 말대로 조심해야 하는 사람일까. 등골에서 식은땀이 주룩, 흘렀다.

"루이스 애인이 어떤 여잘까, 궁금했어."

그럼 처음부터 나한테 관심이 있었단 뜻인가. 일테면 스토커 같은 심리. 지나에 대한 질투에서 비롯됐다면, 그 질투를 또 다른 사랑이라 명할 수 있을 것이다.

"언제부터 날 좋아한 거예요?"

내 속짐작이 맞다면 타투 얘기를 다시 진지하게 꺼내도 될 것 같았다.

"대단히 착각하고 있는 모양인데, 난 당신 좋아한 적 없어."

그녀의 목소리는 끔찍할 정도로 단호하고 차가웠다.

"내 입으로 좋아한다고 말한 적도 없잖아. 좋아해 달라고 한 적도 물론 없고. 안 그래?"

망치로 뒤통수를 얻어맞은 기분이었다. 머릿속으로 일진광풍이 몰아쳤다. 안 그래? 인정하긴 싫지만 사실이었다. 난 수연이 내뱉은 한 가닥 말만 믿고 나한테 마음이 있다고 자신했다. 어쩌면 내가 좋아하면 그녀도 좋아해야 한다고 생각했는지도 모른다. 은둔자의 마음 같은 건 확인할 필요도 없다고 생각했다. 나처럼 신실한 남자가 좋아해 준다는데 나쁠 것도 손해 볼 것도 없지 않은가.

"수연이가……."

"그건 사실이야. 하지만 그게 당신은 아니야."

"그럼 누구예요?"

"그것까지 당신이 알 필요는 없어."

"왜 진작 얘기 안 했어요?"

"어디까지 가나 두고 보려고."

"내 마음을 자꾸 확인했던 건 뭐죠?"

"재밌어서."

진중한 내 물음에 비해 그녀의 대답은 새털보다 더 가벼웠다.

"그동안 날 갖고 논 건가요?"

"정리 잘하네."

눈앞이 노래졌다. 처음에는 그녀가 장난치고 있다고, 내 마음을 한 번 더 떠보는 중이라고 생각했다. 딸깍, 그녀가 내려놓는 수화기 소리가 긴 꿈에서 깨어나게 했다. 정신이 번쩍 들자 오싹한 소름이 발바닥부터 뿌리를 내려 머리끝까지 휘감고 올라왔다. 머리통을 반쪽으로 쪼개는 듯한 통증이 일더니 온몸이 차갑게 식었다. 정체가 뭘까. 처음부터 나와 지나에 대해 알고 있었고 또 뒷조사까지 했다. 그게 나에 대한 관심 때문이 아니라면 목적이 따로 있다는 말인가. 가슴에서 끓어오르는 묵직한 덩어리를 안추르고 혼 빠진 사람처럼 조용히 돌아섰다. 그녀에게 더 물어봤자 말해 줄 것 같지도 않았고, 해 주더라도 내가 믿을 것 같지도 않았다.

날 갖고 놀다니! 사랑을 구걸하는 날 보며 얼마나 재밌었을까.

베개 속으로 얼굴을 집어넣고 테이프 돌리듯 지난 일들을 되돌려 봤다. 돌이켜 보니 그녀는 지나에 대한 정보를 간간이 흘렸었다. 내가 둔해서 감지를 못 했던 거다. 과정이야 어떻든 지나와 사이가 틀어진 것도 따지고 보면 그녀 때문인지도 모른다. 그녀는 백여우고 난 그것에 홀린 것이다. 그렇다면 왜 이웃을 홀려야만 했을까. 조력자가 필요했다면 정중히 부탁하면 되는 일이다. 처음부터 호락호락하지는 않았지만 나로서도 협조할 만큼은 했다. 대체 뒷조사까지 해서 얻으려는 게 뭐란 말인가. 혹 눈이 멀어, 지나에게 속고 있는 줄도 모르는 내가 불쌍해서 자기만의 방식으로 도와주려고 했던 걸까. 깊은 수렁에 빠져든 기분이다. 그런데 그게 어떤 종류의 수렁인지 알 길이 막막하다. 누군가의 도움이 필요하다.

제일 미련해. 나한테 함부로 해서 좋을 거 없을 텐데! 코끼리. 구원처럼 코끼리가 떠오른다. 나는 침대에서 벌떡 일어나 앉았다. 코끼리는 제일이라고 했다. 그건 나 말고도 피해자가 있다는 말이다. 그녀를 10년 동안 살 수 있게 한 원동력은 306호 거주자였을 테니, 나 이전에도 누군가가 살고 있었을 테니, 그건 당연했다. 관건은 그들과 나 사이에 어떤 공통점이 있느냐다. 나한테 함부로 해서 좋을 거 없다는 건 권력을 암시한다. 코끼리는 암암리에 메시지를 전해 주고 있었던 거다.

나는 일단 차를 타고 마트로 갔다. 그러고는 코끼리가 좋아할 만한 칼로리 높은 음식을 잔뜩 샀다. 맨입으로 정보를 줄 위인이 아니었다. 엘리베이터는 16층에 머물러 있었다. 오늘은 계단을 이용해서는 안 된다. 나는 엘리베이터가 내려오기만을 초조하게 기다렸다.

4층에서 내려 초인종을 눌렀다. 코끼리가 문을 열자 나는 쉿, 하고 입에 집게손가락을 댄 후 문틈으로 잽싸게 들어갔다. 코끼리는 화를 냈다. 무단침입으로 화가 난 건지 쓰레기봉투 건으로 아직도 화가 안 풀린 건지 알 수 없었다. 난 무조건 죄송하다며 머리를 조아렸다.

"이거 받으세요, 누님."

코끼리가 봉지를 들여다보며 일그러진 얼굴을 구름처럼 풀었다.

"저기, 305호……."

"지긋지긋해, 또 305호야? 하긴, 언젠가 날 찾아올 줄 알았지만. 궁금한 게 뭐야?"

"뭐든 좋아요."

"이걸로는 부족하겠는데."

코끼리가 불만족스럽다는 듯 봉지를 들여다봤다. 이런 식으로 얼마나 많은 선량한 사람들 등골을 빼 먹었을지 알 만했다. 나는 지갑에 든 현금을 탈탈 털어 건넸다.

"전에 살던 사람은 어떤 사람들이었어요?"

"그보다 지금 살고 있는 집, 얼마 주고 샀어?"

"그건 왜요?"

"싸게 샀지?"

"네, 좀 싸게."

"좀 싸게가 아니라 터무니없이 싸게 샀을 텐데. 이상하단 생각
안 들었어?"

"……?"

"머리가 그렇게 안 돌아가서야. 하나부동산에서 거래했지? 여기
서 이러고 있지 말고 부동산으로 가 봐."

"제가 사기라도, 당했나요?"

더럭 겁이 났다. 어렵게 장만한 내 집을 몽땅 날리는 건가 싶었
다. 난 주인이란 사람을 본 적이 없었다. 외국에 거주 중이라는 여
자와는 전화 통화만 했을 뿐이었다. 서른이란 나이에 서울에 집을
산다는 건 불가능한 것일까.

"저번에 누구 하나 죽어 나갈 거라고 했던 게, 혹시 고양이를 두
고 한 말이었어요?"

나는 가장 궁금했던 걸 물었다.

"내가 무서운 년이라고 했잖아. 총각이나 되니까 옛정을 봐서
말해 주는 거야. 다른 사람이었으면 어림도 없어. 나도 이미지라는
게 있는데 말이야. 그나저나 이건 잘 먹을게. 저녁밥 하기도 귀찮았
는데 잘 됐네. 그래도 참, 오래 버텼어. 그거 하난 칭찬해 주고 싶
어."

마치 내 엉덩이를 토닥여 주고 싶다는 뉘앙스였다. 코끼리는 봉
지를 애지중지 품에 안고 안방으로 들어갔다. 왠지 코끼리도 한통
속 같다는 생각이 들었다. 지갑까지 다 털어 가 놓고 속 시원하게
말해 준 건 없었다. 눈치로 봐서는 분명히 알고 있는 얼굴이었다.
짜고 치는 고스톱은 아니더라도 나를 사이에 두고 두 사람이 물고

뜯기는 관계인 것만은 확실했다. 그녀가 코끼리에게 설설 기었던 건 코끼리로 인해 자신의 정체가 계획보다 일찍 탄로 나는 걸 막기 위한 방편이었다. 밥이 되기도 전에 불을 꺼 버리면 죽도 밥도 아닐 테니까. 코끼리가 말을 아끼는 것도 다 끝나 가는 마당에 개입해 봤자 득될 게 없다고 판단했기 때문이다. 앞으로도 계속 그녀에게 원하는 걸 얻어 내려면 코끼리도 적절하게 수위 조절을 해 가며 발을 담그고 빼야 할 테니까. 그들은 그들만의 룰을 아슬아슬 지키고 있는 것이다. 나는 곧바로 하나부동산으로 차를 몰았다. 그녀 말대로, 그녀가 지겨워지기 시작했다.

30

그녀는 바닥에 누워 그가 꽂아 놓은 쇠 파이프에 귀를 갖다 대고 음악 감상하듯 지그시 눈을 감는다. 아주 먼 이야기인 듯 희미하게 지나의 말소리가 파이프로 조근조근 들려온다. 지나의 이야기는 오랫동안 준비해 온 것처럼 매끄럽다. 목소리는 한 치의 떨림도 없고, 이야기에는 어떤 한숨이나 분노도 섞여 있지 않다. 너무 오래되어 익숙해져 버린 이야기여서일까. 딱딱하고 앙상하게 뼈다귀만 남아 있는 것 같다. 지나의 이야기를 듣고 있는 그녀 또한 마찬가지다. 10년 만에, 그것도 처음으로 타인의 입을 통해 듣는 자신의 이야기인데도 낯설다거나 고통스럽지 않다. 다만 지금 고통을 느낀다면 그건 죽은 자들 때문이 아닌, 산 자인 스무 살 지나가 지나쳐 왔을 시간들 때문이다. 그녀처럼 혼자 남겨진 채로 똑같은 시간을 살아온 또 한 사람의 다른 이야기. 그녀와 비밀번호를 공유하고 있는 다른 여자의 이야기.

그날이 오면 하루 종일 밥도 먹지 않고 책을 읽어야 했던 그녀와 섹스를 해야만 했던 지나, 아름다움과 젊음을 낭비하지 않은 그녀와 무참하게 허비해 버린 지나, 나이에 맞게 풋풋한 20대를 보냈던 그녀와 나이에 맞지 않게 인생을 너무 많이 알아 버린 20대의 지나. 그녀의 날갯짓이 결국 지나를 폭풍에 휩싸이게 했다. 다만 그녀는 지나가 잘못 알고 있는 사실 하나를 바로잡고 싶었다. 그녀는 K를 버린 게 아니었고, 그 이유가 가난 때문도 아니었다고.

그녀는 지나가 비밀번호를 맡겼던 몇 달 전을 가만히 떠올린다. 비밀번호를 말하기 전까지 지나는 그저 어여쁘고 당당한 요즘 아가씨에 불과했다. 그러나 비밀번호를 전해 듣고 지나와 한참을 얘기하던 순간 알 것 같았다. 번호 조합의 우연한 일치일 거란 순진한 생각은 시간이 지날수록 옅어졌다. 그러자 지나의 얼굴에서 얼굴 하나가 오버랩되어 보이기 시작했다. 참 많이도 닮았다. 지나를 본 적이 한 번도 없음에도 그녀는 누군지 알 것 같았다. 강지나. 그녀는 바닥에 주저앉으며 떨리는 목소리로 이름을 불러 봤다. 그러고 스스로에게 물었다. 왜 여태까지 지나의 존재를 눈치 채지 못했을까. 그녀는 스스로 대답했다. 그때는 내 상처만 돌보느라 다른 사람은 보이지 않았고, 그런 채로 시간이 지나 버렸다고. 시간이란 위대하지만 그래서 또한 야속하기도 한 거라고. 그날 그녀는 주저앉은 채로 악몽 같은 긴 밤을 보내야 했다.

그녀는 J에게 메일을 보냈고, 며칠 후 J는 지나에 대한 정보를 메일로 알려 왔다. 메일 속에는 지나의 10년 세월이 일기처럼 고스란히 적혀 있었다. 의대를 포기한 지나에게 의상학과를 권유한 건 P였다. 부와 명예를 거머쥔 데다 완벽한 가장으로 존경까지 받으며 살고 있던 P는 지나에게 학비를 대 주고 옷도 사 주었다. 졸업 후에는 자신의 고모가 운영하는 회사에 취직도 시켜 줬다. 처음에는 지나가 대학을 포기할까 봐 K가 감옥에 있다고 거짓말까지 해 가며 돌봐 줬지만, 나중에는 자신의 부를 미끼로 지나를 탐하기 시작했다. 어느 날 지나의 몸에 강제로 자기 이름을 새긴 P는 약속은 지킬 만큼 지켰다면서 내팽개쳤다. 그 후 지나는 많은 남자를 만나야 했고 삶은 엉망이 되었다. 지나를 읽고 난 그녀는, 자신으로 인해 삶이 망가져 버린 사람이 한 사람 더 있었다는 사실에 가슴을 쳤다. 10년 동안 모른 채 살아왔던 만큼의 미안함이 가슴에 검게 고였다. 어떻게 이 죄를 씻어야 할까.

그녀는 지나와의 만남을 운명으로 규정지었다. 지나는 10년 전 그녀의 나이를 살고 있었다. 경험에 비춰 봤을 때 그 나이는 자신을 돌아보기에 늦은 시간이 결코 아니었다. 그녀는 지금 J가 보내 온 P에 대한 새로운 정보를 들여다보고 있다. 곧 지나에게 마지막 광풍이 몰아칠 것이고, 더불어 P에게는 그보다 더한 최초의 광풍이 몰아칠 것이다. 그 최초가 그가 쌓아 온 모든 명예와 권력을 단번에 무너뜨릴 것이고, 그는 인생의 최후를 맞게 될 것이다. 의도하지 않게 P에게 10년이란 긴 시간이 주어진 건 최적의 시기가 도래하기를 참고 기다려 왔기 때문이다. 서 있는 위치가 높을수록 추락이 가져올 충격과 파괴력은 그만큼 크다. 지금이 바로 적기다. 어쩌면 그들을 죽인 건 P인지도 모른다.

지나의 존재를 알아챘을 때 그녀는 자신의 상대가 지나란 사실을 어떻게 받아들여야 할 것인지 고민했다. 지나를 위해 멈추고도 싶었지만 지나를 위해 멈춰서도 안 된다는 생각이 들었다. 모든 건 처음 계획대로 진행하여, 원하는 목적을 달성하면 되었다. 상대가 누구든, 무조건 파괴한다는 목적. 파괴는 등에 늘 새로운 시작을 업고 있다. 시작을 하기 위해서는 누군가 반드시 파괴해야만 한다. 그녀는 상대가 지나여서 오히려 악착같이 매달릴 수 있었다. 실패해서는 안 된다고 다른 때보다 더 냉정하게 이도 악물었다. 지나를 파괴할 사람이 다른 누구도 아닌 자신이어서 다행이었다. 그녀가 끝나게 했으니 그녀가 다시 시작하게 해야 했다. 파괴는 지나가 그를 잃는 것으로 시작될 것이고, 그것은 새로운 시작의 출발선이 될 것이다. 그것만이 그녀가 죄를 씻을 수 있는 방법이었다.

옛날옛날로 시작한 그들의 이야기도 다 끝나 간다. 지나가 그에게 묻는다.

─앞집 여자를 좋아하는 이유가 뭐야?

묻고 싶었지만 차마 묻지 못했던 질문을 지나가 대신 해 준다. 그가 어떤 대답을 할지 궁금해 그녀는 파이프에 바짝 귀를 댄다.

─눈에 안 보이니까.

─안 어울려, 그 말.

그에게 안 어울리는 그 말을 하게 만들어 버린 그녀가 마녀처럼 웃는다. 누군가를 변화시켰다는 것, 그것도 원하던 방향으로 변화시켰다는 것. 이로써 목적은 완벽하게 성취됐으니 그에게 확인할 건 없다. 그가 그녀의 이름을 몸에 새기겠다고 선언까지 했으니 더 이상 바랄 것도 없다. 이제는, 그를 돌려보낼 시간이다. 자리에서 일어나려는 그때, 지나가 술 취해서 집을 잘못 찾아왔던 얘기를 꺼내 놓는다. 오히려 잘됐다. 그로 인해 그녀의 정체는 의심될 것이고, 의심은 곧 불신이 되고 불신은 관계를 파쇄하는데 더없이 효과적일 것이다. 그가 불안한 눈을 하고 현관문으로 다가와 비밀번호를 누른다. 삐리릭, 세 번째로 들어보는 신비한 소리. 짐작대로 그의 표정은 의심과 불신으로 가득 차 있다. 그러나 그 표정 이면에는 1퍼센트의 믿음이 아직도 남아 있다. 그는 1퍼센트에 자신을 걸고 묻는다.

— 언제부터 날 좋아한 거예요?

기대와 확신에 찬 질문. 그러나 확실한 대답을 쥐고 있는 그녀에게는, 더 없이 쉽고 간단한 질문이다.

— 대단히 착각하고 있는 모양인데, 난 당신 좋아한 적 없어.

그는 아주 복잡한 표정을 짓는다. 1퍼센트의 믿음마저 무너지는 순간이다. 그가 입으로 뱉어 내는 질문들이 무거울수록 들을 수 있는 대답은 한없이 가볍고, 그는 더욱 비참해진다. 비참해지고 있음을 인지한 그는 질문을 멈추고, 가슴에서 끓어오르는 뭔가를 눌러 참는 얼굴로 조용히 돌아선다. 그는 지금 몹시 화가 날까? 몹시 부끄러울까? 그녀가 지겨워지려고 할까? 어떻든 이제 그녀와는 상관없다.

코끼리에게 문자를 보낸다.

— 306호가 찾아갈지도 몰라. 시킨 대로만 해.

곧바로 답장이 날아온다.

— 얼마 줄 건데? 저번처럼 물 먹이면, 알지?

다시 답장을 쓴다.

─다 끝나 가는 마당에 물 좀 먹으면 어때서.

─담요는?

─버려. 그까짓 것 때문에 문을 열 수는 없잖아.

문자 전송을 마치자마자 전화가 걸려온다.

─그까짓 것 때문에 넌 벌써 문을 열었어!

─인도적인 차원에서야.

─인도적? 너한테 그런 것도 있었어? 다른 차원은 아니고?

─넘겨짚지 마. 난 칼처럼 분명해.

─분명하면 이름이 뭐고 몇 살이나 처먹었는지 밝혀. 10년 협조했으면 그 정도 알 권리는 나한테도 있잖아.

─우리가 친구라도 된다고 착각하는 모양인데, 세월이 친구로 만들지는 않아.

─정말 착각하고 있네. 너 같은 년이랑 친구 먹을 생각 나도 없어.

─이제 와서 그게 왜 궁금한데?

─네가 반말 찍찍 할 때마다 기분이 더러워서 그래, 왜?

─반말 찍찍 들을 때마다 나도 마찬가지야.

─끔찍하고 무서운 년! 주사약도 구해 주는 게 아니었어. 고양이도 네 목적 때문에 죽였지?

─그게 내 본성이야.

─내 본성이 뭔지 이참에 제대로 한번 보여 줘? 난 밖에 있어.

─죽이기라도 할 거야? 난 안에 있어.

─네가 시도조차 못 하게 사전에 차단해 버릴 거야. 나한테도 힘

328

이란 게 있어!

─어디 해 봐. 나도 내 힘이 어느 정도인지 보여 줄 테니까. 누구 덕에 배 터지게 먹고 살았는지 모르다간 큰코다칠 줄 알아!

그녀가 휴대폰을 끊자, 곧바로 다시 전화가 걸려온다.

─306호는 진심인 것 같던데, 넌 정말 아무 감정, 없어?

─말했지, 난 칼 같다고. 벨 시간이 돼서 벤 거야. 보고도 몰라?

─불쌍해.

─306호, 좋아해?

─…….

─그래서 담요 네가 덮어 준 걸로 한 거였군.

─나, 연애 한 번도 못 해 봤어.

─창피해?

─응.

─그건 창피한 게 아니야.

─그럼 뭐가 창피한 건데?

─상대방 감정을 이용하는 거.

─그럼 너도 굉장히 창피하겠다?

─아니.

─개 같은 년! 아니, 개만도 못한 년!

흥분해 있던 코끼리의 목소리가 갑자기 가라앉는다. 뭔가 하고 싶은 말이 있는 눈치다.

─네가 부러웠어. 누군가가 좋아해 준다면 나도 숨어 버리고 싶을 만큼. 그게 어떤 감정인지 궁금해.

—306호를 좋아한다며.

—그런 거 말고, 받는 느낌. 넌 어떤 건지 알지?

—오래돼서 잊어버렸어.

—그런 걸 잊어버리기도 해? 그럼, 306호한테 받는 느낌은 어땠어?

—짝사랑일 뿐이야.

—그건 받는 짝사랑이잖아.

—받아도 받는 사람이 아무 감정 없으면 느낄 수 없어.

—정말 아무 감정 없어?

—자꾸 같은 말 하게 할 거야?

—그럼, 네가 나였대도 306호는 날 짝사랑했을까?

—아마도.

—지금은 죽을 것처럼 사랑해도 나중에 내 몸뚱이를 보면 도망가겠지.

—보이는 게 전부는 아니야.

—말도 안 되는 소리 좀 작작해!

—보이지 않은 걸 볼 줄 아는 사람을 찾아. 어딘가에 분명 있어.

—불가능해.

—나도 첨엔 불가능하다고 생각했어.

—그럼 지금은 아니라고? 왜?

—306호는 코끼리든 뭐든 사랑한다고 했으니까.

—코끼리가 누군데?

—나이기도 하면서 너이기도 한 사람.

―뭔 소리야?

―좋은 말이야.

―내일부터 다이어트 할래!

―지금 네 모습을 좋아해 준다면, 그 사람의 마음은 진실에 가까워.

―자꾸 깔볼 거야?

―아름다움은 상대방의 진실을 방해해.

―그럼 완벽한 진실은 뭔데? 상대방 때문에 죽는다면 완벽한 거야?

―넌 어떻게 생각하는데?

―그렇다고 생각해. 죽으면 다 끝나니까. 죽음만큼 확실한 진실은 없다잖아.

그녀는 죽음이란 단어를 떠올린다. 어쩌면 K야말로 그녀를 진심으로 사랑했던 건 아닐까. K는 애초부터 가족을 죽일 생각은 아니었을 것이다. 단지 주체할 수 없는 분노 때문에 잠깐 꿈속을 헤맸고, 현실의 시간이 꿈속을 헤매는 K의 시간보다 촉박하게 흘러갔을 뿐이다. 모든 건 어긋난 시간이 불러온 오해 때문이다.

그녀는 코끼리에게 받은 문자를 지운다. 나이기도 하면서 너이기도 한. 나이기도 하면서 당신이기도 한 코끼리.

31

부동산 주인은 소파에 방만한 자세로 앉아 경제 신문을 보고 있었다. 머리가 훤칠하게 벗어진 주인은 얼굴에 심술보를 두 개나 달고 있었다. 나는 초반부터 강경하게 나가기로 했다. 주인은 단번에 나를 알아보는 눈치였지만 딱 잡아떼며 형식적인 말부터 건넸다.

"집 보시게요? 요즘 좋은 물건 많이 나왔습니다."

"저, 아시죠? 몇 달 전 여기서 아파트 계약했었는데. 306호."

"아파트 이름도 없이 306호라고만 하시면 제가 어떻게……."

나는 옆에 세워져 있는 낡은 캐비닛을 발로 빵 찼다. 그래도 알은척을 하지 않자 다시 한 번 발로 찼다. 캐비닛이 살짝 찌그러졌고, 캐비닛 위에 올려져 있던 지구본이 바닥으로 떨어져 나뒹굴었다. 먼지가 잔뜩 쌓여 있어서 독일이 어디쯤인지 알 수 없을 것 같았다.

"아, 이제야 기억납니다, 기억나요. 직업이 번역가셨죠?"

"그 아파트 계약에 문제 있나요?"

"전혀요. 그 아파트는 제가 보장합니다. 그것 때문이라면 헛걸음 하셨네요. 어쩨 살 만하시죠?"

주인이 능구렁이 같은 눈으로 염탐하듯 물었다. 계약에 문제가 없다면 어떤 문제를 염두에 두고 살 만하시냐고 묻는지 알 것 같았다. 내가 집을 계약하게 된 것도 다 저 능구렁이의 꾐에 넘어가서였다. 이만한 평수를 이만한 가격에 장만할 수 있는 기회가 앞으로 또 오겠냐며 얼마나 날 구워삶았던가. 귀신이라도 나오는 집이라 가격이 싼 건가 불안했지만 그보다 능구렁이의 심리적 압박이 날 더 불안하게 만들었다. 이번 기회를 놓치면 대어를 놓친 것이라는 불안감. 그 불안감은 아파트 구입을 희망하는 다른 고객이 나타났다는 주인의 다급한 전화를 받고 최고조에 이르렀다.

"다 알고 왔으니까 빨리 부세요."

"무슨 말씀이신지?"

이쯤 되면 나도 죽기 아니면 까무러치기다.

"잘 살 리 없다는 걸 당신이 더 잘 알잖아! 그런 식으로 사람 몇 이나 등쳐 먹었어?"

"난 중개인이에요. 사람을 연결해 준 죄밖에 없어요."

"아파트 싸게 내논 이유가 뭐야!"

"그건, 저기……."

나는 영화에서 본 것처럼 주인의 목을 뒤에서 잽싸게 휘감고는 청바지 뒷주머니에 꽂아 둔 무기를 꺼내 옆구리를 겨눴다.

"지금 폭발 직전이거든요. 이실직고하지 않으면 창자가 배 밖으로 쏟아져 나오는 걸 보게 해 줄 거예요."

나는 옆구리를 꾹 눌렀다.

"아, 아무 이유 없어요. 싸, 싸게 내놔야 집이 빨, 빨리 팔리니까요. 전번 주인이 외국으로 나가게 돼서 빨리 처분했어야 했다는 거, 잘 아시잖아요."

"그 집 팔아서 당신이 챙긴 이득은 얼만데?"

"많지 않아요, 보통 수수료 두, 두 배요."

"두 배가 안 많아? 이걸 콱! 전 주인에 대해 아는 거 있으면 다 말해. 외국에 거주한다는 거 거짓말이지?"

나는 옆구리를 더 깊숙이 찔렀다. 주인이 아, 하고 신음 소리를 냈다. 주인의 매끄러운 대머리에 땀이 송골송골 맺혔다. 나는 질문을 던질 때마다 옆구리를 쿡쿡 찔렀고, 주인은 그럴 때마다 허리를 팽팽하게 활처럼 휘었다.

"정소연이란 이름 맞지?"

끄덕.

"직업은?"

"그건 프라이버시……."

쿡!

"알았어요. 검, 검사예요."

"305호 거주자에 대해서 알고 있으면 다 말해."

"그건 모릅니다, 정말 몰라요."

정말 모르는 것 같았다. 난 마지막으로 아주 깊숙이 무기를 찔렀다. 겁 많은 주인이 비명을 지르며 말했다. 정말 겁먹었는지 내 말에

334

꼬박꼬박 존댓말을 써 가며 대답했다.

"전 주인이 305호 주인이에요."

"무슨 말이야? 정소연이 305호에 살고 있는 여자란 말이야?"

"그건 모르겠고, 306호 전 주인이 서류상으로 305호 주인이라고요. 그러니까 306호 아파트가 선생한테 팔리기 전에 두 채를 소유하고 있었다고요."

마주 보고 있는 두 아파트가 한 사람 소유였다? 그럼 정소연이 그녀란 말인가?

"정소연이란 여자 본 적 있어?"

끄덕.

"어떻게 생겼어?"

"검사처럼 생겼어요."

"장난해?"

아마 정소연과 그녀는 동일 인물이 아닐 것이다. 택배조차 남의 이름을 도용하는데 집을 자기 명의로 해 놨을 리 없다. 설마 정소연이 코끼리? 지금은 유정이란 그 예쁜 이름조차 믿을 수 없다.

"뚱뚱해?"

"가시처럼 빼빼해요."

코끼리는 아니다. 소연이란 이름도 코끼리에게 안 어울리기는 마찬가지다. 검사는 더더군다나.

"갑자기 집을 왜 판 거지? 전에도 판 적 있어?"

"아니요, 전에는 세만 줬어요. 이유는 나도 몰라요. 단지 정소연 씨한테 지나가는 말로 집을 사고 싶어 하는 번역가 선생이 있다고

한 적은 있어요. 그랬더니 그분이 전화로 집이나 한번 보여 보라고
했어요."

　그 말은 사실이었다. 내가 제시한 가격에 맞는 집이 없다고 도리
질 칠 때는 언제고 아닌 밤중에 홍두깨처럼 밤늦은 시간에 전화를
걸어와 아파트 한번 보시겠느냐고 했었으니까.

　"전세 계약은 전부 여기서 했어?"

　"네."

　"전에 세 들어 살았던 사람들 전화번호 내놔. 해될 것도 없잖아,
얼른!"

　주인은 캐비닛에서 가죽으로 장정된 장부를 꺼냈다. 대충 어깨
너머로 살펴보니 306호 거래만 따로 관리하는 장부 같았다. 눈이
휘둥그레졌다. 그동안 그 아파트를 거쳐 간 사람들 수가 어마어마
했다. 나는 광고 전단지와 볼펜을 던져 주며 최근 거주자 열 명의
전화번호를 적으라고 명령했다. 주인의 글씨체는 겁에 질린 듯 부들
부들 떨려서 여기저기 삐쳐 있었다. 나는 광고지를 접어 들고 부동
산을 나와 차에 올라탔다. 뒷주머니에 찔러 넣었던 나무젓가락을
반으로 분질러 창밖으로 버리고 차를 출발시켰다.

　첫 번째로 도착한 곳은 일반 단독주택이라 찾는데 애를 먹었다.
초인종을 누르자 여자가 인터폰을 받았다. 아까 전화했던 사람이
라고 소개를 마쳤는데도 여자는 문을 열어 줄 생각을 하지 않았다.
나는 그대로 대문 앞에 서서 질문을 던졌다.

　"그 아파트에 얼마나 거주하셨어요?"

"2개월요."

여자는 별로 말하고 싶지 않은 목소리였다.

"무슨 일이 있었는지 알려 줄 수 있어요?"

여자는 몇 초간 꾸물거리다 말하기 시작했다.

"이사 갔을 때 그 여자가 먼저 말을 걸었어요. 불길할 정도로 허스키한 목소리였어요."

내가 아는 그녀의 목소리는 비단결처럼 아주 고왔다.

"뜬금없이 저한테 문학작품이나 영화 속 좋아하는 주인공이 있느냐고 물었어요. 흥미롭단 생각에 무심코 제제라고 했더니, 자기를 앞으로 제제라고 불러 달라면서 저한테는 라임이란 이름을 지어 줬어요. 그러고 보면 참 독특한 여자였어요. 물론 끔찍하기도 했지만."

"왜요?"

"절 못살게 괴롭혔거든요. 노이로제에 걸릴 정도로. 이젠 아파트라면 신물이 나요. 매일 그 허스키한 목소리로 공격을 해 대는데 미치는 줄 알았어요. 자기 부탁을 안 들어주면 협박했어요. 밤길 조심해라, 쥐도 새도 모르게 죽여 버리겠다, 과거를 다 알고 있다, 인터넷에 올리면 넌 끝장이다. 첨에는 아주 친절해서 재밌는 이웃을 만났다고 좋아했죠. 그런 사람이 하루아침에 변하기 시작하는데, 딴 사람인 줄 알았어요."

"나이는 몇인지 아세요?"

"쉰이 넘었다고 했어요."

"주로 어떤 부탁을 했나요?"

"물건 사 달라는 부탁부터, 식당에서 주문하듯 먹고 싶은 음식이 있을 때마다 만들어 달랬어요. 자기 가정부나 되는 것처럼 날 막 부려 먹었어요. 어쩔 때는 입던 속옷을 벗어서 빨아 놓으라고까지 했어요. 맘에 안 들면 계모처럼 다시 빨라고 내던지기도 하고, 거역하는 날엔 잠을 못 자게 괴롭혔어요. 마치 고문당하는 것 같았어요. 악몽이 따로 없어서 아직도 잊히지 않아요."

여자는 정말로 악몽을 꾼 듯한 목소리였다.

"그래서 이사를 갔군요."

"이사 가고 싶어도 이놈의 서울 바닥에서 돈에 맞는 집 구하기가 어디 쉬워야 말이죠. 그 아파트 전셋값이 터무니없이 쌌던 건 다 그럴 만한 이유가 있었다니까요. 결국 나머지 비용은 희생의 대가였던 셈이에요. 이웃에 그런 사람이 산다는 걸 알면 누가 이사 오려고 하겠어요. 헐값에 판대도 아무도 안 살걸요. 아무튼 전 복비까지 물고 겨우 빠져나왔어요."

여자가 말한 '빠져나왔다'는 표현이 실감나게 들렸다. 그런 식으로 서너 달에 한 번씩 세입자를 갈아치웠다면 부동산도 막대한 이득을 취했을 터였다. 조용히 입 다물고 그녀에게 협조할 만한, 놓치고 싶지 않은 좋은 돈벌이였다.

"그쪽도 심려가 크시겠네요. 얼른 이사 가세요. 아직도 그렇게 살고 있나 궁금하긴 했는데, 아직도군요."

"그 여자 택배가 그쪽 이름으로 배달된 적도 있었어요?"

"아니요. 택배는 4층에 사는 뚱뚱한 여자가 처리해 줬어요."

"실례지만 직업은 뭐예요? 그 아파트에 혼자 사셨어요?"

"친구랑 인터넷 쇼핑몰을 운영했어요. 그 친구는 그 후 고향으로 내려갔지만."

태양은 작열하듯 타올랐고 내 마음은 그보다 더 뜨겁게 달아올라 더운지도 몰랐다. 두 번째로 연락이 닿아 찾아간 곳은 허름한 주공아파트였다. 초인종을 누르자 30대 초반의 남자가 얼굴을 내밀었다. 남자는 악수를 청한 후 내게 담배 한 개비를 권했다. 남자는 담배 연기와 함께 한숨부터 내쉬었다.

"그 여자 완전 일자무식이에요. 초등학교나 나왔으려나. 아기 목소리를 내 가면서 얼마나 아양을 떨던지. 구역질이 날 정도였어요."

"나이는 몇이었죠?"

"그때가 2년 전인데, 스물여섯이랬어요. 내 눈으로 확인한 게 아니니 모를 일이죠. 머리는 빈 깡통이지만 변태 짓은 엄지손가락이었어요. 왜 그 방면으로만 도가 터서 오로지 그것밖에 생각 안 하는 사람 있잖아요. 제가 밖에만 나갔다 하면 인터폰으로 오빠라고 부르면서 이상한 신음 소리를 내는데, 저도 남자라 처음에는 은근히 흥분도 되고 좋았죠. 근데, 좋은 것도 하루 이틀이지 매일 그 지랄을 떠니까 환장하겠더라고요. 창피해서 손님도 집에 못 들이고, 여자 친구도 밖에서만 만났어요. 나중에는 이사했으면서 초대 한번 안 한다고 의심하기 시작하더라고요."

"그래서 이사했군요."

"일단은 제가 못 견디겠더라고요. 한번은 쇠 파이프로 문을 막 두드리면서 아이스크림이 미치게 먹고 싶다는 거예요. 귀찮아서 어떤 아이스크림을 사다 주면 되겠느냐 물으니까, 오빠가 주는 건 뭐든 다 좋다는 거예요. 처음엔 무슨 말인가 싶어서 냉동실에 아이스크림 사다 둔 게 있나 제 딴에는 열심히 생각했죠. 냉장고를 살피러 들어가려는데 급하니까 신문 투입구로 내 그거라도 넣어 달라는 거예요. 확실하게 빨아 준다고."

"그래서요?"

"그래서라뇨? 제가 변태도 아니고, 봉변당할 일 있습니까? 아마 그때 넣었으면 병신 됐을 걸요. 눈에 안 보이니까 더 무섭고 께름칙하더라고요. 한동안 여자 혐오증까지 있었으니 말 다했죠. 빈방 하나 주겠다고 사촌 동생한테 큰소리 땅땅 쳤다 실없는 사람만 됐지 뭐예요. 살다 보니 별 희한한 일도 다 겪고, 아무튼 계단식이 싫어서 일부러 복도식 아파트로 이사했어요. 그쪽도 골치 꽤나 썩었나 보군요. 저랑 비슷하죠?"

"네, 뭐."

남자는 난간에 담배를 비벼 껐다. 남자의 직업은 주식 투자가라고 했다. 그녀가 붙여 준 닉네임은 마이클 조던이었고 그녀는 치치올리나였다. 그녀는 세입자들이 좋아하는 인물을 닉네임으로 사용함으로써 그들과의 거리감을 좁힐 심산이었던 것 같다. 무의식중에 그녀를 좋아하는 인물로 착각하게 만들면 그들이 그녀를 받아들이는데 거부감이 덜할 거란 계산에서 나온 전략 말이다. 그러니까 그녀에게 닉네임은 또 하나의 가면인 셈이다. 돌아서는 내게 남자가 마지막으로 말했다.

"근데, 이상하게 한 번씩 생각나곤 해요. 시간이 많이 지나서 그

340

런가."

남자는 자기가 생각해도 어이없다는 듯 웃으며 집으로 들어갔다.

주공아파트를 나와 자동차 안에서 나머지 사람들에게 전화를 걸었다. 305호한테 당했다고 먼저 얘기를 꺼내자 모두들 하나같이 자신들 얘기를 구구절절, 열을 올려 가며 털어놨다. 그래픽 디자이너라는 사내는 그녀를 사기꾼이라고 했다. 떼인 돈을 받아 오면 30퍼센트의 수수료를 준다는 말에 자기 일도 팽개치고 뛰어들었다가 수수료는커녕 몸뚱이만 아작 났다며 울분을 토했다. 여자 만화가는 그녀에 대해 묻자마자 아, 그 미친년하고 얘기를 시작했다. 그 얘기의 끝도 미친년으로 끝났다. 어떤 독한 세입자는 이 악물고 잘 버텼지만 집주인이 쫓아내서 어쩔 수 없이 나왔다고 말했다.

그들이 말하는 그녀의 모습은 모두 달랐다. 나이도 목소리도. 그녀는 다중인격자처럼 세입자마다 다른 인물로 변장하고 연기했다. 맘만 먹으면 다른 사람 행세를 할 수도 있다는 말의 의미를 이제야 알 것 같았다. 그녀는 하나인 동시에 모든 것이었다. 왜 그녀는 수십 명의 그녀가 되어야만 했을까. 어떤 게 진짜 그녀일까. 그 안에 진짜가 있기는 할까. 나한테 보여 줬던 모습은 어느 쪽일까. 혼란스러웠다. 그녀는 진정 보이지 않는 손이었다.

반면, 세입자들의 공통점은 젊고 직업은 주로 재택 근무자나 집에 머무는 시간이 많은 사람들이라는 것. 그녀로부터 불쾌한 상처를 받아 그녀를 끔찍하게 저주한다는 것. 그러면서도 아직도 그녀의 존재를 생생하게 기억하고 있다는 것이었다.

내게 그녀는 무한한 상상이 가능한 여자였다. 그러나 내 상상은 저토록 다양하지도 비정상적이지도 않았다. 오늘 알게 된 그녀는 내 상상이 얼마나 빈곤한지 깨닫게 해 주었다. 그녀는 분명 실존하기에 빈곤한 그 상상마저 거짓으로 만들어 버렸다. 그런데 그들 중에 나와 같은 일을 겪은 사람은 없는 것 같았다.

32

코끼리로부터 전화가 걸려온다.

—총각이 찾아와서 시킨 대로 부동산으로 가랬어. 다이어트해야 하는데, 살찔 음식만 잔뜩 사 가지고 왔어. 이것만 먹고 진짜 살 빼야지. 얼른 입금해 줘.

—눈치는 어때?

—매매 사기를 당한 줄 알아. 뭐, 사기는 사기지만. 겁을 잔뜩 집어먹은 표정이 아주 귀여워 죽겠어. 너도 그 표정을 봤어야 하는데.

음식물을 쩝쩝 씹어 대는 소리 때문에 코끼리의 목소리는 명확하지 않다.

—세입자들은 날 찾아오지 않았는데 제 발로 찾아온 걸 보면 제법 영리한가 봐. 전세를 사느냐, 자기 집을 사느냐의 차인가. 굳이 부동산 얘기까지 할 필요가 있어?

—장난감처럼 이용당했다는 걸 알면 충격이 커서 정리도 빨라.

내가 나서는 걸 최소화할 수 있는 방법은 그것뿐이야.

— 고양이도 물어보기에 대답해 줬어.

— 너 진짜! 시킨 일만 하랬지!

— 그래야 정나미가 뚝뚝 떨어지지. 벌써 떨어졌을걸. 어때, 홀려 보니까 재밌어? 다음에도 한 놈 홀릴 거야?

— 신경 꺼!

— 왜 더 해 보시지?

— 흥미 없어!

— 없기는, 이참에 비법이나 좀 전수해 주지?

— 입 닥쳐!

— 그 총각 안 나간다고 버티면 어떻게 쫓아낼 건데?

— 알 거 없어!

— 다음 세입자에 대한 구상은 마쳤어? 날도 더운데 납량 특집으로 귀신 흉내 좀 내보는 건 어때? 그런 거라면 나도 단단히 한몫할 수 있는데.

— 넌 굿이나 보고 떡이나 먹어!

그의 차가 아파트 광장을 빠져나간다. 그녀는 휴대폰을 쥔 채 전화가 오기만을 기다린다. 한 시간 후 J의 발신번호가 휴대폰 액정에 뜬다. J는 부동산 남자와의 통화 내용을 차근차근 얘기한다.

— 옆구리에 흉기를 겨누는 바람에 겁먹은 것 같아. 그래서 아파트 두 채가 내 소유였다는 것까지 다 불어 버린 모양이야.

덧붙여 J는 그가 세입자들의 전화번호를 적어 갔다고 말한다. J는 일이 복잡하게 될 수도 있겠다며 다음에는 집을 파는 어리석은 짓은 하지 말라고 충고한다. 그녀는 알았다고 J를 안심시킨다. 집을 사고 싶어 하는 번역가가 있다는 정보를 전해 듣고 그에게 아파트를 보여 주자고 했을 때도 J는 그가 전세를 원하는 사람이 아님을 환기시켰다. 그에게 집을 팔자고 했을 때는 펄쩍 뛰기까지 했다. J는 왜 굳이 그런 무모한 짓을 하려는 거냐며 낯선 목소리로 물었다. 그녀는 말했다. 이번에는 지금까지 행해 왔던 무수한 실험들과 다르게 사람의 마음을 움직이는 민감한 문제라고. 그래서 어쩔 수 없다고. 원래 사람의 마음을 움직이게 한다는 게 무모한 짓 아니겠냐고. 그녀는 10년 만에 처음 시도해 보는 일이지만, 언젠가 한 번은 해야 할 일이었다며 J를 설득했다. 그러자 J는 세입자 중에서 적당한 대상을 고르는 게 안전할 것 같다며 한 번 더 말렸다. 결국 고집을 꺾지 못한 J는 대신 이번 한 번뿐이라는 조건을 내걸고 그녀의 결정에 따르기로 했다. J는 우려했던 일이 일어날지도 모르겠다며 아직도 걱정하는 목소리다. 만약 그가 집을 다시 팔지 않으면 어떻게 할 거냐고 묻는다. 너한테 복수할 마음으로 집을 팔지 않고, 그렇다고 살지도 않고, 세도 놓지 않고, 텅텅 빈 집으로 남겨 두면 어떻게 할 거냐고 검사답게 여러 가정을 내놓으며 거듭 묻는다.

— 애증이란 무서운 것이어서 사람을 죽이게도 해.

그녀는 문득 K를 떠올린다. 혹 그도 지금, 죽이고 싶을 만큼 그녀가 미울까. 그녀는 아무런 대답도 하지 않고 전화를 끊는다. 물론 그녀도 그런 가정을 염두에 두지 않은 건 아니다. 그래서 더욱 그가 어떤 결정을 내릴지 궁금하다. 세입자들과 경우가 다르기 때문에 섣불리 예단할 수도 없다. 만약 J의 가정이 현실이 된다면 그의 '애증'을 다시 한 번 확인하는 셈이 된다. 그러면 그녀는 더 없이 완벽한 승리감에 도취될 것이고, 도취가 끝날 때쯤에는 집을 돌려받기 위한 온갖 노력이 수순을 밟아 갈 것이다. 어쩌면 세입자들에게 썼던 방법을 그에게 써야 할지도 모른다.

그가 집을 처분하지 않은 채로 그녀의 눈에서 벗어나 버린다면 간단하게는 전화와 이메일, 블로그 등을 적절히 이용할 수 있다. 그 방법이 통하지 않는다면 사람을 붙여 단번에 끝장내 버릴 수도 있다. 정나미가 떨어질 정도로, 혀를 내두를 정도로 아주 지겹고 질리게 만들어 주는 것. 도저히 제 발로 나가지 않고서는 배겨 낼 수 없게 만들어 버리는 것. 그녀는 최초로 그 앞에서 가면을 벗고 벗는 지난한 일을 계속해야 할지도 모른다. 그러나 더 이상 상처받기를 원치 않는다면, 현명한 사람이라면 그녀가 손쓰기 전에 제 발로 나갈 거라 믿는다. 그보다 그녀에게 보여 준 마음이 진심이었다면, 그래서 그녀를 끝까지 위하고 싶은 마음이 남아 있다면 그는 나갈 수밖에 도리가 없다.

지금 그는 세입자들을 만나고 있다. 누구도 시도해 본 적 없는 일이다. 그는 떠나면 그만인 세입자가 아니라 자신의 집에서 당당하게 살고 있던 집주인이기 때문이다. 그는 자신과 집을 지키기 위해 노력하고 있다. 물론 그 노력은 허사로 끝날 가능성이 크다. 위험하긴 했지만 그에게 집을 판 건 잘한 일이었다. 세입자들과는 차별화된 색다른 기분과 경험을 맛봤다는 걸 그녀도 인정하고 있기 때문이다. 아마 그녀의 실체를 알아 버린 지금 그는 소름이 돋을 것이고, 그 끔찍함은 신변을 정리하는데 여러모로 도움이 될 것이다.

　이유가 뭐냐고 묻지 않고 떠났던 세입자들과 달리 그는 오늘, 이유를 물을 것이다. 이유를 물어야만 하는 민감한 감정을 그녀에게 맛봤기 때문이다. 그녀는 그 물음에 마녀 같은 웃음을 흘리며 조금이라도 답해 줄 것이고, 대답을 듣고 나면 그의 마음은 분노와 증오로 뒤끓을 것이다. 그때, 그녀는 그의 또 다른 모습을 보게 될 것이다. 그는 집주인이란 강점을 가지고 있지만 사랑이란 약점 또한 가지고 있다. 그는 어느 쪽을 선택할 것인가. 어느 쪽을 선택하든 그녀는 승리자일 수밖에 없다. 그녀가 지금 궁금한 건 승리자가 누구냐가 아니라 어떤 승리자로 남느냐다.

33

저녁 11시가 다 되어서야 집으로 돌아왔다.

그녀는 왜 무고한 사람들에게 그런 짓을 저질러야만 했을까. 그
녀는 지금 어떤 이면공작을 펼치고 있는 걸까. 조력자가 필요했다면
도움을 청하고 감사하는 마음으로 그 도움을 받으면 되지 않은가.
은둔 생활의 무료함에서 벗어나려는 일종의 방편이었다고 하기엔
너무 과격했다. 소통 방식이라 하기엔 너무 끔찍하고 잔인했다. 이
건 명백히 사회로부터 소외받은 자가 불특정 다수를 상대로 벌이는
응분의 테러였다. 나는 주먹 쥔 손으로 초인종을 눌렀다. 누른 뒤에
도 꽉 쥔 주먹을 펼 수 없었다.

"왜 하필 나예요?"

"왜 하필 앞집으로 이사 온 거지?"

"더럽게 재수 없어서 덫에 걸렸으니, 내 탓이다? 왜 나한테는 집
을 판 거죠?"

"자신을 특별하다고 생각하는 모양인데, 지겨워서 게임 방법을 바꿔 본 것뿐이야. 금방 도망 못 갈 사람이 필요했고, 마침 당신이 걸려든 거야. 목표가 달라지면 방법도 달라져야지. 이번 목표가 민감하고 위험했던 것만큼 나 또한 위험부담을 안고 가야 했어."

금방 도망 못 갈 사람? 내가 지금까지 버틸 수 있었던 건 내 집이기 때문이었다. 그게 바로 내 발목을 붙잡고 있는 함정이었다. 그녀는 집을 파는 위험을 감수한 대신 그보다 더 위험한 사랑이란 감정을 이용해 자신의 집을 그 위험에서 구해 낼 계획이다. 집주인도 아닌 데다 사랑이란 감정과도 무관했기에 세입자들은 오랫동안 버틸 이유가 없었다. 그래서 모두들 제 발로 떠났다. 아니 떠나게 되어 있는, 그녀의 승리로 끝나게 되어 있는 게임이었다. 물론 아파트를 샀다고 해서 세입자들과 내가 특별히 다를 것도 없었다. 괴상한 이웃에 대한 지겨움과 두려움에서 벗어나고 싶다면 제 발로 팔 수밖에 없을 거라 확신하고 있을 테니. 사랑이란 민감한 부분을 건드려 놨으니 그녀는 현재 무서울 게 없는 것이다. 그러나 속으로는 시세의 반에 반도 안 되는 가격으로 팔았으니, 이대로 아파트 한 채를 날리는 건 아닐까 두려울 것이다. 만약 내가 아파트를 판다고 나서면 정소연이 도로 사게 되겠지. 나는 허심하게 물었다.

"나한테 왜 그랬어요? 이유가 뭐예요?"

"실험 대상이 필요했어. 한 사내의 마음을 움직이는 게 이번 실험의 목표였어."

"그 실험으로 뭘 얻으려는 건데요?"

"살아 있다는 거."

"세입자들은요?"

"누구냐에 따라 내용은 달라지지만 주제는 똑같아. 파괴와 상처. 어떤 식으로든 파괴하고 상처 주는 게 내 삶의 방식이자 목적이야. 내 인생의 추동력은 바로 거기서 나와."

"이유는요?"

"그 역시 살아 있다는 거."

"그래서, 당신이 짠 각본대로 됐나요?"

"물론. 하지만 내 것보다 루이스란 각본이 더 훌륭하고 멋졌다는 건 말해 두지."

나는 고개를 젖히며 실소를 터뜨렸다. 천장의 센서 등과 눈이 마주쳤다. 주인공처럼 날 비춰 주던 센서 등. 나, 이 연극의 주인공이기는 했다. 고립이 한 인간을 범죄자로 만들 수 있다니. 이건 엄연한 범죄행위다. 그녀는 자기만의 방식으로 인간과 사회를 어지럽히고 있는 것이다. 문득 그녀의 은둔이, 은둔형 외톨이의 전형적인 유형과는 거리가 먼, 누구도 짐작하기 어려운 이유 때문일 거란 생각이 들었다. 반항적이고 저항적인 은둔자! 그녀도 범죄자임을 시인해 아파트에 스스로 갇힌 걸까. 어쩐지 그녀의 고립이 정당해 보이기까지 했다.

"나한테 보여 준 당신은 다 가짠가요?"

"정말로 날 봤다고 생각해? 난 보여 준 게 하나도 없는데. 혹 당신이 넣어 준 물건들로 날 봤다고 한다면 할 말은 없어. 다 가짜냐고? 각본이었으니 물론. 처음부터 끝까지, 전부, 다아."

그녀는 '다'에 모든 걸 '다' 담으려는 듯 길게 발음했다. 음산한 기운이 서려 있었다.

"목소리밖에 보여 줄 수 있는 게 없다며, 적어도 그 목소리로 거짓말은 하지 않았다고 했잖아요?"

"거짓말이 좋은 게 뭔지 알아? 무슨 말이든 믿게끔 할 수 있다는 거야."

"『위대한 개츠비』는요?"

"당신이 인터뷰에서 가장 좋아하는 작품이라고 말하더군."

"고양이는, 고양이는 아니죠?"

"전부 다, 라고 말했잖아!"

거짓말, 허망하지만 그것처럼 모든 상황을 쉽고 깔끔하게 정리할 수 있는 말이 또 있을까. 치 떨린 나는 주먹으로 인터폰을 쳤다. 피가 나도록. 상상을 빗나간대도 충격적이지 않을 거라던 지나와 반대로 상상을 빗나간 그녀는 충격이었다. 어떻게 고양이까지, 무서웠다. 갑자기 그때 그녀가 괴상한 소리를 내며 웃었다. 섬뜩해진 나는 한 발 뒤로 물러섰다. 마치 가면 벗기의 첫 시작을 본 것 같았다. 증오를 먹고사는 악마! 타인의 삶을 파괴하는 낙으로 사는 마녀! 어느 날 내 삶에 틈입해 모든 걸 망쳐 놓은 여자! 아무것도 할 수 없는 존재란 관념을 깨부수고 세상 밖으로 나온 여자! 그것은 아무것도 할 수 없는 게 아니라, 아무것도 할 수 없을 거란 교만한 방심이 불러온 불길한 재앙 같은 것이었다. 교만한 방심을 이용해 서서히 빠져들게 만들었다가, 어느 순간 돌변해 숨통을 물어뜯어 좌절시키는 여자! 그것도 하나의 중독일까, 쾌락을 얻기 위한. 그것도 하나의 권력일까, 세상을 지배하기 위한. 그것도 하나의 복수일까, 세상을 비웃기 위한. 그녀는 분명 안에 있지만 분명 밖에도 존재하는 사람이었다.

"그만 나가 줘."

"단 물 쓴 물 다 빨렸으니, 쓸모없으니, 나가 달라? 내 돈 주고 산 내 집이야. 당신이 나가라 마라 할 힘없는 세입자가 아니라고!"

집주인. 그것은 지금 유일하게 내가 쥐고 있는 권력이었다.

"버틸수록 패배자라는 것만 인정하게 될 텐데? 그러면 난 더없이 완벽한 승리자가 될 테고."

"안 나간다면?"

나를 이를 꽉 깨물고 물었다.

"견딜 수 없을 거야."

"누가, 내가? 당신이 견딜 수 없겠지!"

아직도 난 뭘 바라고, 뭘 확인하고 싶어서 그런 말을 한 것인가. 그러나 어이없게도 솔직한 말이었다. 견딜 수 없을 것 같았다. 너무 짧았기에, 달콤함마저 제대로 느껴 볼 수 없을 만큼 짧았기에 이대로는 억울해서 돌아설 수 없을 것 같았다. 더 솔직하게 말하면 세입자들이 그녀에게 막말을 퍼부을 때조차도 난 속으로 그녀를 감싸고 있었다. 내가 제대로 미친 걸까? 예전의 내가 아니었다. 나는 정신 차리라고 미친놈, 미친놈, 외치며 속으로 내 뺨을 갈겼다. 처음부터 불가능했는지도 모른다. 그녀는 손톱만큼의 가능성을 확인 받기 위해 도전한 것이었고, 나는 불가능을 가능으로 바꿔 놓을 수 있을 거라 착각하고 시작한 일이었다. 손 내밀면 닿을 수 있는 곳에 있는 사람과 지구 반대편에 사는 사람처럼 전화 통화할 수는 없는 일이다. 앞으로도 그건 불가능할 것이다. 한편으로는 송곳처럼 마음 한구석에서 이런 생각도 들었다. 이번에는 내가 그녀를 괴롭히며 사는 건 어떨까. 당한 만큼 고대로 되갚아 주는 거다. 분히 풀릴 때까지. 그녀가 나를 지겨워할 때까지. 그렇게 생각하자 어쩐지 그녀가 아니라, 내가 그녀의 삶에 틈입한 것 같았다.

그녀에게 기운이 다 빨려 버린 몸이 삽시간에 축 늘어졌다. 그러나 무릎만은 꺾이지 않겠다고 다리에 힘을 팍, 주었다.

양가감정이 충돌하는 소리 때문에 날이 새도록 한숨도 자지 못했다. 눈 뜬 채로 꿈꾸고 있는 것처럼 머릿속이 멍멍했다. 그러다 가닥 없이 여기저기 흩어져 있는 어제의 일들이 무방비로 머릿속으로 치고 들어와 날 혼란스럽게 만들었다. 나는 노트북을 켜 일기 쓰듯 어제의 일을 기록하기 시작했다. 그러자 조금씩 마음이 가라앉으면서 흩어져 있던 질서가 잡혀 나갔다. 미로처럼 얽힌 골목을 돌아나오니 마지막 결론에 다다랐다. 그녀는 불쌍하다, 그러니 용서하자, 아니다, 그녀는 나에게 악행을 저질렀다, 그러니 절대 용서해서는 안 된다. 워드 창에 같은 문장을 반복해 적고 또 적었다. 앞으로 어떻게 해야 할지 막다른 골목에 다다를 때까지.

그러나 쉽게 찾을 수 있는 성질의 것은 아니었다. 내가 만났던 세입자들과 나의 입장은 분명 다른 데가 있었다. 이러지도 저러지도, 갈피를 알 수 없게 시소처럼 오르락내리락거리며 내 속에서 어지럽게 무게 싸움을 하고 있는 양극단의 감정들. 그녀가 노린 게 이런 거였을 테지. 커서가 부산하게 깜빡거리며 빨리 결정을 내리라고 압박했다. 결국 압박을 이겨 내지 못한 나는 워드 창을 최소화해 버리고 인터넷에 접속했다. 블로그에 들어가 이웃 항목을 클릭하고 닉네임 앨리스를 찾았다. 없었다. 블로그 속 앨리스마저 나와 이웃을 끊어 버렸다. 그 앨리스와 305호 앨리스가 왠지 동일 인물처럼 느껴졌다. 나는 노트북 켜 둔 채 침대에 느른하게 엎어져 잠이 들었다.

그 후로 일주일이 지났지만 그녀는 고양이 사건 때처럼 모든 구멍을 차단했다. 내가 이 아파트를 나갈 때까지 아무것도 먹지 않겠다는 무언의 단식 농성이었다. 현관문을 나설 때마다 나 또한 예전같을 수가 없었다. 어색하고, 눈에 보이지 않지만 보이는 것처럼 종류를 알 수 없는 다양한 고통이 찾아왔다. 없는 사람 취급하자고 다짐도 해 봤지만 말처럼 쉽지 않았다. 그녀는 없는 사람이 아니니까. 손 내밀면 닿을 수 있을 만큼 가까운 곳에 있는 사람이니까. 그런데도 내가 할 수 있는 건 아무것도 없으니까. 가슴속에서 마그마처럼 들끓고 있는 지금의 분노를 표출하는 건 물론이고 행패를 부리는 것조차도 할 수 없었다. 고통받는 자의 표정이나 반응을 볼 수 없다면 고통을 주는 건 무의미했다. 완벽하고 철저한 봉쇄였다. 너무도 무책임하고 비겁하고 잔인한 생활 방식이었다.

아파트를 싸게 세 놓고 다른 집으로 세를 얻어 나가는 방법도 생각해 봤다. 그러나 이내 고개를 절레절레 흔들었다. 몰랐다면 모를까 나 살자고 다른 사람의 발목을 수렁으로 잡아끌 수는 없었다. 아파트를 비워 둔 채로 세를 얻어 나가자니 그만한 여유도 없을 뿐

더러, 말짱한 내 집 놔두고 남의집살이를 한다는 것도 기막힐 노릇
이었다. 나를 끝으로 피해자가 더 이상 생기지 않도록 죽치고 살아
볼까, 라는 희생정신도 발동했지만 얼마나 갈 수 있을지 그조차도
의문이었다. 모든 것이, 허사였다.

나는 답답한 마음에 방 안을 부산하게 서성거렸다. 이럴 때 생
각나는 사람은 역시 수연이었다. 단축 번호 1번. 단축 번호에 별 의
미를 두지 않는다던 나지만 1번만은 누구도 부정할 수 없는 소중한
자리라는 걸 은연중에 인식하고 있었던 모양이다. 나는 소중한 1번
에게 전화를 걸어 그녀가 저지른 악행들에 대해 열변을 토했다. 그
1번은 맞장구쳐 가며 열심히 내 얘기를 들어주었다. 어느덧 우리는
예전 사이로 돌아가 있었다. 지나의 고백 후 누구의 잘못도 아니라
는 걸 알았으니 실은 누구를 원망할 것도 누구한테 미안해할 것도
없었다. 깨진 사랑은 붙이면 어색해지지만 깨진 우정은 붙이면 더
욱 단단해지는 걸까. 내 말을 다 듣고 난 수연은 믿을 수 없다는 반
응을 보였다. 그녀의 악행은 그간 수연에게 보여 준 행동에도 반하
는 것이니 그럴 만했다.

"내가 누님을 한번 만나 볼까?"

수연은 어떤 식으로든 날 돕고 싶다고 했다.

"찾아가 봤자 너도 별 수 없을 거야."

휴대폰으로 입김이 전해질 정도로 수연은 긴 한숨을 내쉬었다.

"이번에도 이해할 수 있겠냐?"

수연은 다시 진지한 한숨을 내쉬며 글쎄, 라고 대답했다. 그 뒤
로도 수연은 도울 일이 없는지 수시로 전화를 해 왔고, 맥주 사 들

고 매일 그녀를 찾아가 마임 공연도 했다. 나는 그때처럼 숨죽이며 액정으로 그들을 지켜봤다. 그러나 그녀는 침묵했고, 성과 없이 공연을 끝내고 나면 수연은 나와 함께 사 온 맥주를 마시고 결론이 나지 않는 얘기를 주고받다 돌아갔다. 도움이 되지는 못했지만 내 편이 있다는 것만으로도 숨통이 좀 트이는 것 같았다.

언제까지 이렇게 지낼 수 있을까, 라고 생각하는 사이 그렇게 또 고통의 일주일이 지나갔다. 뚫고 나갈 수 있는 구멍은 어디에도 없었고, 있다 해도 그녀가 허용하지 않았다. 이 상황을 견디기에 내 심장은 얼음처럼 차갑지도 단단하지도 않았다. 곧 있으면 그녀가 내 발로 나가게끔 온갖 수단과 방법을 동원할 것이다. 그 수단과 방법에 맞설 배짱도, 용기도 이미 사라지고 없었다. 날 기다리고 있는 게 무엇인지 뻔히 알면서도 내가 다다른 막다른 골목. 막다른 곳은 말 그대로 막다를 뿐이었다. 당당하게 나는 내 삶을 살고 그녀는 그녀 삶을 사는 수밖에 도리가 없었다. 방법은 하나뿐이었다. 결국 이렇게 되고 말 것을.

그녀의 계획대로 나는 충분히 상처받았고 파괴되었다. 증오심도 충분할 만큼 불타올랐고 그녀의 존재감은 보이는 것보다 더 뚜렷하게 각인되었다. 그녀는 영리했고 각본은 훌륭했으며 승리는 완벽했다. 패배자임을 자처한 나는 아파트를 정소연에게 다시 팔기로 했다.

내 발로 부동산을 찾아가자 주인은 겁에 질려 있는 표정을 억지 웃음으로 감추며 나를 반겼다. 기다리고 있었다는 듯 계약은 바로 성사되었다. 집을 사는 과정은 어려웠지만 파는 건 허무하리만치 쉽게 끝나 버렸다. 그 덕에 이삿날을 빨리 잡을 수 있다는 건 고마운 일이었다. 동시에 그때까지도 시소 놀이 중이던 양가감정도 한쪽으로 기울어 어지럼증이 사라졌다. 드디어 이 극의 마지막에서 내가 보여 줄 감정이 결정 난 것이다.

부동산을 나오며 가을 느낌이 나는 하늘을 올려다봤다. 그래, 서른이란 나이에 내 집을 갖는다는 건 불가능한 일이다.

34

그녀는 인터폰을 켜 놓고 그의 집에서 이삿짐이 빠져나가는 걸 지켜본다. 음량 조절 장치가 고장 난 티브이를 보는 것처럼 화면만 보인다. 더 이상 들려줄 이야기가 없기에 볼륨을 높일 필요조차 없는 마지막 장면이다. 그녀, 이 상황을 재밌게 즐기고 있을까? 그녀는 이번 실험에서 원하는 걸 얻었고, 마지막까지 원하는 대로 그가 아파트를 떠나고 있다. 별도의 조치를 취하기 전에 그는 현명한 선택을 했다. 그러나 이 극의 주인공은 하루 종일 모습을 보이지 않는다. 한여름에 일거리가 생겨 즐거운 듯 이삿짐센터 직원들만 부산스럽게 짐을 옮긴다.

저녁 거미가 내려앉자 이사는 다 끝났다. 아파트는 말끔하게 텅 비었고, 다음 주인을 맞을 준비를 한다. 직원이 마지막 이삿짐을 품에 안고 엘리베이터에 몸을 싣자 무대조명 역할을 충실하게 해 왔던 센서 등이 조용히 꺼진다. 액정 화면도 깊은 어둠으로 물든다.

그녀는 눈을 감고 지난 세월을 돌이켜본다. 해변의 모래알처럼 많고 많은 사람 중 한 사람이, 하늘에 떠 있는 별처럼 많은 집 가운데 하나를 골라 들어왔다면, 그래서 이웃이 됐다면, 그건 인연이라 불러도 좋다. 악연이라 불러도 나쁘지 않다. 그녀에겐 인연이지만 306호에겐 악연이었던 그녀는, 306호 세입자를 자기 삶에 끌어들였다. 그녀는 그들에게 귀찮게 굴거나 끔찍하게 대했고, 그들은 그녀를 저주스러울 만큼 귀찮고 끔찍한 존재로 여겼다. 그러나 그녀에게 그들은 없어서는 안 되는, 귀중하고도 고마운 삶의 조력자였다. 그들로 인해 10년은 즐거운 휴식이 될 수 있었다. 그래서 견딜 수 있었다. 누군가는 물을 것이다. 고마운 존재에게 왜 그런 짓을 했느냐고.

1년의 암흑 같은 은둔 생활 동안 그녀 안에서는 증오가 불타고 있었다. 증오의 대상은 누가 되든 상관없었다. 결국 세상 사람은 모두 똑같으니까. 비록 개인적 증오로 그들에게 상처를 주기 시작했지만 증오는 생각만큼 오래가지 않았다. 증오가 사그라진 자리에서 싹트기 시작한 건 놀랍게도 은둔에 위배되는, 존재를 증명하고 싶은 욕망과 일을 하고 싶은 열망이었다. 일을 하기 위해 필요한 건 대상의 전환이었고, 존재를 증명하기 위해 필요한 건 두 가지뿐이었다. 또 다른 존재와 그것을 증명할 방법. 그녀에게는 세입자란 존재가 있으니 증명할 방법만 찾으면 됐다. 그러나 굳이 새로운 방법을 모색할 필요는 없었다. 지금까지 해 왔던 방식도 나쁘지 않았다. 고마움을 고맙다고 말하지 않고 친절함을 불친절로 되갚는 그녀만의 표현 방식. 그 표현 방식에는 나쁜 기억을 주입해 세입자의 순환을 빠르게 유도하려는 목적도 숨어 있었다. 그것은 고립된 상태에서 많은 사람을 만날 수 있는 유일한 방법이었다.

그녀의 의도대로 귀찮음에 익숙해진 세입자들은, 나중에서야 보이지 않는 존재의 보이지 않음이 허전함을 불러온다는 사실을 깨달았다. 그 허전함 속에 창백한 얼굴을 한 그녀가 똬리를 틀고 앉아 있었다. 그것은 어떤 형태나 어떤 느낌으로든 그녀를 떠올리고 기억한다는 의미였다. 사진처럼 그녀를 인화하고 기억하게 하는 방식. 멋지다! 그녀는 속으로 늘 그렇게 외쳐 왔다. 타인에게 '기억'을 선물해 준 자신을 멋진 사람이라고. 삶의 에너지를 준 그들에게 그녀가 줄 수 있는 건 그것뿐이었다. 나쁜 일이 지나고 나면 삶은 더욱 견고해지는 법이다. 불행하고 불길한 기억도 시간이 흐르면 추억이 될 수 있다. 그녀 또한 기억 때문에 살았고 그들이 잠옷처럼 벗어 놓고 간 기억의 냄새를 맡으며 살아왔다. 그녀는 알게 되었다. 사람이란 아무리 밉고 또 미워도, 종내는 그리울 수밖에 없는 존재라는 걸.

그러나 안쓰럽게도 그녀는 단 한 번도 자신이 멋진 사람이란 걸 확인받지 못했다. 어떤 세입자도 그걸 말해 주고 떠난 사람이 없었다. 그녀가 마지막으로 들은 건 끔찍함을 주체하지 못해 퍼붓고 간 저주의 말들뿐이었다. 불치병에 걸려라, 평생 그렇게 살다 아무도 모르게 뒈져라, 네 집이 그대로 무덤이 될 것이다, 벙어리나 되어라, 너 같은 걸 낳은 부모가 궁금하다……. 이상한 건 그 말들이 오히려 의지가 되었다는 것이다. 물론 지나고 보니 당신 한 번씩 생각나는 사람이었어요, 란 말을 듣고도 싶었다. 일부러 찾아와 그런 말을 해 줄 리 없다는 걸 알면서도 그녀는 자꾸 누군가를 기다렸다. 한때나마 마주 보며 살았던 세입자가, 자신들이 벗어 놓고 간 잠옷이 문득 생각나 초인종을 눌러 주기를. 그래서 요 근처에 들렀다가 한번 와 봤어요, 란 말이라도 들어 볼 수 있기를. 찾아오지 않는 그들을 기다리며 그녀는 생각했다. 그들은 단지 용기가 없는 건지도 모른다고.

그녀는 눈을 뜨고 그와 수연을 생각한다. 그들은 귀중한 사실 하나를 알려 주었다. 보여 주지 않아도 누군가의 사랑을 받을 수 있다는 걸. 그 옛날 사랑들이 그녀의 아름다움에서 비롯된 것만은 아니라는 걸. 목적을 이룬 듯, 억울한 누명에서 벗어난 듯, 벌을 다 받은 듯 그녀는 홀가분한 기분이 든다. 속죄하는 마음으로 선택했던 이곳은 이제 더 이상 감옥이 아니다.

사람은 누구나 실타래처럼 복잡하게 얽혀서 함께 숨 쉬고 또 상처와 고통을 주고받으며 살아간다. 방식이 다를 뿐 그녀 또한 그들 속에 섞여 살아왔고 앞으로도 그렇게 살아갈 것이다. 한때는 낭비라고 호언했던 그런 삶을, 결국 그녀가 살아오고 있었다. 은둔이란 세상과의 결별이 아니라 세상과의 또 다른 관계 맺기일 뿐이었다. 그리고 그 삶은 불행하지 않았다.

그녀는 옷을 벗고 샤워 부스로 들어간다. 세찬 물줄기가 머리부터 발끝까지 적신다. 차갑지만 시원하다. 그녀가 물줄기 속에서 질끈 감고 있던 눈을 불현듯 뜬다. 잘못 들은 게 아닌 듯 초인종 소리가 계속 울린다. 수연인가. 수연이 마임 분장을 하고 일주일 내내 찾아왔을 때 그녀는 아무런 대꾸도 하지 않았다. 수연의 얼굴은 하고 싶은 말과 궁금증으로 가득 차 있었지만, 그녀는 어떤 말도 듣고 싶지 않았다. 이해를 바라지도 않았다. 수연은 마임으로 프랑스로 떠난다고 말하고 돌아섰다. 그의 마임은 한층 밝아져 있었다. 조만간 또 찾아오겠다더니 온 것인가.

그녀는 발가벗은 채 물을 뚝뚝 흘리며 거실로 나가 액정을 들여다본다. 인터폰 액정에 그의 얼굴이 초상화처럼 그려져 있다. 처음이다. 306호 거주자가 찾아온 경우는. 그러나 이내 알아챈다. 아직 그는 세입자들처럼 저주의 말을 퍼붓지 않았다는 걸. 그는 어떤 말을 남기기 위해 온 걸까. 그녀는 수화기를 가만히 귀에 댄다. 한참을 서슴거리던 그가 입을 연다.

—줄 게 있어요.

쥐구멍이 달그락거리는 소리가 들린다. 그녀는 현관 테두리를 따라 쳐 놓은 검은 커튼을 젖히고 바닥으로 맨발을 내딛는다. 안쪽으로 들어온 그의 가늘고 긴 손에 유리병 하나가 들려 있다.

—고양이예요.

—……!

—고양이도 그 안이 더 좋을 거예요.

고양이가 작은 유리병에 담겨 다시 돌아왔다. 그녀는 유리병을 밑알처럼 가슴에 품는다. 죽음이 이렇게 작은 병에 담기기도 하는 거라니. 곁에 두고 볼 수도 있는 거라니. 뒤이어 그의 섬세한 손이 다시 한 번 쥐구멍으로 들어온다. 이번에는 살아 있는, 아주 작은 새끼 고양이다.

— 잘 받아요, 다치지 않게.

그녀는 한참을 망설이다 조심스럽게 새끼 고양이를 두 손으로 받는다. 그때 그의 새끼손가락이 아주 짧게 스치듯 닿는다. 새끼 고양이를 전해 준 뒤에도 그의 손은 현관 안에 머물러 있다. 하얀 손가락은 가늘고 길다. 엄지손톱이 뭉툭하지도, 털이 텁수룩하게 자라 있지도, 칼에 벤 흔적도 없다. 손톱 밑에 때가 끼어 있지도 않다. 피아노나 기타를 치기에 제격인 손이다. 그가 엄지손톱으로 집게손가락 끝을 자근자근 누른다. 그의 손은 할 말이 있는 듯 머뭇거린다. 저기, 저기. 그의 손이 그렇게 말하는 것 같다.

— 저기, 저기…….

그의 목소리가 스며들 듯 쥐구멍으로 들어온다.

— 새끼 고양이는 선물이에요. 이제 한 살이니까 앞으로 나이를 셀 수 있을 거예요. 그 고양이는 예방접종 꼬박꼬박 맞히세요.

그는 엄지손톱이 새하얘지도록 집게손가락 끝을 한 번 꾹 누른 후 손을 뺀다. 이번에는 그녀가 엄지손톱이 새하얘지도록 집게손가락 끝을 꾹 누른다. 그녀는 인터폰으로 다가가 액정에 비친 초췌한 얼굴을 눈으로 더듬는다. 배낭 하나를 짊어진 그가 턱에 난 수염과 텁수룩하게 자란 머리를 연방 매만진다. 돌아서려는 듯하던 그가 다시 액정을 쳐다본다. 그의 눈이 그녀와 마주친다.

— 잘 있어요.

그는 무슨 말이든 해 주기를 기다리는 눈치다.

— 잠깐, 기다려.

그녀는 오랜 침묵을 깨고 안방으로 달려가 봉투 하나를 들고 나온다. 급하게 서두르다 머리카락에서 떨어진 물 때문에 발이 미끄러워 넘어진다. 그녀는 다시 분연히 일어나 쥐구멍으로 봉투를 집어넣는다. 봉투를 잡고 있는 그의 완력이 전기처럼 그녀의 손가락을 거쳐 벗은 몸 전체로 전해진다. 마치 그가 보고 있는 것 같아 그녀는 나머지 손으로 가슴을 가린다. 봉투를 받아든 그가 봉투와 액정을 번갈아 쳐다보다 말한다.

—가끔, 생각날 것 같아요.

그가 고개 숙이고 입술을 종그린다. 그녀는 목소리를 가다듬고 말한다.

—하루에 2분의 1인치씩 잊어. 그러면 세상에 못 할 일은 없어.

그가 슬로모션처럼 느리게 돌아선다. 계단을 한 개씩 밟고 내려갈 때마다 그가 계단 한 개 높이만큼 사라진다. 이제 눈에 보이는 건 볼품없이 찌그러진 306호 현관문뿐이다. 그녀는 그 현관문을 오랫동안 쳐다보다, 웃는다.

그는 알지 못할 것이다.

그를 처음 본 순간 그녀의 마음이 먼저 움직였다는 것을. 규칙을 깨고 집을 팔았던 건 그였기 때문이란 것을. 새끼 고양이를 받아들었을 때 그의 손을 꼭 한 번 잡아 보고 싶었다는 것을. 그녀는 인터폰 수화기에 대고 말한다.

—나도 하루에 2분의 1인치씩······.

그러고는 수화기를 귀에서 떼며 속으로 말한다. 얼굴을 보지 않고 상처 줄 수 있다면 사랑도 할 수 있다고.

천장 센서 등이 꺼지자 어둠 속에서 새끼 고양이의 울음소리가
들려온다.

35

아파트를 팔기로 한 건 그녀의 의도대로, 지겨워진 그녀 때문이었다. 살림살이조차 모두 처분한 건 그녀가 살고 있는 이 지겨운 서울을 벗어나고 싶어서였다. 모든 걸 다 정리하고 독일로 떠나기로 결심한 건 서울 어딘가에 발 딛고 살고 있는 나 자신이 지겨워서 견딜 수 없을 것 같아서였다. 서울만 아니면 됐다. 앞으로 살게 될 그곳이 어디든, 어떤 도시든 이젠 모든 걸 참아 낼 수 있을 것 같았다. 이해는 결국 그녀와 나, 각자의 삶을 지속시켰다.

그녀를 마지막으로 만나고 나오는 길이었다. 그녀를 만나야 하는 건지 오랫동안 고민했다. 아무것도 아닌 내가 찾아갈 필요가 없다고 결론 내렸을 때, 이삿짐에서 작은 유리병 하나를 찾아냈다. 잊고 있었지만 꼭 돌려줘야 하는 것. 고양이를 보자 고양이가 사고 싶어져서 고양이를 샀다. 나이를 차근차근 셀 수 있는 새끼로. 한때 첫 선물로 그녀에게 뭘 해 주면 좋을까 고민한 적이 있었다. 그때 가장 먼저 떠올랐던 것도 고양이었다. 그때는 내가 사 준 고양이를 데리고 그녀가 매일 산책을 나가게 됐으면 좋겠다고 생각했다.

고양이를 넣어 줄 때 잠깐 스쳤던 새끼손가락의 감촉이 아직도 손끝에 얼얼하게 남아 있다. 장갑을 끼고 있지 않던 축축한 손이었다. 처음으로 느껴 본 그녀의 존재였다. 짧지만 오랜 여운 탓일까. 가끔, 생각날 것 같아요. 의도했던 것과 다른 말이 튀어나와 버렸다. 그래도 후회되지는 않았다. 그 말이 어색하게 들리지도 않았고 자괴심을 불러오지도 않았다. 그러나 그녀에게는 어색하게 들렸을지 모르겠다. 세입자들이 그런 말을 해 준 적은 없었을 테니까. 어쩌면 나의 그 말은 모든 306호 세입자를 대표해서 한 말인지도 모르겠다.

그녀가 내게 마지막으로 해 준 말이 아직도 귓가에 쟁쟁 울린다.

'하루에 2분의 1인치씩.'

나는 계단을 내려오며 속으로 말했다.

'당신도 하루에 2분의 1인치씩.'

고양이와 함께 하루에 2분의 1인치씩 바깥공기를 마시고 눈부신 햇살도 쐬면 무엇이든 금세 잊고 용서도 될 것이다. 하루에 한 발짝씩 한 발짝씩 움직이면 지구 반대편에도 가 닿을 수 있을 것이다. 하루가 쌓이고 쌓여 태산이 되면 세상에 못 할 일이란 없을 것이다.

나는 공항으로 가는 택시를 탔다. 택시 안에서 그녀가 준 봉투를 열어 봤다. 시립 미술관 입장권이었다. 비행기 탑승 시간까지는 다섯 시간이나 남아 있었다. 서울을 떠나기 전, 서울의 아름다움 한 가지를 눈에 담아 가는 것도 나쁘지 않겠다는 생각이 들었다.

택시가 시립 미술관 쪽으로 방향을 틀었다.

택시에서 내려 2층 제2전시실로 올라갔다. 토요일이라 관람객이
꽤 많았다. 나무 바닥을 천천히 밟으며 띄엄띄엄 걸려 있는 액자를
들여다봤다. 사진들이 너무 강렬해서 좀체 걸음을 뗄 수 없었다. 마
치 누군가 내 발을 나무 바닥에 못질하고 있는 느낌이었다. 모델은
프로답게 사진마다 담대하고도 에로틱한 포즈를 취하고 있었다. 모
델은 금발의 마릴린 먼로가 됐다가 「로마의 휴일」의 오드리 헵번이
됐다가 다시 스카치 수염과 지팡이를 든 찰리 채플린이 됐다. 세계
유명 스타를 패러디하고, 유명한 사건을 퍼포먼스로 재연함으로써
사회를 조롱하고 비판하고 있는 작가. 사진 속에는 음식 재료부터
칫솔 같은 생필품까지 생활 전반이 소품으로 놓여 있었다. 우주의
집합!

나도 모르게 발걸음이 빨라지고 심장도 빠르게 박동 쳤다. 나는
못에 박힌 발을 억지로 떼어 내며 부산하게 움직였다. 걸음을 옮길
수록 모델의 노출 수위가 점점 높아졌다. 모델은 오묘한 자세로 앤
티크풍 의자에 앉아 책을 읽고 있었다. 책으로 풍만한 가슴을 와락
조이듯 감쌌고, 의자 등받이 뒤로 젖힌 긴 머리카락은 바닥에 닿을
듯 스쳤다. 모델이 힘주어 잡고 있는 책 장정에 금박으로 입힌 제목
이 보였다. 내 책이었다. 다른 사진에서는 침대에 비스듬히 누워 흐
드러진 가슴을 드러낸 채 『위대한 개츠비』로 은밀한 곳을 가리고
있었다. 나체로 책 읽는 여자. 상상이 현실이 되자 숨소리가 거칠어
지고 얼굴은 달아올랐다. 모델 옆에는 젖소고양이가 빠지지 않고

등장했다. 아픈 고양이는 몸을 말고 자고 있었다. 발을 몇 걸음 옮기자 고양이는 죽은 채 아기처럼 품에 안겨 있었고, 몇 걸음 더 옮기자 사진에서 고양이를 더는 볼 수 없었다. 모든 사진에는 반드시 의자가 등장하고 있었다. 모델이 의자에 앉거나 기대지 않더라도 사진 어딘가에 그것은 신체 일부처럼 놓여 있었다.

셀프 포트레이트. 그녀가 그녀를 찍은 사진들. 사진작가이자 모델인 그녀. 나는 이마에 손을 짚고 다시 왼쪽에서 오른쪽으로, 오른쪽에서 왼쪽으로 빠르게 걸었다. 그녀가 옷을 하나씩 입었다 벗기를, 고양이가 살아났다 죽기를 수차례 반복했다. 아무리 반복해서 봐도 내가 볼 수 있는 건 관능적인 그녀의 몸뿐이었다. 그녀는 교묘하게 모자나 가발로 얼굴을 가렸고, 가려지지 않을 경우에는 분장에 가까운 화장이나 페인트칠을 해 얼굴을 보여 주지 않았다. 나는 주머니에서 반 토막이 잘려 나간 입장권을 급히 꺼냈다. 디지털 사진전이라는 타이틀과 낯선 외국 이름 외에는 어떤 정보도 담겨 있지 않았다. 나는 단체 관람객으로 보이는 대학생에게 다가가 작가에 대해 물었다. 얼굴 없는 유명 디지털 사진작가. 그것은 그들이 알고 있는 그녀에 대한 정보의 전부였다.

은둔 사진작가가 자신을 찍는 건 자명한 이치다. 그녀는 자신의 가치를 최대한 이용해 당당하고도 능청스럽게 자신을 보여 주며 살고 있었다. 감춤을 통한 드러냄. 그녀 뒤에서 흠결 없는 배경이 되어 주고 있는 그림 또한 멋졌다. 사진과 그림과 퍼포먼스가 결합된 예술형식. 그녀는 고립됐지만 그녀의 예술은 세상을 향해 나아가고 있었다. 새로운 창작의 길을 열어 준 고립은 그녀에게 형식에 불과해 보였다. 그녀는 시대를 살고 있었다.

관람객 누구도 사진 속 모델이 작가라는 걸 알지 못하는 것 같았다. 그들은 눈으로 보고도 프레임 밖에서만 작가를 찾으려 하고 있었다. 그녀와 나만이 알고 있는 비밀. 다시금 심장이 두근대기 시작했다. 세입자마다 다르게 알고 있는 그녀였지만, 나만은 진짜 그녀를 만났던 거다. 그녀는 코끼리도 아니고 내가 상상했던 그 누구도 아닌, 그녀였다.

나는 관람객들이 빠져나간 넓은 전시실에 홀로 붙박여 있었다. 다시 누가 내 발에 못을 박은 듯, 사진 한 장 한 장을 오랫동안 응시했다. 어느새 내가 나가야 할 전시실 입구까지 오고 나서야 정신이 들었다. 비행 시간이 얼마 남지 않았음을 휴대폰이 알려 주었다. 내가 겪고 있는 감정의 혼란과 상관없이 지구는 돌고 있었다.

마음이 초조한 그때, 입구 오른쪽 벽 끝에 사진 두 개가 더 걸려 있는 걸 뒤늦게 발견했다. 한 장은 의자에 앉아 있는 그녀의 뒷모습이었다. 등받이로 긴 머리카락이 찰랑찰랑 내려와 있고, 무릎 위에서 흘러나온 체크무늬 담요가 오른쪽 바닥으로 길게 늘어뜨려져 있었다. 한눈에 봐도 알 것 같았다. 내 몸을 덮어 주었던 그 담요. 파란색 담요는 마치 어딘가로 흘러가는 강물처럼 보였다. 그 강물을 유유히 따라가니, 바로 옆에 인터폰 액정을 찍은 사진이 걸려 있었다. 컬러 액정 속으로 웃고 있는 얼굴 하나가 희미하게 보였다. 그녀의 눈으로 본, 내 얼굴이었다.

사진 속에서 웃고 있는 나를 따라 나도, 웃었다.

미술관을 나온 뒤에도 한 번씩 소리 없는 웃음이 흘러나왔다. 세상 모든 사람들이 웃고 있는 것 같았다. 택시를 기다리다 시간을 보기 위해 휴대폰 폴더를 열었다. 음성 메시지 두 개가 도착해 있었다. 확인 버튼을 누르자 비밀번호 입력창이 떴다. 숫자 네 개를 입력했다. 0329. 그녀와 내가 이웃 맺은 날짜다.

첫 번째 메시지는 수연이었다. 밝은 목소리가 내 귀를 울렸다. 마치 옆에 있는 것처럼 가깝게 들렸다.

'나 파리에 도착했다. 서울하고는 공기부터 달라. 넌 언제 오냐? 오는 즉시 연락해. 곧장 프랑크푸르트로 달려갈 테니까. 그곳 가이드는 네가 해 줘야지…….'

두 번째 메시지는 지나였다.

'지금 공항 가는 길이겠네. 들려줄 얘기가 있어서 전화했어. 나만큼 한 맺힌 사람이 또 있었는지 누가 백합을 완전히 짓밟아 놨더라고. 내가 먼저 짓밟아 주려고 했는데……. 그래도 내가 한 번 더 밟아 줬으니까 앞으로 살아가긴 어려울 거야. 그래서 그런가 지금 나, 제로 상태야. 우리 다시 만날 수 있을까…….'

나는 휴대폰 폴더를 닫았다.

모두를 감쪽같이 속였던 지나, 연극배우 수연, 텍스트가 없으면 존재하지 않는 나의 글과 책들. 모두들 가짜 인생을 살아온 것 같았다. 어쩌면, 진짜 자기 삶을 살고 있었던 건 그녀인지도 모르겠다. 305호 그곳에서, 자기만의 존재 방식으로 살고 있는, 자기만의 생활 방식으로 소통하고 또 사랑하며 살고 있는 그녀, 앨리스.

택시 한 대가 내 앞에 멈춰 섰다. 문을 열고 조수석으로 올라

탔다.

"어디까지 모실까요?"

기사가 친절한 목소리로 물었다.

"인천공항요. 비행 시간이 다 돼서요, 빨리 좀 가 주세요."

"네, 총알처럼 모시지요."

택시가 인천공항을 향해 출발했다. 나는 빠르게 내 뒤로 물러나고 있는 9월의 서울 하늘을 올려다보며 생각했다. 10년 후, 내가 다시 서울에 오게 된다면, 그때도 그녀는 305호에 살고 있을까. 살고 있다면 그때는 어떤 모습일까. 나는 그녀를 다시, 상상하기 시작한다.

작가의 말

이 소설을 쓰면서 알았다.

나 또한 그저 숨어 있는 하나의 인간에 불과하다는 걸.

특별하지도 비장하지도 그렇다고 비정하지도 않은 인간.

그리고 또 알았다.

'숨어 있다'와 '숨어 있지 않다'가 불러오는 차이란 딱 한 가지뿐
이라는 걸.

누가 좀 더 하얀 피부를 가졌는가.

그러나 아무도 피부색의 미묘한 차이를 알아차리지는 못했다.

태닝의 정도로 차이를 만들지 못했고, 태닝의 차이가 존재 방
식을 결정하지 못했다.

결국 어떤 차이도 없다는 말이다.

어떤 생활 방식으로 살아가든 고통 속에서 한 번씩 웃으며 살아가는 건 어디서나 똑같다.

중요한 건 '숨어 있다'와 '숨어 있지 않다'가 아니라

스스로 죽지 않고 끝까지 살아간다는 것이다.

그것만으로도

존재는 제 의무를 다 하는 것이고, 제 의미를 아는 것이다.

그러니까 그것이면 충분한 것이다.

2009년 여름
장은진

네오 나르시스의 실험실(Neo Narcissism Lab)

강유정(문학평론가)

1 이것은 실험이다

이것은 실험이다. 첫 번째 소설집 『키친 실험실』이 가설을 세우고 공식을 만들어 내는 작업이었다면 첫 번째 장편소설 『앨리스의 생활 방식』은 임상 실험 보고서에 가깝다. 실험할 명제는 의문형으로 압축된다. '과연 한 사람이 철저하게 고립된 채 10년을 살아갈 수 있을까?' 장은진이 골똘히 연구하고 있는 것은 '고립'이라는 단어다. 중요한 것은 30대의 젊은 작가가 골몰하고 있는 문제가 완벽하게 고립된 삶의 가능성이라는 사실이다. 그러니까 인간은 왜 홀로 고독하게 살아가야 하는가 혹은 어떻게 하면 이 지독한 소외에서 벗어날 수 있는가에 대해 고민하는 것이 아니라, 어떻게 하면 오롯이 혼자서 살아갈 수 있을까, 그 방법을 궁리하고 있는 셈이다. 방법을 궁리한다는 것은 그러한 삶을 추구하고 있다는 것을 뜻한다. 그러니까 장은진은 적극적으로 고립된 삶을 추구하는 것이다. 장은진이 문제적인 작가로 부상하는 것도 바로 이 지점이다. 30대의 이 젊은 여성 작가에게 고립은 일종의 임무다. 『앨리스의 생활 방식』이 완벽한 고립에 대한 임상 실험 보고서로 읽히는 까닭도 여기에 있다.

완벽하게 고립된 삶에 대한 실험은 다음과 같이 전개된다. ① 10년 동안 외부와의 접촉을 끊고 살아갈 인물을 창조해 낸다. ② 인물이 지독한 고립을 선택한 이유를 만든다. ③ 완벽하게 고립되었지만 무난히 생존할 수 있는 방법을 고안해 낸다. 공식을 거쳐 창조된 삶은 다음과 같다. 빼어난 미모를 지닌 한 여자가 있다. 그녀는 자신의 진정한 정체성과 선입관 사이에서 방황한다. 아름다운 그녀를 둘러싸고 상반된 성격의 두 남자가 내기를 건다. 그런데 여자는 두 남자 중 하나가 아닌 "다른 사람"을 고른다. 화가 난 두 남자는 여자에게 복수를 다짐하고 그 때문에 여자는 가족을 잃는다. 그 후, 여자는 끔찍한 비극을 가져온 원인을 감금한다. 그것은 바로 자기 자신. 그녀는 자신을 감금함으로써 세상에 복수한다.

눈치챘겠지만 장은진의 실험은 작위적인 면을 내포하고 있다. 가령 이런 부분들 말이다. 가족의 목숨을 빼앗아 갈 만큼 아름다운 외모, 완벽한 고립을 보증해 주는 여러 조건들. 실험이라고 부르는 것이 적합할 만큼 장은진이 선택한 상황들은 매우 극단적이다. 작위성은 극단적 상황이 임상적으로 존재할 가능성, 그러니까 개연성에 대한 감각을 의심케 만들기도 한다. 그런데 여기서 중요한 것은 그녀가 얼마나 핍진하게 혹은 개연성 있게 자신의 상상을 실현했느냐가 아니다. 정작 주목해야 할 부분은 재현의 핍진성이 아니라 재현의 의도이다. 장은진은 왜 이토록 철저한 고립을 상상해 냈을까? 고립에 대한 상상력은 단지 소설 속 개연성을 위한 장치가 아닌, 장은진이란 실존하는 작가의 실제 고민의 수위에 육박한다. 상상의 질감이 아니라 그 태도가 절박하다는 말이다.

『앨리스의 생활 방식』 속에 그려진 그녀의 삶은 그래서인지 자꾸만 작가 자신의 실제적 삶과 내면 풍경을 떠올리게 한다. 작가가 만들어 놓은 문장과 상황뿐만 아니라 그것의 빈 공간이 해석의 가능성을 넓힌다. 『앨리스의 생활 방식』은 고립된 한 여자의 삶을 보여 주는 한편, 그런 고립을 꿈꾸는 젊은 작가의 내면을 반영한다. 이 내면은 유기적 사회 공간이 아닌 '나'를 중심으로 구축된 사이버 세대의 네오 나르시시즘과 닮아 있다. 우리가 고립의 사실성이 아니라 고립의 의지를 주목하는 까닭도 여기에 있다. 왜 작가는 완벽하게 고립된 삶을 상상하는 것일까, 문제는 상상의 의도이다.

2 네오 나르시시즘 세대의 자치령

"거울, 거울…… 자신을 비춰 주는 부드러운 거울, 근데 때론 상처를 입히는 흉기가 되기도 하지, 부드럽지만 차갑도록 날카로운……."
— 「거울의 잠」, 『키친 실험실』

거울은 자신의 모습을 반영하기도 하지만 치명적 상처를 안기기도 한다. 그리스·로마신화의 나르시스 이야기도 거울의 양가성에서 시작된다. 아름다운 청년 나르시스는 신탁을 받는다. 자신의 아름다움을 알지 못한다면 백수를 누리리라, 라는. 불행히도 나르시스는 연못에 비친 자신의 모습을 발견하고 그 모습에 빠지게된다. 은유적 의미의 '빠지다'가 아니라 정말 물에 빠져들게 된 것이다.

『앨리스의 생활 방식』에 등장하는 "앨리스"는 나르시스만큼 매혹적인 외모를 지닌 인물로 묘사된다. 문제는 그 매혹에 위험이 은닉되어 있다는 것. 앨리스는 자신의 아름다운 외모 때문에 남자들의 질투를 불러일으켜 비극에 빠져들고 만다. 신화 속 나르시스가 에코의 구애를 거절해 물에 빠져 죽는다면, 앨리스는 P와 K가 아닌 스스로를 선택함으로써 비극을 불러온다. 앨리스는 현대적 의미의 나르시스인 것이다.

앨리스의 집, 305호는 앨리스가 만든 규칙과 법으로 운영되는 독자적 공간이다. 앨리스는 인터폰으로 문밖의 세상과 접촉하고 인터넷으로 필요한 삶의 부품들을 채운다. 필요한 만큼의 재화는 이미 처분해 둔 부동산으로 충족된다. 이쯤 되면 앨리스의 고립된 생활은 세상의 법이나 규칙으로부터 완전히 자유로운 자치령으로 보아도 무방하다. 앨리스는 자치령에서의 삶을 유지하기 위해 몇 가지 외부적 도움을 필요로 한다. 생리대나 건전지 같은 '진짜 물건'을 사들여야 하고 쓰레기를 버려야 한다. 인간이라는 유기체가 살아가기 위해 먹고 싸듯이 305호라는 공간은 신문 투입구를 통해 생필품을 받아들이고 폐기물을 내놓는다.

흥미로운 것 중 하나는 앨리스의 나르시시즘적 자치령이 사이버 공간과 꼭 닮아 있다는 것이다. 앨리스가 꿈꾸는 완전히 고립된 삶은 인터넷이라는 기술 덕분에 실현 가능해진다. 민석과 앨리스의 관계는 실제하는 인물들 간이라기보다 사이버상의 이웃 관계와 더 닮아 있다. 민석이 이웃이라는 말을 블로그 이웃이라는 개념을 통해 이해하는 것도 같은 이유다. 이웃의 아날로지였던 '사이버 이웃'이 실존하는 이웃의 개념을 설명해 준다. 바야흐로 실재와 개념이 역전되는 상황이 연출되는 것이다.

실제 이웃과 사이버 이웃의 차별성은 익명성에서 비롯된다. 305호는 실재하는, 피와 살을 지닌 실체적 이웃임에도 불구하고 사이버 공간의 이웃처럼 익명적 존재이기를 강요한다. 앨리스의 자치령은 사이버 공간의 룰과 닮아 있다. 사이버 공간상의 이웃은 상호적 관계가 아닌 일방적 관계에 가깝다. 초대하지 않아도 타인의 '홈'을 침범할 수 있고 '친구'가 되지 않아도 그 세계를 엿볼 수 있다. 인터넷 사회의 초기 형태가 '일촌'이라는 가상적 가족이었다면 이제는 적당히 무심해도 되고, 기대 이상으로 가까울 수도 있는 '이웃'의 형태로 바뀌었다. 중요한 사실은 젊은 작가 장은진이 발명해낸 완벽한 고립의 삶이 바로 사이버 공간으로부터 유추되었다는 점이다. 실제의 삶을 모방한 사이버 공간의 삶이 거꾸로 상상의 원본이 된다.

민석은 "변신이 가능한 인터넷 세계와 아무도 볼 수 없는 305호"를 똑같은 세계로 판단한다. 그렇다면 305호를 판단하고 있는, 소

설의 화자이자 주인공인 "나"의 삶은 어떨까? 흥미롭게도 민석은
텍스트가 없으면. 책이 없다면 존재할 수 없는 번역가로 설정되어
있다. "텍스트가 없으면 존재하지 않는" 민석의 삶은 "책"에 의존
하는 문자 세대의 방식을 보여 준다. 민석은 책이 "부족한 현실을
채워" 준다고 믿는다. 문자의 가치를 믿는 것이다.

"왜 책을 읽어?"
지나가 난데없이 이해할 수 없다는 표정으로 날 쳐다봤다. 나 또
한 이해할 수 없다는 듯 지나를 쳐다봤다.
"왜라니? 이건 내 일의 연장이야. 무엇보다 책은 부족한 현실을
채워 줘."
"책이 아무리 훌륭하고 완벽해도 끔찍한 현실을 따라오진 못해.
진짜 완벽한 게 옆에 있는데 왜 가짜에 열광해야 되는데? 책을 읽는
건 자기 삶이 그럴듯하지 않다거나 격정적이지 않다거나 열심히 살
고 있지 않다는 방증으로 느껴져. 책은 해결책이 못 돼."
지나는 마치 책에 결벽증이 있는 사람처럼 보였다.
"강지나의 현실은 부족한 게 없단 뜻이로군."
"책을 읽는 건 삶이 따분하기 때문이야. 얼마나 따분하면 그 따
분한 걸 읽겠어."

—72~73쪽

민석의 애인 "지나"는 책을 무료하고 따분한 세계의 대명사로
치부한다. 아무리 완벽한 책도 실제의 삶보다는 추상적일 수밖에

없다고 보는 것이다. 반면 민석에게 있어 "책"은 하나의 세계다. 민석은 한정된 공간에서 눈에 보이지 않는 관념까지 규정한 칸트를 예로 들면서 문자로 구성된 추상적 세계의 가치를 역설한다. 민석의 삶과 앨리스의 삶, 306호의 생활 방식과 305호의 생활 방식은 그런 점에서 문자 세대와 사이버 세대의 것으로 대조된다. 문제는 문자 세대를 상징하는 번역가 민석의 생활 방식이 앨리스의 생활 방식에 완전히 침식되고 만다는 사실이다. 엄밀히 말하자면 침식 정도가 아니라 철저히 짓밟히고 만다.

　모두를 감쪽같이 속였던 지나, 연극배우 수연, 텍스트가 없으면 존재하지 않는 나의 글과 책들. 모두들 가짜 인생을 살아온 것 같았다. 어쩌면, 진짜 자기 삶을 살고 있었던 건 그녀인지도 모르겠다. 305호 그곳에서, 자기만의 존재 방식으로 살고 있는, 자기만의 생활 방식으로 소통하고 또 사랑하며 살고 있는 그녀, 앨리스.

　　　　　　　　　　　　　　　　　　　　　　—371쪽

　상징적 차원에서 볼 때, 실제의 삶을 강조하는 지나는 경험론자를, 그리고 삶의 각주를 텍스트에서 구하는 민석은 이성주의자를 대표한다고 할 수 있다. 같은 맥락에서 볼 때, 앨리스의 생활 방식은 사이버 공간의 삶을 제유한다. 우리가 주목해야 하는 것은 작가 장은진이 사이버 공간의 삶을 가짜라고 말하면서도 앨리스의 생활 방식을 진정한 것으로 인정하고 있다는 사실이다. 작가는 본명도 알 수 없는 익명의 존재, 결국 얼굴을 드러내지 않은 채 자신을 굴복시킨 앨리스가 유지하는 삶의 방식을 "진짜"라고 말한다. 이는 실제의 삶을 관습의 지옥으로 보는 시선과 동궤를 이룬다. 앨리스의 공간이 진정성을 획득할 수 있는 까닭은 실제적이기 때문이 아니라, 그곳이 타인의 강요와 관습으로부터 자유로운 청정 지역이기 때문이다.

장은진은 눈으로 모든 것을 판단하는 실제 공간이야말로 편견과 관습에 침윤된 오염 지역이라고 규정한다. 작가는 타인의 강요와 편견으로부터 자유로울 수 있다면 감촉할 수 없는 사이버 공간이 더 진실하다고 역설하는 듯싶다. 보이지 않기에 더 진실할 수 있는 공간, 관습이 빚어낸 착시가 없는 오직 개념으로 소통 가능한 세계, 그곳이 바로 네오 나르시시즘을 고양하는 새로운 세대의 자치령이다. 숫자와 사진으로 인증되는 실제의 세계가 숨기는 진정한 내면, 그것이 가장된 익명성과 거짓 정체성 안에 숨어 있다는 가설. 이 가설의 당위성이야말로 네오 나르시시즘 세대의 윤리 의식인 셈이다.

3 거울의 서사

『앨리스의 생활 방식』의 서사 구조는 '거울'과 닮아 있다. 거울의 서사는 인물의 성격이 주로 상대방의 상상에 의해 그려진다는 점에서 확인된다. 민석은 "앨리스"가 요구하는 물품들을 분석함으로써 그녀의 모습을 상상해 낸다. 앨리스는 민석이 번역한 책을 통해 306호 남자를 입체화한다. 민석이 앨리스를 상상하고 앨리스가 민석을 유추하는 과정들은 작가가 한 인물을 창조해 나가는 과정과 닮아 있다. 상상에서 빚어진 피조물을 살찌우는 것, 그것은 바로 그 인물을 둘러싼 구체적 정보들이다. 『앨리스의 생활방식』이 가진 가장 큰 장점이라면 상상이라는 추상적 작업을 논리적 연산으로 구체화해 냈다는 점이다. 다음과 같은 부분들은 작가 장은진의 꼼꼼하고도 염결한 상상 메커니즘을 짐작게 해 준다.

필요한 물건 리스트를 작성하는 데만 일주일하고도 반나절이 걸렸다. 달라지는 생활 방식에 따라 '필요한 물건'을 생각해 내는 데도 '단순 필요'를 넘어서는 상상력이 필요했다. 치밀한 계획과 규칙과 가설을 세우고, 예기치 않은 여러 변수들까지 예측해 본 뒤 해결점을 찾아냈다. 그리고 그 해결을 도와줄 도구들을 구입했다. 갖가지 우편물과 고지서는 J에게 갈 것이고, J는 그녀에게 매달 생활비를 현금으로 보내 줄 것이며 밖의 일들은 J가 알아서 다 처리해 줄 것이다. 모두 고된 과정이었고, 그것은 한 치의 오차도 허용해서는 안 되는 치밀한 군사작전과도 같았다.

—239쪽

혼자 생활하기에 필요한 물건을 상상하는 앨리스의 노력은 고립된 인물을 그럴듯하게 그려 내기 위해 상상하는 작가 장은진의 고민과 겹쳐진다. 앨리스의 모습에서 장은진의 모습을 발견하는 것은 어렵지 않다. 장은진은 "치밀한 군사작전"처럼 소설이라는 공간을 실험실로 리모델링한다. 발자크가 해부학자의 태도로 인격을 재해석했다면 장은진은 극단적 상황을 발명함으로써 삶을 일종의 세트(무대)로 표본화한다. 장은진의 소설에 강렬함이 있다면 이 생경한 작위성에 있음이 분명하다.

『앨리스의 생활 방식』에서 독자의 눈길을 끄는 것은 완강히 조작된 상황이지만 눈길을 잡는 것은 작가의 내면으로 여겨지는 고백적 진술들이다. "결국 번역이란 바벨탑에 분노한 신에 의해 생겨난 직업이란 생각이 든다."(65쪽)와 같은 구절이나 "말하기의 순간성은 사람을 격분케 하지만, 글쓰기의 진중성은 마음을 차분히 가라앉혀 흩어진 질서를 잡아 준다."(173쪽) 같은 문장 말이다. 행간과 전언, 상황과 문장들은 거울처럼 서로를 왜곡하고 반사한다. 문장들은 거울처럼 서로를 반사하고 반영하는 과정을 거쳐 작가적 전언의 실체를 드러낸다.

거울의 조작 끝에 완성된 305호, 앨리스의 생활 방식은 결국 작가 장은진이 추구하는 예술가적 삶의 표본으로 수렴된다. 장은진은 자신을 모델로 한 셀프 포토그래퍼인 앨리스의 정체를 진짜 예술과 등치시킨다. 진정한 "나"란 무엇인가라는 문제의식에 대한 대답이 "내"가 "나"를 모델로 찍어 낸 자기 충족적(self-enclosure)사진으로 응결되는 것이다. 세상 사람들이 외모를 통해 그려 냈던 앨리스라는 인물은 자신의 시각을 통해 새롭게 재규정된다. 앨리스는 철저히 자신의 시각으로 자신을 재해석하는 것이다.

앨리스는 고립을 예술의 한 형식이라고 생각한다. 앨리스의 생각은 장은진의 소설적 전언이기도 하다. 장은진은 연구원처럼 수

합한 자료를 통해 상상을 구체화해 나간다. 여행을 해 보지 않은 칸트가 독서와 상상력만으로 탐험가보다 세계에 대해 더 많이 알고 있듯이 장은진은 직접 보는 것이 아니라 유추하고 상상하는 것이 실체에 더 근접할 수 있는 방법이라 믿고 있다. 예술은 객관이라는 지위로 군림하는 관습적 시각으로부터의 이탈이며, 이탈은 완전히 고립된 시선에 의해 가능해지기 때문이다. 객관의 덫으로부터 벗어나기, 장은진의 거울 보기는 진실 찾기의 방식이기도 하다.

장은진의 이러한 면모들은 『좁은 방의 영혼』에서 환상의 여행을 펼쳤던 마루야마 겐지나 "손님을 싫어"한다고 결벽을 떨었던 다니자키 준이치로의 염결성과 닮아 있기도 하다. 이 젊은 작가의 매력은 이 결벽한 외곬에서 증폭된다. 겐지나 준이치로에게 고립은 일종의 성향에 불과했지만, 현재 우리는 기술적으로 고립이 가능한 세계에 살고 있다. 완벽한 고립이 그들에게 이상이었던 데 비해 장은진에게 고립은 실현 가능한 선택이 된 것이다.

4 고립의 아이러니

그런데 우리는 이 소설을 덮기 전에 스쳐 지나온 한 문장으로 되돌아가야만 한다. 바로 이 문장으로 말이다. "어떤 방식이든, 살아가기 위해서는 최소한 한 사람은 필요하다는 것을. 그래서 사람들은 모두 짝을 이루려 하고, 그 짝을 끝까지 지키고 유지하기 위해 노력한다는 것을. 혼자가 된다는 건 외롭다기보다 무서운 것이다."(240쪽) 고립을 위한 작전을 짜던 앨리스는 한 가지 사실을 깨닫는다. 그 사실은 고립의 역설로 정리된다. 완벽한 고립을 위해서는 역설적이게도 최소한 한 사람이 필요하다는 것이다. 온전히 혼자 살아갈 수 있을 앨리스의 305호 아파트는 앨리스를 절대적으로 도와줄 "한 사람"이 없다면 존재할 수 없다. 앨리스, 장은진이 꿈꾸는 고립은 누군가의 절대적 도움이 없다면 불가능할 관념적 이데아에 불과하다. 완전한 고립을 위해 절대적 타인이 요구되는 아이러니, 이 아이러니 가운데 장은진의 선언은 대화를 허용한다.

앨리스의 독립된 공간도 토끼 구멍이 없다면, 존재할 수 없는 환영이다. 완벽하게 고립된 공간을 조형하기 위해 시작된 장은진의 실험은 기술적 가능성과 불가피한 아이러니의 확인으로 귀결된다. 기술적으로 고립이 가능한 현대사회라 할지라도 최소한의 관계가 필요하다. 히키코모리에게도 사람이 필요한 것이다. 장은진은 고립된 사람이야말로 평범한 사람보다 더 많은 커뮤니케이션과 관계를 필요로 한다고 말한다. 장은진의 소설이 동년배 작가들의 관념적 공간과 구별되는 것도 바로 이 지점이다.

장은진은 자신의 가상을 끊임없이 임상 실험한다. 임상 실험이라는 말속에는 장은진이 소설의 오래된 규범인 개연성과 핍진성을 염두에 두고 있음을 보여 준다. 장은진은 주관으로 조형된 자기만의 생활 방식을 이념적으로 완성하는 데 만족하지 않고 임상적으로 완공하고자 한다. 여기에 장은진의 새로움과 남다름이 있다.

결국 장은진이 꿈꾸는 완전한 나르시시즘의 공간, 네오 나르시시즘의 공간은 인터넷이라는 기술 공간이 아닌 소설이라는 창조적 예술 공간으로 드러난다. 앨리스에게 셀프 포토그래프라는 예술이 있다면 장은진에게는 소설이 있다. 셀프 포토그래퍼에게도 관객이 필요하듯 완벽한 고립을 실험한 소설에도 독자가 필요하다. 아니, 완벽한 고립은 "한 사람"을 통해 완성된다. 소설 역시 마찬가지다. 장은진은 진공상태의 가설로 즐기는 데 멈추지 않고 이 오염된 세상 속에서 실험한다. 장은진이 지닌 작가적 가능성도 여기서 비롯된다. 『키친 실험실』에서 만들어진 고립의 공식들은 『앨리스의 생활 방식』이라는 임상 실험을 거쳐 확장된 인식과 만난다. 상상 역시도 우리가 발 딛고 있는 현실의 한 국면이라는 것, 장은진은 실험을 통해 이 사실을 확인한다. 장은진을 미인증 세대의 현재로 받아들이는 이유도 여기에 있다. 장은진의 실험은 늘 극단적이지만 또 언제나 문제적이다. 네오 나르시시스트 장은진, 그녀는 주목할 만한 작가임에 분명하다.

장은진

1976년 광주에서 태어나 2004년《중앙일보》신인문학상을 받으며 등단했다. 소설집『키친 실험실』과 장편소설『아무도 편지하지 않다』가 있다. 2009년 문학동네작가상을 수상했다.

앨리스의 생활 방식

장은진 장편소설

1판 1쇄 펴냄 | 2009년 6월 22일
1판 3쇄 펴냄 | 2014년 1월 3일

지은이 | 장은진
발행인 | 박근섭, 박상준
편집인 | 장은수
펴낸곳 | (주)민음사

출판 등록 | 1966. 5. 19. 제16-490호
서울시 강남구 신사동 506번지 강남출판문화센터 5층 (우)135-887
대표전화 515-2000 / 팩시밀리 515-2007
www.minumsa.com

ISBN 978-89-374-8264-9 (03810)